O HOMEM DUPLICADO

Obras do autor publicadas pela Companhia das Letras

Alabardas, alabardas, espingardas, espingardas
O ano da morte de Ricardo Reis
O ano de 1993
A bagagem do viajante
O caderno
Cadernos de Lanzarote
Cadernos de Lanzarote II
Caim
A caverna
Claraboia
O conto da ilha desconhecida
Don Giovanni ou O dissoluto absolvido
Ensaio sabre a cegueira
Ensaio sobre a lucidez
O Evangelho segundo Jesus Cristo
História do cerco de Lisboa
O homem duplicado
As intermitências do morte
A jangada de pedra
Levantado do chão
A maior flor do mundo
Manual de pintura e caligrafia
Memorial do convento
Objecto quase
As palavras de Saramago (org. Fernando Gómez Aguilera)
As pequenas memórias
Que farei com este livro?
O silêncio da água
Todos os nomes
Viagem a Portugal
A viagem do elefante

JOSÉ SARAMAGO

O HOMEM DUPLICADO

2ª edição
7ª reimpressão

PRÊMIO NOBEL
COMPANHIA DAS LETRAS

Capa:
Adaptada de *Silvadesigners*,
autorizada por *Porto Editora S.A.*
e *Fundação José Saramago*

Caligrafia da capa:
Lídia Jorge

Revisão:
Isabel Jorge Cury
Fernando Nuno

A editora manteve a grafia vigente em Portugal, observando as regras do Acordo Ortográfico da Língua Portuguesa de 1990.

Dados Internacionais de Calalogação na Publicação (CIP)
(Câmara Brasileira do Livro, SP, Brasil)

Saramago, José, 1922-2010.
O homem duplicado / José Saramago. — 2ª ed. — São Paulo: Companhia das Letras, 2017.

ISBN 978-85-359-3036-8

1. Romance português I. Título.

02-5816 CDD-869.3

Índice para catálogo sistemático:
1. Romances : Literatura portuguesa 869.3

EDITORA SCHWARCZ S.A.
Rua Bandeira Paulista, 702, cj. 32
04532-002 — São Paulo — SP
Telefone: (11) 3707-3500
www.companhiadasletras.com.br
www.blogdacompanhia.com.br
facebook.com/companhiadasletras
instagram.com/companhiadasletras
twitter.com/cialetras

A Pilar, até ao último instante

A Ray-Güde Mertin

A Pepa Sánchez-Manjavacas

O caos é uma ordem por decifrar.

Livro dos Contrários

Acredito sinceramente ter intercetado muitos pensamentos que os céus destinavam a outro homem.

Laurence Sterne

O homem que acabou de entrar na loja para alugar uma cassete vídeo tem no seu bilhete de identidade um nome nada comum, de um sabor clássico que o tempo veio a tornar rançoso, nada menos que Tertuliano Máximo Afonso. Ao Máximo e ao Afonso, de aplicação mais corrente, ainda consegue admiti-los, dependendo, porém, da disposição de espírito em que se encontre, mas o Tertuliano pesa-lhe como uma lousa desde o primeiro dia em que percebeu que o malfadado nome dava para ser pronunciado com uma ironia que podia ser ofensiva. É professor de História numa escola de ensino secundário, e o vídeo tinha-lhe sido sugerido por um colega de trabalho que no entanto não se esquecera de prevenir, Não é nenhuma obra-prima do cinema, mas poderá entretê-lo durante hora e meia. Na verdade, Tertuliano Máximo Afonso anda muito necessitado de estímulos que o distraiam, vive só e aborrece-se, ou, para falar com a exatidão clínica que a atualidade requer, rendeu-se à temporal fraqueza de ânimo ordinariamente conhecida por depressão. Para se ter uma ideia clara do seu caso, basta dizer que esteve casado e não se lembra do que o levou ao matrimónio, divorciou-se e agora não quer nem lembrar-se dos motivos por que se separou. Em troca não ficaram da mal sucedida união filhos que andassem agora a exigir-lhe grátis o mundo numa bandeja de prata, mas à doce História, a séria e educativa cadeira de História para cujo ensino o chamaram e que poderia ser seu embalador refúgio, vê-a ele desde há muito tempo como uma fadiga sem sentido e um começo sem fim. Para temperamentos nostálgicos, em geral quebradiços, pouco flexíveis, viver sozinho é um duríssimo castigo, mas uma tal situação, reconheça-se, ainda que penosa, só muito de longe em longe desemboca em drama convulsivo, daqueles de arrepiar as carnes e o cabelo. O que por aí mais se vê, a ponto de já não causar surpresa, é pessoas a sofrerem com paciência o miudinho escrutínio da solidão, como foram no passado recente exemplos públicos, ainda que não especialmente notórios, e até, em dois casos, de afortunado desenlace, aquele pintor de retratos de quem nunca chegámos a conhecer mais que a inicial do nome, aquele médico de clínica geral que voltou do exílio para morrer nos braços da pátria amada, aquele revisor de imprensa que expulsou uma verdade para plantar no seu lugar uma mentira, aquele funcionário subalterno do registo civil que fazia desaparecer certidões de óbito, todos eles, por casualidade ou coincidência, formando parte do sexo masculino, mas nenhum que tivesse a desgraça de chamar-se Tertuliano, e isso terá decerto representado para eles uma impagável vantagem no que toca às relações com os próximos. O empregado da loja, que já retirara da estante a cassete pedida, inscreveu no registo de saída o título do filme e a data em que estamos, e logo indicou ao alugador a linha onde teria de assinar. Traçada após um instante de hesitação, a assinatura deixou ver apenas as duas últimas palavras, Máximo Afonso, sem o Tertuliano, mas, como quem havia decidido esclarecer por adiantamento um facto que poderia vir a ser motivo de controvérsia, o cliente, ao mesmo tempo que as escrevia, murmurou, Assim é mais rápido. Não lhe serviu de muito ter-se sangrado em saúde, porquanto o empregado, ao mesmo tempo que ia transpondo para uma ficha os dados do bilhete de identidade, pronunciou em voz alta o infeliz e cediço nome, ainda por cima em um tom que até mesmo uma criatura inocente reconheceria como intencional. Ninguém, cremos, por mais limpa de obstáculos que a sua vida tenha sido, se atreverá a dizer que nunca lhe aconteceu um vexame destes. Embora mais cedo ou mais tarde nos surja pela frente, surge sempre, um desses espíritos fortes a quem as fraquezas humanas, sobretudo as mais superiormente delicadas, provocam gargalhadas de troça, a verdade é que certos sons inarticulados que às vezes, sem o querermos, nos saem da boca, não são outra coisa que gemidos irreprimíveis de uma dor antiga, como uma cicatriz que de repente se tivesse feito lembrar. Enquanto guarda a cassete na sua fatigada pasta de professor, Tertuliano Máximo Afonso, com brio digno de apreço, esforça-se por não deixar transparecer o desgosto que lhe tinha causado a gratuita denúncia do empregado da loja, mas não pôde impedir-se de dizer consigo mesmo, embora recriminando-se pela baixa injustiça do pensamento, que a culpa era do colega, da mania que certas pessoas têm de dar conselhos sem que lhos tivessem pedido. Tanto é o que precisamos de lançar culpas a algo distante quando o que nos faltou foi a coragem de encarar o que estava na nossa frente. Tertuliano Máximo Afonso não sabe, não imagina, não pode adivinhar que o empregado já se arrependeu do mal-educado despropósito, um outro ouvido, mais fino que o seu, capaz de esmiuçar as subtis gradações de voz com que ele se declarara sempre ao dispor em resposta às contrafeitas boas-tardes de despedida que lhe haviam sido atiradas, teria permitido perceber que passara a instalar-se ali, por trás daquele balcão, uma grande vontade de paz. Afinal, é benévolo princípio mercantil, alicerçado na antiguidade e provado pelo uso dos séculos, que a razão sempre a tem o cliente, mesmo no caso improvável, mas possível, de se chamar Tertuliano.

Já no autocarro que o irá deixar perto do prédio em que vive há meia dúzia de anos, isto é, desde que se divorciou, Máximo Afonso, servimo-nos aqui da versão abreviada do nome porque à nossa vista a autorizou aquele que é seu único senhor e dono, mas principalmente porque a palavra Tertuliano, estando tão próxima, apenas duas linhas atrás, viria desservir gravemente a fluência da narrativa, Máximo Afonso, dizíamos, achou-se a perguntar a si mesmo, de súbito intrigado, de súbito perplexo, que estranhos motivos, que particulares razões teriam sido as que levaram o colega de Matemática, tinha faltado dizer que é de Matemática o colega, a aconselhar-lhe com tanta insistência o filme que viera alugar, quando a verdade é que, até este dia, nunca a chamada sétima arte havia sido assunto de conversa entre ambos. Ainda se perceberia a recomendação se se tratasse de uma boa fita, das indiscutíveis, em tal caso o agrado, a satisfação, o entusiasmo pelo descobrimento de uma obra de alta qualidade estética poderiam ter obrigado o colega, durante o almoço na cantina ou no intervalo de duas aulas, a puxar-lhe pressurosamente pela manga e dizer, Não me lembro de que alguma vez tenhamos falado de cinema, mas agora digo-lhe, meu caro, tem de ver, é indispensável que veja Quem Porfia Mata Caça, que é precisamente o título do filme que Tertuliano Máximo Afonso leva dentro da pasta, também a informação estava a faltar. Então o professor de História perguntaria, E em que cinema o exibem, ao que o de Matemática replicaria, retificando, Não exibem, exibiram, o filme já tem uns quatro ou cinco anos, não percebo como foi que se me escapou na estreia, e logo, sem pausa, inquieto pela possível inutilidade do conselho que com tanto fervor estava oferecendo, Mas talvez você já o tivesse visto, Não vi, vou pouco ao cinema, contento-me com o que passa na televisão, e mesmo assim, Pois então deveria vê-lo, encontra-o em qualquer loja da especialidade, alugue-o se não lhe apetecer comprar. O diálogo poderia ter decorrido mais ou menos desta maneira se o filme merecesse os louvores, mas as coisas, na realidade, passaram-se com menos ditirambos, Não é para me meter na sua vida, dissera o de Matemática enquanto descascava uma laranja, mas de há uns tempos a esta parte encontro-o a modo que abatido, e Tertuliano Máximo Afonso confirmou, É verdade, tenho andado um pouco em baixo, Problemas de saúde, Não creio, tanto quanto posso saber não estou doente, o que sucede é que tudo me cansa e aborrece, esta maldita rotina, esta repetição, este marcar passo, Distraia-se, homem, distrair-se foi sempre o melhor remédio, Dê-me licença que lhe diga que distrair-se é o remédio de quem não precisa dele, Boa resposta, não há dúvida, no entanto alguma coisa terá de fazer para sair do marasmo em que se encontra, Da depressão, Depressão ou marasmo, dá igual, a ordem dos fatores é arbitrária, Mas não a intensidade, Que faz fora das aulas, Leio, ouço música, de vez em quando passo por um museu, E ao cinema, vai, Cinema frequento pouco, contento-me com o que vai passando na televisão, Podia comprar uns vídeos, organizar uma coleção, uma videoteca, como se diz agora, Sim, realmente podia, o pior é que já falta espaço para os livros, Então alugue, alugar é a solução melhor, Tenho uns quantos vídeos, uns documentários científicos, ciências da natureza, arqueologia, antropologia, artes em geral, também me interessa a astronomia, assuntos deste tipo, Tudo isso está bem, mas precisa de se distrair com histórias que não ocupem demasiado espaço na cabeça, por exemplo, uma vez que a astronomia lhe interessa, imagino que igualmente lhe poderia interessar a ficção científica, as aventuras no espaço, as guerras das estrelas, os efeitos especiais, Tal como vejo e entendo, os tais efeitos especiais são o pior inimigo da imaginação, essa manha misteriosa, enigmática, que tanto trabalho deu aos seres humanos inventar, Meu caro, você exagera, Não exagero, quem exagera são os que querem convencer-me de que em menos de um segundo, com um estalido de dedos, se põe uma nave espacial a cem mil milhões de quilómetros de distância, Reconheça que para criar esses efeitos que você desdenha tanto, também se necessita imaginação, Sim, mas é a deles, não é a minha, Sempre terá a faculdade de usar a sua começando do ponto aonde a deles tinha chegado, Ora, ora, duzentos mil milhões de quilómetros em lugar de cem, Não esqueça que o que chamamos hoje realidade foi imaginação ontem, olhe o Júlio Verne, Sim, mas a realidade de agora é que para ir a Marte, por exemplo, e Marte em termos astronómicos até se pode dizer que está ali ao virar da esquina, são necessários nada menos que nove meses, depois haverá que ficar lá à espera mais seis meses até que o planeta esteja de novo no ponto ótimo para se poder regressar, e finalmente fazer outra viagem de nove meses para chegar à Terra, total, dois anos de suprema chatice, um filme sobre uma ida a Marte em que a verdade dos factos fosse respeitada, seria a mais enfadonha estopada que alguma vez se viu, Já percebi por que é que você se aborrece, Porquê, Porque não há nada que o contente, Contentar-me-ia com pouco, se o tivesse, Algo terá por aí, uma carreira, um trabalho, à primeira vista não lhe encontro motivos para lamentos, É a carreira e o trabalho que me têm a mim, não eu a eles, Desse mal, na suposição de que realmente o seja, todos nos queixamos, também eu quereria que me conhecessem como um génio da Matemática em lugar do medíocre e resignado professor de um estabelecimento de ensino secundário que não terei outro remédio que continuar a ser, Não gosto de mim mesmo, provavelmente é esse o problema, Se você me viesse com uma equação a duas incógnitas ainda lhe poderia oferecer os meus préstimos de especialista, mas, tratando-se de uma incompatibilidade desse calibre, a minha ciência só serviria para complicar-lhe a vida, por isso digo-lhe que se entretenha a ver uns filmes como quem toma tranquilizantes, não que passe a dedicar-se às matemáticas, que puxam muito pela cabeça, Tem alguma ideia, Ideia de quê, De um filme interessante, que valha a pena, É o que não falta, entra na loja, dá uma volta e escolhe, Mas sugira-me um, ao menos. O professor de Matemática pensou, pensou, e disse enfim, Quem Porfia Mata Caça, Isso que é, Um filme, foi o que me pediu, Parece mais um ditado popular, É um ditado popular, Todo ele, ou só o título, Espere para ver, De que género, O ditado, Não, o filme, Comédia, Tem a certeza de que não é um dramalhão dos antigos, de faca e alguidar, ou desses modernos, com tiros e explosões, É uma comédia levezinha, divertida, Vou tomar nota, como foi que disse que se chamava, Quem Porfia Mata Caça, Muito bem, já o tenho, Não é nenhuma obra prima do cinema, mas poderá entretê-lo durante hora e meia.

Tertuliano Máximo Afonso está em casa, tem na cara uma expressão de dúvida, nada grave, porém, não é a primeira vez que lhe sucede estar assim, a assistir ao balouçar da vontade entre gastar tempo a preparar algo para comer, o que em geral não significa mais esforço que abrir uma lata e levar ao lume o conteúdo, ou a alternativa de sair para ir jantar a um restaurante perto, onde já o conhecem pela pouca consideração que demonstra pela ementa, não por atitude soberba de cliente insatisfeito, mas por indiferença, por alheamento, por preguiça de ter de escolher um prato entre os que lhe propõem na curta lista por de mais repetida. Reforça-lhe a conveniência de não sair de casa o facto de ter trazido trabalho da escola, os últimos exercícios dos seus alunos, que deverá ler com atenção e corrigir sempre que atentem perigosamente contra as verdades ensinadas ou se permitam excessivas liberdades de interpretação. A História que Tertuliano Máximo Afonso tem a missão de ensinar é como um bonsai a que de vez em quando se aparam as raízes para que não cresça, uma miniatura infantil da gigantesca árvore dos lugares e do tempo, e de quanto neles vai sucedendo, olhamos, vemos a desigualdade de tamanho e por aí nos deixamos ficar, passamos por alto outras diferenças não menos notáveis, por exemplo, nenhuma ave, nenhum pássaro, nem sequer o diminuto beija-flor, conseguiria fazer ninho nos ramos de um bonsai, e se é verdade que à pequena sombra deste, supondo-o provido de suficiente frondosidade, pode ir acoitar-se uma lagartixa, o mais certo é que ao réptil lhe fique a ponta do rabo de fora. A História que Tertuliano

Máximo Afonso ensina, ele mesmo o reconhece e não se importará de confessar se lho perguntarem, tem uma enorme quantidade de rabos de fora, alguns ainda remexendo, outros já reduzidos a uma pele encarquilhada com uma carreirinha de vértebras soltas dentro. Lembrando-se da conversa com o colega, pensou, A Matemática veio doutro planeta cerebral, na Matemática os rabos de lagartixa não seriam mais que abstrações. Tirou os papéis de dentro da pasta e colocou-os em cima da mesa de trabalho, tirou também a cassete de Quem Porfia Mata Caça, ali estavam as duas ocupações a que poderia dedicar o serão de hoje, corrigir os exercícios, ver o filme, suspeitava no entanto que o tempo não iria dar para tudo, uma vez que não tinha por costume nem gostava de trabalhar pela noite dentro. A urgência do exame das provas dos alunos não era de sangria desatada, a urgência de ver o filme, essa não era nenhuma. O melhor será continuar com o livro que estava a ler, pensou. Depois de ter passado pela casa de banho foi ao quarto para mudar de roupa, trocou de sapatos e calças, enfiou um pulôver por cima da camisa, deixando ficar a gravata porque não gostava de ver-se esgargalado, e entrou na cozinha. Tirou de um armário três latas de diferentes comidas, e como não soube por qual decidir-se, lançou mão, para tirar à sorte, de uma incompreensível e quase esquecida cantilena de infância que muitas vezes, naqueles tempos, o tinha deixado fora de jogo, e rezava assim, um dó li tá, era de mendá, um sulete colorete, um dó li tá. Saiu um guisado de carne, que não era o que mais lhe apetecia, mas achou que não devia contrariar o destino. Comeu na cozinha, empurrando com um copo de vinho tinto, e, quando terminou, quase sem pensar, repetiu a cantilena com três migalhas de pão, a da esquerda, que era o livro, a do meio, que era os exercícios, a da direita, que era o filme. Ganhou Quem Porfia Mata Caça, está visto que o que tem de ser, tem de ser, e tem muita força, nunca jogues as peras com o destino, que ele come as maduras e dá-te as verdes.

É o que geralmente se diz, e, porque se diz geralmente, aceitamos a sentença sem mais discussão, quando o nosso dever de gente livre seria questionar energicamente um destino despótico que determinou, sabe-se lá com que maliciosas intenções, que a pera verde é o filme, e não os exercícios ou o livro. Como professor, e de História ainda por cima, este Tertuliano Máximo Afonso, haja vista a cena a que acabámos de assistir na cozinha, confiando o seu futuro imediato e porventura o que virá depois dele a três migalhas de pão e a um papaguear infantil e sem sentido, é um mau exemplo para os adolescentes que o destino, o mesmo ou outro, pôs nas suas mãos. Não caberá infelizmente neste relato uma antecipação dos prováveis efeitos perniciosos da influência de um tal professor na formação das jovens almas dos educandos, por isso as deixamos aqui, sem outra esperança que a de que venham a encontrar, um dia, no caminho da vida, uma influência de sinal contrário que as livre, quem sabe se in extremis, da perdição irracionalista que neste momento as ameaça.

Tertuliano Máximo Afonso lavou cuidadosamente a louça do jantar, desde sempre constitui para ele uma inviolável obrigação deixar tudo limpo e reposto nos seus sítios depois de ter comido, o que vem ensinar-nos, regressando por uma última vez às jovens almas acima citadas, para as quais semelhante procedimento seria, talvez, se não com alta probabilidade, risível, e a obrigação letra-morta, que até de alguém tão pouco recomendável em temas, assuntos e questões relacionadas com o livre-arbítrio é possível aprender alguma coisa. Tertuliano Máximo Afonso recebeu dos regrados costumes da família em que foi gerado esta e outras boas lições, em particular de sua mãe, por fortuna ainda viva e de saúde, a quem certamente irá visitar um destes dias, lá na pequena cidade da província onde o futuro professor abriu os olhos para o mundo, berço dos Máximos maternos e dos Afonsos paternos, e em que lhe calhou ser o primeiro Tertuliano acontecido, nado há quase quarenta anos. Ao pai, não terá outra solução que ir visitá-lo ao cemitério, assim é a puta da vida, sempre se nos acaba. A má palavra passou-lhe pela cabeça sem que a tivesse convocado, foi por ter pensado no pai enquanto saía da cozinha e sentir a saudade dele, Tertuliano Máximo Afonso é pouco de dizer asneiras, a tal ponto que se em alguma rara ocasião lhe sucede largá-las, ele próprio se surpreende com a estranheza, com a falta de convencimento dos seus órgãos fonadores, cordas vocais, câmara palatina, língua, dentes e lábios, como se estivessem articulando, contrariados, pela primeira vez, uma palavra de um idioma até aí desconhecido. Na pequena divisão da casa que lhe serve de escritório e de sala de estar há um sofá de dois lugares, uma mesinha baixa, de centro, uma cadeira de assento estofado que parece hospitaleira, o aparelho de televisão em frente dela, no ponto de fuga, e, posta de canto, a jeito de receber a luz da janela, a secretária onde os exercícios de História e a cassete estão à espera de ver quem ganha. Duas das paredes estão forradas de livros, a maioria deles com as rugas do uso e a murchidão da idade. No chão um tapete com motivos geométricos, de cores surdas, ou talvez desbotadas, ajuda a sustentar um ambiente de conforto que não passa de simples mediania, sem fingimentos nem pretensões a parecer mais do que é, o sítio de viver de um professor do ensino secundário que ganha pouco, como parece ser obstinação caprichosa das classes docentes em geral, ou condenação histórica que ainda não acabaram de purgar. A migalha do meio, isto é, o livro que Tertuliano Máximo Afonso tem andado a ler, um ponderoso estudo das antigas civilizações mesopotâmicas, encontra-se onde foi deixado na noite de ontem, aqui sobre a mesinha de centro, à espera, também, como as outras duas migalhas, à espera, como as coisas sempre estão, todas elas, a isso não podem escapar, é a fatalidade que as governa, parece que faz parte da sua invencível natureza de coisas. De uma personalidade como se tem vindo a anunciar a deste Tertuliano Máximo Afonso, que já deu algumas mostras de espírito vagueador, e até algo evasivo, no pouco tempo que leva de conhecido, não causaria surpresa neste momento uma exibição de conscientes simulações consigo mesmo, folheando os exercícios dos alunos com falsa atenção, abrindo o livro na página em que a leitura havia ficado interrompida, mirando desinteressado a cassete por um lado e pelo outro, como se ainda não se tivesse decidido sobre o que finalmente quererá fazer. Mas as aparências, nem sempre tão enganadoras quanto se diz, não é raro que se neguem a si mesmas e deixem surdir manifestações que abrem caminho à possibilidade de sérias diferenças futuras num padrão de comportamento que, no geral, parecia apresentar-se como definido. Esta laboriosa explicação poderia ter-se evitado se em seu lugar, sem mais rodeios, tivéssemos dito que Tertuliano Máximo Afonso se dirigiu diretamente, isto é, em linha reta, à secretária, pegou na cassete, percorreu com os olhos as informações do verso e do anverso da caixa, apreciou neste as caras sorridentes, bem-dispostas dos intérpretes, notou que só o nome de um deles, o principal, uma atriz jovem e bonita, lhe era familiar, aviso de que o filme, na hora dos contratos, não devia ter sido contemplado com atenções especiais por parte dos produtores, e logo, com o firme movimento de uma vontade que parecia nunca haver duvidado de si mesma, empurrou a cassete para dentro do aparelho de vídeo, sentou-se na cadeira, carregou no botão de arranque do comando a distância e acomodou-se para passar o melhor possível um serão, que, se pela amostra já pouco prometia, menos ainda deveria cumprir. E assim foi. Tertuliano Máximo Afonso riu por duas vezes, sorriu três ou quatro, a comédia, a par de levezinha, segundo a expressão conciliadora do colega de Matemática, era principalmente absurda, disparatada, um engendro cinematográfico em que a lógica e o senso comum tinham ficado a protestar do lado de fora da porta porque não lhes havia sido permitida a entrada lá onde o desatino estava a ser perpetrado. O título, o tal Quem Porfia Mata Caça, era uma daquelas metáforas óbvias, do tipo branco é galinha o põe, caça, caçada e caçadores era coisa que não se via na história, tudo se limitava a um caso de frenética ambição pessoal que a atriz jovem e bonita encarnava o melhor que lhe tinham ensinado, salpicado o dito caso de mal-entendidos, manobras, desencontros e equívocos, no meio dos quais, por infelicidade, a depressão de Tertuliano Máximo Afonso não conseguiu encontrar o menor lenitivo. Quando o filme terminou, Tertuliano estava mais irritado consigo mesmo que com o colega. A este desculpava-o a boa intenção, mas a si, que já tinha muito boa idade para não andar a correr atrás de foguetes, o que lhe doía, como aos ingénuos sempre sucede, era isso mesmo, a sua ingenuidade. Em voz alta, disse, Amanhã vou devolver esta merda, desta vez não houve surpresa, achou que lhe assistia o direito de desabafar pela via grosseira, e, além disso, havia que ter em consideração que esta só era a segunda indecência que deixara escapar nas últimas semanas, e a primeira delas, ainda por cima, tinha sido apenas em pensamento, o que é apenas em pensamento não conta. Olhou o relógio e viu que ainda não eram onze horas. É cedo, murmurou, e com isto quis dizer, como se viu logo a seguir, que ainda tinha tempo para se punir a si mesmo pela leviandade de ter trocado a obrigação pela devoção, o autêntico pelo falso, o duradouro pelo precário. Sentou-se à secretária, puxou para si, cuidadosamente, os exercícios de História, como querendo pedir-lhes perdão pelo abandono, e trabalhou pela noite dentro, como mestre escrupuloso que sempre se tinha prezado de ser, cheio de pedagógico amor pelos seus alunos, mas exigentíssimo nas datas e implacável nos cognomes. Era tarde quando chegou ao final da empreitada que havia imposto a si mesmo, porém, ainda repeso da falta, ainda contrito do pecado, e como quem tinha decidido trocar um cilício doloroso por outro não menormente corretivo, levou para a cama o livro sobre as antigas civilizações mesopotâmicas, no capítulo que tratava dos semitas amorreus e, em particular, do seu rei Hamurabi, o do código. Ao cabo de quatro páginas adormeceu serenamente, sinal de que tinha sido perdoado.

Acordou uma hora depois. Não sonhara, nenhum horrível pesadelo lhe havia desordenado o cérebro, não esbracejou a defender-se do monstro gelatinoso que se lhe viera pegar à cara, abriu apenas os olhos e pensou, Há alguém em casa. Devagar, sem precipitação, sentou-se na cama e pôs-se à escuta. O quarto é interior, mesmo durante o dia não chegam aqui os rumores de fora, e a esta altura da noite, Que horas serão, o silêncio costuma ser total. E era total. Quem quer que fosse o intruso, não se movia de onde estava. Tertuliano Máximo Afonso estendeu o braço para a mesa de cabeceira e acendeu a luz. O relógio marcava quatro e um quarto. Como a maior parte da gente comum, este Tertuliano Máximo Afonso tem tanto de corajoso como de cobarde, não é um herói desses invencíveis de cinema, mas também não é nenhum cagarola, dos que se mijam pelas pernas abaixo quando ouvem ranger à meia-noite a porta da masmorra do castelo. É verdade que sentiu eriçaram-se-lhe os pelos do corpo, mas isso até aos lobos sucede quando se enfrentam a um perigo, e a ninguém que esteja em seu juízo perfeito lhe passará pela cabeça sentenciar que os lupinos são uns miseráveis cobardes. Tertuliano Máximo Afonso vai demonstrar que também não o é. Deixou-se escorregar subtilmente da cama, empunhou um sapato à falta de arma mais contundente e, usando de mil cautelas, assomou-se à porta do corredor. Olhou a um lado, depois a outro. A percepção de presença que o fizera despertar tornou-se um pouco mais forte. Acendendo as luzes à medida que avançava, ouvindo ressoar-lhe o coração na caixa do peito como um cavalo a galope, Tertuliano Máximo Afonso entrou na casa de banho e depois na cozinha. Ninguém. E a presença, ali, era curioso, pareceu-lhe que baixava de intensidade. Regressou ao corredor e enquanto se ia aproximando da sala de estar percebeu que a invisível presença se tornava mais densa a cada passo, como se a atmosfera se tivesse posto a vibrar pela reverberação de uma oculta incandescência, como se o nervoso Tertuliano Máximo Afonso caminhasse por um terreno radioativamente contaminado levando na mão um contador Geiger que irradiasse ectoplasmas em vez de emitir avisos sonoros. Não havia ninguém na sala. Tertuliano Máximo Afonso olhou ao redor, ali estavam, firmes e impávidas, as duas altas estantes cheias de livros, as gravuras emolduradas das paredes, às quais até agora não se tinha feito referência, mas é certo, ali estão, e ali, e ali, e ali, a secretária com a máquina de escrever, a cadeira, a mesa baixa ao meio com uma pequena escultura colocada exatamente no centro geométrico, e o sofá de dois lugares, e o aparelho de televisão. Tertuliano Máximo Afonso murmurou em voz muito baixa, com temor, Era isto, e então, pronunciada a última palavra, a presença, silenciosamente, como uma bola de sabão rebentando, desapareceu. Sim, era aquilo, o aparelho de televisão, o leitor de vídeo, a comédia que se chama Quem Porfia Mata Caça, uma imagem lá dentro que havia regressado ao seu sítio depois de ir acordar Tertuliano Máximo Afonso à cama. Não imaginava qual ela poderia ser, mas tinha a certeza de que a reconheceria quando aparecesse. Foi ao quarto, vestiu um roupão por cima do pijama para não apanhar frio e voltou. Sentou-se na cadeira, carregou outra vez no botão de arranque do comando a distância e, inclinado para a frente, com os cotovelos assentes nos joelhos, todo ele olhos, já sem risos nem sorrisos, repassou a história da mulher jovem e bonita que queria triunfar na vida. Ao cabo de vinte minutos, viu-a entrar num hotel e dirigir-se ao balcão de receção, ouviu-lhe dizer o nome, Chamo-me Inês de Castro, antes já tinha reparado na interessante e histórica coincidência, ouviu-a depois continuar, Tenho aqui uma reserva, o empregado olhou-a de frente, à câmara, não a ela, ou a ela que se encontrava no lugar da câmara, o que ele disse quase não o chegou a perceber agora Tertuliano Máximo Afonso, o polegar da mão que segurava o comando a distância carregou veloz no botão de parar, porém a imagem já se tinha ido, é lógico que não se gaste película inutilmente com um ator, figurante ou pouco mais, que só entra na história ao fim de vinte minutos, a fita desandou, passou outra vez pela cara do rececionista, a mulher jovem e bonita tornou a entrar no hotel, tornou a dizer que se chamava Inês de Castro e que tinha uma reserva, agora sim, aqui está, a imagem fixa do empregado da receção olhando de frente quem o olhava a ele. Tertuliano Máximo Afonso levantou-se da cadeira, ajoelhou-se diante do televisor, a cara tão perto do ecrã quanto lho permitia a visão, Sou eu, disse, e outra vez sentiu que se lhe eriçavam os pelos do corpo, o que ali estava não era verdade, não podia ser verdade, qualquer pessoa equilibrada por acaso ali presente o tranquilizaria, Que ideia, meu caro Tertuliano, tenha a bondade de observar que ele usa bigode, enquanto você tem a cara rapada. As pessoas equilibradas são assim, têm o costume de simplificar tudo, e depois, mas sempre tarde de mais, é que as vemos assombrarem-se com a copiosa diversidade da vida, então lembram-se de que os bigodes e as barbas não têm vontade própria, crescem e prosperam quando se lhes permite, às vezes também por pura indolência do portador, mas, de um instante para outro, só porque a moda variou ou porque a pilosa monotonia os tornou molestos ao espelho, desaparecem sem deixar rasto. Não esquecendo ainda, porque tudo pode acontecer quando se trate de atores e artes cénicas, a forte probabilidade de que o fino e bem tratado bigode do empregado da receção seja, simplesmente, um postiço. Tem-se visto. Estas considerações, que, por óbvias, saltariam com toda a naturalidade à vista de qualquer pessoa, poderia Tertuliano Máximo Afonso tê-las produzido por sua própria conta se não estivesse tão concentrado a procurar no filme outras situações em que aparecesse o mesmo ator secundário, ou figurante com linhas de texto, como com mais rigor conviria designá-lo. Até ao final da história, o homem do bigode, sempre no seu papel de rececionista, apareceu em mais cinco ocasiões, de cada vez com escasso trabalho, embora na última lhe fosse dado trocar duas frases pretendidamente maliciosas com a dominadora Inês de Castro e depois, enquanto ela se afastava balançando os quadris, olhá-la com expressão caricatamente libidinosa, que o realizador devia ter considerado irresistível ao apetite de riso do espectador. Escusado dizer que se Tertuliano Máximo Afonso não achou graça na primeira vez, muito menos achou na segunda. Tinha regressado à primeira imagem, aquela em que o empregado da receção, num grande plano, fita a direito Inês de Castro, e analisava, minucioso, a imagem, traço por traço, feição por feição, Tirando umas leves diferenças, pensou, o bigode sobretudo, o cabelo de corte diferente, a cara menos cheia, é igual a mim. Sentia-se tranquilo agora, sem dúvida a semelhança era, por assim dizer, assombrosa, mas daí não passava, semelhanças é o que não falta no mundo, vejam-se os gémeos, por exemplo, o que seria para admirar é que havendo mais de seis mil milhões de pessoas no planeta não se encontrassem ao menos duas iguais. Que nunca poderiam ser exatamente iguais, iguais em tudo, já se sabe, disse, como se estivesse a conversar com aquele quase seu outro eu que o olhava de dentro do aparelho de televisão. Outra vez sentado na cadeira, ocupando portanto a posição relativa da atriz que interpretava o papel de Inês de Castro, brincou a ser, também ele, cliente do hotel, Chamo-me Tertuliano Máximo Afonso, anunciou, e depois, sorrindo, E você, a pergunta era das mais consequentes, se duas pessoas iguais se encontram, o natural é quererem saber tudo uma da outra, e o nome é sempre a primeira coisa porque imaginamos que essa é a porta por onde se entra. Tertuliano Máximo Afonso fez correr a fita até ao fim, ali estava a lista dos atores de menor importância, não se lembrava se também seriam mencionados os papéis que representavam, afinal não, os nomes apareciam por ordem alfabética, simplesmente, e eram muitos. Agarrou meio distraído a caixa da cassete, passou uma vez mais os olhos pelo que ali se escrevia e mostrava, os rostos sorridentes dos atores principais, um breve resumo da história, e também, em baixo, numa linha de informações técnicas, em letra pequena, a data do filme. Já tem cinco anos, murmurou, ao mesmo tempo que recordava que o mesmo lhe tinha dito o colega de Matemática. Cinco anos já, repetiu, e, de repente, o mundo levou outro abanão, não era o efeito de uma impalpável e misteriosa presença que o tinha despertado, mas sim algo concreto, e não só concreto, mas também documentável. Com as mãos trémulas abriu e fechou gavetas, desentranhou delas envelopes com negativos e cópias fotográficas, espalhou tudo sobre a secretária, enfim encontrou o que procurava, um retrato seu, de há cinco anos. Tinha bigode, o corte de cabelo diferente, a cara menos cheia.

Nem o próprio Tertuliano Máximo Afonso saberia dizer se o sono tornou a abrir-lhe os misericordiosos braços depois da revelação tremebunda que foi para ele a existência, talvez nesta mesma cidade, de um homem que, a avaliar pela cara e pela figura em geral, é o seu vivo retrato. Depois de comparar demoradamente a fotografia de há cinco anos com a imagem em grande plano do empregado da receção, depois de não ter encontrado nenhuma diferença entre esta e aquela, por mínima que fosse, ao menos uma levíssima ruga que um tivesse e ao outro faltasse, Tertuliano Máximo Afonso deixou-se cair no sofá, não na cadeira, onde não haveria espaço bastante para amparar o desmoronamento físico e moral do seu corpo, e ali, com a cabeça apertada entre as mãos, os nervos exaustos, o estômago em ânsias, esforçou-se por arrumar os pensamentos, desenriçando-os do caos de emoções amontoadas desde o momento em que a memória, velando sem que ele o suspeitasse por trás da cortina cerrada dos olhos, o tinha feito despertar sobressaltado do seu primeiro e único sono. O que mais me confunde, pensava trabalhosamente, não é tanto o facto de este tipo se parecer comigo, ser uma cópia minha, digamos, um duplicado, casos assim não são infrequentes, temos os gémeos, temos os sósias, as espécies repetem-se, o ser humano repete-se, é a cabeça, é o tronco, são os braços, são as pernas, e poderia suceder, não tenho nenhuma certeza, é apenas uma hipótese, que uma alteração fortuita num determinado quadro genético tivesse por efeito um ser semelhante a outro gerado num quadro genético sem qualquer relação com ele, o que me confunde não é tanto isso como eu saber que há cinco anos fui igual ao que ele era nessa altura, até bigode usávamos, e mais ainda a possibilidade, que digo eu, a probabilidade de que passados cinco anos, isto é, hoje, agora mesmo, a esta hora da madrugada, a igualdade se mantenha, como se uma mudança em mim tivesse de ocasionar a mesma mudança nele, ou, pior ainda, que um não mude porque o outro mudou, mas por ser simultânea a mudança, isso é que seria de dar com a cabeça nas paredes, sim, de acordo, não devo transformar isto numa tragédia, tudo quanto é possível suceder, já sabemos que sucederá, primeiro foi o acaso que nos tornou iguais, depois foi o acaso de um filme de que eu nunca tinha ouvido falar, poderia ter vivido o resto da vida sem imaginar sequer que um fenómeno destes escolheria para manifestar-se um vulgar professor de História, este que ainda há poucas horas estava a corrigir os erros dos seus alunos e agora não sabe que fazer com o erro em que ele próprio, de um instante para outro, se tinha visto convertido. Serei mesmo um erro, perguntou-se, e, supondo que efetivamente o sou, que significado, que consequências para um ser humano terá saber-se errado. Correu-lhe pela espinha uma rápida sensação de medo e pensou que há coisas que é preferível deixá-las como estão e ser como são, porque caso contrário há o perigo de que os outros percebam, e, o que seria pior, que percebamos também nós pelos olhos deles, esse oculto desvio que nos torceu a todos ao nascer e que espera, mordendo as unhas de impaciência, o dia em que possa mostrar-se e anunciar-se, Aqui estou. O peso excessivo de tão profunda cogitação, ainda por cima centrada na possibilidade da existência de duplos absolutos, mais intuída, porém, em lampejos fugazes que verbalmente elaborada, fez descair-lhe devagar a cabeça, e o sono, um sono que, pelos seus meios próprios, iria prosseguir o labor mental até esse momento executado pela vigília, tomou conta do corpo fatigado e ajudou--o a aconchegar-se nas almofadas do sofá. Não chegou a ser um repouso que merecesse e justificasse o seu doce nome, passados poucos minutos, ao abrir de golpe os olhos, Tertuliano Máximo Afonso, como um boneco falante cujo mecanismo se tivesse avariado, repetiu por outras palavras a pergunta de há pouco, Que é ser um erro. Encolheu os ombros como se a questão, de súbito, tivesse deixado de interessar-lhe. Efeito compreensível de um cansaço levado ao extremo, ou, pelo contrário, consequência benéfica do breve sono, esta indiferença é, mesmo assim, desconcertante e inaceitável, porque muito bem sabemos, e ele melhor que ninguém, que o problema não foi resolvido, está ali intacto, dentro do leitor de vídeo, à espera também ele, depois de se ter exposto em palavras que não se ouviram mas que subjaziam ao diálogo do guião, Um de nós é um erro, isto foi o que de facto disse o empregado da receção a Tertuliano Máximo Afonso quando, dirigindo-se à atriz que fazia de Inês de Castro, a informou de que o quarto que ela tinha reservado era o doze-dezoito. De quantas incógnitas é esta equação, perguntou o professor de História ao professor de Matemática no momento em que cruzava outra vez o limiar do sono. O colega dos números não respondeu à pergunta, apenas fez um gesto compassivo e disse, Depois falamos, agora descanse, faça por dormir, que bem precisa. Dormir era, sem dúvida, o que Tertuliano Máximo Afonso mais desejaria neste momento, mas o intento resultou frustrado. Daí a pouco estava outra vez desperto, animado agora por uma ideia luminosa que de repente lhe havia ocorrido, e era pedir ao colega de Matemática que lhe dissesse por que foi que se lembrou de lhe sugerir que visse Quem Porfia Mata Caça, quando se tratava de um filme de escasso mérito e com o peso de cinco anos de uma certamente atribulada existência, o que, em uma fita de produção corrente, de baixo orçamento, é motivo mais que seguro para uma aposentação por incapacidade, quando não para uma morte macaca apenas adiada por um tempo graças à curiosidade de meia dúzia de espectadores excêntricos que ouviram falar de filmes de culto e julgaram que era aquilo. Nesta emaranhada equação, a primeira incógnita que teria de resolver era se sim ou não o colega de Matemática se havia apercebido da semelhança quando viu o filme, e, no caso afirmativo, por que razão não o prevenira na altura em que lho sugeriu, nem que fosse com palavras de risonha ameaça, como estas, Prepare-se, que vai levar um susto. Embora não creia no Destino propriamente dito, isto é, o que se distingue de qualquer destino subalterno pela maiúscula inicial de respeito, Tertuliano Máximo Afonso não consegue escapar à ideia de que tantos acasos e coincidências juntos poderão muito bem corresponder a um plano por enquanto indescortinável, mas cujo desenvolvimento e desenlace certamente já se encontram determinados nas tábuas em que o dito Destino, supondo que afinal de contas existe e nos governa, apontou, logo no princípio dos tempos, a data em que cairá o primeiro cabelo da cabeça e a data em que se apagará o último sorriso da boca. Tertuliano Máximo Afonso deixou de estar caído no sofá como um fato amarrotado e sem corpo dentro, acaba de levantar-se tão firme de pernas quanto lhe é possível depois de uma noite que em violência de emoções não tem par em toda a sua vida, e, sentindo que a cabeça lhe foge um pouco do sítio, foi espreitar o céu por trás das vidraças da janela. A noite mantinha-se agarrada aos telhados da cidade, os candeeiros da rua ainda estavam acesos, mas a primeira e subtil aguada da manhã já começara a tingir de transparências a atmosfera lá no alto. Foi assim que teve a certeza de que o mundo não acabaria hoje, que teria sido um desperdício sem perdão fazer sair o sol por coisa nenhuma, só para estar presente no princípio do nada quem ao tudo tinha dado começo, e portanto, embora não sendo nada clara, e muito menos evidente, a ligação que houvesse entre uma coisa e outra, o senso comum de Tertuliano Máximo Afonso compareceu finalmente a dar-lhe o conselho cuja falta mais se vinha notando desde o aparecimento do empregado da receção no televisor, e foi esse conselho o seguinte, Se achas que deves pedir uma explicação ao teu colega, pede-a de uma vez, sempre será melhor que andares por aí com a garganta atravessada de interrogações e dúvidas, recomendo-te em todo o caso que não abras demasiado a boca, que vigies as tuas palavras, tens uma batata quente nas mãos, larga-a se não queres que te queime, devolve o vídeo à loja hoje mesmo, pões uma pedra sobre o assunto e acabas com o mistério antes que ele comece a deitar cá para fora coisas que preferirias não saber, ou ver, ou fazer, além disso, supondo que há uma pessoa que é uma cópia tua, ou tu uma cópia sua, e pelos vistos há mesmo, não tens nenhuma obrigação de ir à procura dela, esse tipo existe e tu não o sabias, existes tu e ele não o sabe, nunca se viram, nunca se cruzaram na rua, o melhor que tens a fazer é, E se o encontro um dia destes, se me cruzo com ele na rua, interrompeu Tertuliano Máximo Afonso, Viras a cara para o lado, nem te vi nem te conheço, E se ele se dirigir a mim, Se tiver uma pontinha só que seja de sensatez fará o mesmo, Não se pode exigir a toda a gente que seja sensata, Por isso o mundo está como está, Não respondeste à minha pergunta, Qual, Que faço eu se ele se dirigir a mim, Dizes-lhe que extraordinária coincidência, fantástica, curiosa, o que te parecer mais adequado, mas sempre coincidência, e cortas a conversa, Assim sem mais nem menos, Assim sem mais nem menos, Seria uma má-criação, uma indelicadeza, Às vezes é a única maneira de evitar males maiores, não o faças e já sabes o que sucederá, depois de uma palavra virá outra, depois do primeiro encontro haverá segundo e terceiro, às duas por três estarás a contar a tua vida a um desconhecido, já viveste anos bastantes para ter aprendido que com desconhecidos e estranhos todo o cuidado é pouco quando se trata de questões pessoais, e, se queres que te diga, não consigo imaginar nada mais pessoal, nada mais íntimo, que a embrulhada em que pareces estar a ponto de meter-te, É difícil considerar estranha uma pessoa que é igual a mim, Deixa-o continuar a ser o que foi até agora, um desconhecido, Sim, mas estranho nunca poderá ser, Estranhos somos todos, até nós que aqui estamos, A quem te referes, A ti e a mim, ao teu senso comum e a ti mesmo, raramente nos encontramos para conversar, lá muito de tarde em tarde, e, se quisermos ser sinceros, só poucas vezes valeu a pena, Por minha culpa, Também por culpa minha, estamos obrigados por natureza ou condição a seguir caminhos paralelos, mas a distância que nos separa, ou divide, é tão grande que na maior parte dos casos não nos ouvimos um ao outro, Ouço-te agora, Tratou-se de uma emergência, e as emergências aproximam, O que tiver de ser, será, Conheço essa filosofia, costumam chamar-lhe predestinação, fatalismo, fado, mas o que realmente significa é que farás o que te der na real gana, como sempre, Significa que farei aquilo que tiver de fazer, nada menos, Há pessoas para quem é o mesmo aquilo que fizeram e aquilo que pensaram que teriam de fazer, Ao contrário do que julga o senso comum, as coisas da vontade nunca são simples, o que é simples é a indecisão, a incerteza, a irresolução, Quem tal diria, Não te admires, vamos sempre aprendendo, A minha missão acabou, tu farás o que entenderes, Assim é, Portanto, adeus, até outra ocasião, passa bem, Provavelmente até à próxima emergência, Se conseguir chegar a tempo. Os candeeiros da rua tinham-se apagado, o trânsito crescia a cada minuto, o azul ganhava cor no céu. Todos sabemos que cada dia que nasce é o primeiro para uns e será o último para outros, e que, para a maioria, é só um dia mais. Para o professor de História Tertuliano Máximo Afonso, este dia em que estamos, ou somos, não havendo qualquer motivo para pensar que virá a ser o último, também não será, simplesmente, um dia mais. Digamos que se apresentou neste mundo como a possibilidade de ser um outro primeiro dia, um outro começo, e portanto apontando a um outro destino. Tudo depende dos passos que Tertuliano Máximo Afonso der hoje. Porém, a procissão, assim se dizia em passadas eras, ainda agora vai a sair da igreja. Sigamo-la.

Que cara, murmurou Tertuliano Máximo Afonso quando se olhou ao espelho, e de facto não era para menos. Dormir, tinha dormido uma hora, o resto da noite viveu-o a pelejar contra o assombro e o temor descritos aqui com uma minúcia talvez excessiva, contudo perdoável se nos lembrarmos de que jamais na história da humanidade, essa que o professor Tertuliano Máximo Afonso tanto se esforça por bem ensinar aos seus alunos, aconteceu existirem duas pessoas iguais no mesmo lugar e no mesmo tempo. Em épocas recuadas deram-se outros casos de semelhança física total entre duas pessoas, ora homens, ora mulheres, mas sempre as separaram dezenas, centenas, milhares de anos e dezenas, centenas, milhares de quilómetros. O caso mais portentoso que se conhece foi o de uma certa cidade, hoje desaparecida, onde na mesma rua e na mesma casa, mas não na mesma família, com um intervalo de duzentos e cinquenta anos, nasceram duas mulheres iguais. O prodigioso sucesso não foi registado em nenhuma crónica, tão-pouco foi conservado pela tradição oral, o que é perfeitamente compreensível, dado que quando nasceu a primeira não se sabia que haveria segunda, e quando a segunda veio ao mundo já se tinha perdido a lembrança da primeira. Naturalmente. Não obstante a ausência absoluta de qualquer prova documental ou testemunhal, estamos em condições de afirmar, e mesmo de jurar sob palavra de honra se necessário for, que tudo quanto declarámos, declaremos ou acaso venhamos a declarar como acontecido na cidade hoje desaparecida, aconteceu mesmo. Que a história não registe um facto não significa que esse facto não tenha ocorrido. Quando chegou ao fim da operação de barbeio matinal, Tertuliano Máximo Afonso examinou sem complacência a cara que tinha diante de si e, no todo, achou-a com melhor aspeto. Na verdade, qualquer observador imparcial, fosse ele masculino ou feminino, não se recusaria a definir como harmoniosas, se tomadas no seu conjunto, as feições do professor de História, e, seguramente, não se esqueceria de tomar na devida conta a importância positiva de certas leves assimetrias e certas subtis variações volumétricas que constituíam, por assim dizer, o sal que, no caso vertente, espevitava aquela aparência de manjar insosso que quase sempre acaba por prejudicar os rostos dotados de traços demasiado regulares. Não se trata de proclamar aqui que Tertuliano Máximo Afonso é uma perfeita figura de homem, a tanto não lhe chegaria a imodéstia nem a nós a subjetividade, mas, tivesse ele ao menos uma pitada de talento que sem dúvida poderia fazer uma excelente carreira no teatro interpretando papéis de galã. E quem diz teatro, diz cinema, claro está. Um parêntesis indispensável. Há alturas da narração, e esta, como já se vai ver, foi justamente uma delas, em que qualquer manifestação paralela de ideias e de sentimentos por parte do narrador à margem do que estivessem a sentir ou a pensar nesse momento as personagens deveria ser expressamente proibida pelas leis do bem escrever. A infração, por imprudência ou ausência de respeito humano, a tais cláusulas limitativas, que, a existirem, seriam provavelmente de acatamento não obrigatório, pode levar a que a personagem, em lugar de seguir uma linha autónoma de pensamentos e emoções coerente com o estatuto que lhe foi conferido, como é seu direito inalienável, se veja assaltada de modo arbitrário por expressões mentais ou psíquicas que, vindas de quem vêm, é certo que nunca lhe seriam de todo alheias, mas que num instante dado podem revelar-se no mínimo inoportunas, e em algum caso desastrosas. Foi precisamente o que sucedeu a Tertuliano Máximo Afonso. Olhava-se ao espelho como quem se olha ao espelho apenas para avaliar os estragos de uma noite mal dormida, nisso pensava e em nada mais, quando, de súbito, a desafortunada reflexão do narrador sobre os seus traços físicos e a problemática eventualidade de que em um dia futuro, auxiliados pela demonstração de talento suficiente, poderiam vir a ser postos ao serviço da arte teatral ou da arte cinematográfica, desencadeou nele uma reação que não será exagero classificar de terrível. Se aquele tipo que fez de empregado da receção aqui estivesse, pensou dramaticamente, se estivesse aqui diante deste espelho, a cara que de si mesmo veria seria esta. Não censuremos a Tertuliano Máximo Afonso não se ter lembrado de que o outro usava bigode no filme, não se lembrou, é certo, mas talvez por saber de ciência certa que hoje já não o usa, e para isso não precisa de recorrer a esses misteriosos saberes que são os pressentimentos, pois encontra a melhor das razões na sua própria cara escanhoada, varrida de pelos. Qualquer pessoa com sentimentos não terá relutância em admitir que aquele adjetivo, aquela palavra terrível, inadequada aparentemente ao contexto doméstico de uma pessoa que vive sozinha, deve ter exprimido com bastante pertinência o que se passou na cabeça do homem que acaba de voltar correndo da sua mesa de trabalho aonde foi buscar um marcador preto e agora, outra vez diante do espelho, desenha sobre a sua própria imagem, por cima do lábio superior e rente a ele, um bigode igualzinho ao do empregado da receção, fino, delgado, de galã. Neste momento, Tertuliano Máximo Afonso passou a ser aquele ator de quem ignoramos o nome e a vida, o professor de História do ensino secundário já não está aqui, esta casa não é a sua, tem definitivamente outro proprietário a cara do espelho. Durasse esta situação um minuto mais, ou nem tanto, e tudo poderia acontecer nesta casa de banho, uma crise de nervos, um súbito ataque de loucura, um furor destrutivo. Felizmente Tertuliano Máximo Afonso, apesar de alguns comportamentos que têm dado a entender o contrário, e que certamente não foram os últimos, é feito de uma boa massa, por uns instantes havia perdido o domínio da situação, mas já o tem recuperado. Por muito esforço que tenhamos de fazer, sabemos que só abrindo os olhos se pode sair de um pesadelo, mas o remédio, neste caso, foi fechá-los, não os próprios, mas os do reflexo no espelho. Tão eficazmente como se de um muro se tratasse, um jato de espuma de sabão separou estes outros irmãos siameses que ainda não se conhecem, e a mão direita de Tertuliano Máximo Afonso, espalmada sobre o espelho, desfez o rosto de um e o rosto do outro, tanto assim que nenhum dos dois poderia encontrar-se e reconhecer-se agora na superfície lambuzada de uma espuma branca com laivos negros que vão escorrendo e a pouco e pouco se diluem. Tertuliano Máximo Afonso deixou de ver a imagem do espelho, agora está sozinho em casa. Meteu-se debaixo do duche e, embora seja, desde que nasceu, radicalmente cético quanto às espartanas virtudes da água fria, dizia-lhe o pai que não havia nada melhor no mundo para dispor um corpo e agilitar um cérebro, pensou que apanhá-la em cheio esta manhã, sem mistura das decadentes mas deliciosas águas mornas, talvez resultasse beneficioso para a sua esvaída cabeça e acordasse de uma vez o que no seu interior intenta, a cada momento, como quem não quer a coisa, deslizar-se para o sono. Lavado e enxuto, penteado sem o auxílio do espelho, entrou no quarto, fez rapidamente a cama, vestiu-se e passou à cozinha para preparar o pequeno-almoço, composto, como de costume, de sumo de laranja, torradas, café com leite, iogurte, os professores precisam de ir bem alimentados à escola para poderem arrostar com o duríssimo trabalho de plantar árvores ou simples arbustos da sabedoria em terrenos que, na maior parte dos casos, puxam mais para o sáfaro que para o fecundo. Ainda é muito cedo, a sua aula não principiará antes das onze, mas, ponderadas as circunstâncias, compreende-se que estar em casa não seja o que hoje mais lhe apeteça. Voltou à casa de banho a lavar os dentes, e, enquanto o fazia, ocorreu-lhe se seria dia de vir limpar-lhe a casa a vizinha do andar de cima, uma mulher já de idade, viúva e sem filhos, que há seis anos lhe aparecera à porta a oferecer os seus serviços depois de se ter apercebido de que o novo vizinho também vivia só. Não, hoje não é dia, poderá deixar o espelho tal como está, a espuma já começou a secar, desfaz-se ao mais leve contacto dos dedos, mas por enquanto ainda se mantém agarrada e não se vê ninguém a espreitar por baixo dela. O professor Tertuliano Máximo Afonso está pronto para sair, já decidiu que levará o carro para refletir com calma sobre os últimos e perturbadores sucessos, sem ter de padecer os apertões e os atropelos dos transportes públicos que, por óbvios motivos económicos, com mais frequência tem sido seu costume utilizar. Meteu os exercícios dentro da pasta, parou três segundos a olhar o resguardo do vídeo, era uma boa altura para seguir os conselhos do senso comum, retirar a cassete do leitor, metê-la na caixa e ir dali diretamente à loja, Aqui tem, diria ao empregado, pensei que teria interesse, mas não, não valeu a pena, e foi uma perda de tempo, Quer levar outro, perguntaria o empregado esforçando-se por recordar o nome deste cliente que ainda ontem cá esteve, dispomos de um sortido muito completo, bons filmes de todos os géneros, tanto antigos como modernos, ah, Tertuliano, claro está que as duas últimas palavras somente seriam pensadas e o sorriso irónico paralelo apenas imaginado. Demasiado tarde, o professor de História Tertuliano Máximo Afonso já vai a descer a escada, não é esta a primeira batalha que o senso comum terá de resignar-se a perder.

Devagar, como quem decidiu aproveitar a primeira hora da manhã para gozar de um passeio, deu uma volta pela cidade, durante a qual, apesar da ajuda de alguns sinais vermelhos e amarelos mais tardos no passar, não lhe serviu de nada puxar pela cabeça para encontrar saída para uma situação que, como para qualquer pessoa informada seria evidente, está, toda ela, nas suas mãos. O mau do caso é que, e ele próprio o confessou a si mesmo, em voz alta, ao entrar na rua onde a escola está situada, Quem me dera que fosse capaz de atirar este disparate para trás das costas, esquecer-me desta loucura, olvidar este absurdo, aqui fez uma pausa para pensar que o primeiro elemento da frase teria sido suficiente, e depois concluiu, Mas não posso, o que mostra à saciedade a que ponto já chegou a obsessão deste desnorteado homem. A aula de História, como foi mencionado antes, é só às onze, e ainda faltam quase duas horas. Mais cedo ou mais tarde o colega de Matemática aparecerá nesta sala dos professores onde Tertuliano Máximo Afonso, que o espera, finge, com falsa naturalidade, rever os exercícios que trouxe na pasta. Um observador atento talvez não levasse muito tempo a aperceber-se da simulação, mas para tal teria de saber que nenhum professor, destes rotineiros, iria pôr-se a reler pela segunda vez o que já deixara corrigido na primeira, e não tanto pela possibilidade de encontrar novos erros e portanto ter de introduzir novas emendas, mas por uma mera questão de prestígio, de autoridade, de suficiência, ou apenas porque o corrigido, corrigido está, e não necessita nem admite volta atrás. Não faltaria mais que ter Tertuliano Máximo Afonso de emendar os seus próprios erros, supondo que em um destes papéis, que agora está olhando sem ver, corrigiu o que estava certo e pôs uma mentira no lugar de uma verdade inesperada. As melhores invenções, nunca será de mais lembrá-lo, são as de quem não sabia. Foi nesta altura que o professor de Matemática entrou. Viu o colega de História e foi logo direito a ele, Bons dias, disse, Olá, bons dias, Interrompo, perguntou, Não, não, que ideia, estava só a passar uma segunda vista de olhos, praticamente já tenho tudo corrigido, Que tal vão, Quem, Os seus rapazes, O costume, assim-assim, nem bem, nem mal, Exatamente como nós quando tínhamos a idade deles, disse o de Matemática, a sorrir. Tertuliano Máximo Afonso estava à espera de que o colega lhe perguntasse se finalmente se tinha decidido a alugar o vídeo, se o vira, se gostara, mas o professor de Matemática parecia ter esquecido o assunto, apartado o espírito do interessante diálogo do dia anterior. Foi servir-se de um café, voltou a sentar-se e, sossegadamente, estendeu o jornal em cima da mesa, disposto a inteirar-se do estado geral do mundo e do país. Depois de percorrer os títulos da primeira página e franzir o nariz a cada um deles, disse, Às vezes pergunto-me se a primeira culpa do desastre a que este planeta chegou não terá sido nossa, disse, Nossa, de quem, minha, sua, perguntou Tertuliano Máximo Afonso, fazendo-se interessado, mas confiando que a conversa, mesmo com um início tão afastado das suas preocupações, acabasse por levá-los ao âmago do caso, Imagine um cesto de laranjas, disse o outro, imagine que uma delas, lá no fundo, começa a apodrecer, imagine que, uma após outra, vão todas podrecendo, quem é que poderá, nessa altura, pergunto eu, dizer onde a podridão principiou, Essas laranjas a que está a referir-se são países, ou são pessoas, quis saber Tertuliano Máximo Afonso, Dentro de um país, são as pessoas, no mundo são os países, e como não há países sem pessoas, por elas é que o apodrecimento começa, inevitavelmente, E por que teríamos tido de ser nós, eu, você, os culpados, Alguém foi, Observo-lhe que não está a tomar em consideração o fator sociedade, A sociedade, meu querido amigo, tal como a humanidade, é uma abstração, Como a matemática, Muito mais que a matemática, ao pé delas a matemática é tão concreta como a madeira desta mesa, Que me diz, então, dos estudos sociais, Não é raro que os chamados estudos sociais sejam tudo menos estudos sobre pessoas, Livre-se de que o ouçam os sociólogos, condená-lo-iam à morte cívica, pelo menos, Contentar-se com a música da orquestra em que se toca e com a parte que nela lhe coube tocar, é um erro muito espalhado, sobretudo entre os que não são músicos, Alguns terão mais responsabilidades que outros, você e eu, por exemplo, estamos relativamente inocentes, ao menos dos males piores, Esse costuma ser o discurso da boa consciência, Que o diga a boa consciência, não deixa por isso de ser verdade, O melhor caminho para uma desculpabilização universal é chegar à conclusão de que, porque toda a gente tem culpas, ninguém é culpado, Se calhar não há nada que possamos fazer, são os problemas do mundo, disse Tertuliano Máximo Afonso, como para rematar a conversação, mas o matemático retificou, O mundo não tem mais problemas que os problemas das pessoas, e, tendo deixado cair esta sentença, meteu o nariz no jornal. Os minutos passavam, a hora da aula de História aproximava-se, e Tertuliano Máximo Afonso não via maneira de entrar no assunto que lhe interessava. Poderia, claro está, interpelar o colega diretamente, perguntar-lhe, de olhos nos olhos, A propósito, a propósito já se sabe que não vinha, mas as muletas da linguagem existem precisamente para situações como estas, uma urgente necessidade de passar a outro assunto sem parecer que se tem particular empenho nele, uma espécie de faz-de-conta-que-me-lembrei-agora-mesmo socialmente aceite, A propósito, diria, você notou que o empregado da receção no filme é o meu vivo retrato, mas isto seria o mesmo que exibir a carta principal de um jogo, meter terceira pessoa num segredo que ainda nem sequer era de duas, com a subsequente e futura dificuldade para furtar-se a perguntas curiosas, por exemplo, Então, já se encontrou com esse tal seu sósia. Foi neste momento que o professor de Matemática levantou os olhos do jornal, Então, perguntou, sempre alugou o filme, Aluguei, aluguei, respondeu Tertuliano Máximo Afonso alvoroçado, quase feliz, E que lhe pareceu, É divertido, Fez-lhe bem à depressão, quer dizer, ao marasmo, Marasmo ou depressão, tanto dá, não é no nome que está o mal, Fez-lhe bem, Acho que sim, pelo menos consegui rir com algumas situações. O professor de Matemática levantou-se, tinha também os seus alunos à espera, que ocasião melhor do que esta para que Tertuliano Máximo Afonso pudesse enfim dizer, A propósito, quando foi que viu o Quem Porfia Mata Caça pela última vez, a pergunta não tem importância, é só uma curiosidade, A última vez foi primeira e a primeira foi última, Quando o viu, Há coisa de um mês, emprestou-mo um amigo, Julguei que fosse seu, da sua coleção, Homem, se fosse meu ter-lho-ia emprestado, não o faria ir gastar dinheiro no aluguer. Estavam já no corredor, a caminho das aulas, Tertuliano Máximo Afonso sentindo o espírito solto, aliviado, como se o marasmo se tivesse evaporado de repente, desaparecido no infinito espaço, quem sabe se para não voltar nunca mais. Na próxima esquina separar-se-iam, cada qual para seu lado, e foi depois de lá chegarem, quando já ambos tinham dito, Até logo, que o professor de Matemática, quatro passos andados, se voltou para trás e perguntou, A propósito, você reparou que na fita há um ator, um secundário, que se parece muitíssimo consigo, pusesse você um bigode como o dele e seriam como duas gotas de água. Como um fulmíneo raio, o marasmo veio disparado das alturas e reduziu a ciscos a fugaz boa disposição de Tertuliano Máximo Afonso. Apesar disso, fazendo das tripas coração, ainda pôde responder com uma voz que parecia desmaiar em cada sílaba, Sim, reparei, é uma coincidência assombrosa, absolutamente extraordinária, e acrescentou, esboçando um sorriso sem cor, A mim só me falta o bigode e a ele ser professor de História, no resto qualquer diria que somos iguais. O colega olhou-o com estranheza, como se acabasse de reencontrá-lo depois de uma longa ausência, Agora me recordo de que você, aqui há uns anos, também usava bigode, disse, e Tertuliano Máximo Afonso, desatendendo a cautela, tal como aquele homem perdido que não quis ouvir conselhos, respondeu, Se calhar, nesse tempo, o professor era ele. O de Matemática aproximou-se, pôs-lhe a mão no ombro, paternal, Homem, você está realmente muito deprimido, uma coisa destas, uma coincidência como há tantas, sem importância, não deveria afetá-lo a este ponto, Não estou afetado, simplesmente dormi pouco, passei mal a noite, O mais provável foi ter passado mal a noite precisamente por estar afetado. O professor de Matemática sentiu o ombro de Tertuliano

Máximo Afonso tornar-se tenso debaixo da sua mão, como se todo o corpo, dos pés à cabeça, tivesse endurecido de repente, e foi tão forte o choque recebido, a impressão tão intensa, que o forçou a retirar o braço. Fê-lo o mais devagar que pôde, procurando que não se percebesse que sabia ter sido repelido, mas a insólita dureza do olhar de Tertuliano Máximo Afonso não lhe permitia dúvidas, o pacífico, o dócil, o submisso professor de História a quem se habituara a tratar com amigável mas superior indulgência, é neste momento outra pessoa. Perplexo, como se o tivessem posto diante de um jogo de que não soubesse as regras, disse, Bom, vemo-nos mais tarde, hoje não almoço na escola. Tertuliano Máximo Afonso baixou a cabeça como única resposta e foi para a aula.

Ao contrário da errónea afirmação deixada cinco linhas atrás, que contudo nos dispensaremos de corrigir in loco uma vez que este relato se situa pelo menos um grau acima do mero exercício escolar, o homem não havia mudado, o homem era o mesmo. A repentina alteração de humor observada em Tertuliano Máximo Afonso e que tão abalado havia deixado o professor de Matemática não fora mais que uma simples manifestação somática da patologia psíquica vulgarmente conhecida como ira dos mansos. Fazendo um breve desvio à matéria central, talvez consigamos entender-nos melhor se nos reportarmos à divisão clássica, é certo que algo desacreditada pelos modernos avanços da ciência, que distribuía os temperamentos humanos em quatro grandes tipos, a saber, o melancólico, produzido pela bílis negra, o fleumático, que obviamente resultava da fleuma, o sanguíneo, relacionado não menos obviamente com o sangue, e finalmente o colérico, que era consequência da bílis branca. Como facilmente se verifica, nesta divisão quaternária e primariamente simétrica dos humores não havia lugar onde pudesse arrumar-se a comunidade dos mansos. No entanto, a História, que nem sempre se equivoca, assegura-nos que eles já existiam, e até em grande número, naqueles tempos remotos, tal como hoje a Atualidade, capítulo da História que sempre está por escrever, nos diz que não só continuam a existir, como existem ainda em muito maior número. A explicação desta anomalia, que, aceitando-a, tanto nos serviria para compreender as obscuras penumbras da Antiguidade como as festivas iluminações do Agora, talvez possa encontrar-se no facto de, quando da definição e estabelecimento do quadro clínico acima descrito, um outro humor haver sido esquecido. Referimo-nos à lágrima. É surpreendente, para não dizer filosoficamente escandaloso, que algo tão visível, tão corrente e tão abundante como sempre foram as lágrimas tenha passado despercebido aos venerandos sábios da Antiguidade e tão pouca consideração mereça aos não menos sábios se bem que menos venerandos do Agora. Perguntar-se-á que tem esta extensa digressão que ver com a ira dos mansos, sobretudo se tomarmos em conta que a Tertuliano Máximo Afonso, que tão flagrantemente lhe deu vazão, não o vimos chorar até agora. A denúncia que acabamos de fazer da ausência da lágrima na teoria da medicina humoral não significa que os mansos, por natureza mais sensíveis, e portanto mais propensos a essa manifestação líquida dos sentimentos, andem todo o santo dia de lenço na mão assoando o nariz e enxugando de minuto a minuto os olhos pisados de choro. Significa, sim, que muito bem poderá uma pessoa, homem ou mulher, estar a despedaçar-se no seu interior por efeito da solidão, do desamparo, da timidez, daquilo que os dicionários descrevem como um estado afetivo desencadeado nas relações sociais e com manifestações volitivas, posturais e neurovegetativas, e não obstante, às vezes até por causa de uma simples palavra, por um dá-cá-aquela-palha, por um gesto bem intencionado mas em excesso protetor, como aquele que há pouco escapou ao professor de Matemática, eis que o pacífico, o dócil, o submisso de repente desaparecem da cena e em seu lugar, desconcertante e incompreensível para os que da alma humana já supunham saber tudo, surge o ímpeto cego e arrasador da ira dos mansos. O mais normal é que dure pouco, mas dá medo quando se manifesta. Por isso, para muita gente, a prece mais fervorosa, na hora de ir para a cama, não é o consabido pai-nosso ou a sempiterna ave-maria, mas sim esta, Livrai-nos, Senhor, de todo o mal, e em particular da ira dos mansos. Aos alunos de História ter-lhes-ia saído bem a oração, se dela fizessem consumo habitual, o que, tendo em consideração o jovens que são, é mais do que duvidoso. Já lhes chegará o tempo. É verdade que Tertuliano Máximo Afonso entrou na aula de cara amarrada, o que, observado por um estudante que se cria mais perspicaz que a maioria, o levou a sussurrar para o colega do lado, Parece que o tipo vem com a mosca, mas não era certo, o que se notava no professor já era o efeito final da tormenta, uns últimos e dispersos golpes de vento, uma bátega de chuva que se tinha deixado ficar para trás, as árvores menos flexíveis levantando custosamente a cabeça. A prova de que era assim foi que depois de fazer a chamada com voz firme e serena disse, Tinha pensado guardar para a semana que vem a revisão do nosso último exercício escrito, mas fiquei ontem com a noite livre e resolvi adiantar trabalho. Abriu a pasta, tirou os papéis, que pôs em cima da mesa, e continuou, As emendas estão feitas, as notas dadas em função dos erros cometidos, mas, ao contrário do costume, que seria entregar-vos simplesmente os exercícios, vamos dedicar o tempo desta aula à análise dos erros, isto é, quero ouvir de cada um de vocês as razões por que creem ter errado, pode ser, inclusive, que as razões que me forem dadas me levem a mudar a nota. Fez uma pausa, e acrescentou, Para melhor. Os sorrisos na aula acabaram de levar as nuvens para longe.

Depois do almoço, Tertuliano Máximo Afonso participou, com a maior parte dos seus colegas, numa reunião que havia sido convocada pelo diretor a fim de ser analisada a última proposta de atualização pedagógica emanada do ministério, das mil e tantas que fazem da vida dos infelizes docentes uma tormentosa viagem a Marte através de uma interminável chuva de ameaçadores asteroides que, com demasiada frequência, acertam em cheio no alvo. Quando chegou a sua vez de falar, num tom indolente e monocórdico que os presentes estranharam, limitou-se a repetir uma ideia que ali deixara já de ser novidade e que era motivo invariável de alguns risinhos complacentes do plenário e de mal disfarçada contrariedade do diretor, Em minha opinião, disse ele, a única opção importante, a única decisão séria que será necessário tomar no que respeita ao conhecimento da História, é se deveremos ensiná-la de trás para diante ou, segundo a minha opinião, de diante para trás, todo o mais, não sendo despiciendo, está condicionado pela escolha que se fizer, toda a gente sabe que assim é, mas continua a fazer-se de conta que não. Os efeitos da peroração foram os de sempre, suspiro de mal resignada paciência do diretor, trocas de olhares e murmúrios entre os professores. O de Matemática também sorriu, mas o seu sorriso foi de amistosa cumplicidade, como se dissesse, Você tem razão, nada disto é para levar a sério. O gesto que Tertuliano Máximo Afonso lhe enviou meio disfarçadamente do outro lado da mesa significava que agradecia a mensagem, porém, ao mesmo tempo, algo que ia junto e que, na falta de um termo melhor, designaremos por subgesto, recordava-lhe que o episódio do corredor não fora de todo esquecido. Por outras palavras, ao passo que o gesto principal se mostrava abertamente conciliador, dizendo, O que lá vai, lá vai, o subgesto, de pé atrás, matizava, Sim, mas não tudo. Neste meio-tempo a palavra tinha sido dada ao professor seguinte, e, enquanto este, ao contrário de Tertuliano Máximo Afonso, discorre com facúndia, propriedade e proficiência, aproveitemos para desenvolver um pouco, pouquíssimo para o que a complexidade da matéria necessitaria, a questão dos subgestos, que aqui, pelo menos tanto quanto é do nosso conhecimento, pela primeira vez se levanta. É costume dizer-se, por exemplo, que Fulano, Beltrano ou Sicrano, numa determinada situação, fizeram um gesto disto, ou daquilo, ou daqueloutro, dizemo-lo assim, simplesmente, como se o isto, ou o aquilo, ou o aqueloutro, dúvida, manifestação de apoio ou aviso de cautela, fossem expressões forjadas de uma só peça, a dúvida, sempre metódica, o apoio, sempre incondicional, o aviso, sempre desinteressado, quando a verdade inteira, se realmente a quisermos conhecer, se não nos contentarmos com as letras gordas da comunicação, reclama que estejamos atentos à cintilação múltipla dos subgestos que vão atrás do gesto como a poeira cósmica vai atrás da cauda do cometa, porque esses subgestos, para recorrermos a uma comparação ao alcance de todas as idades e compreensões, são como as letrinhas pequenas do contrato, que dão trabalho a decifrar, mas estão lá. Embora ressalvando a modéstia que as conveniências e o bom gosto aconselham, em nada nos surpreenderia se, num futuro muito próximo, o estudo, a identificação e a classificação dos subgestos viessem, cada um por si e conjuntamente, a tornar-se num dos mais fecundos ramos da ciência semiológica em geral. Casos mais extraordinários que este se têm visto. O professor que estava no uso da palavra concluiu agora mesmo o seu discurso, o diretor vai dar continuação à roda de intervenções, mas Tertuliano Máximo Afonso levanta energicamente a mão direita, em sinal de que quer falar. O diretor perguntou-lhe se o que tinha para comentar se reportava aos pontos de vista que acabavam de ser expendidos, e acrescentou que, no caso de assim ser, as normas assemblárias em uso determinavam, como ele não deveria ignorar, que se aguardasse o final das declarações de todos os participantes, mas Tertuliano Máximo Afonso respondeu que não senhor, não é um comentário nem se reporta às pertinentes considerações do prezado colega, que sim senhor, conhece e sempre acatou as normas, tanto as que estão em uso como as que caíram em desuso, o que simplesmente pretendia era pedir licença para se retirar por ter assuntos urgentes a tratar fora da escola. Desta vez não foi um subgesto, mas sim um subtom, um harmónico, digamos, o que veio dar nova força à incipiente teoria acima exposta quanto à importância que deveríamos dar às variações, não só segundas e terceiras, mas também quartas e quintas, da comunicação, tanto a gestual como a oral. No caso que nos interessa, por exemplo, todos os presentes se haviam apercebido de que o subtom emitido pelo diretor expressara um sentimento de alívio profundo por baixo das palavras que tinha efetivamente pronunciado, Ora essa, por quem é, disponha sempre. Tertuliano Máximo Afonso despediu-se da assembleia com um aceno amplo de mão, um gesto para o geral, um subgesto para o diretor, e saiu. O carro estava estacionado perto da escola, em poucos minutos encontrava-se dentro dele, olhando firmemente o caminho em direção ao que seria, por enquanto, o seu único destino consequente com os acontecimentos sucedidos desde a tarde do dia anterior, a loja onde alugara o vídeo do filme Quem Porfia Mata Caça. Esboçara um plano no refeitório enquanto, sozinho, almoçava, aperfeiçoara-o sob o escudo protetor das soporíferas intervenções dos colegas, e agora tinha na sua frente o empregado da loja de vídeos, aquele que achara muita graça ao facto de o cliente se chamar Tertuliano e que, após a transação comercial que não tardará a realizar-se, passará a ter motivos mais que suficientes para refletir sobre a concomitância entre a raridade de um nome e o estranhíssimo comportamento de quem o usa. Ao princípio não pareceu que assim fosse acontecer, Tertuliano Máximo Afonso entrou como qualquer pessoa, deu, como qualquer pessoa, as boas-tardes, e, como qualquer pessoa, pôs-se a percorrer as estantes, devagar, detendo-se aqui e além, torcendo o pescoço para ler as lombadas das caixas que continham as cassetes, até que finalmente se dirigiu ao balcão e disse, Venho comprar o vídeo que levei daqui ontem, não sei se se recorda, Recordo-me perfeitamente, foi o Quem Porfia Mata Caça, Exato, venho comprá-lo, Com todo o prazer, mas, se me permite a observação, obviamente faço-a só no seu interesse, seria melhor que nos devolvesse a cassete que alugou e levasse um vídeo novo, é que, com o uso, sabe, sempre há uma certa deterioração tanto da imagem como do som, mínima, sim, mas com o tempo começa-se a notar, Não vale a pena, disse Tertuliano Máximo Afonso, para aquilo que pretendo, o que levei serve muito bem. O empregado registou perplexo as intrigantes palavras para-aquilo-que-pretendo, não é frase que em geral se considere necessário aplicar a um vídeo, um vídeo quer-se para ver, foi para isso que nasceu, que o fabricaram, não há que dar-lhe mais voltas. A singularidade do cliente, porém, não iria ficar por aqui. Na mira de atrair futuras transações, o empregado tinha resolvido distinguir Tertuliano Máximo Afonso com a melhor prova de apreço e consideração comercial que existe desde os fenícios, Desconto-lhe o aluguer no preço, dissera, e quando procedia à subtração ouviu que o cliente lhe perguntava, Tem por acaso outros filmes da mesma produtora, Suponho que quererá dizer do mesmo realizador, retificou o empregado cautelosamente, Não, não, eu disse da mesma produtora, é a produtora que me interessa, não o realizador, Desculpe-me, é que, em tantos anos de atividade neste ramo, nunca nenhum cliente me tinha feito tal pedido, perguntam pelos títulos dos filmes, muitas vezes vêm pelos nomes dos atores, e só muito de tempos a tempos é que alguém me fala de um realizador, de produtores é que nunca, Digamos então que pertenço a um tipo especial de clientes, Realmente, assim parece, senhor Máximo Afonso, murmurou o empregado, depois de lançar um rápido olhar à ficha do cliente. Sentia-se aturdido, confuso, mas também satisfeito pela súbita e feliz inspiração que tivera de se dirigir ao cliente tratando-o pelos apelidos, os quais, sendo também nomes próprios, talvez lograssem, a partir de agora, no seu espírito, empurrar para a sombra o nome autêntico, o nome verdadeiro, aquele que em uma má hora lhe dera vontade de rir. Esquecera-se de que tinha ficado a dever uma resposta ao cliente, se dispunha ou não dispunha na loja doutros filmes da mesma produtora, foi preciso que Tertuliano Máximo Afonso lhe repetisse a pergunta, acrescentando-lhe uma aclaração que esperava fosse capaz de corrigir a reputação de pessoa excêntrica que pelos vistos já havia adquirido no estabelecimento, A razão do meu interesse por ver outros filmes desta produtora relaciona-se com o facto de ter atualmente em fase bastante adiantada de preparação um estudo sobre as tendências, as inclinações, os propósitos, as mensagens, tanto as explícitas como as implícitas e subliminares, em suma, os sinais ideológicos que uma determinada empresa produtora de cinema, descontando o grau efetivo de consciência com que o faça, vai, passo a passo, metro a metro, fotograma a fotograma, difundindo entre os consumidores. À medida que Tertuliano Máximo Afonso havia desenrolado o seu discurso, o empregado, de puro assombro, de pura admiração, ia arregalando mais e mais os olhos, definitivamente conquistado por um cliente que não só sabia o que queria como também dava as melhores razões para querê-lo, coisa sobre todas rara no comércio e em particular nestas lojas de aluguer de vídeos. Há que dizer, no entanto, que uma aborrecida nódoa maculava de interesse baixamente mercantil o puro assombro e a pura admiração patentes na arroubada cara do empregado, e foi ela, em simultâneo, o pensamento de que sendo a produtora em questão uma das mais ativas e antigas do mercado, este cliente, a quem não devo esquecer-me de tratar sempre por senhor Máximo Afonso, acabará deixando na caixa registadora uma boa quantidade de dinheiro quando chegar ao fim do tal trabalho, estudo, ensaio, ou lá o que seja. Evidentemente, haveria que levar em conta que nem todos os filmes tinham sido comercializados em vídeo, mas, ainda assim, o negócio prometia, valia a pena, A minha ideia, para começar, disse o empregado, já recuperado do deslumbramento primeiro, seria pedir à produtora uma lista de todos os filmes, Sim, talvez, respondeu Tertuliano Máximo Afonso, mas isso não é o mais urgente, aliás é muito provável que não venha a precisar de ver todos os filmes produzidos, portanto principiaremos pelos que têm aqui, e depois, consoante os resultados e as conclusões a que for chegando, assim orientarei as minhas futuras escolhas. As esperanças do empregado murcharam subitamente, ainda o balão estava em terra e parecia que já perdia gás. Mas, enfim, os pequenos negócios têm destes problemas, não é porque o burro deu o coice que sc lhe vai partir a perna, e se não foste capaz de enriquecer em vinte e quatro meses, talvez o possas conseguir se te esforçares vinte e quatro anos. Com a armadura moral mais ou menos restabelecida graças às virtudes curativas destes pedacinhos de ouro da paciência e da resignação, o empregado anunciou enquanto dava a volta ao balcão e se dirigia às estantes, Vou ver o que temos por aí, ao que Tertuliano Máximo Afonso respondeu, Se os houver, bastar-me-ão cinco ou seis para começar, desde que possa levar trabalho para esta noite, já seria bom, Seis vídeos são pelo menos nove horas de visionamento, lembrou o empregado, terá de fazer serão. Desta vez Tertuliano Máximo Afonso não respondeu, olhava o cartaz anunciador de um filme da mesma companhia produtora, chamava-se A Deusa do Palco e devia ser muito recente. Os nomes dos principais atores encontravam-se escritos em diferentes tamanhos e dispunham-se no espaço do cartaz de acordo com o lugar de maior ou menor relevância que ocupavam no firmamento cinematográfico nacional. Evidentemente, não estaria ali o nome do ator que em Quem Porfia Mata Caça interpreta o papel de rececionista dc hotel. O empregado da loja regressou da sua exploração, trazia empilhados seis vídeos que colocou em cima do balcão, Temos mais, mas como disse que só queria cinco ou seis, Está bem assim, amanhã ou depois passarei por aqui para levar os que tiver encontrado, Acha que devo encomendar mais alguns dos que faltam, perguntou o empregado, tentando avivar as amortecidas esperanças, Comecemos pelos que tem aqui, depois veremos. Não valia a pena insistir, o cliente sabia realmente o que queria. De cabeça, o empregado multiplicou por seis o preço unitário dos vídeos, pertencia às escolas antigas, ao tempo em que ainda não existiam calculadoras de bolso nem com elas se sonhava, e disse um número. Tertuliano Máximo Afonso retificou, Esse é o preço dos vídeos, não é o valor do aluguer, Como tinha comprado o outro, pensei que também queria comprar estes, justificou-se o empregado, Sim, pode suceder que venha a comprá-los, algum ou até mesmo todos, mas primeiro preciso de os ver, de os visionar, creio que é esta a palavra correta, saber se têm o que procuro. Vencido pela irrefutabilidade da lógica do cliente, o empregado refez as contas rapidamente e enfiou os vídeos num saco de plástico. Tertuliano Máximo Afonso pagou, deu as boas-tardes até amanhã e saiu. Quem te pôs o nome de Tertuliano sabia o que fazia, resmungou entredentes o vendedor frustrado.

Para o relator, ou narrador, na mais do que provável hipótese de se preferir uma figura beneficiada com o sinete da aprovação académica, o mais fácil, chegado a este ponto, seria escrever que o percurso do professor de História através da cidade, e até entrar em casa, não teve história. Como uma máquina manipuladora do tempo, mormente no caso de o escrúpulo profissional não ter permitido a invenção de uma zaragata de rua ou de um acidente de trânsito com a única finalidade de encher os vazios da intriga, aquelas três palavras, Não Teve História, empregam-se quando há urgência em passar ao episódio seguinte ou quando, por exemplo, não se sabe muito bem que fazer com os pensamentos que a personagem está a ter por sua própria conta, sobretudo se não têm qualquer relação com as circunstâncias vivenciais em cujo quadro supostamente se determina e atua. Ora, nesta exata situação se encontrava o professor e novel amador de vídeos Tertuliano Máximo Afonso enquanto ia guiando o seu carro. É verdade que pensava, e muito, e com intensidade, mas os pensamentos dele eram a tal extremo alheios ao que nas últimas vinte e quatro horas tinha andado a viver, que se resolvêssemos tomá-los em consideração e os trasladássemos a este relato, a história que nos havíamos proposto contar teria de ser inevitavelmente substituída por outra. É certo que poderia valer a pena, melhor ainda, uma vez que conhecemos tudo sobre os pensamentos de Tertuliano Máximo Afonso, sabemos que valeria a pena, mas isso representaria aceitar como baldados e nulos os duros esforços até agora cometidos, estas quarenta compactas e trabalhosas páginas já vencidas, e voltar ao princípio, à irónica e insolente primeira folha, desaproveitando todo um honesto trabalho realizado para assumir os riscos de uma aventura, não só nova e diferente, mas também altamente perigosa, que, não temos dúvidas, a tanto os pensamentos de Tertuliano Máximo Afonso nos arrastariam. Fiquemos portanto com este pássaro na mão em vez da decepção de ver dois a voar. Além disso, não há tempo para mais. Tertuliano Máximo Afonso acabou de arrumar o carro, percorre a pequena distância que o separa de casa, numa das mãos leva a sua pasta de professor, na outra o saco de plástico, que pensamentos haveria de ter agora se não deitar contas a quantos vídeos irá conseguir visionar, bicudo verbo, antes de ir para a cama, é o resultado de interessar-se por secundários, fosse este uma estrela e tê-lo-íamos aí logo às primeiras imagens. Tertuliano Máximo Afonso já abriu a porta, já entrou, também já fechou a porta, põe a pasta em cima da secretária e, ao lado, o saco com os vídeos. O ar está limpo de presenças, ou talvez simplesmente não se notem, como se o que aqui entrou ontem à noite se tivesse tornado, entretanto, parte inseparável da casa. Tertuliano Máximo Afonso foi ao quarto mudar de roupa, abriu o frigorífico da cozinha para ver se lhe apetecia algo do que tinha dentro, tornou a fechá-lo e voltou à sala com um copo e uma lata de cerveja. Tirou os vídeos do saco e dispô-los por ordem de datas de produção, desde o mais antigo, O Código Maldito, dois anos antes do já visto Quem Porfia Mata Caça, até ao mais recente, A Deusa do Palco, do ano passado. Os quatro restantes, também seguindo a mesma ordem, são Passageiro sem Bilhete, A Morte Ataca de Madrugada, O Alarme Tocou Duas Vezes e Telefona-Me Outro Dia. Um movimento reflexo, involuntário, provocado certamente pelo último destes títulos, fê-lo virar a cabeça para o seu próprio telefone. A luz que informava haver chamadas no gravador estava acesa. Hesitou uns segundos, mas acabou por carregar no botão que as faria ouvir. A primeira era de uma voz feminina que não se anunciou, provavelmente por de antemão saber que a reconheceriam, disse apenas, Sou eu, e logo continuou, Não sei o que se passa contigo, há uma semana que não me telefonas, se a tua intenção é acabar, melhor que mo digas na cara, o facto de termos discutido no outro dia não devia ser motivo para esse silêncio, mas tu lá sabes, quanto a mim sei que gosto de ti, adeus, um beijo. A segunda chamada foi da mesma voz, Por favor, telefona-me. Havia uma terceira chamada, mas essa era do colega de Matemática, Meu caro, dizia, tenho a impressão de que você hoje se aborreceu comigo, mas, com toda a sinceridade, não recordo o que é que eu possa ter feito ou dito para que tal sucedesse, penso que deveríamos conversar, esclarecer qualquer mal-entendido que se tenha metido entre nós, se eu tiver de vir a pedir-lhe desculpas, rogo-lhe que tome já esta chamada como o princípio delas, um abraço, creio que deve saber que sou seu amigo. Tertuliano Máximo Afonso franziu as sobrancelhas, recordava vagamente que acontecera na escola algo irritante ou desagradável em que entrava o de Matemática, mas não conseguia lembrar-se do que fosse. Fez desandar o mecanismo de escuta, ouviu novamente as duas primeiras chamadas, desta vez com um meio sorriso e uma expressão fisionómica daquelas a que costumamos chamar sonhadoras. Levantou-se para retirar do leitor a cassete de Quem Porfia Mata Caça e introduzir-lhe O Código Maldito, mas no último momento, já com o dedo no botão de arranque, apercebeu-se de que, se o fizesse, iria cometer uma gravíssima infração, saltar um dos pontos sequenciais do plano de ação que havia elaborado, isto é, copiar do final de Quem Porfia Mata Caça os nomes dos secundários de terceira ordem, esses que, não obstante preencherem um tempo e um espaço na historieta, não obstante pronunciarem algumas palavras e servirem de satélites, minúsculos, claro está, ao serviço dos enlaces e das órbitas cruzadas das estrelas, não têm direito a um nome daqueles de pôr e tirar, tão necessários na vida como na ficção, embora talvez não pareça bem dizê-lo. É certo que o poderia fazer depois, em qualquer altura, mas a ordem, como do cão se diz também, é a melhor amiga do homem, embora, como o cão, de quando em quando morda. Ter um lugar para cada coisa e ter cada coisa no seu lugar sempre foi uma regra de ouro nas famílias que prosperaram, assim como tem sido abundantemente demonstrado que executar em boa ordem o que se deve foi sempre a mais sólida apólice de seguro contra as avantesmas do caos. Tertuliano Máximo Afonso pôs a correr rapidamente para o fim a já conhecida fita de Quem Porfia Mata Caça, travou-a onde lhe interessava, na tal lista dos secundários, e, com a imagem parada, copiou para uma folha de papel os nomes dos homens, só os dos homens, porque desta vez, contra o que tem sido habitual, o objeto da busca não é uma mulher. Supomos que o que aí ficou dito foi mais do que bastante para se poder entender a operação que Tertuliano Máximo Afonso havia delineado na sua árdua cavilação, ou seja, proceder à identificação do rececionista do hotel, esse que foi o seu retrato escrito e escarrado no tempo em que usava bigode, que certamente o continua a ser agora, sem ele, e quem sabe se amanhã também, quando as entradas do cabelo nas fontes de um começarem a abrir caminho em direção à calvície do outro. O que Tertuliano Máximo Afonso se propôs, no fim de contas, foi uma modesta repetição do prestidigitado ovo de

Colombo, tomar nota de todos os nomes de atores secundários, tanto dos filmes em que tenha participado o empregado do hotel como daqueles a que não tenha sido chamado. Por exemplo, se neste filme que acaba de introduzir no leitor, O Código Maldito, não lhe aparecer a sua cópia humana, poderá riscar na primeira lista todos aqueles nomes que em Quem Porfia Mata Caça se repetirem. Já sabemos que para um neanderthal não lhe serviria de nada a cabeça se se visse numa situação destas, mas para um professor de História, habituado a lidar com figuras dos mais desvairados lugares e épocas, considere-se que ainda ontem esteve a ler no erudito livro sobre as antigas civilizações mesopotâmicas o capítulo que trata dos semitas amorreus, esta versão pobre do tesouro escondido não passa de uma brincadeira de crianças que talvez não devesse ter merecido da nossa parte tão miúda e circunstanciada explicação. Afinal, ao contrário do que antes havíamos suposto, o rececionista do hotel reapareceu mesmo em O Código Maldito, agora na figura de um caixa de banco que, sob a ameaça de uma pistola e exagerando os tremeliques de medo, decerto para tornar-se mais convincente aos insatisfeitos olhos do realizador, não teve outro remédio que transferir o conteúdo do cofre para uma bolsa que o assaltante lhe tinha atirado pelo guichê dentro, ao mesmo tempo que rosnava com a boca torcida que caracteriza o género gangsteril, Ou tu me enches o saco, ou eu te encho de chumbo, escolhe. Fazia bom uso dos verbos e das conjugações reflexas, este bandido. O caixa interveio mais duas vezes na ação, a primeira para responder a perguntas da polícia, a segunda quando o gerente do banco decidiu retirá-lo do balcão porque, traumatizado pelo sucedido, todos os clientes tinham começado a parecer-lhe ladrões. Faltou dizer que este caixa de banco usava o mesmo tipo de bigode fino e lustroso que o empregado do hotel. Desta vez, Tertuliano Máximo Afonso já não sentiu suores frios a escorrerem-lhe pelas costas abaixo, já não lhe tremeram as mãos, parava a imagem por alguns segundos, observava-a com uma curiosidade fria, e seguia adiante. Tratando-se de um filme em que o homem idêntico, sósia, siamês desligado, prisioneiro do castelo de zenda ou algo ainda à espera de classificação havia participado, o método para prosseguir na busca da sua identidade real teria de ser naturalmente diferente, marcando-se agora todos os nomes que, em comparação com a primeira lista, aparecessem repetidos na segunda. Foram dois, apenas dois, os que Tertuliano Máximo Afonso assinalou com uma cruz. Ainda vinha distante a hora de jantar, o apetite não dava a mínima mostra de impaciência, poderia portanto ver o filme que cronologicamente se seguia, Passageiro sem Bilhete era o seu título, e bem poderiam ter-lhe chamado Tempo Perdido, ao homem da máscara de ferro não o haviam contratado. Tempo perdido, diz-se, mas afinal não tanto, porque graças a ele alguns nomes mais puderam ser riscados na primeira lista e na segunda, Por exclusão de partes, hei de conseguir lá chegar, disse em voz alta Tertuliano Máximo Afonso, como se de repente tivesse sentido a necessidade de uma companhia. O telefone tocou. O menos provável de todos os possíveis era que se tratasse do colega de Matemática, o mais possível de todos os prováveis era que fosse a mesma mulher que antes fizera as duas chamadas. Também podia ser a mãe querendo saber lá de longe como estava de saúde o filho querido. Após uns quantos toques, o telefone calou-se, sinal de que o mecanismo do gravador entrara em funcionamento, a partir de agora as palavras registadas ficarão à espera de quando e quem as quiser escutar, a mãe que pergunta, Como tens passado, meu filho, o amigo que insiste, Não creio ter feito nada errado, a amante que se desespera, Não te merecia isto. Seja o que for que se encontre ali dentro, a Tertuliano Máximo Afonso não lhe apetece ouvi-lo. Para se distrair, mais porque o estômago tivesse reclamado alimento, foi à cozinha preparar uma sanduíche e abrir outra cerveja. Sentou-se num banco, mastigou sem prazer a escassa comida, enquanto o pensamento, deixado à solta, se entregava aos seus devaneios. Percebendo que a vigilância consciente tinha esmorecido numa espécie de delíquio, o senso comum, que depois da sua enérgica primeira intervenção havia andado não se sabe por onde, insinuou-se entre dois fragmentos inconclusos daquele vago discorrer e perguntou a Tertuliano Máximo Afonso se ele se sentia feliz com a situação que tinha criado. Devolvido ao sabor amargo de uma cerveja que perdera rapidamente a frescura e à mole e húmida consistência de um fiambre de baixa qualidade espremido entre duas fatias de falso pão, o professor de História respondeu que a felicidade não tinha nada que ver com o que se estava a passar ali, e, quanto à situação, pedia licença para recordar que não fora ele quem a criara. De acordo, não a criaste tu, respondeu o senso comum, mas a maior parte das situações em que nos metemos nunca teriam chegado tão longe se não as tivéssemos ajudado, e tu não me vais negar que ajudaste esta, Tratou-se de pura curiosidade, nada mais, Já discutimos isso, Tens alguma coisa contra a curiosidade, O que eu estou a observar é que a vida, até agora, não te ensinou a compreender que a nossa melhor prenda, nossa do senso comum, tem sido precisamente, e desde sempre, a curiosidade, Em minha opinião, senso comum e curiosidade são incompatíveis, Como te enganas, suspirou o senso comum, Prova-mo, Quem julgas tu que inventou a roda, Não sabemos, Sabemos, sim senhor, a roda foi inventada pelo senso comum, só uma enorme quantidade de senso comum é que teria sido capaz de a inventar, E a bomba atómica, foi também o teu senso comum que a inventou, perguntou Tertuliano Máximo Afonso no tom triunfante de quem acabou de apanhar o adversário descalço, Não, essa não, a bomba atómica inventou-a também um senso, mas esse de comum não tinha nada, O senso comum, perdoa-me que to diga, é conservador, aventuro-me mesmo a afirmar que é reacionário, Essas cartas acusatórias sempre chegam, mais cedo ou mais tarde toda a gente as escreve e toda a gente as recebe, Então será certo, se são assim tantos os que têm estado de acordo em escrevê-las e os que não têm outra alternativa que recebê-las, a não ser escrevê-las também, Devias saber que estar de acordo nem sempre significa compartilhar uma razão, o mais de costume é reunirem-se pessoas à sombra de uma opinião como se ela fosse um guarda-chuva. Tertuliano Máximo Afonso abriu a boca para responder, se a expressão abriu a boca é permitida tratando-se de um diálogo todo ele silencioso, todo ele mental, como foi o caso deste, mas o senso comum já ali não estava, tinha-se retirado sem ruído, não propriamente derrotado, mas indisposto consigo mesmo por ter permitido que a conversa se desviasse do assunto que o tinha feito reaparecer. Se é que não fora simplesmente sua a culpa de que assim tivesse sucedido. De facto, não é raro que o senso comum se equivoque nas sequências, para mal depois de ter inventado a roda, para pior depois de ter inventado a bomba atómica. Tertuliano Máximo Afonso olhou o relógio, fez contas ao tempo que lhe tomaria outro filme, na verdade começava a sentir os efeitos da mal dormida noite anterior, as pálpebras, com a ajuda também da cerveja, pesavam-lhe como chumbo, mesmo a abstração em que há pouco caíra não devia ter tido outra causa. Se vou já para a cama, disse, acordo provavelmente daqui por duas ou três horas, e depois é pior. Decidiu ver um bocado de A Morte Ataca de Madrugada, até podia ser que o tipo não entrasse neste filme, isso simplificaria tudo, saltaria para o final, tomaria nota dos nomes, e então, sim, iria para a cama. Saíram-lhe furados os cálculos. O tipo aparecia, fazia de auxiliar de enfermagem e não tinha bigode. Os pelos de Tertuliano Máximo Afonso tornaram a eriçar-se, desta vez só os dos braços, o suor deixou-lhe as costas em sossego, e, normal, não frio, contentou-se com humedecer-lhe de leve a testa. Viu o filme todo, pôs a cruzinha num outro nome que se repetia, e foi-se deitar. Ainda leu duas páginas do capítulo sobre os semitas amorreus, depois apagou a luz. O seu último pensamento consciente foi para o colega de Matemática. Realmente, não sabia que motivos poderia dar-lhe que explicassem a súbita frieza com que o tratara no corredor da escola. Ter-me posto a mão no ombro, perguntou, e logo deu a resposta, Ficarei com cara de parvo se o disser, e ele volta-me as costas, que era o que faria eu se estivesse no seu lugar. O último segundo antes de adormecer usou-o para murmurar, talvez falando consigo mesmo, talvez com o colega, Há coisas que nunca se poderão explicar por palavras.

Não é bem assim. Houve um tempo em que as palavras eram tão poucas que nem sequer as tínhamos para expressar algo tão simples como Esta boca é minha, ou Essa boca é tua, e muito menos para perguntar Por que é que temos as bocas juntas. Às pessoas de agora não lhes passa pela cabeça o trabalho que deram a criar estes vocábulos, em primeiro lugar, e quem sabe se não terá sido, de tudo, o mais difícil, foi preciso perceber que havia necessidade deles, depois houve que chegar a um consenso sobre o significado dos seus efeitos imediatos, e finalmente, tarefa que nunca viria a concluir-se por completo, imaginar as consequências que poderiam advir, a médio e a longo prazo, dos ditos efeitos e dos ditos vocábulos. Comparado com isto, e ao invés do que tão perentoriamente o senso comum afirmou ontem à noite, a invenção da roda foi um mero bambúrrio, como o viria a ser o descobrimento da lci da gravitação universal só porque uma maçã se lembrou de ir cair em cima da cabeça de Newton. A roda inventou-se e ficou logo ali inventada para todo o sempre, enquanto as palavras, aquelas e todas as mais, essas vieram ao mundo com um destino nevoento, difuso, o de serem organizações fonéticas e morfológicas de carácter eminentemente provisório, ainda que, graças, porventura, à auréola herdada da sua auroral criação, teimem em querer passar, não tanto por si próprias, mas por aquilo que de modo variável vão significando e representando, por imortais, imorredouras, ou eternas, segundo os gostos do classificador. Esta tendência congénita, a que não saberiam nem poderiam resistir, tornou-se, com o decorrer do tempo, em um gravíssimo e se calhar insolúvel problema de comunicação, quer a coletiva de todos, quer a particular de tu a tu, que foi o de acabarem por confundir-se os alhos e os bugalhos, as tornas e as deixas, usurpando as palavras o lugar daquilo que antes, melhor ou pior, pretendiam expressar, do que resultou, finalmente, bem te conheço ó máscara, esta atroadora algazarra de latas vazias, este cortejo carnavalesco de latões com rótulo mas sem nada dentro, ou apenas, já desvanecendo-se, o cheiro evocativo dos alimentos para o corpo e para o espírito que algum dia contiveram e guardavam. A tão longe dos nossos assuntos nos levou esta ramalhuda reflexão sobre as origens e os destinos das palavras, que agora não temos outro remédio que voltar ao princípio. Ao contrário do que possa ter parecido, não foi a mera casualidade que nos levou a escrever aquilo de que Esta boca é minha, nem aquilo de Essa boca é tua, e muito menos aquilo de Por que é que temos as bocas juntas. Tivesse Tertuliano Máximo Afonso empregado algum do seu tempo anos atrás, porém com a condição de o ter feito na hora certa, a pensar nas consequências e nos efeitos, a médio e a longo prazo, de frases como aquelas e como outras que ao mesmo fim tendem e inclinam, que muito provavelmente não estaria agora a olhar para o telefone, a coçar perplexo a cabeça, e a perguntar-se que diabo poderá dizer à mulher que por duas vezes, se é que não foram três, deixou ontem a sua voz e os seus queixumes no gravador. O meio sorriso complacente e a expressão sonhadora que havíamos observado nele quando ontem à noite repetiu a audição das chamadas não passaram, feitas as contas, de um repreensivo sinal de presunção, e a presunção, sobretudo a da metade masculina do mundo, é como aqueles amigos fingidos que à menor contrariedade na nossa vida se escapam ou olham para o lado e assobiam a disfarçar. Maria da Paz, é este o esperançoso e doce nome da mulher que telefonou, não tardará a sair para o seu emprego, e, se Tertuliano Máximo Afonso não lhe fala agora mesmo, a pobre senhora vai ter de viver um dia mais em ânsias, o que, quaisquer que tenham sido os seus erros ou os seus pecados, se em verdade os cometeu, não seria realmente justo. Ou merecido, que foi o termo que ela preferiu usar. Deve dizer-se, no entanto, respeitando e obedecendo ao rigor dos factos, que a contrariedade em que Tertuliano Máximo Afonso se debate neste momento não resulta de estimáveis questões de ordem moral, de melindres de justiça ou injustiça, mas sim de saber que se ele não lhe telefona, ela telefonará, acarretando essa nova chamada um mais que provável acréscimo ao peso das recriminações anteriores, chorosas ou não. O vinho foi servido e em seu tempo saboreado, agora há que beber o resto azedo que ficou no fundo do copo. Como não nos faltarão ocasiões de comprovar no futuro, e ainda por cima em lances que irão submetê-lo a duras lições, Tertuliano Máximo Afonso não é aquilo a que se costuma chamar um mau tipo, inclusive poderíamos mesmo encontrá-lo honrosamente classificado numa lista de gente de boas qualidades que alguém tivesse resolvido elaborar de acordo com critérios não demasiado exigentes, mas, além de ser, como já se viu, suscetível em excesso, o que é um indício flagrante de pouca confiança em si mesmo, fraqueja gravemente pelo lado dos sentimentos, que em toda a sua vida nunca foram fortes nem duradouros. O seu divórcio, por exemplo, não foi uma daquelas coisas clássicas, de faca, açougue e alguidar, com traições, abandonos ou violências, foi antes o remate de um processo de definhamento contínuo do seu próprio sentimento amoroso, que a ele, por distração ou indiferença, talvez não lhe importasse ficar a ver até que áridos desertos poderia chegar, mas que a mulher com quem estava casado, mais reta e inteira que ele, acabou por considerar insuportável e inadmissível. Foi por te amar que casei contigo, disse-lhe ela num célebre dia, hoje só a cobardia poderia obrigar-me a manter este casamento, E tu não és cobarde, disse ele. Não, não o sou, respondeu ela. As probabilidades de que esta por diversas considerações atrativa pessoa venha a ter um papel na história que estamos narrando são infelizmente muito reduzidas, para não dizer inexistentes, dependeriam de uma ação, de um gesto, de uma palavra deste seu ex-marido, palavra, gesto ou ação que o mais certo seria determiná-los alguma necessidade ou interesse seus, mas que, nesta altura, não temos maneira de vislumbrar. Essa é a razão porque não achámos necessário pôr-lhe um nome. Quanto a Maria da Paz, se vai durar ou não nestas páginas, por quanto tempo e para que fins, é assunto que atém às competências de Tertuliano Máximo Afonso, ele lá saberá o que lhe vai dizer quando se decidir a levantar o auscultador do telefone e marcar um número que conhece de cor. Não conhece de cor o número do colega de Matemática, por isso o está procurando na agenda, pelos vistos, afinal, não vai telefonar à Maria da Paz, pensou ser mais importante e urgente aclarar um insignificante diferendo que tranquilizar uma alma feminina em pena ou desferir-lhe o golpe de misericórdia. Quando a ex-mulher de Tertuliano Máximo Afonso disse que ela não era cobarde, teve muito cuidado em não o ofender com a afirmação ou a simples insinuação de que ele o fosse, mas, neste caso, como em tantos outros na vida, a bom entendedor meia palavra bastou, e, voltando ao cenário emocional e situacional de agora, esta sofredora e paciente Maria da Paz nem à metade de uma palavra vai ter direito, embora já tenha compreendido quase tudo quanto havia para compreender, isto é, que o seu noivo, amante, amigo de cama, ou como quer que se lhe chame nos tempos de hoje, se prepara para bater com a porta. Foi a mulher do professor de Matemática quem do outro lado atendeu o telefone, perguntou Quem fala com uma voz que disfarçava mal a irritação que lhe causava a chamada a uma hora destas, ainda matutina, não foi com qualquer meia palavra que o deu a entender, mas sim com um vibrante e finíssimo subtom, não há dúvida de que nos encontramos perante uma matéria que reclama a atenção de estudiosos de diversas áreas do conhecimento, em particular a dos teóricos do som, convenientemente assessorados pelos que desde há séculos mais sabem do assunto, estamos a referir-nos, claro está, à gente da música, aos compositores, em primeiro lugar, mas também aos intérpretes, que são quem tem de saber como aquilo se consegue. Tertuliano Máximo Afonso começou por se desculpar, depois disse o seu nome e perguntou se podia falar com, Um momento, vou chamá-lo, cortou a mulher, daí a pouco estava o colega de Matemática a dizer Bons dias e ele a responder Bons dias, outra vez se desculpou, que tinha acabado agora mesmo de ouvir a mensagem, Poderia guardar-me para falar consigo logo na escola, mas achei que deveria esclarecer o equívoco o mais rapidamente possível a fim de não deixar nascer mal-entendidos que depois se agravam, mesmo quando não se quer, No que a mim diz respeito, não existe qualquer mal-entendido, respondeu o de Matemática, a minha consciência está tão tranquila como a de uma criança de berço, Eu sei, eu sei, acudiu Tertuliano Máximo Afonso, a culpa é só minha, deste marasmo, desta depressão que me põe os nervos fora do lugar, fico suscetível, desconfiado, a imaginar coisas, Que coisas, perguntou o colega, Eu sei lá, coisas, por exemplo, que não sou considerado como julgo ser merecedor, às vezes tenho até a impressão de não saber exatamente o que sou, sei quem sou, mas não o que sou, não sei se me faço explicar, Mais ou menos, só não me diz qual foi a causa da sua, não sei como chamar-lhe, reação, reação está bem, Para lhe falar francamente, nem eu, foi uma impressão de momento, como se você me tivesse tratado de uma maneira, como hei de dizer, paternalista, E quando foi que eu o tratei dessa paternalista maneira, para usar os seus termos, Estávamos no corredor, separávamo-nos para ir dar as aulas, e você pôs-me a mão no ombro, só podia ter sido um gesto de amizade, mas naquele momento caiu-me mal, como uma agressão, Já me lembro, Seria impossível que não se lembrasse, se eu tivesse no estômago um gerador elétrico você teria caído ali mesmo, fulminado, Tão forte assim foi a rejeição, Talvez rejeição não seja a palavra mais apropriada, o caracol não rejeita o dedo que lhe toca, encolhe-se, Será a maneira que ele tem de rejeitar, Será, No entanto, você, à vista desarmada, não tem nada de caracol, Às vezes penso que nos parecemos muito, Quem, você e eu, Não, eu e o caracol, Saia-me dessa depressão e verá como tudo mudará de figura, É curioso, Quê, Ter-me dito agora essas palavras, Que palavras disse eu, Mudar de figura, Suponho que o sentido da frase ficou bastante claro, Sem dúvida, e eu compreendi-o, mas o que você acaba de dizer vem exatamente ao encontro de certas inquietações minhas recentes, Para que eu pudesse continuar a segui-lo, teria você de ser mais explícito, Ainda é demasiado cedo para isso, talvez um dia, Ficarei à espera. Tertuliano Máximo Afonso pensou, Esperarás toda a vida, e depois, Voltando ao que realmente importa, meu caro, o que lhe venho pedir é que me desculpe, Está desculpado, homem, está desculpado, ainda que realmente o caso não fosse para tanto, o que sucedeu foi você ter criado na sua cabeça aquilo a que se costuma chamar uma tempestade num copo de água, felizmente nesses casos os naufrágios são sempre à vista da praia, ninguém morre afogado, Obrigado por aceitar o incidente com bom humor, Não tem que agradecer, é da melhor vontade, Se o meu senso comum não andasse distraído com fantasias, fantasmas e sentenças que ninguém lhe pediu, ter-me-ia feito notar logo que a maneira como respondi ao seu generoso impulso tinha sido, mais do que exagerada, disparatada, Não se deixe enganar, o senso comum é demasiado comum para ser realmente senso, no fundo não passa de um capítulo da estatística, e o mais vulgarizado de todos, É interessante o que diz, nunca tinha pensado no velho e sempre aplaudido senso comum como um capítulo da estatística, mas, pensando bem, é isso que ele é, e não outra coisa, Note que também poderia ser um capítulo da História, aliás, agora que estamos a falar disto, há um livro que já deveria ter sido escrito, mas que, tanto quanto julgo saber, não existe, precisamente esse, Qual, Uma história do senso comum, Deixa-me sem fala, não me diga que é seu costume produzir a esta hora matinal ideias de calibre semelhante às que acabo de escutar, disse em ar de pergunta Tertuliano Máximo Afonso, Se me estimulam, sim, mas terá de ser depois do pequeno-almoço, respondeu o professor de Matemática, rindo, Vou passar a telefonar-lhe todas as manhãs, Cuidado, lembre-se do que aconteceu à galinha dos ovos de ouro, Vemo-nos logo, Sim, vemo-nos logo, e prometo-lhe que não voltarei a parecer-lhe paternalista, Idade para ser meu pai, quase que a tem, Mais uma razão. Tertuliano Máximo Afonso pousou o auscultador, sentia-se satisfeito, aliviado, ainda por cima a conversa tinha sido importante, inteligente, não é todos os dias que aparece alguém a dizer-nos que o senso comum não é mais que um capítulo da estatística e que nas bibliotecas de todo o mundo falta um livro que narrasse a sua história desde que Adão e Eva foram expulsos do paraíso. Um olhar ao relógio informou-o de que Maria da Paz já deveria ter saído para o seu emprego no banco, que o assunto podia mais ou menos compor-se, ainda que temporariamente, com uma mensagem simpática no gravador dela, Depois logo verei. Por prudência, não fosse o diabo tecê-las, decidiu deixar passar meia hora. Maria da Paz vive com a mãe e sempre saem juntas de manhã, uma para o trabalho, a outra para a missa e para as compras do dia. A mãe de Maria da Paz tem sido muito de igrejas desde que enviuvou. Privada da majestade marital, a cuja sombra, crendo que se acolhera, havia murchado durante anos e anos, foi à procura de um outro senhor a quem servir, um senhor daqueles de para a vida e para a morte, um senhor que, além de tudo o mais, lhe oferecia a inapreciável vantagem de que não a deixaria outra vez viúva. Terminada a meia hora de espera, Tertuliano Máximo Afonso ainda não via com claridade os termos em que conviria debitar a mensagem, havia começado por pensar que estaria bem um recado simples, em estilo simpático e natural, mas, como todos sabemos, os matizes entre simpático e antipático e entre natural e artificial são pouco menos que infinitos, geralmente o tom justo para cada circunstância sai-nos de forma espontânea, porém, quando já se vai de pé atrás, como é o caso de agora, tudo quanto num primeiro momento se nos tinha afigurado suficiente e adequado, irá parecer-nos curto ou excessivo no momento seguinte. Aquilo a que certa literatura preguiçosa chamou durante muito tempo silêncio eloquente não existe, os silêncios eloquentes são apenas palavras que ficaram atravessadas na garganta, palavras engasgadas que não puderam escapar ao aperto da glote. Depois de muito puxar pela cabeça, Tertuliano Máximo Afonso achou que, para maior segurança, o mais prudente seria escrever a mensagem e lê-la para o telefone. Eis o que lhe saiu depois de alguns papéis rasgados, Maria da Paz, cá ouvi as tuas mensagens, e o que tenho para te dizer é que devemos agir com calma, tomar as decisões certas para um e para outro, sabendo que a única coisa que dura toda a vida é a vida, o resto é sempre precário, instável, fugidio, a mim o tempo já me ensinou esta grande verdade, mas uma coisa tenho por certa, que somos amigos e amigos vamos continuar a ser, o que necessitamos é de uma longa conversa, então já verás como tudo se resolverá pelo melhor, telefono-te um destes dias. Hesitou um segundo, o que ia a dizer não estava escrito, e terminou, Um beijo. Depois de desligar o telefone, releu o que escrevera e deu pela presença importuna de alguns matizes a que não prestara bastante atenção, menos subtis uns que outros, por exemplo, o insuportável nariz de cera de amigos somos, amigos seremos, é o pior que há para quem queira pôr ponto final numa relação de tipo amoroso, de contrário julgamos que tínhamos fechado a porta e afinal ficámos entalados nela, e também, para já não citar o beijo com que teve a debilidade de se despedir, aquele erro crasso de admitir que precisavam de ter uma longa conversa, mais do que obrigação tinha ele de saber, por experiência adquirida e contínua lição da História da Vida Privada através dos Séculos, que as longas conversas, em situações como estas, são terrivelmente perigosas, quantas vezes se tinha principiado com vontade de matar o outro e se acabou nos braços dele. Que mais poderia eu fazer, lamentou-se, está claro que não lhe podia dizer que tudo entre nós continuaria como antes, amor eterno e essas coisas, mas também não poderia, assim pelo telefone e sem que ela lá estivesse a ouvir, disparar-lhe o golpe final, zás, acabou-se, minha rica, seria uma atitude demasiado cobarde, e eu a esse ponto espero não chegar nunca. Com esta reflexão conciliatória, do género uma no cravo, outra na ferradura, decidiu Tertuliano Máximo Afonso contentar-se, sabendo, no entanto, ai dele, que o mais difícil ainda estava para vir. Fiz o melhor que pude, rematou.

Até agora não havíamos tido necessidade de saber em que dias da semana se estão dando estes intrigantes acontecimentos, mas as próximas ações de Tertuliano Máximo Afonso, para poderem ser plenamente compreendidas, exigem a informação de que este dia em que nos encontramos é sexta-fcira, donde se tirará facilmente por conclusão que o dia de ontem foi quinta-feira e o de anteontem quarta. A muitos irão parecer provavelmente escusadas, óbvias, inúteis, absurdas, e até mesmo estúpidas, as informações complementares com que resolvemos beneficiar os dias de ontem e de anteontem, mas desde já nos adiantamos a contrapor que qualquer crítica que viesse a expressar-se nesses termos só por má-fé ou ignorância o faria, uma vez que, como é geralmente conhecido, línguas há no mundo que chamam à quarta-feira, por exemplo, mercredi, miercoles, mercoledi ou wednesday, à quinta-feira jeudi, jueves, giovedi ou thursday, e à própria sexta-feira, se não tivéssemos tido o cuidado de lhe proteger frontalmente o nome, não faltaria por aí quem começasse já a chamar-lhe Freitag. Não é que não o possa vir a ser no futuro, mas tudo tem o seu tempo, lá lhe chegará a hora. Iluminado este ponto, assente que estamos numa sexta-feira, referido que o professor de História, hoje, só terá aula na parte da tarde, recordado que amanhã, sábado, samedi, sábado, sabato, saturday, não haverá aulas, que portanto nos encontramos na véspera de um fim de semana, mas sobretudo porque não se deve deixar para amanhã o que deverá ser feito hoje, percebe-se que assistam a Tertuliano Máximo Afonso todas as razões para que vá esta manhã mesmo à loja dos vídeos a fim de alugar o que por lá tivesse ficado dos filmes que lhe interessam. Devolverá à procedência, por inútil à sua investigação, o Passageiro sem Bilhete, e comprará firmes A Morte Ataca de Madrugada e O Código Secreto. Da encomenda de ontem ainda lhe ficam três, que representam pelo menos quatro horas e meia de visionamento, e, com mais o que trouxer da loja, tudo anuncia que o espera um fim de semana inesquecível, uma barrigada de cinema daquelas de lhe chegar com o dedo, como diziam os rústicos, enquanto os houve. Arranjou-se, tomou o pequeno-almoço, introduziu as cassetes nas respetivas caixas, guardou-as à chave em uma das gavetas da secretária e saiu, primeiro para avisar a vizinha do andar de cima de que a partir desse momento poderia descer quando quisesse para limpar e arrumar a casa, Esteja à vontade, só volto lá para o fim da tarde, disse, e depois, bastante menos alvoroçado que no dia anterior, mas ainda com algo do nervosismo típico de quem se dirige a um encontro que, não sendo o primeiro, precisamente por essa razão não se lhe irá tolerar que falhe, meteu-se no carro em direção à loja de vídeos. É a altura de informar aqueles leitores que, ajuizando pelo carácter mais que sucinto das descrições urbanas feitas até agora, tenham criado no seu espírito a ideia de que tudo isto se está a passar numa cidade de tamanho mediano, isto é, abaixo do milhão de habitantes, é a altura de informar, dizíamos, que, muito pelo contrário, este professor Tertuliano Máximo Afonso é um dos cinco milhões e pico de seres humanos que, com diferenças importantes de bem-estar e outras sem a menor possibilidade de mútuas comparações, vivem na gigantesca metrópole que se estende pelo que antigamente haviam sido montes, vales e planícies, e agora é uma sucessiva duplicação horizontal e vertical de um labirinto, de começo agravada por componentes que designaremos por diagonais, mas que, no entanto, com o decorrer do tempo, se revelaram até certo ponto equilibradores da caótica malha urbana, pois estabeleceram linhas de fronteira que, paradoxalmente, em lugar de terem separado, aproximaram. O instinto de sobrevivência, também disso se trata quando da cidade falamos, vale tanto para os animais como para os inanimais, termo reconhecidamente abstruso que não consta dos dicionários e que tivemos de inventar para que, com suficiência e propriedade, pudéssemos tornar transparentes, à simples vista, quer pelo sentido corrente da primeira palavra, animais, quer pela inopinada grafia da segunda, inanimais, as diferenças e as semelhanças entre as coisas e as não coisas, entre o inanimado e o animado. A partir de agora, ao pronunciar a palavra inanimal estaremos a ser tão claros e precisos como quando, no outro reino, já de todo perdida a novidade do ser e das suas designações, indiferentemente chamávamos ao homem animal e animal ao cão. Tertuliano Máximo Afonso, apesar de ensinar História, nunca percebeu que tudo o que é animal está destinado a tornar-se inanimal e que, por muito grandes que sejam os nomes e os feitos que os seres humanos tenham deixado inscritos nas suas páginas, é do inanimal que viemos e é para o inanimal que nos encaminhamos. Entretanto, porém, enquanto o pau vai e vem, como dantes diziam os já mencionados rústicos, querendo crer que no brevíssimo intervalo entre o ir e o vir do cacete tinham as costas tempo de folgar, Tertuliano Máximo Afonso dirige-se à loja dos vídeos, um dos muitos destinos intermédios que o esperam na vida. O empregado que o tinha atendido nas duas vezes que aqui veio estava ocupado com outro cliente. Fez de lá, no entanto, um sinal de reconhecimento e mostrou os dentes num sorriso que, sem aparente significado especial, podia disfarçar alguma turva intenção. Uma empregada que acudiu a informar-se do que desejava o recém-chegado foi travada no caminho por duas curtas mas imperiosas palavras, Eu atendo, e teve de voltar para trás depois de esboçar um pequeno sorriso que era, ao mesmo tempo, de compreensão e desculpa. Sendo nova na profissão e no estabelecimento, portanto sem experiência das sofisticadas artes do bem vender, ainda não estava autorizada a tratar com clientes de primeira classe. Não nos esqueçamos de que Tertuliano Máximo Afonso, além de ser o conhecido professor de História que sabemos e um reputado estudioso das grandes questões do audiovisualismo, é também um alugador de vídeos por grosso e atacado, como ontem se viu e hoje melhor se verá. Livre do primeiro cliente, o empregado, animado e pressuroso, aproximou-se, Bons dias, senhor professor, é um prazer vê-lo outra vez nesta sua casa, disse. Sem pretender pôr em dúvida a sinceridade e a cordialidade da receção, é impossível, no entanto, deixar passar sem reparo a forte e aparentemente insanável contradição que se observa entre elas e os últimos dizeres murmurados ontem por este mesmo empregado depois que este mesmo cliente se retirou, Quem te pôs o nome de Tertuliano sabia o que fazia. A explicação, adiantamo-nos já, vai dá-la a pilha de vídeos que se encontra sobre o balcão, uns trinta, pelo menos. Perito nas antes referidas artes de bem vender, o empregado, logo a seguir ter largado sotto voce aquele veemente desabafo, pensou que seria um erro deixar-se cegar pela deceção e que, não podendo fazer o excelente negócio de venda que primeiro se lhe havia antolhado, ainda lhe restava a possibilidade de levar o tal Tertuliano a alugar tudo quanto fosse possível arranjar da mesma companhia produtora, conservando, além disso, com alguns visos de fundamento, a esperança de vir a vender-lhe uma boa parte dos vídeos que tivesse alugado. A vida de negócio está cheia de alçapões e portas falsas, uma verdadeira caixa de surpresas nem sempre fáceis, há que ir sempre com uma mão atrás e outra adiante, usar de cálculo e malícia sem que o freguês possa aperceber-se da subtil manobra, limar as ideias preconcebidas que ele tenha levado para proteger-se, rodear-lhe as resistências, sondar-lhe os desejos ocultos, em suma, a nova trabalhadora ainda terá que comer muito pão e muito sal para estar à altura. O que o empregado da loja ignora é que Tertuliano Máximo Afonso tinha ido ali com o objetivo precisamente de se abastecer de filmes para todo o fim de semana, decidido como está a desbastar quantos vídeos se lhe apresentem, em lugar de contentar-se com a escassa meia dúzia que ainda ontem era sua intenção alugar. Desta maneira, uma vez mais, rendeu o vício homenagem à virtude, desta maneira a enalteceu quando pensou que a ia calcar aos pés. Tertuliano Máximo Afonso pôs o Passageiro sem Bilhete em cima do balcão e disse, Este não me interessa, E os outros que levou, já resolveu o que vai fazer com eles, perguntou o empregado, Fico com A Mortc Ataca de Madrugada e O Código Maldito, os três restantes ainda não os vi, São eles, se não me engano, A Deusa do Palco, O Alarme Tocou Duas Vezes e Telefona-Me Outro Dia, recitou o empregado, depois de consultar a respetiva ficha, Exatamente, Quer dizer, o senhor professor aluga o Passageiro e compra a Morte e o Código, Exatamente, Muito bem, então o que vai ser hoje, tenho aqui, mas Tertuliano Máximo Afonso não lhe deu tempo a terminar a frase, Imagino que os vídeos que aí vejo foram apartados para mim, Exatamente, ecoou o empregado, hesitando in mente entre o contentamento de ter vencido sem luta e a deceção de não ter precisado de lutar para vencer, Quantos são, Trinta e seis, Isso dará quantas horas, Se continuarmos a fazer contas pela média de hora e meia cada filme, ora deixe-me ver, disse o empregado, deitando desta vez a mão à calculadora, Escusa de se cansar, eu digo-lho, são cinquenta e quatro horas, Como é que conseguiu tão depressa, perguntou o empregado, eu, desde que apareceram estas máquinas, embora não tenha perdido a habilidade para fazer cálculos de cabeça, uso-as para as operações mais complicadas, É facílimo, disse Tertuliano Máximo Afonso, trinta e seis meias horas são dezoito horas, logo, a soma das trinta e seis horas inteiras que já tínhamos com as dezoito de meias que obtivemos dá cinquenta e quatro, É professor de Matemática, De História, não de Matemática, o meu forte nunca foram os números, Pois até parecia, o saber é realmente uma coisa muito bonita, Depende do que se saiba, Também deverá depender de quem sabe, acho eu, Se foi capaz de chegar sozinho a essa conclusão, disse Tertuliano Máximo Afonso, não precisa de calculadoras para nada. O empregado não estava seguro de haver apreendido na sua totalidade o significado das palavras do cliente, mas pareceram-lhe agradáveis, simpáticas, até mesmo lisonjeiras, logo que chegasse a casa, se entretanto não as tivesse esquecido pelo caminho, não deixaria de as repetir à mulher. Atreveu-se a fazer a operação de multiplicar com papel e lápis, tantos vídeos a tanto, porque tinha decidido que ao menos diante deste cliente nunca mais usaria a calculadora. O resultado foi uma quantia bastante razoável, não como seria se em vez de um aluguer tivesse feito uma venda, mas este pensamento interesseiro, assim como veio, assim se foi, as pazes estavam definitivamente firmadas. Tertuliano Máximo Afonso pagou, depois pediu por favor, Faça-me dois pacotes com dezoito cassetes cada um enquanto eu vou buscar o carro, está demasiado longe para carregar com elas até lá. Um quarto de hora depois, era o próprio empregado da loja quem vinha meter os embrulhos no porta-bagagem, quem fechava a porta do automóvel depois de Tertuliano Máximo Afonso ter entrado, quem dizia adeus com um sorriso e um gesto de mão que eram a própria afeição em gesto e em sorriso, quem ia murmurando enquanto regressava ao balcão, Ainda dizem que as primeiras impressões são as que valem, aqui está uma pessoa que ao princípio não me caía nada bem, e afinal de contas. As ideias de Tertuliano Máximo Afonso seguiam por rumos muito diferentes, Dois dias são quarenta e oito horas, claro está que matematicamente não são bastantes para ver os filmes todos mesmo que eu não dormisse nesses dois dias, mas, se começar já esta noite, com todo o sábado e todo o domingo por diante, e tomando a sério como regra não visionar até ao fim os vídeos em que o tipo não apareça até metade da história, estou convencido de que terminarei a tarefa antes de segunda-feira. O plano de ação tinha ficado completo no sentido e acabado na forma, não necessitaria adendas, apêndices ou notas de pé de página, mas Tertuliano Máximo Afonso ainda insistiu, Se não aparecer até metade, também não aparecerá depois. Sim, depois. Esta é palavra que tem andado por aí à espera desde que o ator que interpretou a personagem de um rececionista de hotel surgiu pela primeira vez no interessante e divertido filme Quem Porfia Mata Caça. E depois, perguntou o professor de História, como uma criança que não sabe que não adianta perguntar pelo que ainda não sucedeu, que farei depois disto, que farei depois de saber que esse homem entrou em quinze ou vinte filmes, que, tanto quanto pude verificar até agora, além de rececionista, foi caixa de banco e auxiliar de enfermagem, que farei. Tinha a resposta na ponta da língua, mas só a deu um minuto mais tarde, Conhecê-lo.

Por causalidade ou desconhecida intenção, alguém terá ido dizer ao diretor da escola que o doutor Tertuliano Máximo Afonso se encontrava na sala dos professores, a fazer horas para o almoço segundo todas as aparências, uma vez que a sua única ocupação desde que ali entrara tinha sido a de ler os jornais. Não revia exercícios, não dava os últimos toques na preparação de uma lição, não tomava notas, apenas lia os jornais. Tinha começado por tirar da pasta a fatura referente ao aluguer dos trinta e seis vídeos, pô-la aberta em cima da mesa e procurou no primeiro jornal a página dos espetáculos, secção cinema. Faria depois o mesmo com mais dois jornais. Ainda que, como sabemos, a sua adicção à sétima arte seja de fresca data e a sua ignorância acerca de todas as questões atinentes à indústria da imagem continue praticamente inalterável, sabia, calculava, imaginava ou intuía que os filmes em estreia não seriam lançados imediatamente no mercado do vídeo. Para chegar a esta conclusão não era necessário ser-se dotado de uma portentosa inteligência dedutiva ou de mirabólicas vias de acesso ao conhecimento que prescindissem do raciocínio, tratou-se de uma simples e óbvia aplicação do mais corriqueiro senso comum, secção mercado, subsecção venda e aluguer. Procurou os cinemas de reposição e, um a um, de esferográfica em punho, foi confrontando os títulos dos filmes que neles se exibiam com os constantes da fatura, marcando esta com uma cruzinha de cada vez que coincidiam. Se a Tertuliano Máximo Afonso perguntássemos por que motivo o estava fazendo, se era sua ideia ir ver naqueles cinemas os filmes de que já era possuidor em vídeo, o mais certo seria olhar-nos surpreendido, estupefato, talvez mesmo ofendido por o julgarmos capaz de uma ação tão absurda, porém não nos daria uma explicação aceitável, salvo aquela que levanta muralhas à curiosidade alheia e que em duas palavras se diz, Porque sim. No entanto, nós que temos vindo a partilhar as confidências e a insinuar-nos nos segredos do professor de História, podemos informar que a despropositada operação não tem mais finalidade que a de manter fixada a sua atenção no único objetivo que desde há três dias lhe interessa, o de impedir que ela vá distrair-se, por exemplo, com as notícias dos jornais, como provavelmente os outros professores presentes na sala supõem ser sua ocupação neste exato momento. A vida, porém, está feita de maneira que até portas que considerávamos solidamente fechadas e trancadas para o mundo se encontram à mercê deste modesto e solícito contínuo que acaba de entrar para comunicar que o senhor diretor manda pedir ao senhor doutor o favor de ir ao seu gabinete. Tertuliano Máximo Afonso levantou-se, dobrou os jornais, guardou a fatura na carteira e saiu para o corredor onde se encontravam algumas das aulas. O gabinete do diretor era no andar de cima, a escada de acesso tinha no telhado uma claraboia tão baça por dentro e tão suja por fora que, tanto no inverno como no verão, só avaramente deixava passar para baixo alguma luz natural. Enfiou por outro corredor e parou na segunda porta. Como havia uma luz verde acesa, bateu com os nós dos dedos e abriu quando ouviu de dentro, Entre, deu os bons-dias, apertou a mão que o diretor lhe estendia e, a um sinal dele, sentou-se. Sempre que aqui entrava tinha a impressão de já ter visto este mesmo gabinete noutro lugar, era como um desses sonhos que sabemos ter sonhado mas que não conseguimos recordar quando despertamos. O chão estava alcatifado, a janela tinha um cortinado de grossos panos, a secretária era ampla, de estilo antigo, moderno o cadeirão de pele negra. Tertuliano Máximo Afonso conhecia estes móveis, este cortinado, esta alcatifa, ou julgava conhecê-los, possivelmente o que lhe aconteceu foi ter lido um dia num romance ou num conto a lacónica descrição de um outro gabinete de um outro diretor de uma outra escola, o que, assim sendo, e no caso de vir a ser demonstrado com o texto à vista, o obrigará a substituir por uma banalidade ao alcance de qualquer pessoa de razoável memória o que até hoje tinha pensado ser uma intersecção entre a sua rotineira vida e o majestoso fluxo circular do eterno retorno. Fantasias. Absorto na sua onírica visão, o professor de História não tinha ouvido as primeiras palavras do diretor, mas nós, que aqui sempre estaremos para as faltas, podemos dizer que não tinha perdido muito, apenas a retribuição dos seus bons-dias, a pergunta Como tem passado, o preambular Pedi-lhe que viesse aqui para, daí em diante Tertuliano Máximo Afonso passou a estar presente em corpo e em espírito, com a luz dos olhos desperta e a do entendimento também. Pedi-lhe que aqui viesse, repetiu o diretor porque lhe tinha parecido perceber um certo ar de distração na cara do interlocutor, para falar consigo sobre aquilo que nos disse na reunião de ontem acerca do ensino da História, Que foi que eu disse na reunião de ontem, perguntou Tertuliano Máximo Afonso, Não se lembra, Tenho uma vaga ideia, mas a minha cabeça está um pouco baralhada, quase não dormi esta noite, Sente-se doente, Doente, não, inquietações, nada mais, Já não é pouco, Não tem importância, senhor diretor, não se preocupe, O que você disse, palavra por palavra, tenho-o apontado aqui, neste papel, é que a única decisão séria que será necessário tomar no que respeita ao conhecimento da História é se deveremos ensiná-la de trás para diante ou de diante para trás, Não foi esta a primeira vez que o disse, Precisamente, tem-no dito tantas vezes que os seus colegas já não o tomam a sério, começam a sorrir logo às primeiras palavras, Os meus colegas são pessoas de sorte, têm o sorriso fácil, e o senhor diretor, Eu, quê, Pergunto se também não me toma a sério, se também sorri às primeiras palavras que digo, ou às segundas, Conhece-me o suficiente para saber que não sorrio facilmente, menos ainda num caso destes, quanto a tomá-lo a sério, está fora de qualquer discussão, você é um dos nossos melhores professores, os alunos estimam-no e respeitam-no, o que é milagre nos tempos que correm, Então não vejo o motivo por que me mandou chamar, Unicamente para lhe pedir que não torne, Que não torne a dizer que a única decisão séria, Sim, Portanto passarei a não abrir a boca durante as reuniões, se uma pessoa considera que tem algo importante para comunicar e as outras não o querem ouvir, é preferível que se deixe ficar calada, Pessoalmente sempre achei interessante a sua ideia, Obrigado, senhor diretor, mas não mo diga a mim, diga-o aos meus colegas, diga-o sobretudo ao ministério, aliás, a ideia nem sequer me pertence, não inventei nada, gente mais competente do que eu a propôs e a tem defendido, Sem resultados que se notem, Compreende-se, senhor diretor, falar do passado é o mais fácil que há, está tudo escrito, é só repetir, papaguear, conferir pelos livros o que os alunos escrevam nos exercícios ou digam nas chamadas orais, ao passo que falar de um presente que a cada minuto nos rebenta na cara, falar dele todos os dias do ano ao mesmo tempo que se vai navegando pelo rio da História acima até às origens, ou lá perto, esforçar-nos por entender cada vez melhor a cadeia de acontecimentos que nos trouxe aonde estamos agora, isso é outro cantar, dá muito trabalho, exige constância na aplicação, há que manter sempre a corda tensa, sem quebra, Acho admirável o que acaba de dizer, creio que até o ministro se deixaria convencer pela sua eloquência, Duvido, senhor diretor, os ministros são lá postos para nos convencerem a nós, Retiro o que lhe tinha dito antes, a partir de hoje apoiá-lo-ei sem reservas, Obrigado, mas é melhor não criar ilusões, o sistema tem de prestar boas contas a quem de direito e esta é uma aritmética que não lhes agrada, Insistiremos, Houve já quem afirmasse que todas as grandes verdades são absolutamente triviais e que teremos de expressá-las de uma maneira nova e, se possível, paradoxal, para que não venham a cair no esquecimento, Quem disse isso, Um alemão, um tal Schlegel, mas o mais certo é que outros antes dele também o tenham dito, Faz pensar, Sim, mas a mim o que sobretudo me atrai é a fascinante declaração de que as grandes verdades não passam de trivialidades, o resto, a suposta necessidade de uma expressão nova e paradoxal que lhes prolongue a existência e as substantive, já não me diz respeito, sou apenas um professor de História do ensino secundário, Deveríamos conversar mais, meu caro, O tempo não chega para tudo, senhor diretor, além disso estão aí os meus colegas, que melhores coisas teriam com certeza para lhe dizer, por exemplo, como se responde com um sorriso fácil a palavras sérias, e os estudantes, não esqueçamos os estudantes, coitados, que por não terem com quem falar acabarão um dia por não terem nada para dizer, imagine o que seria a vida na escola com toda a gente à conversa, não faríamos mais nada, e o trabalho à espera. O diretor olhou o relógio e disse, O almoço também, vamos almoçar. Levantou-se, rodeou a secretária e, numa espontânea demonstração de estima, foi pôr a mão no ombro do professor de História, que igualmente se havia posto de pé. Inevitavelmente observou-se neste gesto algo de sentimento paternalista, mas isso, vindo da parte de um diretor, era o mais natural, o mais próprio até, uma vez que as relações humanas são o que sabemos. O suscetível gerador elétrico de Tertuliano Máximo Afonso não reagiu ao contacto, sinal de que não tinha havido nenhum molestador exagero na manifestação de apreço que recebera, ou então, quem sabe, talvez o tivesse simplesmente desligado a esclarecedora conversa matinal com o professor de Matemática. Nunca se repetirá de mais aquela outra trivialidade de que as pequenas causas podem produzir grandes efeitos. Num momento em que o diretor voltou à secretária para recolher os óculos, Tertuliano Máximo Afonso olhou em redor, viu o cortinado, o cadeirão de pele negra, a alcatifa, e novamente pensou, Já aqui estive. Depois, talvez porque alguém tivesse aventado que poderia apenas haver lido em qualquer parte a descrição de um gabinete parecido a este, acrescentou outro pensamento ao que tinha pensado, Provavelmente, ler também é uma forma de estar lá. Os óculos do diretor já se encontravam no bolso superior do casaco, ele dizia, risonho, Vamos, e Tertuliano Máximo Afonso não poderá explicar agora nem saberá explicá-lo nunca por que é que de repente a atmosfera lhe pareceu ter-se tornado mais densa, como impregnada por uma presença invisível, tão intensa, tão poderosa como aquela que o despertara bruscamente na sua cama depois do primeiro vídeo. Pensou, Se eu aqui tivesse estado antes de ser professor da escola, isto que agora estou a sentir poderia não ser mais que uma memória de mim mesmo histericamente ativada. O resto do pensamento, se algum resto havia ainda, ficou por desenvolver, o diretor já o levava pelo braço, dizia qualquer coisa relacionada com as grandes mentiras, se também elas seriam triviais, se, no caso delas, também os paradoxos poderiam impedir que caíssem no esquecimento. Tertuliano Máximo Afonso apanhou-lhe a ideia por uma unha negra, no último instante, Grandes verdades, grandes mentiras, suponho que com o tempo tudo se vai tornando trivial, os pratos do costume com o tempero de sempre, respondeu, Espero que isso não seja uma crítica à nossa cozinha, brincou o diretor, Sou freguês habitual, respondeu Tertuliano Máximo Afonso no mesmo tom. Desciam a escada para o refeitório, depois, no caminho, juntaram-se-lhes o colega de Matemática e uma professora de Inglês, para este almoço já estava completa a mesa do diretor. Então, perguntou o de Matemática em voz baixa num momento em que o diretor e a de Inglês se adiantaram, como se sente agora, Bem, muito bem mesmo, Tiveram alguma conversa, Sim, mandou-me chamar ao gabinete para me pedir que não tornasse àquilo de ensinar a História de pernas para o ar, De pernas para o ar, É uma maneira de dizer, E você, que lhe respondeu, Expliquei pela centésima vez o meu ponto de vista e creio que consegui convencê-lo finalmente de que o disparate era um pouco menos tolo do que lhe tinha parecido até agora, Uma vitória, Que não servirá para nada, De facto, nunca se sabe muito bem para que servem as vitórias, suspirou o professor de Matemática, Mas as derrotas sabe-se muito bem para que servem, sabem-no sobretudo os que lançaram na batalha tudo o que eram e tudo quanto tinham, mas desta permanente lição da História ninguém faz caso, Dir-se-ia que você está cansado do seu trabalho, Talvez, talvez, andamos a pôr o tempero de sempre nos pratos do costume, nada muda, Pensa deixar o ensino, Não sei com precisão, nem mesmo vagamente, o que penso ou o que quero, mas imagino que seria uma boa ideia, Abandonar o ensino, Abandonar qualquer coisa. Entraram no refeitório, instalaram-se à mesa os quatro, e o diretor, enquanto desdobrava o guardanapo, pediu a Tertuliano Máximo Afonso, Gostaria que repetisse aqui aos nossos colegas o que me disse há bocado, Sobre quê, Sobre a sua original conceção do ensino da História. A professora de Inglês começou a sorrir, mas a mirada que o aludido lhe deitou, parada, ausente e ao mesmo tempo fria, paralisou o movimento que principiara a esboçar-se nos lábios. Admitindo que conceção seja o termo próprio, senhor diretor, de original não tem nada, é uma coroa de louros que não foi feita para a minha cabeça, disse Tertuliano Máximo Afonso após uma pausa, Sim, mas o discurso que me deixou convencido era seu, retorquiu o diretor. Num instante o olhar do professor de História afastou-se dali, saiu do refeitório, percorreu o corredor e subiu ao andar de cima, atravessou a porta fechada do gabinete do diretor, viu o que já ia à espera de ver, depois regressou pelo mesmo caminho, tornou-se novamente presente, mas agora com uma expressão de perplexidade inquieta, um frémito de desassossego que roçava o temor. Era ele, era ele, era ele, repetia Tertuliano Máximo Afonso consigo mesmo, enquanto, com os olhos postos no colega de Matemática, mais palavra menos palavra, rememorava os lanços da sua metafórica navegação pelo rio do Tempo acima. Desta vez não dissera rio da História, achou que rio do Tempo iria causar mais impressão. A professora de Inglês tinha o rosto sério. Anda pelos sessenta anos, é mãe e avó, e, ao contrário do que teria começado por parecer, não é dessas pessoas que se dedicam a passear pela vida distribuindo sorrisos de mofa à esquerda e à direita. Sucedeu-lhe o mesmo que a tantos de nós, errarmos não porque fosse esse o nosso propósito, mas porque o erro se confundiu com um traço de união, com uma cumplicidade confortável, com a piscadela de olho de quem cria saber do que se tratava só porque outros o afirmavam. Quando Tertuliano Máximo Afonso terminou o seu breve discurso, viu que tinha convencido outra pessoa. Timidamente, a professora de Inglês murmurava, Podia-se fazer o mesmo com as línguas, ensiná-las dessa maneira, ir navegando até à nascente do rio, talvez assim viéssemos a perceber melhor o que é isto de falar, Não faltam especialistas que o saibam, lembrou o diretor, Mas não esta professora a quem mandaram ensinar Inglês como se não existisse nada antes. O colega de Matemática disse, sorrindo, Desconfio que esses métodos não dariam resultado com a aritmética, o número dez é teimosamente invariável, nem teve necessidade de passar pelo nove nem o devora a ambição de tornar-se onze. A comida tinha sido trazida à mesa, falou-se doutra coisa. Tertuliano Máximo Afonso já não estava tão certo de que o responsável pelo plasma invisível que se diluíra na atmosfera do gabinete do diretor fosse o caixa do banco. Nem ele, nem o empregado da receção do hotel. Ainda por cima com aquele bigodinho ridículo, pensou, e depois, sorrindo tristemente para dentro, Devo estar a perder o juízo. Na aula que foi dar depois do almoço, totalmente fora de tom e de propósito, uma vez que a matéria não fazia parte do programa, passou o tempo todo a discretear sobre os semitas amorreus, sobre o Código de Hamurabi, sobre a legislação babilónica, sobre o deus Marduc, sobre o idioma acádico, com o resultado de ter feito mudar de opinião o aluno que no outro dia havia segredado ao colega do lado que o tipo vinha com a mosca. Agora, o diagnóstico, bem mais radical, foi que o tipo tinha um dos parafusos da cabeça fora do lugar ou que se lhe havia moído a rosca. Felizmente, a aula seguinte, para estudantes mais novos, decorreu com normalidade. Uma referência avulsa, de passagem, ao cinema histórico ainda foi acolhida com apaixonado interesse pela turma, mas o divertimento ficou-se por ali, não se falou de cleópatra, nem de espartaco, nem do corcunda de notre-dame, nem sequer do imperador napoleão bonaparte, que é pau para toda a colher. Um dia para esquecer, pensava Tertuliano Máximo Afonso quando entrou no carro para regressar a casa. Estava a ser injusto com o dia e consigo mesmo, afinal tinha conquistado para as suas ideias reformadoras o diretor e a professora de Inglês, seria menos.um a sorrir na próxima reunião de professores, do outro não há que temer, ficámos cientes há poucas horas de que não tem o sorriso fácil.

A casa estava arrumada, limpa, a cama parecia de noivos, a cozinha como um brinco, a casa de banho rescendendo a olores de detergente, algo assim como cheiro de limão, que só de o respirar uma pessoa se lhe lustra o corpo e a alma se sublima. Nos dias em que a vizinha de cima desce a pôr em ordem esta casa de homem só, o morador dela vai comer fora, sente que seria uma falta de respeito sujar pratos, acender fósforos, descascar batatas, abrir latas, e então levar uma frigideira ao lume, isso nem pensar, que o azeite espirra para todos os lados. O restaurante está perto, na última vez que lá esteve comeu carne, hoje irá comer peixe, é preciso variar, se não tivermos cuidado a vida torna-se rapidamente previsível, monótona, uma seca. Tertuliano Máximo Afonso sempre teve muito cuidado. Sobre a pequena mesa de centro, na sala, estão já empilhadas as trinta e seis cassetes que trouxe da loja, numa gaveta da secretária guardam-se as três que sobraram da encomenda anterior e que ainda não foram vistas, a magnitude da tarefa que tem pela frente é simplesmente acabrunhante, Tertuliano Máximo Afonso não a desejaria nem ao seu maior inimigo, que aliás não sabe quem seja, talvez por ser ainda novo, talvez por ter tido tanto cuidado com a vida. Para se entreter até à hora de jantar pôs-se a ordenar as cassetes segundo as datas da produção do filme original, e, como não cabiam na mesa nem na secretária, decidiu alinhá-las no chão, ao longo de uma das estantes, a mais antiga, à esquerda, chama-se Um Homem como Qualquer Outro, a mais recente, à direita, A Deusa do Palco. Se Tertuliano Máximo Afonso fosse coerente com as ideias que anda a defender sobre o ensino da História ao ponto de as aplicar, sempre que tal fosse possível, às atividades correntes do seu dia a dia, visionaria esta fileira de vídeos de diante para trás, isto é, principiaria por A Deusa do Palco e iria terminar em Um Homem como Qualquer Outro. É de todos conhecido, porém, que a enorme carga de tradição, hábitos e costumes que ocupa a maior parte do nosso cérebro lastra sem piedade as ideias mais brilhantes e inovadoras de que a parte restante ainda é capaz, e se é verdade que em alguns casos essa carga consegue equilibrar desgovernos e desmandos de imaginação que Deus sabe aonde nos levariam se fossem deixados à solta, também não é menos verdade que ela tem, com frequência, artes de submeter subtilmente a tropismos inconscientes o que críamos ser a nossa liberdade de atuar, como uma planta que não sabe por que terá sempre de inclinar-se para o lado de onde lhe vem a luz. O professor de História seguirá portanto fielmente o programa de ensino que lhe puseram nas mãos, verá portanto os vídeos de trás para diante, desde o mais antigo até ao mais recente, desde o tempo dos efeitos a que não precisávamos de chamar naturais até este outro tempo de efeitos a que chamámos especiais porque, não sabendo como se criam, fabricam e produzem, algum nome indiferente teríamos de lhes dar. Tertuliano Máximo Afonso já voltou do jantar, afinal não comeu peixe, o prato era de tamboril, e ele não gosta de tamboril, esse bentónico animal marinho que vive em fundos arenosos ou lodosos, desde o litoral aos mil metros de profundidade, um bicho de enorme cabeçorra, achatada e armada de fortíssimos dentes, com dois metros de comprimento e mais de quarenta quilos de peso, enfim, um animal pouco agradável de ver e que o paladar, o nariz e o estômago de Tertuliano Máximo Afonso nunca conseguiram suportar. Toda esta informação a está ele a recolher neste momento de uma enciclopédia, movido finalmente pela curiosidade de saber alguma coisa acerca de um animal que desde o primeiro dia detestou. A curiosidade vinha de épocas atrasadas, de muito tempo atrás, mas só hoje, inexplicavelmente, é que estava a dar-lhe cabal satisfação. Inexplicavelmente, dizemos, e contudo deveríamos saber que não é assim, deveríamos saber que não há nenhuma explicação lógica, objetiva, para o facto de Tertuliano Máximo Afonso ter levado anos e anos sem conhecer mais do tamboril que o aspeto, o sabor e a consistência dos pedaços que lhe punham no prato, e de súbito, num certo momento de um certo dia, como se não tivesse nada mais urgente para fazer, eis que abre a enciclopédia e se informa. Estranha relação é a que temos com as palavras. Aprendemos de pequenos umas quantas, ao longo da existência vamos recolhendo outras que vêm até nós pela instrução, pela conversação, pelo trato com os livros, e, no entanto, em comparação, são pouquíssimas aquelas sobre cujas significações, acepções e sentidos não teríamos nenhumas dúvidas se algum dia nos perguntássemos seriamente se as temos. Assim afirmamos e negamos, assim convencemos e somos convencidos, assim argumentamos, deduzimos e concluímos, discorrendo impávidos à superfície de conceitos sobre os quais só temos ideias muito vagas, e, apesar da falsa segurança que em geral aparentamos enquanto tateamos o caminho no meio da cerração verbal, melhor ou pior lá nos vamos entendendo, e às vezes, até, encontrando. Se tivermos tempo e nos picar, impaciente, a curiosidade, sempre acabaremos por saber o que é o tamboril. A partir de agora, quando o criado do restaurante tornar a sugerir-lhe o desgracioso lofídeo, o professor de História já saberá responder, Quê, esse horrendo bentónico que vive em fundos arenosos e lodosos, e acrescentará, definitivo, Nem pensar. A responsabilidade desta fastidiosa digressão piscícola e linguística tem-na toda Tertuliano Máximo Afonso por tardar tanto a meter Um Homem como Qualquer Outro no leitor de cassetes, como se estivesse estacado no sopé de uma montanha a deitar contas às forças de que vai precisar para lá chegar acima. Tal como parece que da natureza se diz, também a narrativa tem horror ao vazio, por isso, não tendo Tertuliano Máximo Afonso, neste intervalo, feito alguma coisa que valesse a pena relatar, não tivemos outro remédio que improvisar um chumaço de recheio que mais ou menos acomodasse o tempo à situação. Agora que ele se resolveu a tirar a cassete da caixa e a introduziu no leitor, poderemos descansar.

Passada uma hora, o ator ainda não havia aparecido, o mais certo era não ter entrado neste filme. Tertuliano Máximo Afonso fez correr a fita até ao fim, leu os nomes com toda a atenção e cortou na lista de participantes aqueles que se repetiam. Se lhe pedíssemos que nos explicasse por palavras suas o que tinha acabado de ver, o mais provável seria que nos atirasse com o olhar de enfado que se reserva aos impertinentes e nos respondesse com uma pergunta, Tenho eu cara de me interessar por semelhantes vulgaridades. Alguma razão haveríamos que reconhecer-lhe, porque, em realidade, os filmes que passou até agora pertencem à denominada série bê, produtos rápidos para consumo rápido que não aspiram a mais que entreter o tempo sem perturbar o espírito, como muito bem tinha expressado, embora por outros termos, o professor de Matemática. Já outra cassete foi metida no leitor, a esta chamam-lhe A Vida Alegre e vai fazer aparecer o sósia de Tertuliano Máximo Afonso num papel de porteiro de cabaré, ou de buate, não se chegará a perceber com clareza suficiente qual das duas definições assenta melhor ao estabelecimento de mundanais diversões em que decorrem jovialidades copiadas sem pudor das diversas versões de A Viúva Alegre. Tertuliano Máximo Afonso chegou a pensar que não valia a pena ver o filme todo, o que lhe importava, isto é, se o seu outro eu entrava ou não na história, já o sabia, mas o enredo era tão gratuitamente intricado que se deixou levar até ao fim, surpreendendo-se ao começar a perceber no seu íntimo um sentimento de compaixão pelo pobre diabo que, além de abrir e fechar as portas dos automóveis, não fazia outra coisa que levantar e baixar o boné de pala para cumprimentar com um composto nem sempre subtil de respeito e cumplicidade os elegantes frequentadores que entravam e saíam. Eu, ao menos, sou professor de História, murmurou. Uma declaração assim, que acintosamente tinha pretendido determinar e enfatizar a sua superioridade, não apenas profissional, mas também moral e social, em relação à insignificância do papel da personagem, estava a pedir uma resposta que repusesse a cortesia no seu devido lugar, e essa deu-a o senso comum com ironia que nele não é habitual, Cuidado com a soberba, Tertuliano, repara no que tens andado a perder não sendo ator, poderiam ter feito da tua pessoa um diretor de escola, um professor de Matemática, para professora de Inglês é evidente que não darias, terias de ser professor. Satisfeito consigo mesmo pelo tom da advertência, o senso comum, aproveitando que o ferro estava quente, descarregou outra vez o malho em cima dele, Obviamente, terias de ser dotado de um mínimo de talento para a representação, além disso, meu caro, tão certo como chamar-me eu Senso Comum, obrigar-te-iam a mudar de nome, nenhum ator que se preze ousaria apresentar-se em público com esse ridículo Tertuliano, não terias outro remédio que adotar um pseudónimo bonito, ou talvez, pensando melhor, não fosse necessário, Máximo Afonso não estaria mal, vai pensando nisso. A Vida Alegre voltou para a caixa, o filme seguinte apareceu com um título sugestivo, do mais prometedor para a ocasião, Diz-Me Quem És se chamava, mas não veio acrescentar nada ao conhecimento que Tertuliano Máximo Afonso já tem de si mesmo e nada às investigações em que está empenhado. Por desfastio deixou correr a fita até ao fim, pôs algumas cruzinhas na lista e, depois de olhar o relógio, decidiu-se a ir para a cama. Tinha os olhos congestionados, uma opressão nas fontes, um peso sobre o osso frontal, Isto não vai a matar, pensou, o mundo não se acaba se eu não conseguir ver os vídeos todos no fim de semana, e, se se acabasse, não seria este o único mistério que ficaria por resolver. Já estava deitado, à espera de que o sono acudisse ao chamamento do comprimido que havia tomado, quando algo que poderia ser outra vez o senso comum, mas que não se apresentou como tal, disse que, em sua opinião, sinceramente, o caminho mais fácil ainda seria telefonar ou ir pessoalmente à empresa produtora e perguntar, assim, com toda a naturalidade, o nome do ator que nos filmes tais e tais fez os papéis de empregado da receção, caixa de banco, auxiliar de enfermagem e porteiro de buate, aliás, eles já devem estar habituados, talvez estranhem que a pergunta se refira a um ator secundaríssimo, pouco mais que figurante, mas ao menos saltam a rotina de ter de falar de estrelas e astros o tempo todo. Nebulosamente, já com as primeiras maranhas do sono a envolvê-lo, Tertuliano Máximo Afonso respondeu que a ideia não tinha nenhuma graça, era demasiado simples, ao alcance de qualquer, Não foi para isso que estudei História, rematou. As últimas palavras não tinham nada que ver com o caso, eram outra manifestação de soberba, mas devemos desculpá-lo, é o comprimido que está a falar, não aquele que o tomou. De Tertuliano Máximo Afonso em pessoa foi, sim, já no limiar do sono, a consideração final, insolitamente lúcida como a chama da vela prestes a apagar-se, Quero chegar a ele sem que ninguém saiba e sem que ele o suspeite. Eram palavras definitivas, que não admitiam troco. O sono fechou a porta. Tertuliano Máximo Afonso dorme.

Às onze horas da manhã Tertuliano Máximo Afonso já tinha visto três filmes, embora nenhum deles do princípio ao fim. Levantara-se muito cedo, limitara o pequeno-almoço a duas bolachas e uma chávena de café requentado, e, sem perder tempo a barbear-se, saltando as abluções que não fossem estritamente indispensáveis, de pijama e roupão como alguém que não espera visitas, lançou-se à empreitada do dia. Os dois primeiros filmes passaram debalde, mas o terceiro, cujo título era O Paralelo do Terror, trouxe à cena do crime um jovial fotógrafo da polícia que mascava chiclete e repetia, com a voz de Tertuliano Máximo Afonso, que tanto na morte como na vida tudo é questão de ângulo. No final a lista voltou a ser atualizada, foi riscado um nome, marcadas novas cruzes. Havia cinco atores assinalados cinco vezes, tantas quantos os filmes em que o sósia do professor de História tinha participado, e os seus nomes, por imparcial ordem alfabética, eram Adriano Maia, Carlos Martinho, Daniel Santa-Clara, Luís Augusto Ventura e Pedro Félix. Até este momento Tertuliano Máximo Afonso tinha andado perdido no mare magnum dos mais de cinco milhões de habitantes da cidade, mas a partir de agora só terá de se preocupar com menos de meia dúzia, e até com menos de menos de meia dúzia se um ou mais daqueles nomes vierem a ser eliminados por faltarem à chamada, É obra, murmurou, mas logo a seguir saltou-lhe aos olhos a evidência de que este outro trabalho de Hércules afinal não o havia sido tanto, uma vez que pelo menos dois milhões e quinhentas mil pessoas pertenciam ao sexo feminino e, portanto, estavam fora do campo da pesquisa. Não deverá surpreender-nos o esquecimento de Tertuliano Máximo Afonso, porquanto, em cálculos que abarquem grandes números, como no presente caso, a tendência a não contar com as mulheres é irresistível. Apesar da redução sofrida na estatística, Tertuliano Máximo Afonso foi à cozinha festejar com outro café os prometedores resultados. A campainha da porta tocou ao segundo gole, a chávena ficou parada no ar, a meio caminho da descida para o tampo da mesa, Quem será, perguntou, ao mesmo tempo que ia pousando suavemente a chávena. Poderia ser a prestável vizinha do andar de cima a querer saber se tinha encontrado tudo a seu gosto, poderia ser um desses jovens que fazem publicidade de enciclopédias em que se explicam os costumes do tamboril, poderia ser o colega das Matemáticas, não, este não era, nunca haviam sido visitas, Quem será, repetiu. Acabou de beber o café rapidamente e foi ver quem chamava. Atravessando a sala, lançou um olhar inquieto às caixas de vídeo espalhadas, à fila impassível das que, alinhadas no chão, ao longo da estante, esperavam a sua vez, a vizinha de cima, supondo que era ela, não iria gostar nada de ver neste estado deplorável o que ainda ontem lhe tinha dado tanto trabalho a arrumar. Não tem importância, ela não tem que entrar, pensou, e abriu a porta. Não era a vizinha de cima quem estava na sua frente, não era a jovem vendedora de enciclopédias a comunicar-lhe que tinha ao seu alcance, finalmente, o enorme privilégio de conhecer os costumes do tamboril, quem estava ali era uma mulher que até agora ainda não nos tinha aparecido mas de quem já sabíamos o nome, chama-se Maria da Paz, empregada num banco. Ah, és tu, exclamou Tertuliano Máximo Afonso, e logo, tentando disfarçar a perturbação, o desconcerto, Viva, que grande surpresa. Devia dizer-lhe que entrasse, Passa, passa, agora mesmo estava a beber um café, ou então, Estupendo que tenhas vindo, põe-te à vontade enquanto eu faço a barba e tomo um banho, mas era a custo que se afastava para o lado e lhe dava passagem, ah, se lhe pudesse dizer, Esperas aqui enquanto eu vou esconder uns vídeos que não quero que vejas, ah, se lhe pudesse dizer, Desculpa, vieste em má altura, neste momento não te posso dar atenção, volta amanhã, ah, se alguma coisa ainda lhe pudesse dizer, mas agora era demasiado tarde, tivesse-o pensado antes, a culpa era toda dele, o homem prudente deverá estar constantemente de pé atrás, de sobreaviso, deverá prever todas as eventualidades, sobretudo não esquecer que o procedimento mais correto é em geral o mais simples, por exemplo, não ir ingenuamente abrir a porta só porque a campainha tocou, a precipitação dá sempre origem a complicações, é dos livros. Maria da Paz entrou com o à-vontade de quem conhece os cantos à casa, perguntou, Como tens passado, e logo, Ouvi o teu recado e penso como tu, precisamos de conversar, espero não ter vindo em má ocasião, Que ideia, disse Tertuliano Máximo Afonso, peço é que me desculpes por te receber desta maneira, despenteado, com a barba crescida e o aspeto de quem acabou de sair da cama, Vi-te outras vezes assim e nunca achaste que fosse preciso pedir desculpa, O caso, hoje, é diferente, Diferente, em quê, Sabes bem o que quero dizer, nunca vim receber-te à porta neste arranjo, de pijama e roupão, Foi uma novidade, quando já há tão poucas entre nós. A entrada para a sala estava a três passos, a estupefação não tardaria a manifestar-se, Que demónio é isto, que fazes com todos estes vídeos, mas Maria da Paz ainda se deteve para perguntar, Não me dás um beijo, Claro, foi a infeliz e embaraçada resposta de Tertuliano Máximo Afonso, ao mesmo tempo que adiantava os lábios para a beijar na face. O masculino recato, se o era, resultou inútil, a boca de Maria da Paz tinha ido ao encontro da sua, e agora sugava-a, espremia-a, devorava-a, ao mesmo tempo que o corpo dela se colava de alto a baixo ao dele, como se não houvesse roupas a separá-los. Foi Maria da Paz quem por fim se despegou para murmurar, ofegando, uma frase que não chegou a concluir, Mesmo que me arrependa do que acabei de fazer, mesmo que me envergonhe de o ter feito, Não digas tolices, contemporizou Tertuliano Máximo Afonso a tentar ganhar tempo, que ideias, arrependimento, vergonha, era o que nos faltava, envergonhar-se, arrepender-se uma pessoa de expressar o que sente, Sabes muito bem a que me refiro, não faças de conta que não compreendes, Entraste, beijámo-nos, foi tudo do mais normal, do mais natural, Não nos beijámos, beijei-te eu, Mas eu também te beijei a ti, Sim, não tiveste outro remédio, Estás a exagerar como de costume, a dramatizar, Tens razão, exagero, dramatizo, exagerei vindo a tua casa, dramatizei ao abraçar-me a um homem que deixou de gostar de mim, deveria era ir-me daqui neste mesmo instante, arrependida, sim, envergonhada, sim, apesar da caridade de dizeres que o caso não é para tanto. A possibilidade de que ela se fosse embora, ainda que obviamente remota, projetou um raio de esperançosa luz nos sinuosos desvãos da mente de Tertuliano Máximo Afonso, mas as palavras que lhe saíram da boca, alguém diria que escapadas à sua vontade, exprimiram um sentimento diferente, Realmente, não sei aonde foste buscar essa peregrina ideia de que não gosto de ti, Explicaste-te com bastante clareza a última vez que estivemos juntos, Nunca disse que não gostava de ti, nunca disse que não gosto de ti, Em questões de coração, que conheces tão pouco, até o mais obtuso entendedor percebe a metade que não chegou a ser dita. Imaginar que se escaparam à vontade de Tertuliano Máximo Afonso as palavras agora em análise, seria esquecer que o novelo do espírito humano tem muitas e variadas pontas, e que a função de algumas das suas linhas, parecendo que conduzem o interlocutor ao conhecimento do que está dentro, é espalhar orientações falsas, insinuar desvios que irão terminar em becos sem saída, distrair da matéria fundamental, ou, como no caso que nos ocupa, suavizar, antecipando-o, o choque que se aproxima. Ao afirmar que nunca tinha dito que não gostava de Maria da Paz, dando portanto a entender que sim senhor gostava dela, o que Tertuliano Máximo Afonso pretendia, com perdão da vulgaridade das imagens, era envolvê-la em algodão em rama, rodeá-la de almofadas amortecedoras, atá-la a si pela emoção amorosa quando fosse impossível continuar a retê-la do lado de fora da porta que dá para a sala. Que é o que está sucedendo agora. Maria da Paz acaba de dar os três passos que faltavam, entra, não quereria pensar no mavioso canto de rouxinol que lhe roçou de leve os ouvidos, mas não consegue pensar noutra coisa, estaria mesmo disposta a reconhecer, contrita, que a sua irónica alusão a bons e maus entendedores tinha sido não só impertinente, mas também injusta, e é já com um sorriso que se volta para Tertuliano Máximo Afonso, pronta a cair-lhe nos braços e decidida a esquecer agravos e queixas. Quis, porém, o acaso, muito mais exato teria sido dizer que foi inevitável, uma vez que conceitos tão sedutores como fado, fatalidade ou destino não teriam cabimento neste discurso, que o arco de círculo descrito pelos olhos de Maria da Paz passasse, primeiro pelo televisor ligado, logo pelas cassetes que não tinham sido devolvidas aos seus lugares no chão, finalmente pela própria fileira delas, presença inexplicável, insólita, para qualquer pessoa que, como ela, íntima destes sítios, tivesse suficiente conhecimento dos gostos e hábitos do dono da casa. Que é isto, que fazem aqui todas estas cassetes, perguntou, É material para um trabalho em que tenho andado ocupado, respondeu Tertuliano Máximo Afonso desviando a vista, Se não estou enganada, o teu trabalho, desde que te conheço, consiste em ensinar História, disse Maria da Paz, e esta coisa, olhava com curiosidade o vídeo, chamada Paralelo do Terror, não me parece que tenha muito que ver com a tua especialidade, Não há nada que me obrigue a ocupar-me só de História durante toda a vida, Claro que não, mas é natural que me tenha sentido desconcertada vendo-te rodeado de vídeos, como se de repente te tivesse dado uma paixão pelo cinema, quando antes te interessava tão pouco, Já te disse que estou ocupado com um trabalho, um estudo sociológico, por assim dizer, Não passo de uma empregada vulgar, uma bancária, mas as poucas luzes do meu entendimento chegam-me para ver que não estás a ser sincero, Que não estou a ser sincero, exclamou indignado Tertuliano Máximo Afonso, que não estou a ser sincero, era só o que me faltava ouvir, Não vale a pena irritares-te, disse o que me pareceu, Sei que não sou a perfeição em homem, mas a falta de sinceridade não é um dos meus defeitos, tinhas a obrigação de me conhecer melhor, Peço desculpa, Muito bem, ficas desculpada, não se fala mais deste assunto. Isto disse, mas teria preferido continuar nele para não ter de entrar no outro que temia. Maria da Paz acomodou-se na cadeira em frente do televisor e disse, Vim para ter uma conversa contigo, os teus vídeos não me interessam. O canto do rouxinol perdera-se nas estratosféricas regiões do teto, era já, como em tempos passados se costumava dizer, uma saudosa lembrança, e Tertuliano Máximo Afonso, deplorável figura, enfiado no roupão, de chinelos e com a barba por fazer, portanto em flagrante situação de inferioridade, tinha consciência de que uma conversa em tom acerbo, ainda que pela própria crispação das palavras pudesse convir ao que sabemos ser seu interesse final, isto é, romper a sua relação com Maria da Paz, seria difícil de conduzir e certamente muito mais difícil de rematar. Sentou-se pois no sofá, aconchegou as abas do roupão às pernas, e principiou, conciliador, A minha ideia, De que estás a falar, interrompeu Maria da Paz, de nós, ou dos vídeos, Falaremos de nós depois, agora quero explicar-te em que espécie de estudo estou metido, Se fazes questão, seja, respondeu Maria da Paz, dominando a impaciência. Tertuliano Máximo Afonso estendeu o mais que pôde o silêncio que se seguiu, puxou da memória as palavras com que desorientara o vendedor da loja dos vídeos, ao mesmo tempo que experimentava uma estranha e contraditória impressão. Embora sabendo que vai mentir, pensa, no entanto, que essa mentira será como uma forma tergiversada da verdade, quer dizer, ainda que a explicação seja redondamente falsa, o simples facto de a repetir vai, de alguma maneira, torná-la verosímil, e cada vez mais verosímil se Tertuliano Máximo Afonso não se limitar a esta primeira prova. Enfim, sentindo-se já senhor da matéria, começou, O meu interesse por ver uns quantos filmes desta produtora, escolhida ao acaso, como poderás verificar são todos da mesma empresa cinematográfica, nasceu de uma ideia que me ocorreu há tempos, a de fazer um estudo sobre as tendências, as inclinações, os propósitos, as mensagens, tanto as explícitas como as implícitas e subliminares, ou, para ser mais preciso, os sinais ideológicos que um determinado fabricante de filmes vai disseminando, imagem a imagem, entre os consumidores deles, E como foi que te nasceu esse repentino interesse, ou, como lhe chamaste, essa ideia, que tem isso que ver com o trabalho de um professor de História, perguntou Maria da Paz, a quem não passaria pela cabeça que tinha acabado de oferecer de mão beijada a resposta que Tertuliano Máximo Afonso, na hora de aperto dialético em que se achava, talvez não fosse capaz de encontrar por si mesmo, É muito simples, respondeu ele com uma expressão de alívio que poderia ser facilmente confundida com a virtuosa satisfação de qualquer bom professor ao rever-se a si mesmo no ato de transmitir o seu saber à classe, É muito simples, repetiu, tal como a História que escrevemos, estudamos ou lecionamos vai fazendo penetrar em cada linha, em cada palavra, e até em cada data, o que designei por sinais ideológicos, inerentes não só à interpretação dos factos, mas igualmente à linguagem porque os expressamos, isto sem esquecer os diversos tipos e graus de intencionalidade no uso que dessa mesma linguagem fazemos, assim também o cinema, modo de contar histórias que, por via de uma sua particular eficácia, atua sobre os próprios conteúdos da História, de alguma maneira os contaminando e deformando, assim também o cinema, repito, participa, com muito maior rapidez e não menor intencionalidade, na propagação generalizada de toda uma rede desses sinais ideológicos, em regra interessadamente orientados. Fez uma pausa e, com o meio sorriso indulgente de quem se desculpa pela aridez de uma exposição que se tinha esquecido de tomar em consideração a insuficiente capacidade compreensiva do auditório, acrescentou, Espero vir a ser mais claro quando passar estas reflexões ao papel. Apesar das suas mais do que justas reservas, Maria da Paz não pôde impedir-se de o olhar com certa admiração, afinal ele é um habilitado professor de História, um profissional idóneo com provas dadas de competência, presume-se que saiba do que fala mesmo quando lhe aconteça ter de abordar assuntos fora da sua direta especialidade, ao passo que ela não passa de uma simples empregada bancária de nível médio, sem preparação para captar de maneira cabal quaisquer sinais ideológicos que não tenham começado, ao menos, por explicar como se chamam e o que pretendem. No entanto, ao longo de toda a fala de Tertuliano Máximo Afonso, apercebera-se de uma espécie de roce incómodo na sua voz, uma desarmonia que lhe distorcia em certos momentos a elocução, assim como o característico vibrato de uma vasilha rachada quando se lhe bate com os nós dos dedos, que acuda alguém a ajudar Maria da Paz, a informá-la de que justamente com aquele som é que as palavras nos saem da boca quando a verdade que parecemos estar a dizer é a mentira que escondemos. Pelos vistos, sim, pelos vistos vieram avisá-la, ou com as meias palavras do costume lho deram a entender, não há outra explicação para o facto de subitamente se ter apagado a admiração nos olhos dela e de no seu lugar ter surgido uma expressão dolorida, um ar de compassiva lástima, falta saber se de si própria ou do homem que se encontra sentado na sua frente. Tertuliano Máximo Afonso compreendeu que o discurso fora ofensivo, além de inútil, que são muitas as maneiras de faltar ao respeito que se deve à inteligência e à sensibilidade dos outros e que esta havia sido uma das mais grosseiras. Maria da Paz não veio aqui para que lhe dessem explicações acerca de procedimentos sem pés nem cabeça, seja qual for a ponta por onde se lhes pegue, veio para saber quanto terá de pagar para que lhe seja devolvida, se tal é possível ainda, a pequena felicidade em que imaginou haver vivido nos últimos seis meses. Mas também é certo que Tertuliano Máximo Afonso não lhe irá dizer, como a coisa mais natural deste mundo, Imagina que descobri um tipo que é meu exacto duplicado e que esse tipo aparece como ator em uns quantos destes filmes, em caso algum lho diria, e menos ainda, se é permitido juntar estas últimas palavras às imediatamente anteriores, quando a frase poderia ser interpretada por Maria da Paz como mais uma manobra de diversão, ela que veio aqui só para saber quanto terá de pagar para que lhe seja restituída a pequena felicidade em que imaginava haver vivido nos últimos seis meses, que nos seja perdoada esta repetição em nome do direito que a qualquer pessoa assiste de dizer uma e outra vez onde lhe dói. Fez-se um silêncio difícil, Maria da Paz deveria tomar agora a palavra, desafiá-lo, Se já acabaste o teu estúpido discurso sobre essa patranha dos sinais ideológicos, falemos de nós, mas o medo deu-lhe de repente um nó na garganta, o pavor de que a mais simples palavra pudesse vir estilhaçar o cristal da sua frágil esperança, por isso se cala, por isso espera que Tertuliano Máximo Afonso principie, e Tertuliano Máximo Afonso está de olhos baixos, parece absorto na contemplação das suas chinelas de quarto e da pálida fímbria de pele que assoma onde terminam as perneiras das calças do pijama, a verdade é outra e bem diferente, Tertuliano Máximo Afonso não se atreve a levantar os olhos com medo de que eles se desviem para os papéis que estão em cima da secretária, a lista dos filmes e dos nomes dos atores, com as suas cruzinhas, os seus riscos, os seus pontos de interrogação, tudo tão apartado do malfadado discurso sobre os sinais ideológicos que neste momento lhe parece ter sido obra de outra pessoa. Ao contrário do que geralmente se pensa, as palavras auxiliadoras que abrem caminho aos grandes e dramáticos diálogos são em geral modestas, comuns, corriqueiras, ninguém diria que perguntar, Queres um café, poderia servir de introdução a um amargo debate sobre sentimentos que se perderam ou sobre a doçura de uma reconciliação a que não se sabe como chegar. Maria da Paz deveria ter respondido com a merecida secura, Não vim cá para tomar café, mas, olhando para dentro de si, viu que não era tal, viu que realmente tinha vindo para tomar um café, que a sua própria felicidade, imagine-se, dependeria desse café. Numa voz que só queria mostrar cansada resignação, mas que o nervosismo fazia tremer, disse, Pois sim, e acrescentou, Eu mesma o preparo. Levantou-se da cadeira, e não é que se tenha detido quando ia a passar ao lado de Tertuliano Máximo Afonso, como conseguiremos nós explicar o que se passou, juntamos palavras, palavras e palavras, as tais de que já falámos noutro sítio, um pronome pessoal, um advérbio, um verbo, um adjetivo, e, por mais que intentemos, por mais que nos esforcemos, sempre acabamos por nos encontrar do lado de fora dos sentimentos que ingenuamente tínhamos querido descrever, como se um sentimento fosse assim como uma paisagem com montanhas ao longe e árvores ao pé, mas o certo certo é que o espírito de Maria da Paz suspendeu subtilmente o movimento retilíneo do corpo, à espera sabe-se lá de quê, talvez de que Tertuliano Máximo Afonso se levantasse para a abraçar, ou lhe pegasse suavemente na mão abandonada, e assim foi que sucedeu, primeiro a mão que reteve a mão, depois o abraço que não ousou ir além de uma proximidade discreta, ela não lhe ofereceu a boca, ele não a procurou, há ocasiões em que é mil vezes preferível fazer de menos que fazer de mais, entrega-se o assunto ao governamento da sensibilidade, ela, melhor que a inteligência racional, saberá proceder segundo o que mais convenha à perfeição plena dos instantes seguintes, se para tanto nasceram. Desprenderam-se devagar, ela sorriu um pouco, ele sorriu um pouco, mas nós sabemos que Tertuliano Máximo Afonso tem uma outra ideia na cabeça, que é retirar das vistas de Maria da Paz, o mais depressa possível, os papéis reveladores, por isso não se estranha que quase a tenha empurrado para a cozinha, Vai, vai fazer o café enquanto eu dou uma arrumação a este caos, e então aconteceu o inaudito, como se não desse importância às palavras que lhe saíam da boca ou como se não as entendesse completamente, ela murmurou, O caos é uma ordem por decifrar, Quê, que foi que disseste, perguntou Tertuliano Máximo Afonso, que já tinha a lista dos nomes a salvo, Que o caos é uma ordem por decifrar, Onde foi que leste isso, a quem o ouviste, Ocorreu-me neste momento, não creio que o tivesse lido alguma vez, e, ouvi-lo a alguém, isso tenho a certeza de que não, Mas como foi que te saiu uma frase dessas, Que tem de especial a frase, Tem muito, Não sei, talvez fosse porque o meu trabalho no banco se faz com algarismos, e os algarismos, quando se apresentam misturados, confundidos, podem aparecer como elementos caóticos a quem os não conheça, no entanto existe neles, latente, uma ordem, na verdade creio que os algarismos não têm sentido fora de uma qualquer ordem que se lhes dê, o problema está em saber encontrá-la, Aqui não há algarismos, Mas há um caos, foste tu mesmo que o disseste, Uns quantos vídeos desarrumados, nada mais, E também as imagens que lá estão dentro, pegadas umas às outras de maneira a contarem uma história, isto é, uma ordem, e os caos sucessivos que elas formariam se as dispersássemos antes de tornar a pegá-las para organizar histórias diferentes, e as sucessivas ordens que assim iríamos obtendo, sempre deixando atrás um caos ordenado, sempre avançando para dentro de um caos por ordenar, Os sinais ideológicos, disse Tertuliano Máximo Afonso, pouco seguro de que a referência viesse a propósito, Sim, os sinais ideológicos, se assim o queres, Dá a impressão de que não acreditas em mim, Não importa se acredito em ti ou não, tu lá saberás o que andas a procurar, O que me custa a perceber é como foi que te ocorreu esse achado, a ideia de uma ordem contida no caos e que pode ser decifrada no interior dele, Queres dizer que em todos estes meses, desde que a nossa relação principiou, nunca me consideraste suficientemente inteligente para ter ideias, Ora essa, não se trata disso, tu és uma pessoa bastante inteligente, no entanto, No entanto, não precisas terminar, menos inteligente do que tu, e, claro está, falta-me a boa preparaçãozinha básica, sou uma pobre empregada bancária, Deixa-te de ironias, nunca pensei que fosses menos inteligente do que eu, o que quero dizer é que essa tua ideia é absolutamente surpreendente, Inesperada em mim, De certo modo, sim, O historiador és tu, mas julgo saber que os nossos antepassados só depois de terem tido as ideias que os fizeram inteligentes é que começaram a ser suficientemente inteligentes para terem ideias, Agora saíste-me paradoxal, eis-me caindo de assombro em assombro, disse Tertuliano Máximo Afonso, Antes que acabes por te transformar em estátua de sal, vou fazer o café, sorriu-se Maria da Paz, e enquanto seguia pelo corredor que a levava à cozinha, foi dizendo, Arruma o caos, Máximo, arruma o caos. A lista dos nomes foi rapidamente metida numa gaveta e fechada à chave, as cassetes soltas voltaram às caixas respetivas, O Paralelo do Terror, que havia ficado no leitor de vídeos, seguiu o mesmo caminho, nunca tinha sido tão fácil ordenar um caos desde que o mundo é mundo. Tem-nos, porém, ensinado a experiência que sempre algumas pontas ficam por atar, sempre algum leite se entorna pelo caminho, sempre algum alinhamento faz barriga para dentro ou para fora, o que, aplicado à situação em análise, significa que Tertuliano Máximo Afonso está consciente de que já leva a sua guerra perdida antes de a ter começado. No ponto a que as coisas chegaram, por causa da superior estupidez do seu discurso sobre os sinais ideológicos, e agora com o golpe de mestre que foi aquela frase sobre a existência de uma ordem no caos, uma ordem decifrável, é impossível dizer à mulher que está lá dentro a fazer o café, A nossa relação chegou ao fim, poderemos continuar como amigos no futuro, se quiseres, mas nada mais do que isso, ou então, Custa-me muito dar-te este desgosto, mas, pesando os meus sentimentos para contigo, já não encontro o entusiasmo do princípio, ou ainda, Foi bonito, foi, mas acabou-se, minha rica, a partir de hoje tu vais à tua vida e eu vou à minha. Tertuliano Máximo Afonso dá voltas à conversa a tentar descobrir em que foi que a sua tática fracassou, se é que tinha de facto alguma, se é que não se deixou apenas dirigir pelas mudanças de humor de Maria da Paz, como se se tratasse de súbitos focos de incêndio que era necessário ir apagando à medida que surgiam, sem entretanto se dar conta de que o fogo continuava a lavrar-lhe debaixo dos pés. Ela sempre esteve mais segura do que eu, pensou, e neste momento viu distintamente as causas da sua derrota, esta caricata figura que fazia despenteado e de barba crescida, com os chinelos de quarto acalcanhados, as riscas das calças do pijama a aparecerem como franjas murchas, o roupão ponta abaixo ponta acima, há decisões na vida que para tomá-las é aconselhável estar vestido para sair, já de gravata posta e sapatos engraxados, a isso se chama a maneira nobre, exclamar em tom ofendido, Se a minha presença a incomoda, senhora, não preciso que mo diga, e ato contínuo sai-se pela porta fora, sem olhar para trás, olhar para trás é um risco tremendo, pode a pessoa transformar-se em estátua de sal e ficar para ali à mercê da primeira chuva. Mas Tertuliano Máximo Afonso tem agora outro problema para resolver, e esse requer muito tato, muita diplomacia, uma habilidade de manobra que até este momento lhe tem faltado, uma vez que, como vimos, a iniciativa sempre esteve nas mãos de Maria da Paz, até mesmo quando à chegada se lançou aos braços do amante como uma mulher a ponto de afogar-se. Foi precisamente isto o que Tertuliano Máximo Afonso pensou, dividido entre a admiração, a contrariedade e uma espécie de perigosa ternura, Parecia que estava a afogar-se e afinal tinha os pés bem assentes no chão. Voltando ao problema, o que Tertuliano Máximo Afonso não poderá permitir-se é deixar Maria da Paz sozinha na sala. Imaginemos que ela aparece com o café, aliás não se compreende por que é que está a demorar-se tanto, um café faz-se em três minutos, já estamos longe do tempo em que era preciso coá-lo, imaginemos que, depois de o terem tomado em santa harmonia, ela lhe diz com segundas intenções ou mesmo sem primeiras, Vai-te arranjar enquanto eu ponho aqui um destes vídeos, a ver se descubro algum dos teus famosos sinais ideológicos, imaginemos que uma sorte maldita quereria que aparecesse na figura de um porteiro de buate ou de um caixa de banco o duplicado de Tertuliano Máximo Afonso, imaginemos o grito que daria Maria da Paz, Máximo, Máximo, vem cá, corre, vem ver um ator igualzinho a ti, a um auxiliar de enfermagem, realmente, poderá chamar-se-lhe tudo, bom samaritano, providência divina, irmão de caridade, sinal ideológico é que não. Nada disto, porém, irá suceder, Maria da Paz trará o café, já se lhe ouvem os passos no corredor, a bandeja com as duas chávenas e o açucareiro, umas bolachas para confortar o estômago, e tudo se passará como Tertuliano Máximo Afonso nunca teria ousado sonhar, beberam o cafezinho calados, mas era um silêncio de companhia, não hostil, o perfeito bem-estar doméstico que para Tertuliano Máximo Afonso se converteu em glória bendita quando a ouviu dizer, Enquanto tu te arranjas, eu arrumo o caos da cozinha, depois deixo-te em paz com o teu estudo, Ora, ora, o estudo, não falemos mais do estudo, disse Tertuliano Máximo Afonso para retirar esta inoportuna pedra do meio do caminho, mas cônscio de que tinha acabado de pôr outra no lugar dela, mais difícil de remover, como não tardará a verificar-se. Fosse como fosse, Tertuliano Máximo

Afonso não queria deixar nada entregue ao acaso, barbeou-se num ai, lavou-se num ámen, vestiu-se num suspiro, e tão rapidamente fez tudo isto que quando entrou na cozinha ainda foi muito a tempo de secar a louça. Viveu-se então nesta casa o quadro tão enternecedoramente familiar que é um homem enxugando os pratos e a mulher arrumando-os, poderia ter sido ao contrário, mas o destino ou o azar, chamem-lhe o que quiserem, decidiu que fosse assim para que tivesse de acontecer o que aconteceu num momento em que Maria da Paz levantava altos os braços para acomodar uma travessa numa prateleira, oferecendo sem dar por isso, ou sabendo-o muito bem, a cintura delgada às mãos de um homem que não foi capaz de resistir à tentação. Tertuliano Máximo Afonso deixou a um lado o pano da louça e, enquanto a chávena, que se escapara, se estilhaçava no chão, abraçou-se a Maria da Paz, apertou-a furiosamente contra si, o espectador mais objetivo e imparcial não teria dúvidas em admitir que o chamado entusiasmo do princípio nunca poderia ter sido maior que este. A questão, a dolorosa e sempiterna questão, é saber quanto tempo irá isto durar, se será realmente o reacender de um afeto que algumas vezes terá sido confundido com amor, com paixão, até, ou se só nos encontramos, e mais uma vez, perante o arquiconhecido fenómeno da vela que ao extinguir-se levanta uma luz mais alta e insuportavelmente brilhante, insuportável só por ser a derradeira, não porque a rejeitassem os nossos olhos, que bem quereriam continuar absortos nela. Diz-se e repete-se que enquanto o pau vai e vem folgam as costas, ora, as costas, propriamente ditas, são o que menos está folgando neste momento, diríamos até, se aceitássemos ser grosseiros, que muito mais estará folgando ele, mas o certo, embora não se encontrem aqui grandes razões para lirismos exaltados, é que a alegria, o prazer, o gozo destes dois, atirados sobre a cama, um sobre o outro, literalmente enganchados de pernas e braços, nos levaria a tirar respeitosamente o chapéu e a desejar que lhes seja assim para sempre, estes, ou cada um deles com quem a sorte os vier a emparceirar no futuro, se a vela que está agora a arder não durar mais que o breve e último espasmo, aquele que no mesmo instante em que nos derrete nos costuma endurecer e apartar. Os corpos, os pensamentos. Tertuliano Máximo Afonso pensa nas contradições da vida, no facto de que para ganhar uma batalha às vezes possa ser necessário perdê-la, veja-se este caso de agora, ganhar teria sido conduzir a conversa no sentido do ansiado, total e definitivo rompimento, e essa batalha, pelo menos para os tempos mais próximos, teve de dá-la por perdida, mas ganhar seria conseguir desviar dos vídeos e do imaginário estudo sobre os sinais ideológicos a atenção de Maria da Paz, e essa batalha, por agora, ganhou-a. Diz a sabedoria popular que nunca se pode ter tudo, e não lhe falta razão, o balanço das vidas humanas joga constantemente sobre o ganho e o perdido, o problema está na impossibilidade, igualmente humana, de nos pormos de acordo sobre os méritos relativos do que se deveria perder e do que se deveria ganhar, por isso o mundo está no estado em que o vemos. Maria da Paz também pensa, mas, sendo mulher, portanto mais próxima das coisas elementares e essenciais, recorda a angústia que trazia na alma quando entrou nesta casa, a sua certeza de que se iria daqui vencida e humilhada, e afinal acontecera o que em nenhum momento lhe tinha passado pela fantasia, estar na cama com o homem a quem amava, o que mostra quanto tem ainda de aprender esta mulher se ignora que muitas dramáticas discussões dos casais é ali que acabam e se resolvem, não porque os exercícios do sexo sejam a panaceia de todos os males físicos e morais, embora não falte quem assim pense, mas porque, esgotadas as forças dos corpos, os espíritos aproveitam para levantar timidamente o dedo e pedir autorização para entrar, perguntam se se lhes permite fazer ouvir as suas razões, e se eles, corpos, estão preparados para lhes dar atenção. É então quando o homem diz à mulher, ou a mulher ao homem, Que loucos somos, que estúpidos temos sido, e um deles, misericordiosamente, cala a resposta justa que seria, Tu, talvez, eu só tenho estado à tua espera. Ainda que pareça impossível, é este silêncio cheio de palavras não ditas que salva o que se julgava perdido, como uma jangada que avança do nevoeiro a pedir os seus marinheiros, com os seus remos e a sua bússola, a sua vela e a sua arca do pão. Propôs Tertuliano Máximo Afonso, Podíamos almoçar os dois, não sei é se estás disponível, Naturalmente que sim, sempre estive, Tens lá a tua mãe, queria dizer, Expliquei-lhe que me apetecia dar um passeio sozinha, que talvez não fosse comer a casa, Uma desculpa para vires aqui, Não precisamente, foi só depois de ter saído de casa que decidi vir falar contigo, Já está falado, Queres dizer, perguntou Maria da Paz, que tudo entre nós continuará como antes, Claro. Esperar-se-ia um pouco mais de eloquência de Tertuliano Máximo Afonso, mas ele sempre poderá defender-se, Não tive tempo, ela agarrou-se a mim aos beijos, e logo eu a ela, daí a nada estávamos outra vez enroscados, foi um que-deus-te-ajude, E ajudou, perguntou a voz desconhecida que há tanto tempo não ouvíamos, Não sei se foi ele, mas lá que valeu a pena, valeu, E agora, Agora, vamos almoçar, E não falam mais do assunto, Qual assunto, O vosso, Já está falado, Não está, Está, Então acabaram-se as nuvens, Acabaram, Quer dizer que já não pensa em rompimentos, Isso é outra coisa, deixemos para o dia de amanhã o que ao dia de amanhã pertence, É uma boa filosofia, A melhor, Desde que se saiba o que é que pertence a esse dia de amanhã, Enquanto lá não chegarmos não se pode saber, Tem resposta para tudo, Também você a teria se se encontrasse na necessidade de mentir tanto quanto eu tenho mentido nos últimos dias, Então, vão almoçar, Pois vamos, Bom proveito, e depois, Depois levo-a a casa e volto, Para ver os vídeos, Sim, para ver os vídeos, Bom proveito, despediu-se a voz desconhecida. Maria da Paz já se tinha levantado, ouvia-se correr a água do duche, em tempos idos sempre se lavavam juntos depois de terem feito amor, mas desta vez nem ela se lembrou nem ele se fez lembrado, ou lembraram-se ambos, mas preferiram calar, há momentos em que o melhor é contentar-se uma pessoa com o que já tem, não seja que se perca tudo.

Passava das cinco horas da tarde quando Tertuliano Máximo Afonso regressou a casa. Tanto tempo perdido, pensava enquanto abria a gaveta onde guardara a lista e duvidava entre De Braço Dado com a Sorte e Os Anjos também Bailam. Não chegará a pô-los no leitor de vídeos, por isso nunca virá a saber que o seu duplicado, aquele ator igualzinho a ele, como poderia ter dito Maria da Paz, fazia de croupier no primeiro filme e de professor de dança no segundo. De repente irritara-se com a obrigação que se havia imposto a si mesmo de seguir a ordem cronológica da produção, desde o mais antigo e por aí fora até ao mais recente, achou que não seria uma má ideia variar, quebrar a rotina, Vou ver A Deusa do Palco, disse. Não tinham passado dez minutos quando o seu sósia apareceu interpretando o papel de um empresário teatral. Tertuliano Máximo Afonso sentiu um choque na boca do estômago, muita coisa deveria ter mudado na vida deste ator para representar agora uma personagem que ia ganhando cada vez mais importância depois de ter sido, durante anos, fugazmente, empregado de receção num hotel, caixa de banco, auxiliar de enfermagem, porteiro de buate e fotógrafo da polícia. Ao cabo de meia hora não aguentou mais, fez rodar a fita a toda a velocidade até ao final, mas, ao contrário do que esperava, não encontrou no elenco de actores nenhum dos nomes que tinha na lista. Voltou ao princípio, ao genérico principal, em que, pela força do costume, não tinha reparado, e viu. O actor que representa o papel de empresário teatral no filme A Deusa do Palco chama-se Daniel Santa-Clara.

Descobrimentos em fins-de-semana não são menos válidos e estimáveis do que aqueles que se produzam ou expressem em qualquer dos outros dias, os denominados úteis. Num caso como no outro, o autor do descobrimento informará do sucedido os ajudantes, se estes estavam a fazer horas extraordinárias, ou a família, se a tinha ali por perto, à falta de champanhe brindou-se ao feito com a garrafa de espumoso que esperava no frigorífico o seu dia, deram-se e receberam-se parabéns, anotaram-se os dados para a patente, e a vida, imperturbável, prosseguiu, depois de ter demonstrado uma vez mais que a inspiração, o talento ou o acaso não escolhem, para manifestar-se, nem dias nem lugares. Raros terão sido os casos em que o descobridor, por viver sozinho e trabalhar sem auxiliares, não teve ao seu alcance ao menos uma pessoa com quem partilhar a alegria de haver presenteado o mundo com a luz de um novo conhecimento. Mais extraordinária ainda, mais rara, se não única, é a situação em que se encontra neste momento Tertuliano Máximo Afonso, que não só não tem ninguém a quem comunicar que descobriu o nome do ator que é seu vivo retrato, como teria todo o cuidado em calar-se sobre o achado. De facto, não é imaginável um Tertuliano Máximo Afonso correndo a telefonar à mãe, ou a Maria da Paz, ou ao colega de Matemática, e dizer, em palavras atropeladas pela excitação, Descobri, descobri, o tipo chama-se Daniel Santa-Clara. Se há algum segredo na vida que ele queira conservar bem guardado, que ninguém possa nem sequer suspeitar da sua existência, é precisamente este. Pelo temor das consequências, Tertuliano Máximo Afonso está obrigado, talvez para todo o sempre, a guardar silêncio absoluto sobre o resultado das suas investigações, quer as da primeira fase, que hoje culminaram, quer as que venha a realizar no futuro. E está também obrigado, pelo menos até segunda-feira, à mais completa inatividade. Sabe que o seu homem se chama Daniel Santa-Clara, mas esse saber serve-lhe de tanto como ser capaz de dizer que uma certa estrela se chama Aldebarã e ignorar tudo dela. A empresa produtora estará fechada hoje e amanhã, nem vale a pena tentar comunicar por telefone, na melhor das suposições atendê-lo-ia um vigilante da segurança que se limitaria a dizer, Telefone na segunda-feira, hoje não se trabalha, Pensei que para uma produtora de cinema não houvesse domingos nem feriados, que filmassem todos os dias que Nosso Senhor manda ao mundo, sobretudo na primavera e no verão para não se perderem as horas de sol, alegaria Tertuliano Máximo Afonso a querer fazer durar a conversa, Esses assuntos não são da minha área, não são da minha competência, sou apenas um empregado da segurança, Uma segurança bem entendida deveria estar informada de tudo, Não me pagam para isso, É pena, Deseja mais alguma coisa, perguntaria impaciente o homem, Diga-me ao menos se sabe quem dá aí informações acerca dos atores, Não sei, não sei nada, já lhe disse que sou da segurança, telefone na segunda-feira, repetiria exasperado o homem, se é que não lhe sairia pela boca fora alguma das palavras grosseiras que a impertinência do interlocutor estava a justificar. Sentado na cadeira estofada, a que está em frente do aparelho de televisão, rodeado de cassetes, Tertuliano Máximo Afonso reconhecia consigo mesmo, Não há outro remédio, vou ter de esperar até segunda-feira para telefonar à produtora. Disse-o e nesse instante sentiu um aperto na boca do estômago, como um súbito medo. Foi rápido, mas a tremura subsequente ainda se prolongou por alguns segundos, como a vibração inquietante de uma corda de contrabaixo. Para não pensar no que lhe havia parecido uma espécie de ameaça, perguntou-se que poderia ele fazer no resto do fim de semana, o que ainda resta de hoje e todo o dia de amanhã, como ocupar tantas horas vazias, um recurso seria ver os filmes que faltam, mas isso não lhe forneceria mais informações, apenas veria a sua cara noutros papéis, quem sabe se um professor de dança, talvez um bombeiro, talvez um croupier, um carteirista, um arquiteto, um professor primário, um ator à procura de trabalho, a sua cara, o seu corpo, as suas palavras, os seus gestos, até à saturação. Podia telefonar a Maria da Paz, pedir-lhe que viesse vê-lo, amanhã se não pudesse ser hoje, mas isso significaria atar-se pelas suas próprias mãos, um homem que se respeite não pede ajuda a uma mulher, mesmo não o sabendo ela, para depois a mandar embora. Foi nesse momento que um pensamento que já havia assomado algumas vezes a cabeça por trás de outros com mais sorte, sem que Tertuliano Máximo Afonso lhe tivesse dado atenção, conseguiu passar de súbito ao primeiro lugar, Se tu fores à lista telefónica, disse, poderás saber onde ele vive, não precisarás de perguntar à produtora, e até, no caso de estares com disposição para isso, poderás ir ver a rua onde ele mora, e a casa, claro que deverás ter a prudência elementar de te disfarçares, não me perguntes de quê, isso é lá contigo. O estômago de Tertuliano Máximo Afonso deu outra vez sinal, este homem recusa-se a perceber que as emoções são sábias, que se preocupam connosco, amanhã lembrarão, Nós bem te tínhamos avisado, mas nessa altura, segundo todas as probabilidades, já será demasiado tarde. Tertuliano Máximo Afonso tem a lista nas mãos, trémulas procuram a letra S, folheiam para trás e para diante, aqui está. São três os Santa-Clara, e nenhum é Daniel.

A deceção não foi grande. Uma tão trabalhosa busca não podia terminar assim sem mais nem menos, seria ridiculamente simples. É verdade que as listas telefónicas sempre foram um dos primeiros instrumentos de investigação de qualquer detetive particular ou polícia de bairro dotado de luzes básicas, uma espécie de microscópio de papel capaz de trazer a bactéria suspeita até à curva de percepção visual do pesquisador, mas também é verdade que este método de identificação tem tido os seus espinhos e fracassos, são os nomes que se repetem, são os gravadores sem compaixão, são os silêncios desconfiados, é aquela frequente e desanimadora resposta Esse senhor já não mora aqui. O primeiro e, por lógico, acertado pensamento de Tertuliano Máximo Afonso foi que o tal Daniel Santa-Clara não tinha querido que o seu nome constasse da lista telefónica. Algumas pessoas influentes, de mais relevante evidência social, adotam esse procedimento, chama-se a isso defesa do sagrado direito à privacidade, fazem-no, por exemplo, os empresários e os financeiros, os politicantes de primeira grandeza, as estrelas, os planetas, os cometas e os meteoritos do cinema, os escritores geniais e meditabundos, os craques do futebol, os corredores de fórmula um, os modelos da alta e média costura, também os da baixa, e, por razões bastante mais compreensíveis, igualmente os delinquentes das distintas especialidades do crime têm preferido o recato, a discrição e a modéstia de um anonimato que até certo ponto os protege de curiosidades malsãs. No caso destes, mesmo se as suas façanhas vierem a torná-los famosos, poderemos ter a certeza de que nunca os encontraremos no anuário telefónico. Ora, não sendo Daniel Santa-Clara, pelo que dele viemos conhecendo até agora, um delinquente, não sendo também, e quanto a este ponto não pode restar-nos qualquer dúvida, apesar de à mesma profissão pertencer, uma estrela de cinema, o motivo da não presença do seu nome no reduzido grupo dos apelidados Santa-Clara teria de causar uma viva perplexidade, da qual só será possível sair refletindo. Foi essa precisamente a ocupação a que se entregou Tertuliano Máximo Afonso enquanto nós, com reprovável frivolidade, discorríamos sobre a variedade sociológica daquelas pessoas que, no fundo, apreciariam estar presentes numa lista telefônica particular, confidencial, secreta, uma espécie de outro almanaque de Gotha que registasse as novas formas de nobilitação nas sociedades modernas. A conclusão a que Tertuliano Máximo Afonso chegou, ainda que pertencendo à classe das que saltam à vista, nem por isso é menos merecedora de aplauso, porquanto demonstra que a confusão mental que tem trazido atormentados os últimos dias do professor de História ainda não se transformou em impedimento a um livre e reto pensar. É certo que o nome de Daniel Santa-Clara não se encontra na lista telefónica, mas isso não significa que não possa haver uma relação, digamos assim, de parentesco, entre uma das três pessoas que nela figuram e o Santa-Clara ator de cinema. Não menos será de admitir a probabilidade de que todos eles pertençam à mesma família, ou até mesmo, se por este caminho vamos, que Daniel Santa-Clara, afinal, more numa daquelas casas e que o telefone de que ele se serve esteja ainda, por exemplo, em nome do seu falecido avô. Se, como às crianças antigamente se contava, para ilustração das relações entre as pequenas causas e os grandes efeitos, uma batalha foi perdida por se ter soltado uma das ferraduras a um cavalo, a trajetória das deduções e induções que trouxeram Tertuliano Máximo Afonso à conclusão que acabamos de expor não se nos afigura mais duvidosa e problemática que aquele edificante episódio da história das guerras cujo primeiro agente e final responsável teria sido, no fim de contas e sem margem para objeções, a incompetência profissional do ferrador do exército vencido. Que passo irá dar agora Tertuliano Máximo Afonso, essa é a candente questão. Talvez o satisfaça haver desbastado o problema com vista ao estudo ulterior das condições para a definição de uma tática de aproximação não frontal, daquelas prudentes que procedem por pequenos avanços e mantêm sempre um pé atrás. Quem o vê, sentado na cadeira em que teve começo esta que é já, a todos os títulos, uma nova fase da sua vida, de dorso curvado, cotovelos assentes nos joelhos e cabeça entre as mãos, não imagina o duro trabalho que vai dentro daquele cérebro, pesando alternativas, medindo opções, estimando variantes, antecipando lances, como um mestre de xadrez. Já passou meia hora, e ele não se mexe. E outra meia hora terá ainda de passar até que de repente o veremos levantar-se para ir sentar-se à secretária com a lista telefónica aberta na página do enigma. É manifesto que tomou uma viril decisão, admiremos a coragem de quem afinal deitou a prudência para trás das costas e resolveu atacar de frente. Marcou o número do primeiro Santa-Clara e esperou. Ninguém respondeu e não havia atendedor de chamadas. Marcou o segundo e uma voz de mulher atendeu, Diga, Boas tardes, minha senhora, peço desculpa se a venho importunar, mas gostaria de falar com o senhor Daniel Santa-Clara, tenho indicação de que vive nessa morada, Está equivocado, esse senhor não mora nesta casa, nem morou nunca, Mas o apelido, O apelido é uma coincidência, como tantas outras, Julguei que ao menos fosse da família dele e me pudesse ajudar a encontrá-lo, Nem sequer o conheço, A ele, A ele e a si, Perdoe, devia ter-lhe dito o meu nome, Não diga, não me interessa saber, Pelos vistos, informaram-me mal, Assim é, pelos vistos, Muito obrigado pela sua atenção, De nada, Boas tardes, desculpe tê-la incomodado, Boas tardes. Seria natural, depois desta troca de palavras, inexplicavelmente tensa, que Tertuliano Máximo Afonso fizesse uma pausa para recuperar a serenidade e a normalidade do pulso, mas tal não aconteceu. Há situações na vida em que já tanto nos dá perder por dez como perder por cem, o que queremos é conhecer rapidamente a última soma do desastre, para depois, se tal for possível, não voltarmos a pensar mais no assunto. O terceiro número foi pois marcado sem hesitação, uma voz de homem perguntou de lá, bruscamente, Quem fala. Tertuliano Máximo Afonso sentiu-se como apanhado em falta, balbuciou um nome qualquer, Que deseja, tornou a voz a perguntar, o tom continuava a ser desabrido, mas, curiosamente, não se percebia nele nenhuma hostilidade, há pessoas assim, a voz sai-lhes de tal maneira que parece que estão irritadas com toda a gente e, afinal, vai-se ver e têm um coração de ouro. Desta vez, por causa da brevidade do diálogo, não iremos chegar a saber se o coração da pessoa é realmente feito daquele nobilíssimo metal. Tertuliano Máximo Afonso manifestou o desejo de falar com o senhor Daniel Santa-Clara, o homem da voz irritada respondeu que não morava ali ninguém com esse nome, e a conversa não parecia poder avançar muito mais, não valia a pena repisar a curiosa coincidência dos apelidos nem a possível casualidade de uma relação familiar que encaminhasse o interessado ao seu destino, em casos destes as perguntas e as respostas repetem-se, são as mesmas de sempre, Fulano está, Fulano não mora aqui, mas desta vez surgiu uma novidade, e foi ela ter-se recordado o homem das cordas vocais destemperadas de que havia mais ou menos uma semana outra pessoa tinha telefonado a fazer idêntica pergunta, Suponho que não terá sido o senhor, pelo menos a voz não se parece, tenho muito bom ouvido para distinguir vozes, Não, não fui eu, disse Tertuliano Máximo Afonso, subitamente perturbado, e essa pessoa era quem, um homem, ou uma mulher, Era um homem, claro. Sim, um homem, que cabeça a sua, pois não se está mesmo a ver que por muitas diferenças que possam existir entre as vozes de dois homens, muitas mais as haveria entre uma voz feminina e uma voz masculina, Ainda que, acrescentou o interlocutor à informação, agora que o penso, houve um momento em que me pareceu que se esforçava por disfarçá-la. Depois de ter agradecido, como devia, a atenção, Tertuliano Máximo Afonso pousou o auscultador no descanso e ficou a olhar os três nomes da lista. Se o tal homem telefonara a perguntar por Daniel Santa-Clara, a simples lógica de procedimento obrigava a que, tal como ele próprio havia acabado de fazer, tivesse ligado para os três números. Tertuliano Máximo Afonso desconhecia, obviamente, se da primeira das casas lhe teria respondido alguém, e tudo indicava que a maldisposta mulher com quem falara, essa, sim, pessoa grosseira apesar do tom neutro da voz, ou não se recordava, ou não considerara necessário mencionar o facto, ou, mais naturalmente, não tinha sido ela quem atendera a chamada. Talvez porque viva sozinho, disse Tertuliano Máximo Afonso consigo mesmo, tenho tendência a imaginar que os outros vivem da mesma maneira. Da fortíssima perturbação que lhe causara a notícia de que um desconhecido andava também à procura de Daniel Santa-Clara ficara-lhe uma inquieta sensação de desconcerto como se se encontrasse diante de uma equação do segundo grau depois de se ter esquecido de como se resolvem as do primeiro. Provavelmente seria algum credor, pensou, é o mais certo, um credor, isto de artistas e literatos é gente que quase sempre leva uma vida irregular, deve ter ficado a dever dinheiro em algum desses sítios onde se joga e agora querem fazê-lo pagar. Tertuliano Máximo Afonso tinha lido em tempos passados que as dívidas de jogo são as mais sagradas de todas, há até quem lhes chame dívidas de honra, e embora não percebesse por que teria a honra que ver nestes casos mais que nos outros, aceitara o código e a prescrição como algo que não lhe dizia respeito, É lá com eles, pensara. No entanto, hoje, teria preferido que de sagrado não tivessem essas tais dívidas tanto, que fossem das comuns, daquelas que se perdoam e olvidam, como no antigo padre-nosso não só se rogava como também se prometia. Para desanuviar o espírito, foi à cozinha preparar um café e, enquanto o tomava, deu balanço à situação, Ainda me falta fazer aquela chamada, duas coisas poderão suceder quando a fizer, ou me dizem de lá que desconhecem o nome e a pessoa e por este lado fica arrumado o assunto, ou me respondem que sim, que vive ali, e então o que farei é desligar, nesta altura só me importa saber onde ele mora.

Com o ânimo fortalecido pelo impecável raciocínio lógico que acabara de produzir e pela sua não menos impecável conclusão, voltou à sala. A lista telefónica continuava aberta em cima da secretária, os três Santa-Clara não tinham mudado de sítio. Marcou o número do primeiro e esperou. Esperou e continuou à espera mesmo depois de já estar certo de que não viriam atender. Hoje é sábado, pensou, provavelmente estão fora. Desligou o telefone, tinha feito tudo quanto estava ao seu alcance, de irresolução ou timidez ninguém o poderia acusar. Olhou o relógio, eram muito boas horas de sair para jantar, mas a tétrica recordação das toalhas do restaurante, brancas como sudários, as míseras jarras de florzinhas de plástico sobre as mesas, e, sobretudo, a permanente ameaça do tamboril, fizeram-no mudar de ideias. Numa cidade de cinco milhões de habitantes há, evidentemente, restaurantes em proporção, pelo menos alguns milhares, e mesmo tendo de excluir, por uma razão, os luxuosos, e por outra, os insofríveis, ainda lhe restaria um amplíssimo campo de escolha, por exemplo, aquele lugar simpático em que almoçou hoje com Maria da Paz, um acaso ao passar, porém a Tertuliano Máximo Afonso não lhe agradou a perspetiva de que o vissem agora entrar sozinho quando antes tinha aparecido tão bem acompanhado. Decidiu, portanto, não sair, comeria, conforme a expressão consagrada, qualquer coisa, e iria para a cama cedo. Nem precisaria de abri-la, estava ainda como a tinham deixado, os lençóis enrodilhados, as almofadas calcadas, o cheiro do amor frio. Pensou que seria conveniente telefonar a Maria da Paz, dar-lhe uma palavra simpática, um sorriso que ela com certeza sentiria do outro lado, é verdade que a relação destes está para acabar mais dia menos dia, mas há obrigações tácitas de delicadeza que não podem nem devem ser menosprezadas, seria dar mostras de uma grave insensibilidade, para não dizer de indesculpável grosseria moral, comportar-se como se, nesta casa, esta manhã, não tivessem ocorrido algumas dessas ações aprazíveis, beneficiosas e distrativas que, além do dormir, soem passar-se na cama. Ser-se homem não deveria significar nunca impedimento a proceder como cavalheiro. Não temos dúvidas de que Tertuliano Máximo Afonso iria atuar como tal se, por singular que pareça à primeira vista, a lembrança precisamente de Maria da Paz não o tivesse feito voltar à sua obsessiva preocupação dos últimos dias, isto é, como encontrar Daniel Santa-Clara. O nulo resultado das tentativas que havia feito pelo telefone não lhe deixara outro caminho que escrever uma carta à empresa produtora, uma vez que estaria fora de questão apresentar-se ele próprio, em carne e osso, arriscando-se a que a pessoa a quem estivesse a pedir a informação lhe perguntasse, Como está, senhor Daniel Santa-Clara. O recurso ao disfarce, aos clássicos postiços de barba, bigode e peruca, além de superlativamente ridículo, seria mais do que estúpido, iria fazê-lo sentir-se como um mau intérprete de melodrama oitocentista, como um pai nobre ou um cínico de quarto ato, e, como sempre havia temido que a vida se lembrasse dele para alvo das partidas de mau gosto em que não é raro esmerar-se, tinha a certeza de que o bigode e a barba lhe cairiam no justo momento em que perguntasse pelo senhor Daniel Santa-Clara e de que a pessoa interrogada desataria a rir e chamaria ao divertimento os colegas, Boa piada, boa piada, venham cá ver o senhor Daniel Santa-Clara a perguntar por si mesmo. A carta era, portanto, o único meio, e credivelmente o mais seguro, de chegar aos seus conspirativos desígnios, sob a condição sine qua non de nela não inscrever o seu nome nem mencionar a sua morada. Nesta meada de táticas podemos jurar que havia refletido ultimamente, embora de tão difusa e confusa maneira que a esse trabalho mental não se lhe deveria chamar com inteira propriedade pensamento, mais se tratou de um flutuar, de um vagabundear de fragmentos vacilantes de ideias que só agora lograram ajustar-se e organizar-se com pertinência suficiente, pelo que também só agora se deixam aqui registadas.

A decisão que Tertuliano Máximo Afonso acaba de tomar é realmente de uma simplicidade desconcertante, de uma meridiana e transparente clareza. Não tem a mesma opinião o senso comum, que acaba de entrar pela porta dentro, perguntando, indignado, Como é possível que semelhante ideia tenha nascido na tua cabeça, É a única e é a melhor, respondeu Tertuliano Máximo Afonso friamente, Talvez seja a única, talvez seja a melhor, mas, se te interessa a minha opinião, seria uma vergonha para ti escreveres essa carta com o nome da Maria da Paz e dando o seu endereço para a resposta, Vergonha, porquê, Pobre de ti se precisas que te expliquem, Ela não se importará, E como sabes tu que não se importará, se ainda não lhe falaste do assunto, Cá tenho as minhas razões, As tuas razões, meu caro amigo, são sobejamente conhecidas, chamam-se presunção de macho, vaidade de sedutor, jactância de conquistador, Macho sou, realmente, é esse o meu sexo, mas a tal sedutor nunca o vi refletido no espelho, e quanto a conquistador, melhor não falar, se a minha vida é um livro, esse é um dos capítulos que lhe faltam, Grande surpresa, Eu não conquisto, sou conquistado, E que explicação lhe vais dar para o facto de escreveres uma carta a pedir informações sobre um ator, Não direi que estou interessado em saber dados de um ator, Que dirás, então, Que a carta trata do estudo de que lhe tinha falado, Que estudo, Não me obrigues a repeti-lo, Seja como for, pensas que basta dar um estalinho com os dedos para que a Maria da Paz venha a correr satisfazer-te os caprichos, Limito-me a pedir-lhe um favor, No ponto em que se encontra a vossa relação perdeste o direito de lhe pedires favores, Poderia ser inconveniente assinar a carta com o meu próprio nome, Porquê, Não se sabe que consequências viria a ter no futuro, E por que não usas um nome falso, O nome seria falso, mas a direção teria de ser a autêntica, Continuo a pensar que deverias acabar com esta maldita história de sósias, gémeos e duplicados, Talvez devesse, mas não consigo, é mais forte do que eu, Tenho a impressão de que puseste em marcha uma máquina trituradora que avança para ti, avisou o senso comum, e, como o interlocutor não lhe respondesse, retirou-se abanando a cabeça, triste com o resultado da conversa. Tertuliano Máximo Afonso marcou o número do telefone de Maria da Paz, provavelmente atendê-lo-ia a mãe, e o breve diálogo seria mais uma pequena comédia de fingimentos, grotesca e com um ligeiro toque de patético, A Maria da Paz está, perguntaria, Quem quer falar com ela, Um amigo, Como é o seu nome, Diga-lhe que é um amigo, ela saberá de quem se trata, A minha filha tem outros amigos, Não creio que tenha assim tantos, Sejam muitos, sejam poucos, aqueles que tem, têm nome, Está bem, diga-lhe então que sou Máximo. Ao longo dos seis meses da sua relação com Maria da Paz não foram muitas as vezes que Tertuliano Máximo Afonso precisou de telefonar-lhe para casa e menos as que foi atendido primeiramente pela mãe, mas sempre, por parte dela, o teor das palavras e o tom da voz haviam sido de suspicácia, e sempre, por parte dele, de uma mal refreada impaciência, ela talvez por não saber do caso tanto quanto gostaria, ele de certeza pela contrariedade de que tanto se soubesse. Os diálogos anteriores não haviam diferido muito do exemplo que aqui se deixa, apenas uma amostra mais encrespada do que poderia ter sido e afinal não foi, uma vez que a chamada a atendeu Maria da Paz, porém, todos eles, este e os outros, sem exceção, teriam tido perfeito cabimento na referência Incompreensão Mútua de um breviário de Relações Humanas. Já pensava que não me telefonarias, disse Maria da Paz, Como vês, enganaste-te, aqui estou, O teu silêncio teria querido dizer que o dia de hoje não havia representado para ti o mesmo que para mim, O que tenha representado, representou-o para ambos, Mas talvez não da mesma maneira nem pelas mesmas razões, Faltam-nos os instrumentos para medir essas diferenças, se as houve, Continuas a gostar de mim, Sim, continuo a gostar de ti, Não o expressas com muito entusiasmo, não fizeste mais que repetir as palavras que eu disse, Explica-me por que não deveriam elas servir-me a mim, se a ti te serviram, Porque ao serem repetidas perdem uma parte do poder de convencimento que teriam se tivessem sido ditas em primeiro lugar, Claro, palmas ao engenho e à subtileza da analista, Sabê-lo-ias também se te dedicasses mais à leitura de ficções, Como queres tu que me ponha a ler ficções, romances, contos, ou lá o que for, se para a História, que é o meu trabalho, não me chega o tempo, agora mesmo ando eu aqui às voltas com um livro fundamental sobre as civilizações mesopotâmicas, Reparei nele, estava em cima da mesa de cabeceira, Já vês, Em todo o caso, não creio que andes assim tão apertado de tempo, Se conhecesses a minha vida, não o dirias, Conhecê-la-ia se tu ma desses a conhecer, Não é disso que falamos, mas sim da minha vida profissional, Muito mais do que um romance que estivesses a ler nas tuas horas vagas, suponho que a estará prejudicando esse famoso estudo em que andas empenhado, com tantos filmes para ver. Tertuliano Máximo Afonso já tinha percebido que o rumo que a conversa havia tomado não lhe convinha, que se estava a afastar cada vez mais do seu objetivo, encaixar nela, com a maior naturalidade possível, a questão da carta, e agora, pela segunda vez neste dia, como se se tratasse de um jogo automático de ações e reações, a própria Maria da Paz acabara de lhe oferecer a oportunidade, praticamente na palma da mão. Teria porém de ser cauteloso, não a levar a pensar que o motivo da chamada era unicamente o interesse, que afinal não fora para lhe falar de sentimentos que havia ligado, ou sequer dos bons momentos que tinham passado juntos na cama, se a pronunciar a palavra amor se lhe negava a língua. É verdade que o assunto me interessa, disse, conciliador, mas não ao ponto que supões, Ninguém o diria vendo-te como eu te vi, despenteado, de roupão e chinelos, a barba por fazer, rodeado de cassetes por todos os lados, não te parecias em nada ao ajuizado, ao sensatíssimo homem que eu cria conhecer, Estava à vontade, sozinho em casa, compreende-se, mas, já que falaste no assunto, tive uma ideia que poderia facilitar e apressar o trabalho, Espero que não tenciones pôr-me também a ver os teus filmes, não fiz nada que merecesse o castigo, Fica tranquila, os meus ferozes instintos não chegam a esse extremo, a ideia seria simplesmente escrever à empresa produtora pedindo-lhes um conjunto de dados concretos, relacionados, em especial, com a rede de distribuição, a localização das salas de exibição e o número de espetadores por filme, creio que me seria muito útil e me ajudaria a tirar algumas conclusões, Não vejo bem o que tenha isso que ver com os sinais ideológicos de que andas à procura, Pode ser que não tenha tanto quanto imagino, em todo o caso quero tentar, Tu saberás, Sim, mas há um pequeno problema, Qual, Não gostaria de ser eu a escrever essa carta, E por que não vais lá falar pessoalmente, há assuntos que se resolvem melhor cara a cara, e aposto que eles ficariam lisonjeados, um professor de História a interessar-se pelos filmes que produzem, É precisamente o que não quero, misturar a minha qualificação científica e profissional com um estudo que está fora da minha especialidade, Porquê, Não saberia explicar, talvez uma questão de escrúpulo, Então não estou a ver como irás solucionar uma dificuldade que tu próprio estás a criar, Poderias ser tu a escrever a carta, Aí está uma ideia absolutamente disparatada, explica-me como vou eu escrever uma carta a tratar de um assunto para mim tão misterioso como a língua chinesa, Quando digo que escreverias a carta, o que quero dizer realmente é que a escreveria eu em teu nome e dando a tua morada, dessa maneira ficaria a coberto de qualquer indiscrição, Que não seria assim tão grave, suponho que em tal caso a tua honra não se acharia posta em causa nem em dúvida a tua dignidade, Não sejas irónica, já te disse que é apenas uma questão de escrúpulo, Sim, já mo disseste, E não acreditas, Acredito, sim, não te preocupes, Maria da Paz, Sou eu, Sabes bem que te amo,

Creio sabê-lo quando mo dizes, depois pergunto-me se será verdade, É verdade, E esta chamada foi porque ansiavas por mo dizer, ou para me pedires que escrevesse essa carta, A ideia da carta veio na continuação da conversa, Sim, mas não pretenderás convencer-me de que a tiveste precisamente quando conversávamos, É certo que já tinha pensado nela de um modo vago, De um modo vago, Sim, de um modo vago, Máximo, Diz, minha querida, Podes escrever a carta, Agradeço-te que tenhas aceitado, na verdade pensei que não te importaria, uma coisa tão simples, A vida, querido Máximo, tem-me ensinado que nenhuma coisa é simples, que só às vezes o parece, e que é justamente quando mais o parecer que mais nos convirá duvidar, Estás a ser cética, Ninguém nasce cético, que eu saiba, Então, uma vez que concordas, escreverei a carta em teu nome, Suponho que terei de assiná-la, Não creio que valha a pena, eu mesmo invento uma assinatura, Ao menos, que se pareça um pouco com a minha, Nunca tive jeito para imitar caligrafias, mas farei o melhor que puder, Tem cuidado, vigia-te, quando uma pessoa começa a falsear nunca se sabe até onde chegará, Falsear não seria o termo exato, falsificar era o que deves ter querido dizer, Obrigado pela retificação, meu querido Máximo, o que eu estava era a manifestar apenas o desejo de que houvesse uma palavra capaz de exprimir, por si só, o sentido daquelas duas, De ciência minha, uma palavra que em si reúna e funda o falsear e o falsificar, não existe, Se o ato existe, também deveria existir a palavra, As que temos encontram-se nos dicionários, Todos os dicionários juntos não contêm nem metade dos termos de que precisaríamos para nos entendermos uns aos outros, Por exemplo, Por exemplo, não sei que palavra poderia expressar agora a sobreposição e confusão de sentimentos que noto dentro de mim neste instante, Sentimentos, em relação a quê, Não a quê, a quem, A mim, Sim, a ti, Espero que não seja nada de muito mau, Há de tudo, como na botica, mas sossega, não to conseguiria explicar, por mais que o tentasse, Voltaremos a este tema outro dia, Queres dizer que a nossa conversa chegou ao fim, Não foram essas as minhas palavras nem foi esse o sentido delas, Realmente não, desculpa, Em todo o caso, pensando bem, conviria que nos deixássemos ficar por aqui, é visível que há demasiada tensão entre nós, saltam faíscas a cada frase que nos sai da boca, Não era essa a minha intenção, Nem a minha, Mas assim aconteceu, Sim, assim aconteceu, Por isso vamos despedir-nos como bons meninos que somos, desejar-nos boas-noites e felizes sonhos, até um destes dias, Liga-me quando quiseres, Assim farei, Maria da Paz, Continuo a ser eu, Gosto de ti, Já mo havias dito.

Depois de ter deixado cair o aparelho no descanso, Tertuliano Máximo Afonso passou as costas da mão pela testa molhada de suor. Tinha conseguido o seu objetivo, não lhe deviam portanto faltar razões para estar satisfeito, mas a condução daquele longo e dificultoso diálogo correra sempre por conta dela mesmo quando não parecia que assim estivesse sucedendo, sujeitando-o a ele a um contínuo rebaixamento que não se objetivava explicitamente nas palavras por um e por outro pronunciadas, mas que, porém, uma a uma, lhe iam deixando um gosto cada vez mais amargo na boca, como é comum dizer-se do sabor da derrota. Sabia que ganhara, mas também se apercebia de que havia na vitória uma parte de ilusão, como se cada um dos seus avanços não tivesse sido mais que a consequência mecânica de um recuo tático do inimigo, pontes douradas habilmente colocadas para o atraírem, de bandeiras desfraldadas e ao som de trombetas e tambores, a um ponto em que talvez viesse a descobrir-se cercado sem remédio. Para atingir os seus objetivos havia rodeado Maria da Paz de uma rede de discursos capciosos, calculistas, mas, ao fim e ao cabo, eram os nós com que supunha tê-la atado a ela que limitavam a liberdade dos seus próprios movimentos. Durante os seis meses de relação, para não se deixar prender demasiado, mantivera cientemente Maria da Paz à margem da sua vida particular, e agora que tinha decidido terminar a ligação, e para tal só esperasse o momento oportuno, vira-se obrigado não apenas a pedir-lhe ajuda, mas a torná-la partícipe em atos cujas origens e causas, tanto quanto as intenções finais, ela ignorava totalmente. O senso comum chamar-lhe-ia aproveitador sem escrúpulos, mas ele redarguiria que a situação que estava vivendo era única no mundo, que não existiam antecedentes que marcassem pautas de atuação socialmente aceites, que nenhuma lei previra o inaudito caso de duplicação de pessoa, e que, por conseguinte, era ele, Tertuliano Máximo Afonso, quem tinha de inventar, em cada ocasião, os procedimentos, regulares ou irregulares, que o levassem ao seu objetivo. A carta era apenas um deles e se, para a escrever, havia sido necessário abusar da confiança de uma mulher que dizia amá-lo, o crime não era assim tão grave, outros tinham feito coisas piores e ninguém os apontava à condenação pública.

Tertuliano Máximo Afonso meteu uma folha de papel na máquina de escrever e parou a pensar. A carta terá de parecer obra de uma admiradora, terá de ser entusiasta, mas sem exageros, já que o ator Daniel Santa-Clara não é precisamente uma estrela de cinema capaz de arrancar arroubos de expressão, em princípio deverá cumprir o ritual do pedido de fotografia autografada, ainda que a Tertuliano Máximo Afonso o que mais importe seja conhecer onde mora, e o nome autêntico, se, como tudo indica, Daniel Santa-Clara é pseudónimo de um homem que talvez se chame, também ele, quem sabe, Tertuliano. Enviada a carta, duas hipóteses subsequentes serão possíveis, ou a empresa produtora responde diretamente dando as informações pedidas, ou diz que não está autorizada a fornecê-las e, nesse caso, segundo todas as probabilidades, transmitirá a carta ao verdadeiro destinatário. Será assim, perguntou-se Tertuliano Máximo Afonso. Uma rápida reflexão fez-lhe ver que a última hipótese é de todas a menos provável porque demonstraria pouquíssimo profissionalismo e ainda menor consideração da parte da empresa sobrecarregar os seus atores com a tarefa e os gastos de responder a cartas e enviar fotografias. Oxalá seja assim, murmurou, tudo viria abaixo se ele enviasse a Maria da Paz uma resposta pessoal. Por um instante pareceu-lhe ver derrubar-se fragorosamente o castelo de cartas que desde há uma semana tem vindo a erguer com milimétricos cuidados, mas a lógica administrativa e também a consciência de que não tem outro caminho ajudaram-no, pouco a pouco, a restaurar o ânimo abalado. A redação da carta não foi fácil, o que explica que a vizinha do andar de cima tivesse ouvido o ruído martelado da máquina de escrever durante mais de uma hora. Em certa altura o telefone tocou, tocou com insistência, mas Tertuliano Máximo Afonso não atendeu. Devia ser Maria da Paz.

Acordou tarde. A noite fora de sobressaltos, atravessada por sonhos fugazes e inquietantes, uma reunião do conselho escolar a que faltavam todos os professores, um corredor sem saída, uma cassete de vídeo que se recusava a entrar no aparelho, uma sala de cinema com o ecrã negro e em que um filme negro passava, uma lista telefónica inteira com o mesmo nome repetido em todas as linhas, mas que ele não conseguia ler, uma encomenda postal com um peixe dentro, um homem que levava uma pedra às costas e dizia Sou amorreu, uma equação algébrica com rostos de pessoas no lugar onde deveriam estar as letras. O único sonho que conseguia recordar com alguma precisão era o da encomenda postal, no entanto não havia sido capaz de identificar o peixe, e agora, ainda mal desperto, tranquilizava-se a si mesmo pensando que, pelo menos, tamboril não poderia ser, porque um tamboril não caberia dentro da caixa. Levantou-se com dificuldade, como se por causa de um esforço físico excessivo e inabitual se lhe tivessem emperrado as articulações, e foi à cozinha beber água, um copo cheio sorvido com a sofreguidão de quem tivesse jantado comida salgada. Tinha fome, mas não lhe apetecia preparar o pequeno-almoço. Voltou ao quarto para vestir o roupão e dirigiu-se à sala. A carta à produtora estava em cima da secretária, a última e definitiva das numerosas tentativas que quase enchiam até à borda o cesto de papéis. Releu-a e pareceu-lhe que servia aos fins em vista, não se limitava a pedir o envio de uma fotografia autografada do ator de quem, também, como de passagem, se solicitava a direção da casa em que morava. Uma alusão final, que Tertuliano Máximo Afonso não tinha pejo em considerar um golpe imaginativo e estratégico de primeira ordem, insinuava algo como a urgente necessidade de um estudo sobre a importância dos atores secundários, tão essencial para o desenvolvimento da ação fílmica, segundo a autora da carta, como a dos pequenos cursos de água afluentes na formação dos grandes rios. Acreditava Tertuliano Máximo Afonso que tão metafórico e sibilino remate iria eliminar por completo a possibilidade de que a empresa enviasse a carta a um ator que, embora nos últimos tempos tivesse passado a ver o seu nome no genérico dos filmes em que participava, nem por isso deixara de pertencer à legião dos considerados inferiores, subalternos e acessórios, uma espécie de mal necessário, uma importunidade irrecusável que, na opinião do produtor, sempre pesa demasiado no orçamento. Se Daniel Santa-Clara chegasse a receber uma carta redigida nestes termos, o mais natural é que começasse a pensar em reivindicações salariais e sociais na proporção do seu contributo como afluente do Nilo e das Amazonas cabeças de cartaz. E se essa primeira ação individual, tendo principiado por defender o simples bem-estar egoísta do reivindicante, viesse a multiplicar-se, a ampliar-se, a expandir-se numa copiosa e solidária ação coletiva, então toda a estrutura piramidal da indústria do cinema viria abaixo como outro castelo de cartas e nós gozaríamos a sorte inaudita, ou, melhor ainda, o privilégio histórico de testemunhar o nascimento de uma nova e revolucionária conceção do espetáculo e da vida. Não há perigo, porém, de que tal cataclismo venha a suceder. A carta assinada com o nome de uma mulher chamada Maria da Paz será remetida à secção idónea, aí um empregado chamará a atenção do chefe para a ominosa sugestão contida no seu último parágrafo, o chefe fará subir sem perda de tempo o perigoso papel à consideração do seu superior imediato, e, nesse mesmo dia, antes que o vírus, por inadvertência, pudesse sair à rua, as poucas pessoas que do caso tiveram conhecimento serão instantemente cominadas a guardar sobre ele um silêncio absoluto, de antemão recompensado por adequadas promoções e substanciais melhorias de vencimento. Ficará para decidir o que fazer com a carta, se dar satisfação aos pedidos de fotografia autografada e de informação sobre a residência do ator, de pura rotina o primeiro, mas algo insólito o segundo, ou simplesmente proceder como se nunca tivesse sido escrita ou se se tivesse extraviado na confusão dos correios. O debate do conselho de administração sobre o assunto ocupará todo o dia seguinte, não porque tivesse sido difícil conseguir uma unanimidade de princípio, mas pelo facto de todas as consequências previsíveis terem sido objeto de demorada ponderação, e não só elas, pois também o foram algumas outras que mais pareceram ter sido geradas por imaginações enfermas. A deliberação final virá a ser, ao mesmo tempo, radical e hábil. Radical porque a carta será consumida pelo fogo no final da reunião, com todo o conselho de administração a ver e a respirar de alívio, hábil porque satisfará os dois pedidos de maneira a garantir uma dupla gratidão da peticionária, o primeiro, de rotina como já se disse, sem qualquer reserva, o segundo, Em atenção à consideração particular que a sua carta nos mereceu, foram estes os termos, mas salientando o carácter de excecionalidade da informação prestada. Não ficava excluída a possibilidade de que esta Maria da Paz, vindo a conhecer um dia Daniel Santa-Clara, agora que vai ter a direção dele, lhe fale da sua tese sobre os rios afluentes aplicada à distribuição de papéis na arte dramática, mas, tal como a experiência da comunicação tem abundantemente demonstrado, o poder de mobilização da palavra oral, não sendo, no imediato, em nada inferior ao da palavra escrita, e mesmo, num primeiro momento, talvez mais apta que ela a arrebanhar vontades e multidões, é dotada de um alcance histórico bastante mais limitado, devido a que, com as repetições do discurso, se lhe fatiga com rapidez o fôlego e se lhe desviam os propósitos. Não se vê outra razão para que as leis que nos regem estejam todas escritas. O mais certo, portanto, é que Daniel Santa-Clara, se um tal encontro vier a dar-se e se uma tal questão for nele levantada, não preste às teses afluenciais de Maria da Paz mais que uma atenção distraída e sugira transferir a conversa a temas menos áridos, que nos seja desculpada uma tão flagrante contradição, considerando que era de água que falávamos e dos rios que a levam.

Tertuliano Máximo Afonso, depois de colocar na sua frente uma das cartas que Maria da Paz lhe havia escrito há tempos, e após umas quantas experiências para soltar e adestrar a mão, floreteou o melhor que pôde a sóbria, mas elegante assinatura que a rematava. Fê-lo para respeitar o infantil e algo melancólico desejo que ela havia formulado, e não por acreditar que uma maior perfeição na falsificação viesse ajuntar credibilidade a um documento que, como já foi devidamente antecipado, dentro de poucos dias terá desaparecido deste mundo, desfeito em cinzas. Dá vontade de dizer, Tanto trabalho para nada. A carta já se encontra dentro do sobrescrito, o selo está no seu sítio, não falta mais agora que descer à rua e enfiá-la para dentro do marco postal da esquina. Sendo domingo este dia, a furgoneta dos correios não passará a recolher a correspondência, mas Tertuliano Máximo Afonso anseia por ver-se livre da carta o mais depressa possível. Enquanto ela aqui estiver, esta é a sua vivíssima impressão, o tempo manter-se-á parado como um palco deserto. E a mesma impaciência nervosa lhe está provocando a fileira de cassetes no chão. Quer limpar o terreno, não deixar rastos, o primeiro ato acabou, é hora de retirar os adereços de cena. Acabaram-se os filmes de Daniel Santa--Clara, acabou-se a ansiedade, Será que entra neste, Será que não entra, Terá bigode, Trará a risca ao meio, acabaram-se as cruzinhas diante dos nomes, acabou-se o quebra-cabeças. Foi neste momento que lhe saltou à memória a chamada que tinha feito ao primeiro dos Santa-Clara da lista telefónica, aquela casa de onde ninguém respondera. Faço uma nova tentativa, perguntou-se. Se a fizesse, se de lá lhe respondessem, se lhe dissessem que Daniel Santa-Clara morava justamente ali, a carta que tanta laboração mental lhe havia exigido tornava-se desnecessária, dispensável, podia rasgá-la e atirá-la para o cesto dos papéis, tão inútil como os rascunhos falhados que lhe tinham preparado o caminho para a redação final. Compreendeu que estava a precisar de uma pausa, um intervalo de descanso, nem que fosse uma semana ou duas, o tempo de chegar a resposta da produtora, um período em que fizesse de conta que nunca tinha visto Quem Porfia Mata Caça nem o empregado da receção do hotel, sabendo no entanto que esse falso sossego, essa aparência de tranquilidade teriam um limite, um prazo à vista, e que o pano, chegando a hora, inexoravelmente abriria para o segundo ato. Mas compreendeu também que se não fizesse uma nova ligação ficaria daí para diante atado à obsessão de que se portara cobardemente numa contenda para a qual ninguém o havia desafiado e em que, depois de a ter provocado, entrara por sua única e exclusiva vontade. Andar à procura de um homem chamado Daniel Santa-Clara que não podia imaginar que estava a ser procurado, eis a absurda situação que Tertuliano Máximo Afonso tinha criado, bem mais adequada aos enredos de uma ficção policial sem criminoso conhecido que justificável na vida até aqui sem sobressaltos de um professor de História. Posto entre a espada e a parede, fez então um acordo consigo mesmo, Ligo mais uma vez, se me atenderem e disserem que ele mora lá, atiro fora a carta e aguento-me, logo verei se falo ou não falo, mas, se não me responderem, a carta segue ao seu destino e nunca mais voltarei a ligar, suceda o que suceder. A sensação de fome que tinha sentido até aí fora substituída por uma espécie de palpitação nervosa na boca do estômago, mas a decisão estava tomada, não faria marcha atrás. O número foi marcado, a campainha tocou lá longe, o suor começou a descer-lhe lentamente pela cara abaixo, a campainha tocava e tocava, era já evidente que não havia ninguém na casa, mas Tertuliano Máximo Afonso desafiava a sorte, oferecia ao adversário uma última oportunidade não desligando, até que aqueles toques se tornaram em estridente sinal de vitória e o telefone chamado se calou por si mesmo. Pronto, disse em voz alta, que não se diga de mim que não fiz o que devia. Sentiu-se de repente tranquilo como há muito tempo não acontecia. O seu tempo de descanso começara, podia entrar na casa de banho com a cabeça desanuviada, fazer a barba, assear-se sem pressas, vestir-se com esmero, de um modo geral os domingos são dias tristonhos, aborrecidos, mas há alguns que foi uma sorte terem vindo ao mundo. Era demasiado tarde para tomar o pequeno-almoço, ainda cedo para almoçar, havia que entreter o tempo de alguma maneira, podia descer a comprar o jornal e voltar, podia passar uma vista de olhos pela lição que terá de dar amanhã, podia sentar-se a ler umas quantas páginas mais da História das Civilizações Mesopotâmicas, podia, podia, nesse momento acendeu-se-lhe uma luz num escaninho da memória, a lembrança de um dos sonhos desta noite, aquele em que um homem ia transportando uma pedra às costas e dizendo Sou amorreu, teria graça que a tal pedra fosse o famoso código de Hamurabi e não um calhau qualquer levantado do chão, o lógico, realmente, é que os sonhos históricos os devam sonhar os historiadores, que para isso estudaram. Que a História das Civilizações Mesopotâmicas o levasse à legislação do rei Hamurabi não tem nada que surpreender-nos, foi um trânsito tão natural como abrir a porta para o quarto ao lado, mas que a pedra às costas do amorreu lhe tivesse feito recordar que não telefonava à mãe há quase uma semana, isto nem o mais pintado sonílogo seria capaz de nos explicar, excluída sem dó nem piedade, por abusiva e mal-intencionada, a fácil interpretação de que Tertuliano Máximo Afonso, às ocultas, sem se atrever a confessá-lo, considera a progenitora como uma pesada carga. Pobre mulher, lá tão longe, sem notícias, e tão discreta e respeitadora da vida do filho, imagine-se, um professor de liceu, que só em casos extremos ousaria telefonar, interrompendo um labor que de certo modo se encontra para além da sua compreensão, e não é que ela não tenha as suas letras, não é que ela própria não tenha estudado História nos seus tempos de menina, o que sempre lhe fez confusão é que a História possa ser ensinada. Quando se sentava nos bancos da escola e ouvia falar dos sucessos do passado à professora, parecia-lhe que tudo aquilo não era mais que imaginações, e que, se a mestra as tinha, também ela as poderia ter, tal como às vezes se descobria a imaginar a sua própria vida. Que os acontecimentos lhe aparecessem depois ordenados no livro de História, em nada modificava a sua ideia, o que o compêndio fazia não era mais que recolher as livres fantasias de quem o havia escrito, e portanto não deveria existir uma diferença assim tão grande entre essas fantasias e as que se podiam ler num romance qualquer. A mãe de Tertuliano Máximo Afonso, cujo nome, Carolina, de apelido Máximo, aqui finalmente aparece, é uma assídua e fervorosa leitora de romances. Como tal, sabe tudo de telefones que às vezes tocam sem ser esperados e de outros que tocam às vezes quando desesperadamente se esperava que tocassem. Não foi este o caso de agora, a mãe de Tertuliano Máximo Afonso só tem andado a perguntar-se, Quando será que o meu filho me telefona, e eis que de repente tem a sua voz juntinha ao ouvido, Bons dias, minha senhora mãe, como tem passado, Bem, bem, na forma do costume, e tu, Eu também, como sempre, Tens tido muito trabalho na escola, O normal, os exercícios, as chamadas, uma reunião ou outra de professores, E essas aulas, quando é que acabam este ano, Daqui por duas semanas, depois ainda terei uma semana de exames, Quer dizer que antes de um mês estarás aqui comigo, Irei vê-la, claro, mas não poderei ficar mais que três ou quatro dias, Porquê, É que tenho ainda umas coisas para arrumar aqui, umas voltas a dar, Que coisas são essas, que voltas, a escola fecha para férias e as férias, que eu saiba, fizeram-se para descanso das pessoas, Esteja tranquila, hei de descansar, mas há uns assuntos que devo resolver primeiro, E são sérios, esses teus assuntos, Acho que sim, Não percebo, se são sérios, são sérios mesmo, não é uma questão de achar ou não achar que o sejam, Foi uma maneira de dizer, Tem algo que ver com a tua amiga, a Maria da Paz, Até certo ponto, Pareces uma personagem de um livro que tenho andado a ler, uma mulher que quando lhe perguntam responde sempre com outra pergunta, Repare que as perguntas as tem feito a mãe, a minha, e única, foi para saber como tem passado, É porque não me falas claro e direito, dizes acho que sim, dizes até certo ponto, não estava habituada a que fizesses mistérios comigo, Não se zangue, Não me zango, mas tens de compreender que estranhe que, entrando tu de férias, não venhas logo para aqui, não me lembro de que isso tenha alguma vez sucedido, Depois lhe contarei tudo, Vais fazer alguma viagem, Outra pergunta, Vais, ou não vais, Se fosse dizia-lho, O que eu não percebo é por que dissseste que a Maria da Paz tinha que ver com esses assuntos que te obrigam a ficar, Não é tanto assim, devo ter exagerado, Estás a pensar em casar-te outra vez, Que ideia, mãe, Pois talvez devesses, As pessoas agora casam-se pouco, com certeza já deduziu isso dos romances que tem lido, Não sou estúpida e sei muito bem em que mundo vivo, o que penso é que não tens o direito de andar a empatar a rapariga, Nunca lhe prometi casamento nem lhe propus vivermos juntos, Para ela, uma relação que dura há seis meses é como uma promessa, não conheces as mulheres, Não conheço as do seu tempo, E conheces pouco as do teu, É possível, realmente a minha experiência de mulheres não é grande, casei-me uma vez e divorciei-me, o resto conta pouco, Há a Maria da Paz, Também não conta muito, Não te dás conta de que estás a ser cruel, Cruel, que solene palavra, Já sei que soa a romance barato, mas as formas da crueldade são muitíssimas, algumas até se disfarçam de indiferença ou de indolência, se queres dou-te um exemplo, não decidir a tempo pode tornar-se em arma consciente de agressão mental contra os outros, Sabia que tinha dotes de psicóloga, mas não que chegassem a tanto, De psicologia não sei nada, nunca estudei uma linha, mas de pessoas creio saber alguma coisa, Falaremos quando aí for, Não me faças esperar muito, a partir de agora não terei um instante de sossego, Tranquilize-se, por favor, de uma maneira ou outra neste mundo tudo acaba por se resolver, Às vezes da maneira pior, Não há de ser o caso, Oxalá, Um beijo, minha mãe, Outro, meu filho, tem cuidado contigo, Terei. A inquietação da mãe fez sumir-se a impressão de bem-estar que havia dado uma vivacidade nova ao espírito de Tertuliano Máximo Afonso depois da chamada feita ao Santa-Clara que não estava em casa. Falar de assuntos sérios que teria de tratar após terminarem as aulas fora um erro imperdoável. É certo que a conversa derivara depois para a sua relação com Maria da Paz, e até, num momento determinado, parecera ir fixar-se aí, mas aquela frase da mãe, Às vezes da maneira pior, quando, para a sossegar, ele tinha dito que neste mundo tudo se resolve, soavam-lhe agora a vaticínio de desastres, a anúncio de fatalidades, como se, em lugar da idosa senhora que se chamava Carolina Máximo e era sua mãe, lhe tivesse saído do outro lado do fio uma sibila ou uma cassandra a dizer-lhe, por outras palavras, Ainda estás a tempo de parar. Por um momento pensou em meter-se no carro, fazer a viagem de cinco horas que o levaria à pequena cidade onde a mãe vivia, contar-lhe tudo e depois regressar com a alma lavada de miasmas enfermiços ao seu trabalho de professor de História pouco amante de cinema, decidido a virar esta página confusa da sua vida e até mesmo, quem sabe, disposto a considerar muito seriamente a possibilidade de se casar com Maria da Paz. Les jeux sont faits, rien ne va plus, disse em voz alta Tertuliano Máximo Afonso, que em toda a sua vida nunca entrou num casino, mas tem no seu ativo de leitor alguns romances famosos de la belle époque. Guardou a carta para a produtora de filmes numa das algibeiras do casaco e saiu. Esquecer-se-á de a meter no marco postal, almoçará por aí, logo regressará a casa para tragar até ao fim as fezes desta tarde de domingo.

A primeira tarefa de Tertuliano Máximo Afonso no dia seguinte foi fazer dois pacotes das cassetes que iria devolver à loja. Depois juntou as restantes, atou-as com um cordel e foi guardá-las num armário do quarto, fechadas à chave. Metodicamente, rasgou os papéis em que tinha apontado os nomes dos atores, fez o mesmo aos rascunhos da carta esquecida na algibeira do casaco e que ainda terá de esperar uns minutos antes de dar o seu primeiro passo no caminho que a levará ao destinatário, e, por fim, como se tivesse algum motivo forte para apagar as suas impressões digitais, limpou com um pano humedecido todos os móveis do escritório em que havia tocado nestes dias. Apagou também as que Maria da Paz tinha deixado, mas nisso não pensou. Os sinais de passagem que queria fazer desaparecer não eram os seus nem os dela, eram, sim, os da presença que o arrancara violentamente ao sono na primeira noite. Não valia a pena observarem-lhe que semelhante presença só no seu cérebro tinha existido, que certamente a havia fabricado uma angústia gerada no seu espírito por um sonho de que se tinha esquecido, não valia a pena sugerirem-lhe que teria podido ser, talvez, e nada mais, a consequência sobrenatural de uma má digestão do guisado de carne, não valia a pena demonstrarem-lhe, finalmente, com as razões da razão, que, mesmo estando dispostos a aceitar a hipótese de uma certa capacidade de materialização dos produtos da mente no mundo exterior, o que de todo em todo não podemos admitir é que a inapreensível e invisível presença da imagem cinematográfica do rececionista de hotel tivesse deixado espalhados por toda a casa vestígios de sudação dos dedos. Tanto quanto até agora se sabe, o ectoplasma não transpira. Terminado o trabalho, Tertuliano Máximo Afonso vestiu-se, pegou na sua pasta de professor e nos dois embrulhos, e saiu. Encontrou na escada a vizinha do andar de cima que lhe perguntou se precisava de ajuda, e ele disse que não, minha senhora, muito obrigado, logo, por sua vez, interessou-se ele por saber como tinha decorrido para ela o fim de semana, e ela respondeu que assim-assim, na forma do costume, e que o tinha ouvido a trabalhar na máquina de escrever, e ele disse que mais tarde ou mais cedo teria de resolver-se a comprar um computador, que esses, ao menos, são silenciosos, e ela disse que o ruído da máquina não a incomodava nada, pelo contrário, que até lhe fazia companhia. Como hoje seria dia de limpeza, ela perguntou-lhe se não voltava a casa antes do almoço e ele respondeu que não, que almoçaria na escola e só regressaria pela tarde. Despediram-se até logo, e Tertuliano Máximo Afonso, consciente de que a vizinha ficara a observar comiserante a sua falta de jeito para carregar com os dois embrulhos e a pasta, desceu a escada dando atenção aonde punha os pés para não tombar de cambulhada e morrer de vergonha. O carro estava do lado oposto ao marco postal. Foi guardar os embrulhos no porta-bagagem e voltou para trás, ao mesmo tempo que ia tirando a carta da algibeira. Um garoto que passou a correr deu-lhe sem querer um encontrão e a carta soltou-se-lhe dos dedos e caiu no passeio. O rapaz parou uns passos adiante e pediu desculpa, mas, talvez por temor a uma repreensão ou a um castigo, não a veio levantar e devolver, como era sua obrigação. Tertuliano Máximo Afonso fez um aceno complacente com a mão, o gesto de quem decidira aceitar as desculpas e perdoar o resto, e baixou-se para recolher a carta. Pensou que poderia fazer uma aposta consigo mesmo, deixá-la onde estava e entregar às mãos do acaso os destinos dos dois, o dela e o de si próprio. Podia suceder que a próxima pessoa a passar por ali apanhasse a carta perdida, visse que tinha o selo posto e, como bom cidadão, a fosse meter escrupulosamente no marco postal, podia suceder que a abrisse para ver o que teria dentro e a atirasse fora depois de a ter lido, podia suceder que não lhe desse atenção e indiferente a pisasse, que durante o resto do dia a calcassem muitas pessoas mais, cada vez mais suja e amassada, até que alguém decidisse de uma vez empurrá-la com a ponta do sapato para a valeta, onde o varredor de lixo a viria encontrar. A aposta não foi feita, a carta foi levantada e levada ao marco postal, a roda do destino pôs-se finalmente em movimento. Agora Tertuliano Máximo Afonso irá à loja dos vídeos, conferirá com o empregado as cassetes que traz nos embrulhos e, por exclusão de partes, as que havia deixado em casa, pagará o que deve e possivelmente dirá consigo mesmo que nunca mais ali entrará. Afinal, para alívio seu, o empregado mesureiro não estava, quem o atendeu foi a rapariga nova e inexperiente, por isso as operações demoraram um tanto mais, embora a facilidade de cálculo mental do cliente de alguma coisa novamente tivesse servido quando chegou a altura das contas. A empregada perguntou-lhe se queria alugar ou comprar alguns vídeos mais, ele respondeu que não, que tinha chegado ao fim do seu trabalho, e isto disse-o sem se lembrar que a rapariga ainda não estava na loja quando ele havia feito o seu famoso discurso sobre as marcas ideológicas presentes em todo e qualquer relato fílmico, também, naturalmente, nas grandes obras da sétima arte, mas sobretudo nas produções de consumo corrente, séries bê ou cê, aquelas de que em geral se faz nulo caso, mas que são as mais eficazes porque apanham desacautelado o espectador. Parecia-lhe que a loja era mais pequena do que quando tinha aqui entrado pela primeira vez, ainda não há uma semana, realmente era inacreditável como em tão pouco tempo a sua vida se transformara, neste momento sentia-se como se flutuasse numa espécie de limbo, num corredor de passagem entre o céu e o inferno que o fazia perguntar-se, com certo sentimento de assombro, de onde viera e para onde iria agora, porquanto, a avaliar pelas ideias que sobre o assunto correm, não pode ser a mesma coisa transportar-se uma alma do inferno ao céu ou ser empurrada do céu para o inferno. Já ia conduzindo o automóvel na direção da escola quando estas reflexões escatológicas foram substituídas por uma analogia doutro tipo, colhida esta na história natural, secção de entomologia, a qual o fez olhar-se a si mesmo como uma crisálida em estado de recolhimento profundo e em secreto processo de transformação. Apesar do humor sombrio que o acompanhava desde que se levantara da cama, sorriu da comparação ao pensar que, neste caso, tendo entrado no casulo como lagarta, dele sairia como borboleta. Eu, borboleta, murmurou, é só o que me falta ver. Arrumou o carro não muito longe da escola, consultou o relógio, ainda teria tempo para beber um café e passar os olhos pelos jornais, se os havia livres. Sabia que tinha descuidado a preparação da lição, mas a experiência dos anos resolveria a falta, outras vezes tivera de improvisar e ninguém percebera a diferença. O que nunca faria seria entrar na aula e disparar à mão salva contra os inocentes infantes, Hoje há chamadas. Seria um ato desleal, a prepotência de quem, por ter a faca na mão, faz dela o uso que muito bem lhe apetece e varia a espessura das fatias do queijo conforme os caprichos da ocasião e as preferências estabelecidas. Quando entrou na sala dos professores, viu que ainda havia jornais disponíveis no escaparate, mas para lá chegar teria de passar por uma mesa onde, diante de chávenas de café e copos de água, três colegas conversavam. Mal pareceria seguir adiante, tanto mais que um deles era o seu amigo professor de Matemática, a quem, em compreensão e paciência, tanto estava a dever. Os outros eram uma idosa professora de Literatura e um jovem professor de

Ciências Naturais com quem nunca havia criado relações de proximidade afetiva. Deu os bons-dias, perguntou se podia fazer-lhes companhia e, sem esperar resposta, puxou uma cadeira e sentou-se. A uma pessoa não informada dos costumes do lugar poderia parecer um tal procedimento bastante convizinho da má educação, mas os protocolos de relação na sala de professores assim se tinham organizado, de modo por assim dizer natural, não haviam sido passados a escrito, mas assentavam em sólidos alicerces de consenso, uma vez que não entrando na cabeça de ninguém responder negativamente à pergunta, melhor era saltar logo o coro de concordâncias, umas sinceras, outras não tanto, e dar a coisa por feita. O único ponto delicado, esse, sim, capaz de gerar tensão entre quem já estava e quem acabou de chegar, residia na possibilidade de que o assunto em debate fosse de natureza confidencial, mas isso mesmo havia sido solucionado pelo recurso tácito a outra pergunta, esta retórica por excelência, Interrompo, para a qual só era socialmente admissível uma resposta, De modo nenhum, junte-se a nós. Dizer ao recém-chegado, por exemplo, ainda que com as melhores maneiras, Interrompe, sim senhor, vá sentar-se noutro sítio, causaria uma comoção tal que a rede intrarrelacional do grupo seria gravemente abalada e posta em causa. Tertuliano Máximo Afonso voltou com o café que tinha ido buscar, instalou-se e perguntou, Que novidades há, Refere-se às de fora ou às de dentro, perguntou por seu turno o professor de Matemática, As de dentro é cedo para sabê-las, referia-me às de fora, ainda não li os jornais, As guerras que havia ontem continuam hoje, disse a professora de Literatura, Sem esquecer a probabilidade altíssima ou mesmo a certeza de que outra está pronta para começar, acrescentou o professor de Ciências Naturais como se estivessem combinados, E você, como foi o seu fim de semana, quis saber o professor de Matemática, Tranquilo, em paz, passei quase todo o tempo a ler um livro de que creio já lhe ter falado, um sobre as civilizações mesopotâmicas, o capítulo que trata dos amorreus é interessantíssimo, Pois eu fui ao cinema com a minha mulher, Ah, fez Tertuliano Máximo Afonso desviando os olhos, Aqui o nosso colega é pouco apreciador de cinema, aparteou o de Matemática para os outros, Nunca afirmei redondamente que não gosto, o que disse e repito é que o cinema não faz parte dos meus afetos culturais, prefiro os livros, Meu caro, não vale a pena enxofrar-se, o assunto não tem importância, sabe bem que foi com a melhor das intenções que lhe sugeri que visse aquele filme, Que significa exatamente enxofrar-se, perguntou a professora de Literatura, tanto por curiosidade como para deitar água na fervura, Enxofrar-se, respondeu o de Matemática, significa irritar-se, zangar-se, ou, com mais precisão, arrufar-se, E por que é arrufar-se, em sua opinião, mais preciso que zangar-se ou irritar-se, perguntou o professor de Ciências Naturais, Não será mais que uma interpretação pessoal que tem que ver com recordações da infância, quando a minha mãe me repreendia ou castigava por qualquer tropelia eu fechava a cara e recusava-me a falar, mantinha um silêncio total que podia durar muitas horas, então ela dizia que eu estava arrufado, Ou enxofrado, Exatamente, Em minha casa, quando eu andava por essas idades, disse a professora de Literatura, a metáfora para os amuos infantis era diferente, Diferente, em quê, Digamos que asinina, Explique-nos lá isso, Amarrar o burro, era o que se dizia, e escusam de ir procurar a expressão nos dicionários porque não a encontram, suponho que fosse exclusiva da família. Todos riram, com exceção de Tertuliano Máximo Afonso, que deixou aparecer um sorriso meio contrariado para corrigir, Exclusiva não creio que o fosse assim tanto, porque em minha casa também se usava. Houve novos risos, a paz estava feita. A professora de Literatura e o professor de Ciências Naturais levantaram-se, disseram logo nos vemos como despedida, provavelmente seriam as suas aulas mais longe, talvez no andar de cima, estes que ficaram sentados dispõem ainda de alguns minutos para o que faltar dizer, De uma pessoa que declarou ter estado durante dois dias entregue à serenidade de uma leitura histórica, observou o colega de Matemática, esperaria eu tudo, menos essa cara atormentada, É impressão sua, não tenho nada que me atormente, devo é ter cara de quem dormiu pouco, Você poderá dar-me as razões que quiser, mas a verdade é que desde que viu aquele filme não parece o mesmo, Que quer dizer com isso de que não pareço o mesmo, perguntou Tertuliano Máximo Afonso num tom inesperado de alarme, Nada senão o que disse, que o noto mudado, Sou a mesma pessoa, Não duvido, É verdade que ando algo apreensivo por causa de uns assuntos de ordem sentimental que ultimamente se me complicaram, são coisas que podem suceder a qualquer, mas isso não significa que me tenha tornado em outra pessoa, Nem eu o disse, não tenho nenhuma dúvida de que continua a chamar-se Tertuliano Máximo Afonso e é professor de História nesta escola, Então não percebo por que é que insiste em dizer que não pareço o mesmo, Desde que viu o filme, Não falemos do filme, já conhece a minha opinião sobre ele, De acordo, Sou a mesma pessoa, Claro que sim, Deveria lembrar-se que tenho andado com uma depressão, Ou marasmo, que era o outro nome que você lhe dava, Exatamente, E que isso merece respeito, Respeito tem-no todo de mim, bem o sabe, mas não era dele que falávamos, Sou a mesma pessoa, Agora é você quem insiste, É certo, ainda há poucos dias o disse, que estou a passar por um período de forte tensão psicológica, e portanto é natural que ela me venha à cara e se note nos meus modos, Claro, Mas isso não quer dizer que tenha mudado moral e fisicamente ao ponto de me parecer a outra pessoa, Eu limitei-me a dizer que você não parecia o mesmo, não que se parecesse a outra pessoa, A diferença não é grande, A nossa colega de Literatura diria que é, pelo contrário, enorme, e ela entende dessas coisas, creio que em subtilezas e matizes a Literatura é quase como a Matemática, Já eu, pobre de mim, pertenço à área da História, onde os matizes e as subtilezas não existem, Existiriam se a História pudesse ser, digamos assim, o retrato da vida, Estou a estranhá-lo, não é próprio de si ser tão convencionalmente retórico, Tem toda a razão, em tal caso a História não seria a vida, apenas um dos possíveis retratos dela, parecidos, sim, mas nunca iguais. Tertuliano Máximo Afonso desviou novamente os olhos, logo, com um difícil esforço de vontade, voltou a fixá-los no colega, como para averiguar o que haveria escondido por trás da serenidade aparente do seu rosto. O de Matemática sustentou o olhar sem que parecesse dar-lhe especial atenção, depois, com um sorriso em que havia tanto de ironia simpática como de franca benevolência, disse, Talvez um dia me disponha a ver outra vez a tal comédia, pode ser que consiga descobrir o que o faz andar transtornado, supondo que é lá que se encontre a origem do mal. Tertuliano Máximo Afonso estremeceu da cabeça aos pés, mas, no meio da confusão, no meio do pânico, logrou dar uma resposta plausível, Não se canse, o que me traz transtornado, para usar a sua palavra, é uma ligação de que não sei como sair, se alguma vez, na sua vida, se encontrou em situação semelhante, sabe o que se sente, e agora tenho de ir dar a aula, já estou atrasado, Se não vê inconveniente, e ainda que na história do sítio haja pelo menos um perigoso caso antecedente, acompanho-o até à esquina do corredor, disse o de Matemática, ficando porém solenemente prometido que não repetirei aquele imprudente gesto de lhe pôr a mão no ombro, Assim são as coisas, hoje até podia suceder que não me importasse, Mas eu é que não quero correr riscos, você tem todo o aspeto de estar com as pilhas carregadas até à rolha. Ambos riram, sem qualquer reserva o professor de Matemática, esforçadamente Tertuliano Máximo Afonso, em cujos ouvidos ainda ressoavam as palavras que o haviam posto em pânico, a pior das ameaças que nesta altura alguém lhe poderia fazer. Separaram-se na esquina do corredor e foi cada qual ao seu destino. O aparecimento do professor de História fez perder aos alunos a fagueira ilusão que o atraso já tinha feito nascer, a de que hoje não houvesse aula. Mesmo antes de se sentar, Tertuliano Máximo Afonso anunciou que daí a três dias, portanto na próxima quinta-feira, teriam um novo e último trabalho escrito, Ficam informados de que se trata de um exercício decisivo para a definição final das notas, disse, uma vez que não tenciono proceder a chamadas orais nas duas semanas que faltam para o fim do ano letivo, além disso, o tempo desta aula e das duas seguintes será exclusivamente dedicado a uma repassagem das matérias dadas, de maneira que possam apresentar-se com ideias frescas no dia do exercício. O exórdio foi bem acolhido pela parte mais imparcial da turma, era patente, a Deus graças, que Tertuliano não tencionava fazer mais sangue que aquele que não pudesse evitar. Daí para diante toda a atenção dos alunos irá ser posta na ênfase com que o professor for tratando cada uma das matérias do curso, porquanto, se a lógica dos pesos e medidas é realmente coisa humana e a sorte a favor um dos seus fatores variáveis, tais mudanças de intensidade comunicativa poderiam estar a prenunciar, sem que ele se apercebesse da inconsciente revelação, a escolha dos temas de que o exercício constará. Se é bastamente conhecido que nenhuns seres humanos, incluindo aqueles que já atingiram as idades a que chamamos de senectude, podem subsistir sem ilusões, essa estranha enfermidade psíquica indispensável a uma vida normal, que não diríamos então destas raparigas e destes rapazes que, depois de terem perdido a ilusão de que hoje não haveria aula, se empenham agora em alimentar uma outra ilusão muito mais problemática, a de que o exercício de quinta-feira possa ser para cada um, e portanto para todos, a dourada ponte por onde triunfalmente irão transitar para o ano seguinte. A aula já estava a ponto de acabar quando um empregado bateu à porta e entrou para dizer ao senhor professor Tertuliano Máximo Afonso que o senhor diretor lhe rogava a especial gentileza de passar pelo seu gabinete logo que terminasse. A exposição que estava a ser desenvolvida, sobre um tratado qualquer, foi despachada em menos de dois minutos, e tão por cima da rama que Tertuliano Máximo Afonso achou por bem dizer, Não se preocupem muito com isto porque não irá sair no exercício. Os alunos trocaram olhares de um entendimento cúmplice, dos quais facilmente se subentendia que as suas ideias sobre as valorações da ênfase tinham acabado de ser confirmadas num caso em que, mais que o significado das palavras, contara o tom despiciendo com que tinham sido pronunciadas. Pouquíssimas vezes uma aula chegou ao fim num tal ambiente de concórdia.

Tertuliano Máximo Afonso meteu os papéis na pasta e saiu. Os corredores enchiam-se rapidamente de estudantes que rompiam de todas as portas já a conversar sobre assuntos que nada tinham que ver com o que lhes fora ensinado um minuto antes, aqui e além um professor tentava passar despercebido no encrespado mar de cabeças que por todos os lados o rodeava e, fintando o melhor que podia os escolhos que lhe surgiam pela frente, esgueirava-se em direção ao seu porto de abrigo natural, a sala. Tertuliano Máximo Afonso atalhou caminho para o corpo do edifício onde se encontrava o gabinete do diretor, parou para dar atenção à professora de Literatura que lhe cortava o passo, Falta-nos um bom dicionário de expressões coloquiais, dizia ela segurando-o pela manga do casaco, Mais ou menos, todos os dicionários gerais as costumam recolher, lembrou ele, Sim, mas não de maneira sistemática e analítica nem com ambição de esgotar o tema, registar aquela de amarrar o burro, por exemplo, e dizer o que significa, não bastaria, seria preciso ir mais longe, identificar nos diversos componentes da expressão as analogias, diretas e indiretas, com o estado de espírito que se quis representar, Tem toda a razão, respondeu o professor de História, mais para ser agradável que porque realmente o tema lhe interessasse, e agora peço-lhe que me desculpe, tenho de ir, o diretor chamou-me, Vá, vá, fazer esperar Deus é o pior dos pecados. Três minutos depois Tertuliano Máximo Afonso batia à porta do gabinete, entrou quando a luz verde se acendeu, deu uns bons-dias e recebeu outros, sentou-se ao gesto do diretor e esperou. Não sentia nenhuma presença intrusa, fosse astral ou de outro tipo. O diretor pôs de parte os papéis que tinha sobre a mesa e disse, sorridente, Tenho pensado muito na nossa última conversa, aquela sobre o ensino da História, e cheguei a uma conclusão, Qual, senhor diretor, Pedir-lhe que nos faça um trabalho nas férias, Que trabalho, Evidentemente poderá responder-me que elas foram feitas para descansar e que é tudo menos razoável pedir a um professor, terminadas as aulas, que continue a preocupar-se com os assuntos da escola, Sabe perfeitamente, senhor diretor, que não lho diria por essas palavras, Dir-mo-ia por outras que significariam o mesmo, Sim, no entanto, e até este momento, não pronunciei nenhumas, nem essas nem aquelas, de modo que devo rogar-lhe que acabe de expor a sua ideia, Pensei que poderíamos tentar convencer o ministério, não a virar os pés pela cabeça ao programa, que isso seria demasiado, o ministro nunca foi pessoa para revoluções, mas a estudar, organizar e pôr em prática uma pequena experiência, uma experiência-piloto, limitada, para começar, a uma escola e a um número reduzido de estudantes, preferentemente voluntários, em que as matérias históricas fossem estudadas do presente para o passado em vez de o serem do passado para o presente, enfim, a tese que há tanto tempo tem andado a defender e de cuja bondade tive o gosto de ser convencido por si, E esse trabalho de que quer encarregar-me, em que consistiria precisamente, perguntou Tertuliano Máximo Afonso, Que elaborasse uma proposta fundamentada para enviar ao ministério, Eu, senhor diretor, Não é para o lisonjear, mas na verdade não encontro na nossa escola pessoa mais habilitada para o fazer, demonstrou que tem refletido muito sobre o assunto, tem sobre ele ideias claras, realmente dar-me-ia uma grande satisfação se aceitasse a tarefa, digo-lho com toda a sinceridade, e escusado será dizer que esse trabalho seria remunerado, é com certeza possível encontrar no nosso orçamento uma rubrica onde o encargo caiba, Duvido que as minhas ideias, quer em qualidade, quer em quantidade, a quantidade também conta, como sabe, fossem suficientes para convencer o ministério, o senhor diretor conhece-os melhor que eu, Ai de mim, demasiado, Então, Então, permita-me que insista, creio que esta seria a melhor ocasião para tomarmos posição perante eles como uma escola capaz de produzir ideias inovadoras, Mesmo que nos mandem passear, Talvez o façam, talvez arquivem a proposta sem mais considerações, mas ela ficará lá, alguém, um dia, se lembrará dela, E nós ficaremos à espera desse dia, Num segundo tempo, poderemos chamar outras escolas a participar no projeto, organizar debates, conferências, meter nisto a comunicação social, Até que o diretor-geral lhe escreva uma carta a mandar-nos calar, Lamento observar que o meu pedido não o entusiasma, Confesso-lhe que há poucas coisas neste mundo que me entusiasmem, senhor diretor, mas o problema não é tanto esse como não saber eu o que as próximas férias me vão reservar, Não compreendo, Vou ter que enfrentar algumas questões importantes que surgiram recentemente na minha vida e temo que não me sobre o tempo nem me ajude a disposição de espírito para entregar-me a um trabalho que reclamaria da minha parte uma entrega total, Se assim é, daremos este assunto por encerrado, Deixe-me pensar um pouco mais, senhor diretor, conceda-me uns dias, comprometo-me a dar-lhe uma resposta até ao fim desta semana, Posso esperar que venha a ser positiva, Talvez, senhor diretor, mas não lho asseguro, Vejo-o realmente preocupado, oxalá consiga resolver da melhor maneira esses seus problemas, Oxalá, Como correu a aula, Sobre rodas, a turma trabalha, Estupendo, Na quinta-feira vamos ter um exercício escrito, E na sexta dá-me a resposta, Sim, Reflita bem, Vou refletir, Suponho que será escusado dizer-

-lhe em quem penso para conduzir a experiência-piloto, Obrigado, senhor diretor. Tertuliano Máximo Afonso desceu à sala dos professores, ia ler os jornais e fazer tempo para o almoço. Porém, à medida que a hora se ia aproximando começou a perceber que não suportaria estar com gente, que não sustentaria outra conversa como a da manhã, mesmo que ela não o implicasse diretamente, mesmo que discorresse, do princípio ao fim, sobre inocentes expressões coloquiais, como fosse amarrar o burro, andar de monco pendurado ou ter-te comido a língua o gato. Antes que a campainha tocasse, saiu e foi almoçar a um restaurante. Voltou à escola para a segunda aula, não falou a ninguém e antes do fim da tarde estava em casa. Estendeu-se sobre o sofá, fechou os olhos, tentou deixar vazio de pensamentos o cérebro, dormir se o conseguisse, ser como uma pedra que onde a largam fica, mas nem o enorme esforço mental que fez depois para se concentrar no pedido do diretor logrou apagar a sombra com que teria de viver até chegar a resposta à carta que havia escrito com o nome de Maria da Paz.

Esperou quase duas semanas. Entretanto, deu aulas, telefonou duas vezes à mãe, preparou o exercício escrito para quinta-feira e esboçou aquele que iria apresentar aos alunos da outra classe, na sexta-feira informou o diretor de que aceitava o seu amável convite, no fim de semana não saiu de casa, falou pelo telefone com Maria da Paz para saber como estava e se já tinha recebido resposta, atendeu uma chamada do colega de Matemática que queria saber se havia problemas, terminou a leitura do capítulo sobre os amorreus e passou aos assírios, viu um documentário sobre as glaciações na Europa e outro sobre os antepassados remotos do homem, pensou que este momento da sua vida poderia dar um romance, pensou que seriam penas perdidas porque ninguém acreditaria em semelhante história, tornou a telefonar a Maria da Paz, mas com uma voz tão desmaiada que ela se preocupou e perguntou se podia ajudar em alguma coisa, disse-lhe que viesse e ela veio, e foram para a cama, e depois saíram para jantar, e no dia seguinte foi a vez de telefonar ela para comunicar que a resposta da empresa produtora dos filmes havia chegado, Estou a falar-te do banco, se queres passa por aqui, ou eu levo-ta logo, quando sair. A tremer por dentro, sacudido pela emoção, Tertuliano Máximo Afonso conseguiu reprimir no último instante a interrogação que em caso algum lhe conviria fazer, Abriste-a, e isso levou-o a demorar dois segundos a resposta terminante com que dissiparia qualquer dúvida que existisse sobre se estaria ou não disposto a partilhar com ela o conhecimento do conteúdo da carta, Eu vou aí. Se Maria da Paz havia imaginado uma enternecedora cena doméstica em que se visse a si mesma escutando a leitura enquanto iria bebendo em pequenos goles o chá que ela própria preparara na cozinha do homem amado, podia tirar daí o sentido. Vemo-la agora, sentada à sua pequena mesa de empregada bancária, com a mão ainda em cima do telefone que acabou de desligar, o sobrescrito de formato oblongo diante de si e dentro dele a carta que a sua honestidade não lhe vai permitir que leia porque não lhe pertence, embora ao seu nome tenha vindo dirigida. Ainda não passara uma hora quando Tertuliano Máximo Afonso entrou à pressa no banco e pediu para falar com a empregada Maria da Paz. Ali ninguém o conhecia, ninguém suspeitaria que tivesse negócios de coração e segredos de gabinete negro com a rapariga que se dirige ao balcão. Ela vira-o do fundo da grande sala onde tem o seu pouso de trabalhadora dos números, por isso já traz a carta na mão, Aqui a tens, diz, não se saudaram, não se desejaram um ao outro boas-tardes, não disseram olá como estás, nem coisa nenhuma dessas, havia uma carta para entregar e já está entregue, ele diz, Até logo, depois telefono, e ela, cumprida a parte que lhe havia cabido nas operações de distribuição postal urbana, regressa ao seu lugar, indiferente à atenção desconfiada de um colega mais velho que há tempos lhe andou a rondar a saia sem resultado e que a partir daí, por despeito, a tem sempre debaixo de olho. Na rua, Tertuliano Máximo Afonso caminha rapidamente, quase corre, deixou o carro num estacionamento subterrâneo a três quarteirões de distância, não leva a carta na pasta, mas num bolso interior do casaco, por medo de que lha possa arrebatar algum pequeno díscolo desencaminhado, como em tempos passados se chamava aos rapazes criados na libertinagem da rua, depois anjos de cara suja, depois rebeldes sem causa, hoje delinquentes que não beneficiam de eufemismos nem de metáforas. Vai dizendo a si mesmo que não abrirá a carta enquanto não chegar a casa, que já tem idade para não se portar como um adolescente ansioso, mas, ao mesmo tempo, sabe que estes seus adultos propósitos se vão evaporar quando estiver dentro do carro, na meia penumbra do estacionamento, com a porta fechada a defendê-lo das mórbidas curiosidades do mundo. Tardou a encontrar o sítio onde havia deixado o automóvel, o que agravou o estado de angústia nervosa em que já vinha, parecia o pobre homem, mal comparado, um cão largado no meio do deserto, olhando perdido a um lado e a outro, sem ao menos um cheiro conhecido para o guiar até casa, O nível é este, disso tenho eu a certeza, mas na verdade não a tinha. Por fim lá encontrou o carro, havia estado por três vezes a meia dúzia de passos dele e não o vira. Entrou rapidamente como se viesse a ser perseguido, fechou a porta e trancou-a, acendeu a luz interior. Tem o sobrescrito nas mãos, finalmente, é o momento de conhecer o que ele traz dentro, assim como o comandante de navio, atingido o ponto em que as coordenadas se cruzam, abre a carta de prego para saber que rumo terá de seguir daí por diante. Do sobrescrito saem uma fotografia e uma folha de papel. A fotografia é de Tertuliano Máximo Afonso, mas tem a assinatura de Daniel Santa-Clara por baixo das palavras Muito cordialmente. Quanto à folha de papel, não só informa que Daniel Santa-Clara é o nome artístico do ator António Claro como, adicionalmente e a título excecional, dá a direção da sua residência particular, Em atenção à consideração especial que a sua carta nos mereceu, assim está escrito. Tertuliano Máximo Afonso recorda os termos em que a redigiu e felicita-se pela brilhante ideia de sugerir à produtora a realização de um estudo sobre a importância dos atores secundários, Atirei o barro à parede e ficou pegado, murmurou, ao mesmo tempo que se deu conta, sem surpresa, de que o seu espírito recuperara a calma antiga, de que o seu corpo está distendido, nenhum vestígio de nervosismo, nenhum sinal de angústia, o afluente veio simplesmente dar ao rio, o caudal deste aumentou, Tertuliano Máximo Afonso sabe agora que rumo deve tomar. Tirou da bolsa lateral da porta do carro um roteiro da cidade e procurou a rua onde Daniel Santa-Clara vive. Está situada num bairro que não conhece, pelo menos não se lembra de por lá ter passado alguma vez, e ainda por cima encontra-se longe do centro, como acaba de verificar no mapa que desdobrou sobre o volante. Não importa, tem tempo, tem todo o tempo do mundo. Saiu para pagar o estacionamento, voltou ao carro, apagou a luz do tejadilho e arrancou. O seu objetivo, como facilmente se adivinha, é a rua onde mora o ator. Quer ver o prédio, olhar de baixo o andar em que ele vive, as janelas, que tipo de gente habita o bairro, que ambiente, que estilo, que modos. O trânsito é denso, os automóveis movem-se com lentidão exasperante, mas Tertuliano Máximo Afonso não se impacienta, não há nenhum perigo de que a rua aonde se dirige mude de lugar, está prisioneira da rede viária da cidade que por todos os lados a cerca, como muito bem se pode confirmar neste mapa. Foi durante a espera num sinal vermelho, enquanto Tertuliano Máximo Afonso acompanhava com toques ritmados dos dedos no aro do volante uma canção sem palavras, que o senso comum entrou no carro. Boas tardes, disse, Não te chamei cá, respondeu o condutor, Realmente não me lembro de que algum dia me tenhas pedido para vir, Até o faria se não conhecesse de antemão os teus discursos, Como hoje, Sim, vais dizer-me que pense bem, que não me meta nisto, que é uma imprudência de todo o tamanho, que nada me garante que o diabo não esteja atrás da porta, a conversa de sempre, Pois desta vez enganas-te, o que vais fazer não é uma imprudência, é uma estupidez, Uma estupidez, Sim senhor, uma estupidez, e das grossas, Não vejo em quê, É natural, uma das formas secundárias da cegueira de espírito é precisamente a estupidez, Explica-te, Não é necessário que me digas que te diriges à rua onde mora o teu Daniel Santa-Clara, é curioso, o gato tinha o rabo de fora e tu não reparaste, Que gato, que rabo, deixa as adivinhas e vai direito ao assunto, É muito simples, foi do apelido Claro que se criou o pseudónimo Santa-Clara, Não é pseudónimo, é nome artístico, Já o outro também não quis a vulgaridade plebeia do pseudónimo, chamou-lhe heterónimo, E de que me serviria ter visto o rabo do gato, Reconheço que não muito, à mesma terias de procurar, mas, indo aos Claros da lista telefónica, acabarias por acertar, Já tenho o que me interessa, E agora vais à rua onde ele mora, vais ver o prédio, olhar de baixo o andar em que vive, as janelas, que tipo de gente habita o bairro, que ambiente, que estilo, que modos, foram estas, se não me equivoco, as tuas palavras, Sim, Imagina agora que quando estiveres a olhar as janelas te aparece a uma delas a mulher do ator, enfim, falemos com respeito, a esposa desse António Claro, e te pergunta por que não sobes, ou então, pior ainda, aproveita para te pedir que vás à farmácia comprar uma caixa de aspirinas ou um xarope para a tosse, Disparate, Se te parece disparate, imagina agora que alguém passa e te cumprimenta, não como este Tertuliano Máximo Afonso que és, mas como o António Claro que nunca serás, Outro disparate, Então, se também esta hipótese é disparate, imagina que quando estás no passeio a olhar as janelas ou a estudar o estilo dos moradores te aparece pela frente, em carne e osso, o Daniel Santa-Clara, e os dois ficam a olhar-se iguais a dois cãezinhos de porcelana, cada um como reflexo do outro, mas um reflexo diferente, pois este, ao contrário do que faz o espelho, mostraria o esquerdo onde está o esquerdo e o direito onde está o direito, tu como reagirias se tal acontecesse. Tertuliano Máximo Afonso não respondeu logo, esteve calado durante dois ou três minutos, depois disse, A solução será não sair do carro, Mesmo assim, se eu estivesse no teu lugar não me fiaria, objetou o senso comum, podes ter de parar num sinal vermelho, pode haver um engarrafamento, uma camioneta a descarregar, uma ambulância a carregar, e tu ali posto em exposição, como um peixe no aquário, à mercê de que a adolescente cinéfila e curiosa residente no primeiro andar do prédio onde moras te pergunte qual é o teu próximo filme, Que farei, então, Isso não sei, não é da minha competência, o papel do senso comum na história da vossa espécie nunca foi além de aconselhar cautela e caldos de galinha, principalmente nos casos em que a estupidez já tomou a palavra e ameaça tomar as rédeas da ação, O remédio seria disfarçar-me, De quê, Não sei, terei de pensar, Pelos vistos, para seres quem és, a única possibilidade que te resta é a de que pareças ser outro, Tenho de pensar, Sim, já era tempo, Sendo assim, o melhor é ir para casa, Se não te incomoda, leva-me até à porta, depois cá me arranjarei, Não queres subir, Até hoje nunca me tinhas convidado, Estou a convidar-te agora, Obrigado, mas não devo aceitar, Porquê, Porque também não é saudável para o espírito viver de casa e pucarinho com o senso comum, comer com ele à mesa, dormir com ele na cama, levá-lo ao trabalho, pedir-lhe a sua aprovação ou consentimento antes de dar um passo, alguma coisa tereis de arriscar por vossa própria conta, A quem te referes, A vocês todos, ao género humano, Arrisquei-me a conseguir esta carta e tu nessa altura repreendeste-me, Não há nada que possa orgulhar-te no modo como a conseguiste, apostar na honestidade de uma pessoa como tu o fizeste é uma forma de chantagem bastante repugnante, Falas da Maria da Paz, Sim, falo da Maria da Paz, se eu estivesse no seu lugar abria a carta, lia-a e dava-te com ela na cara até que implorasses perdão de joelhos, Assim procede o senso comum, Assim deveria proceder, Adeus, até outro dia, vou pensar no meu disfarce, Quanto mais te disfarçares, mais te parecerás a ti próprio. Tertuliano Máximo Afonso encontrou um lugar livre quase à porta do prédio onde morava, arrumou o carro, recolheu o mapa e o roteiro, e saiu. No passeio do outro lado da rua, havia um homem de cara levantada, a olhar para os andares altos em frente. Não tinha quaisquer parecenças de cara ou de figura, a sua presença ali não passaria de uma casualidade, mas Tertuliano Máximo Afonso sentiu um arrepio na espinha ao passar-lhe pela cabeça, não o pôde evitar, a doentia imaginação teve mais força que ele, a possibilidade de que Daniel Santa-Clara andasse à sua procura, eu a ti, tu a mim. Logo arredou a incómoda fantasia, Estou a ver fantasmas, o tipo nem sequer sabe que eu existo, a verdade, porém, é que ainda lhe tremiam os joelhos quando entrou em casa e se deixou cair exausto no sofá. Durante uns minutos esteve imerso numa espécie de sopor, ausentado de si mesmo, como um maratonista cuja força de repente se esgotou ao pisar a linha de chegada. Da energia tranquila que o animava quando saiu do estacionamento e quando, depois, levava o automóvel a um destino que acabara por ver-se frustrado, não tinha ficado mais que uma recordação difusa, de algo não realmente vivido, ou que o havia sido por aquela parte de si agora ausente. Levantou-se com dificuldade, as pernas pareciam-lhe estranhas, como se pertencessem a outra pessoa, e foi à cozinha fazer um café. Bebeu-o em goles vagarosos, consciente da quentura reconfortante que lhe descia pela garganta até ao estômago, depois lavou a chávena e o pires, e voltou à sala. Todos os seus gestos se haviam tornado meditados, lentos, como se estivesse ocupado a manipular substâncias perigosas num laboratório de química, e contudo nada mais tinha que fazer que abrir a lista telefónica na letra C e confirmar as informações que constavam da carta. E depois, que faço, perguntou-se, enquanto ia passando as páginas até encontrar. Havia muitos Claros, mas os Antónios não eram além de meia dúzia. Aqui estava, finalmente, o que tanto trabalho lhe tinha custado, tão fácil que o podia ter feito qualquer pessoa, um nome, uma morada, um número de telefone. Copiou os dados para um papel e repetiu a pergunta, E agora, que faço. Num acto reflexo, levou a mão direita ao auscultador, deixou-a ficar ali enquanto relia uma vez e outra o que havia apontado, depois retirou-a, levantou-se e deu uma volta pela casa, discutindo consigo mesmo que o mais sensato seria deixar a continuação do assunto para depois de acabados os exames, dessa maneira teria de haver-se com uma preocupação a menos, infelizmente tinha-se comprometido com o diretor da escola a redigir o projeto de proposta sobre o ensino da História, não podia escapar a essa obrigação, Mais dia menos dia não terei outro remédio que pôr mãos a um trabalho de que ninguém vai fazer caso, foi uma rematada estupidez ter aceitado o encargo, porém, não valia a pena fingir que estava a enganar-se a si mesmo, parecer que admitia a hipótese de remeter só para depois do trabalho da escola o primeiro passo no caminho que o deverá levar a António Claro, já que Daniel Santa-Clara, em rigor, não existe, é uma sombra, um títere, um vulto variável que se agita e fala dentro de uma cassete de vídeo e que regressa ao silêncio e à imobilidade quando acaba o papel que lhe ensinaram, ao passo que o outro, esse António Claro, é real, concreto, tão consistente como Tertuliano Máximo Afonso, o professor de História que vive nesta casa e cujo nome pode ser encontrado na letra A da lista telefónica, por muito que alguns afirmem que Afonso não é apelido, mas nome próprio. Está outra vez sentado à secretária, tem o papel com as notas que tomou diante de si, tem a mão direita novamente sobre o auscultador, dá a ideia de que se decidiu finalmente a telefonar, mas quanto tarda a resolver-se este homem, que vacilante, que irresoluto nos saiu, ninguém dirá que é a mesma pessoa que ainda não há muitas horas quase arrancou a carta das mãos de Maria da Paz. Num repente, sem pensar, como única maneira de vencer a cobardia paralisante, o número foi marcado. Tertuliano Máximo Afonso escuta o toque da campainha, uma vez, duas vezes, três, muitas, e no momento em que vai para desligar, pensando, com metade de alívio e metade de deceção, que não há ninguém para atender, uma mulher, ofegando como se tivesse vindo a correr do outro extremo da casa, disse simplesmente, Estou. Uma súbita contração muscular constringiu a garganta de Tertuliano Máximo Afonso, a resposta demorou, deu tempo a que a mulher repetisse, impaciente, Estou, quem fala, por fim o professor de História conseguiu pronunciar quatro palavras, Boas tardes, minha senhora, mas a mulher, em lugar de responder no tom reservado de quem se dirige a um desconhecido de quem ainda por cima não pode ver a cara, disse com um sorriso que transparecia em cada palavra, Se é para disfarçar, não te canses, Desculpe, balbuciou Tertuliano Máximo Afonso, eu vinha só pedir uma informação, Que informação pode querer uma pessoa que conhece tudo da casa para onde ligou, O que eu desejava saber é se é aí que mora o ator Daniel Santa-Clara, Meu caro senhor, eu me encarregarei de comunicar ao ator Daniel Santa-Clara, quando ele chegar, que António Claro telefonou a perguntar se os dois moravam aqui, Não compreendo, começou a dizer Tertuliano Máximo Afonso para ganhar tempo, mas a mulher adiantou-se abruptamente, Não te reconheço, não é teu costume teres brincadeiras destas, diz de uma vez o que queres, a filmagem atrasou-se, é isso, Desculpe, minha senhora, há aqui um engano, eu não me chamo António Claro, Não é o meu marido, perguntou ela, Sou só uma pessoa que desejava saber se o ator Daniel Santa-Clara mora nessa casa, Pela resposta que lhe dei já ficou a saber que mora, Sim, mas o modo como o disse deixou-me confuso, desconcertado, Não foi minha intenção, julguei que era uma brincadeira do meu marido, Pode ter a certeza de que não sou o seu marido, Custa-me a crer, Que eu não seja o seu marido, Refiro-me à voz, a sua voz é exatamente igual à dele, É uma coincidência, Não há coincidências destas, duas vozes, tal como duas pessoas, podem ser mais ou menos semelhantes, mas iguais até este ponto, não, Talvez não passe de uma impressão sua, Cada palavra está a chegar-me aqui como se saísse da boca dele, Realmente custa a crer, Quer dar-me o seu nome para lhe dizer quando ele vier, Deixe lá, não vale a pena, aliás o seu marido nem me conhece, É um admirador, Não precisamente, Mesmo assim, ele há de querer saber, Telefonarei num outro dia, Mas ouça. A comunicação foi cortada, lentamente Tertuliano Máximo Afonso tinha pousado o telefone no descanso.

Os dias passaram e Tertuliano Máximo Afonso não telefonou. Estava satisfeito com a maneira como tinha decorrido a conversação com a mulher de António Claro, sentia-se portanto com a confiança suficiente para voltar à carga, mas, pensando bem, havia decidido optar pelo silêncio. Por duas razões. A primeira porque percebera que lhe agradava a ideia de alongar e aumentar a atmosfera de mistério que a sua chamada devia ter criado, divertia-se mesmo a imaginar o diálogo entre o marido e a mulher, as dúvidas dele sobre a suposta igualdade absoluta das duas vozes, a insistência dela em que nunca as teria confundido se essa igualdade não existisse, Oxalá tu estejas em casa quando telefonar, julgarás então por ti próprio, diria ela, e ele, Se é que telefonará, aquilo que queria saber já tu lho disseste, que moro aqui, Sem esquecer que perguntou por Daniel Santa-Clara, e não por António Claro, É isso que é estranho. A segunda e mais forte razão foi ter considerado definitivamente justificada a sua anterior ideia sobre as vantagens de despejar o terreno antes de dar o segundo passo, isto é, esperar que acabem as aulas e os exames para, com a cabeça tranquila, traçar novas estratégias de aproximação e cerco. É certo que tem à sua espera aquela aborrecida tarefa que o diretor lhe encomendou, mas, nos quase três meses de férias que vai ter pela frente, há de poder achar uma aberta de tempo e a indispensável disposição de espírito para os estudos áridos. Cumprindo a promessa que havia feito, é até provável que resolva ir passar alguns dias, poucos, com a mãe, sob condição, no entanto, de descobrir a forma segura de confirmar a sua quase certeza de que o ator e a mulher não sairão para férias tão cedo, bastará que recordemos a pergunta feita por ela quando julgava estar a falar com o marido, A filmagem atrasou-se, é isso, para concluirmos, por a + b, que Daniel Santa-Clara está a participar num novo filme, e que, se a sua carreira se encontra em fase ascendente como A Deusa do Palco já mostrava, o seu tempo de ocupação profissional excederá em muito, por força de necessidade, a do pouco mais que figurante que havia sido nos seus princípios. As razões de Tertuliano Máximo Afonso para retardar a chamada são, portanto, como se acaba de ver, convincentes e substantivas. Não o obrigam, porém, nem condenam, à inatividade. A sua ideia de ir ver a rua onde reside Daniel Santa-Clara, apesar do revés daquele bruto balde de água fria lançado pelo senso comum, não tinha sido posta de parte. Considerava mesmo que essa observação, por assim dizer prospetiva, seria indispensável ao êxito das operações seguintes, porquanto constituía como um apalpar de pulso, algo parecido, nas guerras clássicas ou fora de moda, ao envio de uma patrulha de reconhecimento com a missão de avaliar as forças do inimigo. Felizmente para a sua segurança, não se lhe tinham varrido da memória os providenciais sarcasmos do senso comum sobre os mais do que prováveis efeitos de um aparecimento a cara descoberta. É certo que poderia deixar crescer o bigode e a barba, cavalgar o nariz com uns óculos escuros, enfiar um boné na cabeça, mas, excluindo o boné e os óculos, que são coisas de pôr e tirar, tinha a certeza de que os ornamentos pilosos, a barba e o bigode, fosse por caprichosa determinação da produtora, fosse por modificação de última hora no guião, começariam, nesse mesmo instante, a crescer na cara de Daniel Santa-Clara. Por conseguinte, o disfarce, indubitavelmente forçoso, teria de recorrer aos postiços de todas as mascaradas antigas e modernas, não valendo contra esta irrespondível necessidade os temores que tinha experimentado no outro dia, quando se pusera a imaginar as catástrofes que poderiam suceder se, assim dissimulado, tivesse ido à empresa pedir informações sobre o ator Santa-Clara. Como toda a gente, sabia da existência de estabelecimentos especializados na venda e aluguer de trajes, adereços e toda a restante parafernália indispensável tanto às artes do fingimento cénico como aos proteiformes avatares do ofício de espia. A hipótese de ser confundido com Daniel Santa-Clara na ocasião da compra só teria de ser tomada seriamente em consideração se fossem os próprios atores a andar por aí a comprar postiços de barba, bigode e sobrancelhas, perucas e cabeleiras, palas para olhos falsamente cegos, verrugas e sinaizinhos, enchimentos internos para dilatar as bochechas, chumaços de todo o tipo e para ambos os sexos, sem falar das cosméticas capazes de fabricar variações cromáticas à vontade do freguês. Não faltaria mais. Uma produtora de filmes que se preze deverá ter nos seus armazéns tudo quanto necessite, se algo lhe falta irá comprar, e, em caso de dificuldades orçamentais, ou simplesmente por não valer a pena, pois então que alugue, que não será por isso que lhe cairão os parentes na lama. Honestas mulheres de sua casa iam pôr os cobertores e os abafos no prego quando os primeiros calores chegavam com a primavera, e nem por isso a sua vida deveria ter sido menos merecedora do respeito da sociedade, que tem obrigação de saber o que são necessidades. Há dúvidas sobre se o que acaba de ser escrito, desde a palavra Honestas até à palavra necessidades, tenha sido obra efetiva do pensamento de Tertuliano Máximo Afonso, mas representando elas, e as que entre uma e outra se podem ler, a mais santa e pura das verdades, mal parecia deixar passar a ocasião. O que finalmente nos deve tranquilizar, aclarados já os passos a dar, é a certeza de que Tertuliano Máximo Afonso poderá deslocar-se sem nenhum receio à loja dos disfarces e enfeites, escolher e adquirir o modelo de barba que melhor condiga com a sua cara, observando, no entanto, a cláusula incondicional de que uma barbica do género geralmente conhecido por passa-piolho, mesmo que o transformasse num árbitro de elegâncias, teria de ser firmemente rejeitada, sem regateio nem cedência às tentações de uma redução de preço, pois o desenho de orelha a orelha e a relativa curteza do pêlo, sem falar da nudez do lábio superior, deixariam pouco menos que à luz crua do dia as feições que justamente se pretende levar ocultas. Por ordem inversa de razões, ou seja, porque iria chamar demasiado a atenção dos curiosos, também deverá ser excluída qualquer espécie de barba longa, mesmo não pertencendo ao tipo apostólico. O conveniente será, portanto, uma barba cheia, bastamente povoada, tirando, porém, mais para o lado do curto que para o lado do comprido. Tertuliano Máximo Afonso passará horas fazendo experiências diante do espelho da casa de banho, pegando e despegando a finíssima película em que os pêlos se encontram implantados, ajustando-a com precisão às patilhas naturais e aos contornos dos maxilares, das orelhas e dos lábios, estes em especial, porque terão de mover-se para falar e até, quem sabe, para comer, ou, sabe-se lá ainda, para beijar. Quando pela primeira vez olhou a sua nova fisionomia sentiu um fortíssimo impacte interior, aquela íntima e insistente palpitação nervosa do plexo solar que tão bem conhece, porém, o choque não tinha sido o resultado, simplesmente, de se ver distinto do que era antes, mas sim, e isso é muito mais interessante se tivermos em conta a peculiar situação em que tem vivido nos últimos tempos, uma consciência também distinta de si mesmo, como se, finalmente, tivesse acabado de encontrar-se com a sua própria e autêntica identidade. Era como se, por aparecer diferente, se tivesse tornado mais ele mesmo. Tão intensa foi a impressão do choque, tão extrema a sensação de força que dele se apoderou, tão exaltada a incompreensível alegria que o invadiu, que uma necessidade angustiosa de conservar a imagem o fez sair de casa, usando de todas as cautelas para não ser visto, e dirigir-se a um estabelecimento fotográfico longe do bairro onde vivia, para que lhe tirassem o retrato. Não queria sujeitar-se à mal estudada iluminação e aos maquinismos cegos de um fotomaton, queria um retrato cuidado, que lhe desse gosto guardar e contemplar, uma imagem de que pudesse dizer a si mesmo, Este sou eu. Pagou uma sobretaxa de urgência e sentou-se à espera. Ao empregado que lhe sugeriu que desse uma volta, a fazer tempo, Ainda demora um bocado, respondeu que não, que preferia esperar ali, e desnecessariamente acrescentou, É para oferecer. De vez em quando levava as mãos à barba, como se a cofiasse, certificava-se pelo tacto de que tudo parecia estar no seu lugar e regressava às revistas de fotografia que estavam expostas numa mesa. Quando saiu levava consigo meia dúzia de retratos de formato médio, que já tinha decidido destruir para não ter de ver-se multiplicado, e a respetiva ampliação. Entrou num centro comercial próximo, meteu-se numa privada, e ali, fora de vistas indiscretas, retirou o postiço. Se alguém tinha visto entrar nas retretes um homem barbado, dificilmente será capaz de jurar que fosse este, de cara rapada, que acaba de sair cinco minutos depois. Em geral, num homem com barba não se repara no que leva posto, e aquele sobrescrito eventualmente denunciador que antes havia entrado na mão, está agora escondido entre o casaco e a camisa. Tertuliano Máximo Afonso, até estes dias pacífico professor de História do ensino secundário, demonstra ser dotado de suficiente talento para o exercício de qualquer destas duas atividades profissionais, ou a de disfarçado delinquente, ou a do polícia que o investiga. Dêmos nós tempo ao tempo, e saberemos qual das duas vocações prevalecerá. Quando chegou a casa começou por queimar no lava-louça os seis duplicados menores da fotografia ampliada, fez correr a água que arrastou as cinzas para o ralo do desaguadouro, e, depois de contemplar complacente a sua nova e clandestina imagem, restituiu-a ao sobrescrito, que foi esconder numa prateleira da estante, por trás de uma História da Revolução Industrial que ele próprio nunca havia lido.

Alguns dias mais decorreram, o ano letivo chegou ao fim com o último exame e a afixação da última pauta de classificações, o colega de Matemática despediu-se, Vou para férias, mas depois, se precisar de alguma coisa, telefone-me, e ande com cuidado, com muito cuidado, o diretor recordou-lhe, Não se esqueça do que combinámos, quando eu regressar de férias telefono-lhe para saber como vai o trabalho, se resolver sair da cidade, também tem direito a descanso, deixe-me o seu número no gravador. Num destes dias Tertuliano Máximo Afonso convidou Maria da Paz para jantar, pesara-lhe finalmente na consciência a incorreção com que estava a portar-se com ela, sem ao menos a delicadeza formal de um agradecimento, sem uma explicação sobre os resultados da carta, mesmo tendo que inventá-la. Encontraram-se no restaurante, ela chegou um pouco atrasada, sentou-se logo e desculpou-se com a mãe, ninguém diria, olhando-os, que são amantes, ou talvez se note que o foram até há pouco tempo e que ainda não se habituaram ao seu novo estado de indiferentes um ao outro, ou a parecer que o são. Pronunciaram algumas frases de circunstância, Como estás, Como tens passado, Muito trabalho, Eu também, e quando Tertuliano Máximo Afonso uma vez mais hesitava no rumo que lhe conviria dar à conversa, ela antecipou-se e saltou a pés juntos sobre o assunto, Satisfez a carta os teus desejos, perguntou, deu-te todas as informações de que tinhas necessidade, Sim, disse ele, demasiado consciente de que a sua resposta era, ao mesmo tempo, falsa e verdadeira, A mim, na altura, não me deu essa impressão, Porquê, Seria de esperar que fosse mais volumosa, Não compreendo, Se mal não recordo, os dados de que precisavas eram tantos e tão minuciosos que não poderiam caber numa única folha de papel, e dentro do sobrescrito não havia mais que isso, E tu como o sabes, abriste-o, perguntou Tertuliano Máximo Afonso com súbita aspereza e sabendo antecipadamente que resposta iria receber a gratuita provocação. Maria da Paz fitou-o a direito nos olhos e disse serena, Não, e tu tinhas obrigação de o saber, Peço-te por favor que me desculpes, saiu-me da boca sem pensar, disse ele, Poderei desculpar-te, se fazes nisso questão, mas temo não poder ir mais longe, Mais longe aonde, Por exemplo, esquecer que me consideraste capaz de abrir uma carta que te vinha dirigida, No fundo de ti mesma, sabes que não é isso que penso, No fundo de mim mesma, sei que nada sabes de mim, Se desconfiasse do teu carácter, não te teria pedido que a carta fosse enviada com o teu nome, Ali, o meu nome não foi mais que uma máscara, a máscara do teu nome, a máscara de ti, Expliquei-te as razões por que considerei mais próprio o procedimento que seguimos, Explicaste, E tu estiveste de acordo, Sim, estive de acordo, Então, Então, a partir de agora ficarei à espera de que me mostres as informações que dizes ter recebido, e não é porque tenha qualquer interesse nelas, é simplesmente porque entendo ser teu dever mostrar-mas, Agora és tu que desconfias de mim, Sim, mas deixarei de desconfiar se me disseres como foi possível caberem numa simples folha de papel todos aqueles dados que pediste, Não mos deram todos, Ah, não tos deram todos, Foi o que eu disse, Então hás de mostrar-me o que tiveres. A comida arrefecia nos pratos, o molho da carne coalhava, o vinho dormia esquecido nos copos e havia lágrimas nos olhos de Maria da Paz. Por um instante Tertuliano Máximo Afonso pensou que lhe daria um alívio infinito contar a história toda desde o começo, este estranhíssimo, singular, assombroso e nunca antes visto caso do homem duplicado, o inimaginável convertido em realidade, o absurdo conciliado com a razão, a demonstração acabada de que a Deus nada é impossível e que a ciência deste século é realmente, como disse o outro, uma tola. Fizesse-o ele, tivesse ele tido essa franqueza, que as suas desconcertantes ações anteriores se encontrariam explicadas por si mesmas, incluindo aquelas que para Maria da Paz haviam sido agressivas, grosseiras ou desleais, ou que, numa palavra, foram ofensivas do mais elementar senso comum, isto é, quase todas. Então a concórdia regressaria, os erros e faltas seriam perdoados sem condições nem reservas, Maria da Paz pedir-lhe-ia Não sigas com essa loucura, que pode vir a dar mau resultado, e ele responderia Pareces a minha mãe a falar, e ela perguntaria Já lhe contaste, e ele diria Só lhe dei a entender que andava com certos problemas, e ela concluiria Agora que desabafaste comigo, vamos resolvê-los juntos. São poucas as mesas que estão ocupadas, eles foram postos num canto e ninguém lhes dá particular atenção, situações como esta, de casais que vêm esgrimir os seus conflitos sentimentais ou domésticos entre o peixe e a carne ou, pior ainda, por levarem mais tempo a dirimir, entre o aperitivo e o pagamento da conta, fazem parte integrante do quotidiano histórico da hotelaria, modalidade restaurante ou casa de pasto. O bem intencionado pensamento de Tertuliano Máximo Afonso, assim como apareceu, assim se foi embora, o criado veio perguntar se tinham terminado e retirou os pratos, os olhos de Maria da Paz estão quase secos, já foi dito mil vezes que é inutil chorar o leite derramado, o pior neste caso foi o que aconteceu à vasilha que o levava, feita em cacos no chão. O criado trouxe o café e a conta que Tertuliano Máximo Afonso havia pedido, daí a poucos minutos estavam dentro do carro. Levo-te a casa, tinha dito ele, Pois sim, se fazes favor, respondera ela. Não falaram até entrarem na rua em que morava Maria da Paz. Antes de chegarem à altura da porta em frente da qual ela deveria descer, Tertuliano Máximo Afonso encostou o carro ao passeio e desligou o motor. Surpreendida pelo inopinado do gesto, ela olhou-o de relance, mas continuou calada. Sem virar a cara, sem a olhar, numa voz decidida, mas tensa, ele disse, Tudo quanto nas últimas semanas ouviste da minha boca, incluindo a conversa que tivemos agora no restaurante, foi mentira, mas não percas tempo a perguntar qual é a verdade porque não te poderei responder, Portanto, o que de facto querias da produtora não eram esclarecimentos estatísticos, Exatamente, Presumo que será inútil da minha parte esperar que digas qual era o verdadeiro motivo do teu interesse, Assim é, Terá algo que ver com os vídeos que lá tens, imagino, Contenta-te com o que disse e deixa-te de perguntas e suposições, Perguntas, posso prometer que não as farei, mas sou livre de fazer as suposições que quiser, mesmo que viessem a parecer-te disparatadas, É curioso que não tenhas ficado surpreendida, Surpreendida com quê, Sabes a que me refiro, não me obrigues a repeti-lo, Mais tarde ou mais cedo terias de mo dizer, o que não esperava era que fosse hoje, E por que teria eu de dizer-to, Porque és mais honesto do que julgas, Em todo o caso, não o suficiente para te contar a verdade, Não creio que a razão seja a falta de honestidade, o que te cerra a boca é outra coisa, Quê, Uma dúvida, uma angústia, um temor, Que te leva a pensar assim, Tê-lo lido na tua cara, tê-lo percebido nas tuas palavras, Já te disse que mentiam, Elas, sim, mas não como soavam, É a altura de usar a frase dos políticos, não confirmo nem desminto, Esse é um daqueles truques de baixa retórica que não enganam ninguém, Porquê, Porque qualquer pessoa vê logo que a frase se inclina mais para o lado da confirmação do que para o lado do desmentido, Nunca tinha dado por isso, Eu também não, ocorreu-me agora mesmo, e foi graças a ti, Não confirmei nem o temor, nem a angústia, nem a dúvida, Sim, mas não os desmentiste, O momento não é para nos entretermos a jogar com palavras, Melhor isso que ter lágrimas nos olhos à mesa de um restaurante, Desculpa, Desta vez não tenho nada que desculpar-te, já sei metade do que havia para saber, não me posso queixar, Só confessei que era mentira o que te tinha dito, É essa a metade que já sei, a partir de agora espero dormir melhor, Talvez perdesses o sono se conhecesses a outra metade, Não me assustes, por favor, Nem há razão para isso, tranquiliza-te, aqui não há morte de homem, Não me assustes, Sossega, como a minha mãe costuma dizer, tudo acaba por se resolver, Promete-me que terás cuidado, Está prometido, Muito cuidado, Sim, E que se em todos esses segredos que não sou capaz de imaginar achasses algo que me pudesses dizer, mo dirias, mesmo que a ti te parecesse insignificante, Prometo, mas, neste caso, o que não for tudo, é nada, Mesmo assim, esperarei. Maria da Paz inclinou-se, deu-lhe um beijo rápido na cara e fez um movimento para sair. Ele deitou-lhe a mão ao braço e reteve-a, Fica, vamos para minha casa. Ela desprendeu-se suavemente e disse, Hoje não, não poderias dar-me mais do que já deste, Salvo se te contasse o que falta, Nem sequer isso, imagina tu. Abriu a porta, virou ainda a cabeça para despedir-se com um sorriso e saiu.Tertuliano Máximo Afonso ligou o motor, esperou que ela entrasse no prédio e depois, com um gesto cansado, pôs o carro em movimento e foi para casa, lá onde, paciente e segura do seu poder, o estava esperando a solidão.

No dia seguinte, a meio da manhã, partiu para o primeiro reconhecimento no território ignoto em que vivia Daniel Santa-Clara com a mulher. Levava a barba postiça meticulosamente ajustada à cara, um boné que tinha por fim lançar uma sombra protetora sobre os olhos, que à última hora decidiu não ocultar por trás de uns óculos escuros porque lhe davam, com o restante disfarce, um ar de fora da lei capaz de despertar todas as suspeitas da vizinhança e ser causa de uma perseguição policial em regra, com as previsíveis sequências de captura, identificação e opróbrio público. Não ia à espera de colher resultados especialmente relevantes nesta incursão, quando muito apreenderia algo do exterior das coisas, o conhecimento topográfico dos sítios, a rua, o prédio, e pouco mais. Seria o cúmulo dos acasos assistir à entrada de Daniel Santa-Clara em casa, ainda com restos de maquilhagem no rosto e o aspeto irresoluto, perplexo, de quem está tardando demasiado a sair da pele do personagem que havia interpretado uma hora antes. A vida real sempre nos tem parecido mais parca em coincidências que o romance e as outras ficções, salvo se admitíssemos que o princípio da coincidência é o verdadeiro e único regedor do mundo, e nesse caso tanto deveria valer aquilo que se vive como aquilo que se escreve, e vice-versa. Durante a meia hora que Tertuliano Máximo Afonso por ali esteve, parando a ver as montras e a comprar um jornal, lendo depois as notícias sentado no terraço de um café mesmo ao lado do prédio, Daniel Santa-Clara não foi visto entrar nem sair. Talvez descanse na tranquilidade do lar com a mulher, e os filhos, no caso de os ter, talvez, como no outro dia, ande ocupado com as filmagens, talvez não haja agora ninguém no apartamento, os filhos porque foram passar as férias para casa dos avós, a mãe porque, como tantas outras, trabalha fora de casa, quer tenha sido por querer salvaguardar um estatuto de real ou suposta independência pessoal, quer seja porque a economia caseira não pode dispensar o seu contributo material, na verdade, os ganhos de um ator secundário, por muito que este se esforce a correr de papel pequeno a pequeno papel, por muito que a produtora que o tem contratado numa espécie de exclusividade tácita entenda por bem utilizá-lo, sempre estarão, eles, esses ganhos, subordinados à rigidez de critérios de oferta e procura que jamais se pautaram pelas necessidades objetivas do sujeito, mas unicamente pelos seus supostos ou verdadeiros talentos e habilidades, os que se lhe faz o favor de reconhecer ou os que, com intenção reservada e quase sempre negativa, lhe são outorgados, sem que alguma vez se houvesse pensado que outros talentos e outras habilidades, menos à vista, mereceriam ser postos à prova. Quer isto dizer que Daniel Santa-Clara talvez possa chegar a ser um grande artista se o escolher a fortuna para ser olhado com olhos de ver por um produtor sagaz e amante do risco, daqueles que se, às vezes, lhes dá para desfazer estrelas de primeira grandeza, também não é raro que, magnificamente, puxem o lustro às de segunda e terceira. Dar tempo ao tempo sempre foi o melhor remédio para tudo desde que o mundo é mundo, Daniel Santa-Clara é um homem ainda novo, simpático de cara, tem boa figura e inegáveis dotes de intérprete, não seria justo que levasse o resto da vida a desempenhar papéis de rececionista de hotel ou quejandas ocupações. Ainda não há muito que o vimos a fazer de empresário teatral em A Deusa do Palco, enfim já devidamente identificado no genérico inicial, e isso pode ser uma indicação de que começaram a reparar nele. Lá onde quer que esteja, o futuro, ainda que não seja nenhuma novidade dizê-lo, espera. A quem não convirá esperar mais, sob pena de deixar gravado na memória fotográfica dos criados do café o inquietante negrume do seu conspecto geral, faltava mencionar que veio de fato escuro, e agora que por causa da intensa luz do sol teve de recorrer à proteção dos óculos, é a Tertuliano Máximo Afonso. Deixou o dinheiro na mesa para não ter de chamar o criado e dirigiu-se rapidamente a uma cabina telefónica no outro passeio. Tirou do bolso superior do casaco um papel com o número do telefone de Daniel Santa-Clara e marcou-o. Não queria falar, apenas queria saber se alguém responderia, e quem. Desta vez não veio uma mulher a correr do outro extremo da casa, também uma criança não disse A minha mamã não está, nem se ouviu uma voz igual à de Tertuliano Máximo Afonso a perguntar Quem fala. Ela deve estar no trabalho, pensou, e ele com certeza anda lá pelas filmagens, a fazer de polícia de estrada ou de empreiteiro de obras públicas. Saiu da cabina e olhou o relógio. Ia-se aproximando a hora do almoço, Nenhum deles virá a casa, disse, nesse momento passou uma mulher, não lhe chegou a ver a cara, atravessava já a rua dirigindo-se ao café, dava a ideia de que também ia sentar-se no terraço, mas não foi assim, prosseguiu, andou uns quantos passos mais e entrou no prédio onde Daniel Santa-Clara mora. Tertuliano Máximo Afonso fez um gesto de incontida contrariedade, Era ela de certeza, murmurou, o pior defeito deste homem, pelo menos desde que o conhecemos, tem sido o excesso de imaginação, na verdade ninguém diria que se trata de um professor de História a quem apenas os factos deveriam interessar, só por ter visto pelas costas a mulher que acaba de passar já o temos aqui a fantasiar identidades, ainda por cima a de uma pessoa a quem não conhece, a quem nunca viu antes, nem por trás, nem pela frente. Justiça deve ser feita no entanto a Tertuliano Máximo Afonso porque, apesar da sua tendência para o desvairo imaginativo, ainda consegue, em momentos decisivos, sobrepor-lhe uma frieza de cálculo que faria empalidecer de ciúme profissional o mais encalecido dos especuladores da bolsa. Efetivamente, há uma maneira simples, elementar até, porém, como em todas as coisas, é preciso ter tido a ideia, de saber se o destino da mulher que entrou no prédio era a casa de Daniel Santa-Clara, bastará aguardar uns minutos, dar tempo a que o elevador a suba ao quinto andar onde António Claro mora, esperar ainda que abra a porta e entre, dois minutos mais para largar a carteira no sofá e pôr-se à vontade, não seria correto obrigá-la a correr como no outro dia, que bem se lhe notava na respiração. O telefone tocou e tocou, tocou e tornou a tocar, mas ninguém atendeu. Afinal, não era ela, disse Tertuliano Máximo Afonso enquanto desligava. Já não tem nada que fazer aqui, a sua última ação preambular de aproximação está concluída, muitas das anteriores haviam sido absolutamente indispensáveis ao êxito da operação, com outras não teria valido a pena perder o tempo, mas essas, ao menos, tinham servido para enganar as dúvidas, as angústias, os temores, para fazer de conta que marcar passo era o mesmo que avançar e que o melhor significado de recuar era pensar melhor. Tinha deixado o carro numa rua próxima e para ele se encaminhava, o seu trabalho de espia havia terminado, isso era o que nós julgaríamos, mas Tertuliano Máximo Afonso, que irão elas pensar, não pode impedir-se de olhar com ardorosa intensidade todas as mulheres com quem se cruza, não todas exatamente, estão fora de campo as demasiado velhas ou demasiado novas para estarem casadas com um homem de trinta e oito anos, Que é a idade que eu tenho, e portanto deve ser a idade que ele tem, neste ponto, por assim dizer, os pensamentos de Tertuliano Máximo Afonso bifurcaram-se, uns para irem pôr em causa a discriminatória ideia subjacente na sua alusão às diferenças de idades em casamentos ou uniões similares, perfilhando assim os prejuízos de consenso social em que se têm gerado os flutuantes mas enraizados conceitos de próprio e impróprio, e o resto, aos pensamentos nos referimos, para controverterem a possibilidade depois aventurada, isto é, com base no facto de ser cada um deles o vivíssimo retrato do outro, conforme as provas videográficas a seu tempo demonstraram, terem o professor de História e o ator a mesma exata idade em anos. No que ao primeiro ramal de reflexões respeita, não teve Tertuliano Máximo Afonso mais remédio que reconhecer que todo o ser humano, salvo intransponíveis e privados impedimentos morais, tem direito a unir-se a quem quiser, onde quiser e como quiser, desde que a outra parte interessada queira o mesmo. Quanto ao segundo ramal pensante, esse serviu para que bruscamente tivesse ressuscitado no espírito de Tertuliano Máximo Afonso, agora com mais fortes motivos, a inquietante questão de se saber quem é o duplicado de quem, posta de parte por inverosímil a hipótese de ambos terem nascido, não só no mesmo dia, mas também na mesma hora, no mesmo minuto e na mesma fração de segundo, porquanto isso implicaria que, além de terem visto a luz no mesmo preciso instante, no mesmo preciso instante teriam conhecido o choro. Coincidências, sim senhor, mas com a solene condição de acatarem os mínimos de verosimilhança reclamados pelo senso comum. A Tertuliano Máximo Afonso desassossega-o agora a possibilidade de ser ele o mais novo dos dois, que o original seja o outro e ele não passe de uma simples e antecipadamente desvalorizada repetição. Como é óbvio, os seus nulos poderes divinatórios não lhe permitem distinguir na bruma do futuro se isso terá alguma influência num porvir que temos todas as razões para classificar como impenetrável, mas o facto de ter sido ele o descobridor do sobrenatural portento que conhecemos havia feito nascer na sua mente, sem que de tal se tivesse apercebido, uma espécie de consciência de primogenitura que neste momento se está rebelando contra a ameaça, como se um ambicioso irmão bastardo aí viesse para o apear do trono. Absorvido nestes ponderosos pensamentos, remoído por estas insidiosas inquietações, Tertuliano Máximo Afonso entrou com a barba ainda posta na rua onde mora e onde toda a gente o conhece, arriscando-se a que alguém se ponha de repente a gritar que levam roubado o carro do senhor doutor e que um vizinho decidido lhe corte o caminho com o seu próprio automóvel. A solidariedade, porém, perdeu muitas das suas antigas virtudes, neste caso é lícito dizer-se que felizmente, Tertuliano Máximo Afonso prosseguiu o seu caminho sem impedimentos, sem que alguém desse mostra de o ter reconhecido ou ao carro que conduzia, deixou o bairro e as suas imediações, posto o que, já que a necessidade o tinha tornado em assíduo frequentador de centros comerciais, entrou no primeiro que lhe apareceu. Dez minutos depois estava outra vez fora, perfeitamente escanhoado, salvo o pouquíssimo que tinham crescido desde a manhã os pelos da sua própria barba. Quando chegou a casa havia uma chamada de Maria da Paz no gravador, nada de importância, só para saber como ele estava. Estou bem, murmurou, estou mesmo muito bem. Prometeu a si mesmo que lhe falaria à noite, mas o mais provável é que não o faça, se se decidir a dar o passo que falta, esse que não pode demorar nem uma página mais, telefonar a Daniel Santa-Clara.

Poderei falar com o senhor Daniel Santa-Clara, perguntou Tertuliano Máximo Afonso quando a mulher dele atendeu, Suponho que é a mesma pessoa que ligou para aqui no outro dia, estou a reconhecê-lo pela voz, disse ela, Sim, sou eu, O nome, por favor, Não creio que mereça a pena, o seu marido não me conhece, Também o senhor não o conhece a ele, e apesar disso sabe como se chama, É natural, ele é ator, portanto uma figura pública, Todos nós andamos por aí, mais ou menos somos todos figuras públicas, o número de espectadores a assistir é que difere, O meu nome é Máximo Afonso, Um momento. O auscultador foi deixado sobre a mesa, logo outra vez levantado, a voz de ambos irá repetir-se como um espelho se repete diante de outro espelho, Sou António Claro, que deseja, Chamo-me Tertuliano Máximo Afonso e sou professor de História no ensino secundário, Disse à minha mulher que se chamava Máximo Afonso, Foi para abreviar, o nome completo é este, Muito bem, que deseja, Já notou certamente que as nossas vozes são iguais, Sim, Exatamente iguais, Assim parece, Tive repetidas ocasiões de confirmá-lo, Como, Vi alguns dos filmes em que entrou nos últimos anos, o primeiro foi uma comédia já antiga que tem o título de Quem Porfia Mata Caça, o último foi A Deusa do Palco, calculo que devo ter visto, ao todo, uns oito ou dez, Confesso que me sinto um tanto lisonjeado, não imaginava que o género de filmes em que durante alguns anos não tive mais remédio que participar pudesse interessar assim tanto a um professor de História, há que dizer, no entanto, que os papéis que estou a interpretar agora são muito diferentes, Tenho uma boa razão para os ter visto e é sobre ela que gostaria de lhe falar pessoalmente, Porquê pessoalmente, Não é só nas vozes que somos parecidos, Que quer dizer, Qualquer pessoa que nos visse juntos seria capaz de jurar pela sua própria vida que somos gémeos, Gémeos, Mais que gémeos, iguais, Iguais, como, Iguais, simplesmente iguais, Meu caro senhor, eu não o conheço, nem sequer posso estar seguro de que o seu nome seja realmente esse e de que a sua profissão seja a de historiador, Não sou historiador, sou apenas professor de História, quanto ao nome nunca tive outro, no ensino não usamos pseudónimos, mal ou bem ensinamos de cara descoberta, Essas considerações não vêm ao caso, deixemos a nossa conversa por aqui, tenho que fazer, Portanto, não acredita em mim, Não acredito em impossíveis, Tem dois sinais no antebraço direito, um ao lado do outro, longitudinalmente, Tenho, Eu também, Isso não prova nada, Tem uma cicatriz debaixo da rótula esquerda, Sim, Eu também, E como sabe tudo isso se nunca nos encontrámos, Para mim foi fácil, vi-o numa cena de praia, não me lembro agora em que filme, havia um grande plano, E como poderei saber que tem os mesmos sinais que eu, e a mesma cicatriz, Sabê-lo só depende de si, As impossibilidades de uma coincidência são infinitas, As possibilidades também, é certo que os sinais de um e do outro poderiam ser de nascença ou aparecerem depois, com o tempo, mas uma cicatriz é sempre consequência de um acidente que afetou uma parte do corpo, os dois tivemos esse acidente e, com toda a probabilidade, na mesma ocasião, Admitindo que exista tal semelhança absoluta, note que só o estou admitindo como hipótese, não vejo qualquer razão para que nos encontremos, nem percebo por que me telefonou, Por curiosidade, nada mais que por curiosidade, não é todos os dias que se encontram duas pessoas iguais, Vivi toda a minha vida sem o saber, e não me fez falta, Mas a partir de agora sabe-o, Farei de conta que o ignoro, Vai-lhe acontecer o mesmo que a mim, de cada vez que se olhar num espelho nunca terá a certeza de que se o que o está vendo é a sua imagem virtual, ou a minha imagem real, Começo a pensar que tenho estado a falar com um louco, Lembre-se da cicatriz, se eu estivesse louco, o mais provável é que o estivéssemos ambos, Chamarei a polícia, Duvido que este assunto possa interessar às autoridades policiais, limitei-me a fazer duas chamadas telefónicas perguntando pelo ator Daniel Santa-Clara, a quem não ameacei nem insultei, nem de qualquer modo prejudiquei, pergunto onde está o meu crime, Incomodou-nos a minha mulher e a mim, portanto acabemos com isto, vou desligar, Tem a certeza de que não quer encontrar-se comigo, não sente ao menos um pouco de curiosidade, Não sinto curiosidade nem quero encontrar-me consigo, É a sua última palavra, A primeira e a última, Sendo assim, devo pedir-lhe desculpa, as minhas intenções não eram más, Promete-me que não voltará a ligar, Prometo, Temos direito à nossa tranquilidade, à privacidade do lar, Assim é, Agrada-me que esteja de acordo, Em tudo isto, permita-me ainda dizê-lo, só tenho uma dúvida, Qual, Se sendo iguais morreremos no mesmo instante, Todos os dias estão a morrer no mesmo instante pessoas que não são iguais nem habitam na mesma cidade, Nesses casos trata-se apenas de uma coincidência, de uma simples e banal coincidência, Esta conversa chegou ao fim, nada mais temos a dizer, agora espero que tenha a decência de cumprir a sua palavra, Prometi-lhe que não voltaria a ligar para sua casa e assim farei, Muito bem, Peço-lhe mais uma vez que me desculpe, Está desculpado, Boas noites, Boas noites. Estranha serenidade é a de Tertuliano Máximo Afonso quando o natural, o lógico, o humano teria sido, por esta ordem de gestos, poisar com violência o auscultador, desferir um murro na mesa para desafogar a sua justa irritação e logo exclamar com amargura Tanto trabalho para nada. Semana após semana delineando estratégias, desenvolvendo táticas, calculando cada novo passo, ponderando os efeitos do anterior, manobrando as velas para aproveitar as aragens favoráveis, viessem elas donde viessem, e tudo isto para chegar ao fim a pedir humildemente desculpa e a prometer, como uma criança apanhada em falta na despensa, que não tornaria mais. Contra toda a expetativa razoável, porém, Tertuliano Máximo Afonso está satisfeito. Em primeiro lugar, por considerar que durante todo o diálogo havia estado à altura do que a situação requeria, não se intimidando nunca, argumentando, agora sim é caso para dizer, de igual para igual, e mesmo, uma ou outra vez, passando galhardamente à ofensiva. Em segundo lugar, por considerar que é simplesmente impensável que as coisas fiquem por aqui, razão, sem a menor dúvida, do mais subjetivo, mas que está avalizada pela experiência de tantas e tantas ações que, não obstante a força da curiosidade que prontamente deveria movê-las se deixaram atrasar, ao ponto, em certos casos, de terem parecido para sempre olvidadas. Mesmo na hipótese de que o efeito imediato da revelação não vá ser tão revolvente para Daniel Santa-Clara como o havia sido para Tertuliano Máximo Afonso, é impossível que António Claro, um destes dias, não dê um passo, frontal ou dissimulado, para comparar uma cara a outra cara e uma cicatriz a outra cicatriz. Realmente não sei que faça, disse ele à mulher depois de ter completado a sua parte na conversa com a parte do interlocutor, que ela não pudera ouvir, este tipo fala com uma tal segurança que dá vontade de saber se a história que conta é realmente verdade, Se eu estivesse no teu lugar, varreria da cabeça o assunto, diria cem vezes por dia que não pode haver no mundo duas pessoas iguais, até ficar convencida e esquecer, E não farias nenhuma tentativa para comunicar com ele, Creio que não, Porquê, Não sei, suponho que por medo, Evidentemente, a situação não é comum, mas não vejo motivo para tanto, No outro dia deu-me como uma vertigem quando percebi que não eras tu quem estava ao telefone, Percebo isso, ouvi-lo a ele é ouvir-me a mim, O que eu pensei, não, não foi pensado, foi antes algo sentido, como uma onda de pânico a apertar-me, a crispar-me a pele, senti que se a voz era igual, todo o mais o seria também, Não tem de ser necessariamente assim, a coincidência talvez não seja total, Ele diz que sim, Teríamos de comprová-lo, E como o faríamos, chamamo-lo aqui, tu despido e ele despido para que eu, nomeada juiz pelos dois, pronuncie a sentença, ou não a possa pronunciar por a igualdade ser absoluta, e se eu me retirar de onde estivermos e voltar logo a seguir não saberei quem é um e quem é outro, e se um dos dois sair, se se for embora daqui, com quem fiquei depois, diz-me, fiquei contigo, fiquei com ele, Distinguir-nos-ias pelas roupas, Sim, se as não tivésseis trocado, Tem calma, estamos só a conversar, nada disso sucederá, Imagina, decidir pelo que está fora e não pelo que está dentro, Tranquiliza-te, E agora pergunto-me que teria querido ele dizer quando lançou aquela de que, pelo facto de vocês serem iguais, morreriam no mesmo instante, Não o afirmou, apenas exprimiu uma dúvida, uma suposição, como se estivesse a interrogar-se a si mesmo, De toda a maneira, não entendo por que achou necessário dizê-lo, se não vinha a propósito, Terá sido para me impressionar, Quem é este homem, que quererá ele de nós, Sei o mesmo que tu, nada, nem do que é, nem do que quer, Disse que é professor de História, Será verdade, não iria inventá-lo, pelo menos pareceu-me ser pessoa culta, quanto a ter-nos telefonado, creio que sucederia o mesmo se, em vez dele, tivesse sido eu a descobrir a semelhança, E como iremos nós sentir-nos daqui em diante, com essa espécie de fantasma a andar pela casa, terei a impressão de estar a vê-lo a ele de cada vez que te olhar a ti, Ainda estamos sob o efeito do choque, da surpresa, amanhã tudo nos parecerá simples, uma curiosidade como tantas outras, não será um gato com duas cabeças nem um vitelo com uma pata a mais, só um par de siameses que nasceram separados, Há pouco falei de medo, de pânico, mas agora percebo que é outra coisa o que estou a sentir, Quê, Não sei explicar, talvez um pressentimento, Mau, ou bom, É só um pressentimento, como uma porta fechada atrás de outra porta fechada, Estás a tremer, Parece que sim. Helena, é este o seu nome e ainda não o conhecíamos, retribuiu alheada o abraço do marido, depois encolheu-se no canto do sofá em que se sentara e fechou os olhos. António Claro quis distraí-la, animá-la com um gracejo, Se algum dia eu chegar a ser um ator de primeira fila, este Tertuliano poderá servir-me de duplo, mando-o a ele fazer as cenas perigosas e enfadonhas, e fico em casa, ninguém se aperceberia da troca. Ela abriu os olhos, sorriu desmaiadamente e respondeu, Um professor de História a fazer de duplo deveria ser coisa digna de ver-se, a diferença é que os duplos de cinema só vêm quando são chamados, e este invadiu-nos a casa, Não penses mais nisso, lê um livro, vê a televisão, entretém-te, Não me apetece ler, muito menos olhar para a televisão, vou-me deitar. Quando António Claro, uma hora mais tarde, foi para a cama, Helena parecia dormir. Ele fingiu que acreditava e apagou a luz, sabendo de antemão que iria levar tempo a adormecer. Lembrava o inquietante diálogo que travara com o intruso, rebuscava intenções ocultas nas frases que lhe tinha ouvido, até que as palavras, por fim, tão cansadas como ele, começavam a tornar-se neutras, perdiam os seus significados, como se já nada tivessem que ver com o mundo mental de quem em silêncio e desesperadamente continuava a pronunciá-las, A infinitude de possibilidades de uma coincidência, Morrem juntos os que são iguais, tinha ele dito, e também, A imagem virtual daquele que se olha ao espelho, A imagem real daquele que do espelho o olha, depois a conversa com a mulher, os pressentimentos dela, o medo, de si para si tomou a resolução, ia avançada a noite, de que o assunto teria de ser resolvido a bem ou a mal, fosse como fosse, e rapidamente, Irei falar com ele. A decisão enganou-lhe o espírito, iludiu-lhe as tensões do corpo, e o sono, encontrando o caminho aberto, avançou de mansinho e deitou-se a dormir. Cansada de se ter forçado a uma imobilidade contra a qual todos os seus nervos protestavam, Helena havia finalmente adormecido, durante duas horas conseguiu repousar ao lado do seu marido António Claro como se nenhum homem se tivesse vindo interpor entre os dois, e assim provavelmente iria continuar até ao amanhecer se o seu próprio sonho não a tivesse despertado de sobressalto. Abriu os olhos para o quarto imerso numa penumbra que era quase escuridão, ouviu o lento e espaçado respirar do marido, e de súbito percebeu que havia uma outra respiração no interior da casa, alguém que tinha entrado, que se movia lá fora, talvez na sala, talvez na cozinha, agora por trás desta porta que dá para o corredor, em qualquer parte, aqui mesmo. Arrepiada de medo, Helena estendeu o braço para acordar o marido, mas, no último instante, a razão fê-la deter-se. Não há ninguém, pensou, não é possível que esteja alguém aí fora, são imaginações minhas, às vezes acontece saírem os sonhos do cérebro que os sonhava, então chamamos-lhes visões, fantasmagorias, premonições, advertências, avisos do além, quem respira e anda aí pela casa, quem há pouco se sentou no meu sofá, quem está escondido atrás da cortina da janela, não é aquele homem, é a fantasia que tenho dentro da cabeça, esta figura que avança direita a mim, que me toca com mãos iguais às deste outro homem adormecido ao meu lado, que me olha com os mesmos olhos, que com os mesmos lábios me beijaria, que com a mesma voz me diria as palavras de todos os dias, e as outras, as próximas, as íntimas, as do espírito e as da carne, é uma fantasia, nada mais que uma louca fantasia, um pesadelo noturno nascido do medo e da angústia, amanhã todas as coisas tornarão ao seu lugar, não será preciso que cante um galo para expulsar os sonhos maus, bastará que toque o despertador, toda a gente sabe que nenhum homem pode ser exatamente igual a outro num mundo em que se fabricam máquinas para acordar. A conclusão era abusiva, ofendia o bom senso, o simples respeito pela lógica, mas a esta mulher, que toda a noite vagara entre as imprecisões de um obscuro pensar feito de movediços farrapos de bruma que mudavam de forma e de direção a cada momento, pareceu-lhe nada menos que irrespondível e irrefutável. Até aos razoamentos absurdos deveríamos estar agradecidos se forem daqueles que no meio da amarga noite nos restituem um pouco de serenidade, mesmo que ela seja tão fraudulenta como esta é, e nos dão a chave com que finalmente franquearemos titubeantes a porta do sono. Helena abriu os olhos antes da hora a que o despertador devia tocar, travou-o para que o marido não acordasse, e, deitada de costas, com os olhos fitos no teto, deixou que as suas confusas ideias se fossem a pouco e pouco ordenando e tomassem o caminho onde se reuniriam num pensar já racional, já coerente, livre de assombrações inexplicáveis e de fantasias com explicação demasiado fácil. Mal conseguia crer que entre as quimeras, as verdadeiras, as mitológicas, aquelas que vomitavam chamas e tinham a cabeça de um leão, a cauda de um drago e o corpo de uma cabra, porque essa também poderia haver sido a figura em que se mostrassem os flácidos monstros da insónia, mal podia crer que a tivesse atormentado, como uma tentação imprópria, para não dizer indecente, a imagem de outro homem que ela não teria necessidade de despir para saber como seria fisicamente, da cabeça aos pés, todo ele, a seu lado dorme um igual. Não se censurou porque aquelas ideias em realidade não lhe pertenciam, tinham sido o fruto equívoco de uma imaginação que, sacudida por uma emoção violenta e fora do comum, saltara dos carris, o que conta é que está lúcida e alerta neste momento, senhora dos seus pensamentos e do seu querer, as alucinações da noite, sejam as da carne, sejam as do espírito, sempre se dissiparam no ar com as primeiras claridades da manhã, essas que reordenam o mundo e o recolocam na sua órbita de sempre, reescrevendo de cada vez os livros da lei. É tempo de se levantar, o local da empresa de turismo onde trabalha está no outro extremo da cidade, seria estupendo, todas as manhãs o pensa durante o caminho, se conseguisse que a transferissem para uma das agências centrais, e o maldito trânsito, nesta hora de ponta, justifica copiosamente a designação de infernal que alguém, num momento feliz de inspiração, lhe deu não se sabe quando nem em que país. O marido continuará deitado por mais uma hora ou duas, hoje não tem filmagens que o reclamem, e as atuais, segundo parece, estão a chegar ao fim. Helena deslizou para fora da cama com uma leveza que, sendo em si natural, se viu aperfeiçoada pelos dez anos que já leva vividos como atenta e dedicada esposa, logo moveu-se sem ruído pelo quarto enquanto despendurava o roupão e o vestia, depois saiu para o corredor. Por aqui tinha andado a visita noturna, junto à frincha desta porta havia respirado antes de entrar para se ir esconder atrás da cortina, não, não há que temer, não se trata de um vicioso segundo assalto da imaginação de Helena, é ela própria a fazer ironia com as suas tentações, tão pouca coisa, afinal, agora que as pode comparar com a rosada claridade que entra por aquela janela, a da sala de estar em que ontem à noite se sentiu tão afligida como a menina do conto abandonada no bosque. Está ali o sofá em que o visitante se sentou, e não foi por acaso que o fez, de todos os sítios em que teria podido descansar, se era isso o que queria, foi este o que escolheu, o sofá de Helena, como para partilhá-lo com ela ou dele se apropriar. Não faltam motivos para pensar que quanto mais intentemos repelir as nossas imaginações, mais elas se divertirão a procurar e atacar os pontos da armadura que consciente ou inconscientemente tínhamos deixado desguarnecidos. Um dia, esta Helena, que tem pressa e um horário profissional a cumprir, nos dirá por que razão se foi sentar ela também no sofá, por que razão durante um longo minuto ali ficou aninhada, por que razão, tendo sido tão firme ao despertar, agora se comporta como se o sonho a tivesse tomado outra vez nos braços e a embalasse docemente. E também porque, já vestida e pronta para sair, abriu a lista telefónica e copiou para um papel a direção de Tertuliano Máximo Afonso. Entreabriu a porta do quarto, o marido ainda parecia dormir, mas o seu sono já não era mais que o último e difuso limiar da vigília, podia portanto aproximar-se da cama, dar-lhe um beijo na testa e dizer, Cá vou, e depois receber na boca o beijo dele e os lábios do outro, meu Deus, esta mulher deve estar louca, as coisas que faz, as coisas que lhe passam pela cabeça. Estás atrasada, perguntou António Claro a esfregar os olhos, Ainda tenho dois minutos, respondeu ela, e sentou-se na borda da cama, Que vamos fazer com esse homem, Que tencionas fazer tu, Esta noite, enquanto esperava o sono, pensei que devia ir falar com ele, mas agora não sei se será o mais conveniente, Ou lhe abrimos a porta, ou lha fechamos, não vejo outra solução, de uma maneira ou outra a nossa vida mudou, já não voltará a ser a mesma, Está na nossa mão decidir, Mas não está na nossa mão, ou de quem quer que seja, obrigar o que foi a que deixe de ser, o aparecimento desse homem é um facto que não podemos apagar ou remover, mesmo que não o deixemos entrar, mesmo que lhe fechemos a porta, ficará à espera do lado de fora até não conseguirmos aguentar mais, Estás a ver as coisas demasiado negras, talvez, no fim de contas, tudo possa ser resolvido com um simples encontro, ele prova-me que é igual a mim, eu digo-lhe sim senhor tem razão, e, feito isto, adeus até nunca mais, faça-nos o favor de não voltar a incomodar-nos, Ele continuaria à espera do lado de fora da porta, Não lha abriríamos, Já entrou, está dentro da tua cabeça e da minha cabeça, Acabaremos por esquecer, É possível, não é certo. Helena levantou-se, olhou o relógio e disse, Tenho de ir, estou a atrasar-me, deu dois passos para sair, mas ainda perguntou, Vais telefonar-lhe, vais marcar um encontro, Hoje não, respondeu o marido soerguendo-se num cotovelo, nem amanhã, esperarei uns dias mais, talvez não seja má ideia apostar na indiferença, no silêncio, dar tempo ao assunto para que apodreça por si mesmo, Tu o saberás, até logo. A porta da escada abriu-se e fechou-se, não nos dirão se Tertuliano Máximo Afonso estava sentado num dos degraus, à espera. António Claro tornou a estender-se na cama, se a vida não tivesse realmente mudado, como havia dito a mulher, virar-se-ia para o outro lado e dormiria ainda uma hora, parece ser verdade o que os invejosos afirmam, que os atores precisam de dormir muito, será uma consequência da vida irregular que levam, mesmo saindo tão pouco à noite como Daniel Santa-Clara. Cinco minutos depois António Claro estava levantado, um pouco estranho na hora, embora a justiça mande que se diga que quando os deveres da sua profissão o determinam este ator, preguiçoso segundo todas as evidências, é tão capaz de madrugar como a mais matutina das cotovias. Espreitou o céu pela janela do quarto, não era difícil prever que o dia seria de calor, e foi à cozinha preparar o pequeno-almoço. Pensava no que a mulher havia dito, Temo-lo dentro da cabeça, o feitio dela é este, ser perentória, não precisamente perentória, o que ela tem é o dom das frases curtas, condensadas, demonstrativas, empregar quatro palavras para dizer o que outros não seriam capazes de expressar nem em quarenta, e mesmo assim ficando a meio do caminho. Não tinha a certeza de que a melhor solução fosse a que havia alvitrado, esperar um tempo antes de se passar à ofensiva, quer isso viesse a suceder num encontro pessoal e secreto, sem testemunhas que fossem depois dar com a língua nos dentes, quer por uma seca chamada telefónica, daquelas que deixam o interlocutor entupido, sem respiração e sem réplica. Mais duvidava, porém, da eficácia da sua capacidade dialética para cortar pela raiz, e sem protelações, a esse Tertuliano Máximo Afonso de má morte, qualquer veleidade, presente ou futura, de lançar na vida das duas pessoas que moram nesta casa fatores de perturbação psicológica e conjugal tão perversos como aqueles de que implicitamente já tinha feito gala e aqueles a que explicitamente já havia dado origem, como foi, por exemplo, ter tido Helena, ontem à noite, o atrevimento de declarar, Terei a impressão de estar a vê-lo a ele de cada vez que te olhar a ti. Com efeito, só uma mulher que tivesse sido seriamente tocada nos seus fundamentos morais poderia ter atirado semelhantes palavras à cara do seu próprio marido sem reparar no elemento adulterino que nelas se encontrava presente, diáfano, é certo, mas revelador quanto baste. Tem no entretanto António Claro a passear-lhe no cérebro, ainda que sem dúvida, irritado, o negasse se lho fizéssemos notar, um esboço de ideia que só por cautela não iremos ao extremo de classificar como estando à altura de um Maquiavel, ao menos enquanto não se tiverem manifestado os seus eventuais efeitos, segundo toda a probabilidade negativos. Tal ideia, que por ora não passa de um mero bosquejo mental, consiste, nem mais nem menos, e por muito escandaloso que nos pareça, em examinar se será possível, com habilidade e astúcia, retirar da parecença, da semelhança, da igualdade absoluta, no caso de virem a confirmar-se, alguma vantagem de ordem pessoal, isto é, se António Claro ou Daniel Santa-Clara conseguirão arranjar maneira de saírem a ganhar de um negócio que de momento nada tem para apresentar de favorável aos seus interesses. Se do próprio responsável da ideia não podemos, neste momento, esperar que nos ilumine os caminhos, sem nenhuma dúvida tortuosos, por onde vagamente estará imaginando que alcançará os seus objetivos, não se conte connosco, simples transcritores de pensamentos alheios e fiéis copistas das suas ações, para que antecipemos os passos seguintes de uma procissão que ainda agora vai no adro. O que sim pode ser desde já excluído do embrionário projeto é a aventada serventia de duplo que Tertuliano Máximo Afonso acaso viesse a prestar ao ator Daniel Santa-Clara, concordemos que seria faltar ao devido respeito intelectual pedir a um professor de História que aceitasse ser parceiro nas frivolidades pilosas da sétima arte. Bebia António Claro o último gole de café quando outra ideia lhe cruzou as sinapses do cérebro, a qual vinha a ser meter-se no carro e ir dar uma vista de olhos à rua e ao prédio onde Tertuliano Máximo Afonso reside. As ações dos seres humanos, apesar de não serem já dirigidas por irresistíveis instintos hereditários, repetem-se com tão assombrosa regularidade que cremos ser lícito, sem forçar a nota, admitir a hipótese de uma lenta mas constante formação de um novo tipo de instinto, supomos que sociocultural será a palavra adequada, o qual, induzido por variantes adquiridas de tropismos repetitivos, e desde que respondendo a idênticos estímulos, faria com que a ideia que ocorreu a um tenha necessariamente de ocorrer a outro. Primeiro foi Tertuliano Máximo Afonso a vir a esta rua dramaticamente mascarado, todo de escuro vestido numa luminosa manhã de verão, agora é António Claro que se dispõe a ir à rua dele sem cuidar das complicações que poderão advir de apresentar-se naqueles sítios de cara descoberta, salvo se, enquanto se está barbeando, duchando e arranjando, o dedo da inspiração lhe vier tocar na fronte, recordando-lhe que guardou numa gaveta qualquer da sua roupa, acomodado numa caixa de charutos vazia, em ar de sensibilizadora recordação profissional, o bigode com que Daniel Santa-Clara interpretou há cinco anos o papel de rececionista na comédia Quem Porfia Mata Caça. Como o ditado antigo sabiamente ensina, encontrarás o que precisas se guardaste o que não prestava. Onde reside o tal professor de História vai sabê-lo não tarda António Claro pela benemérita lista telefónica, hoje um pouco de esguelha na prateleira onde sempre a têm, como se tivesse sido arrumada à pressa por uma mão nervosa depois de nervosamente ter sido consultada. Já apontou na agenda de bolso a direção, também o número do telefone, embora fazer uso dele não se inclua nas suas intenções de hoje, se algum dia vier a ligar para casa de Tertuliano Máximo Afonso quer poder fazê-lo de qualquer sítio onde esteja, sem ter de depender de uma lista telefónica que se havia esquecido de guardar e por isso não a encontra quando tão precisa era. Já está pronto para sair, tem o bigode pegado no seu lugar, não bastante seguro por haver perdido algo de aderência com os anos, em todo o caso não é de recear que caia no momento justo, passar por diante da casa e deitar-lhe uma olhadela será só uma questão de segundos. Quando estava a colocá-lo, guiando-se pelo espelho, lembrou-se de que, cinco anos antes, havia tido que rapar o bigode natural que então lhe ornamentava o espaço entre o nariz e o lábio superior, só porque ao realizador do filme não tinham parecido apropriados aos fins em vista nem o perfil nem o desenho respetivos. Chegados a este ponto, preparemo-nos para que um leitor dos atentos, descendente em linha reta daqueles ingénuos mas espertíssimos rapazinhos que nos tempos do antigo cinema gritavam da plateia para o rapaz da fita que o mapa da mina estava escondido na fita do chapéu do cínico e malvado inimigo caído aos seus pés, preparemo-nos para que nos chamem à pedra e nos denunciem, como uma distração imperdoável, a desigualdade de procedimento entre a personagem Tertuliano Máximo Afonso e a personagem António Claro, que, em situações em tudo semelhantes, tem o primeiro de entrar num centro comercial para poder colocar ou retirar os seus postiços de barba e bigode, ao passo que o segundo se dispõe a sair de casa com pleno à-vontade e à luz plena do dia levando na cara um bigode que, pertencendo-lhe de direito, não é seu de facto. Esquece esse leitor atento o que já por várias vezes foi assinalado no curso deste relato, isto é, que assim como Tertuliano Máximo Afonso é, a todas as luzes, o outro do ator Daniel Santa-Clara, assim também o ator Daniel Santa-Clara, embora por outra ordem de razões, é o outro de António Claro. A nenhuma vizinha do prédio ou da rua parecerá estranho que esteja a sair agora com bigode quem ontem entrou sem ele, quando muito dirá, se reparar na diferença, Já vai preparado para a filmagem. Sentado dentro do carro, com a janela aberta,

António Claro consulta o roteiro e o mapa, aprende deles o que nós já sabíamos, que a rua onde Tertuliano Máximo Afonso mora está no outro extremo da cidade, e, tendo correspondido amavelmente aos bons-dias de um vizinho, pôs-se em marcha. Levará quase uma hora para chegar ao destino, a tentar a sorte passará três vezes diante do prédio com um intervalo de dez minutos como se andasse à procura de um lugar livre para arrumar o carro, poderia suceder que uma coincidência afortunada fizesse descer Tertuliano Máximo Afonso à rua, porém, aqueles que gozam de informações sobre os deveres que o professor de História tem de cumprir, sabem que ele, neste preciso instante, se encontra tranquilamente sentado à secretária, trabalhando com aplicação na proposta que o diretor da escola lhe encomendou, como se do resultado desse esforço dependesse o seu futuro, quando o certo, e isto sim podemos já antecipá-lo, é que o professor Tertuliano Máximo Afonso não voltará a entrar numa sala de aula em toda a sua vida, seja na escola a que algumas vezes tivemos de acompanhá-lo, seja em qualquer outra. A seu tempo se saberá por quê. António Claro viu o que havia para ver, uma rua sem importância, um prédio igual a tantos, ninguém poderá imaginar que naquele segundo andar direito, por trás daquelas inocentes cortinas, esteja vivendo um fenómeno da natureza não menos extraordinário que as sete cabeças da hidra de Lerna e outras quejandas maravilhas. Que Tertuliano Máximo Afonso mereça em verdade um qualificativo que o expulsaria da normalidade humana é questão que se encontra ainda por dilucidar, uma vez que continuamos a desconhecer qual destes dois homens foi o primeiro a nascer. Se esse tal foi Tertuliano Máximo Afonso, então é a António Claro que cabe a designação de fenómeno da natureza, uma vez que, tendo surgido em segundo lugar, se apresentou para ocupar neste mundo, abusivamente, tal como a hidra de Lerna, e por isso a matou Hércules, um lugar que não era o seu. Em nada o soberano equilíbrio do universo teria sido perturbado se António Claro tivesse nascido e fosse ator de cinema noutro sistema solar qualquer, mas aqui, na mesma cidade, por assim dizer, para um observador a olhar-nos da lua, porta com porta, todas as desordens e confusões são possíveis, sobretudo as piores, sobretudo as mais terríveis. E para que não se pense que, pelo facto de o conhecermos há mais tempo, alimentamos alguma preferência especial por Tertuliano Máximo Afonso, apressamo-nos a recordar que, matematicamente, sobre a sua cabeça se suspendem tantas inexoráveis probabilidades de ter sido ele o segundo a nascer como a António Claro. Portanto, por muito estranha que a olhos e ouvidos sensíveis possa resultar a construção sintática, é legítimo dizer que o que tiver de ser, já foi, e não falta mais que escrevê-lo. António Claro não tornou a passar na rua, quatro esquinas adiante, disfarçadamente, não fosse dar-se a casualidade de algum bom cidadão lhe surpreender o movimento e chamar a polícia, tirou o bigode de Daniel Santa-Clara, e, como não tinha outra coisa que fazer, tomou o caminho de casa, onde o esperava, para estudo e anotações, o guião do seu próximo filme. Tornaria a sair para almoçar num restaurante perto, descansaria numa breve sesta e voltaria a trabalhar até à chegada da mulher. Não era ainda o personagem principal, mas já teria o seu nome nos cartazes que na altura seriam afixados estrategicamente na cidade, e estava quase certo de que a crítica não deixaria passar sem um comentário elogioso, ainda que breve, a interpretação do papel de advogado que desta vez lhe havia sido distribuído. A sua única dificuldade estava na enorme quantidade de advogados de todas as formas e feitios que tinha visto no cinema e na televisão, acusadores públicos e particulares de diferentes estilos de parlenda forense, desde a blandiciosa à agressiva, defensores mais ou menos bem-falantes para quem estar convencido da inocência do cliente nem sempre parecia ser o mais importante. Gostaria de criar um tipo novo de causídico, uma personalidade que em cada palavra e em cada gesto fosse capaz de atordoar o juiz e deslumbrar a assistência com a agudeza das suas réplicas, o seu implacável poder de raciocínio, a sua sobre-humana inteligência. Era verdade que nada disto se encontrava no guião, mas talvez o realizador se deixasse convencer a orientar em tal sentido o guionista se uma palavra interessada lhe fosse dita ao ouvido pelo produtor. Havia que pensá-lo. Ter murmurado consigo mesmo que havia que pensá-lo transportou-lhe instantaneamente o pensamento a outras paragens, ao professor de História, à rua dele, ao prédio, às janelas com cortinas, e daí, em retrospetiva, ao telefonema de ontem à noite, às conversas com Helena, às decisões que seria preciso tomar mais cedo ou mais tarde, agora já não estava tão certo de poder conseguir tirar algum proveito desta história, mas, como antes dissera, havia que pensá-lo. A mulher chegou um pouco mais tarde que de costume, não, não tinha ido às compras, a culpa foi do trânsito, com este trânsito nunca se sabe o que pode suceder, de mais o sabia António Claro, que tinha levado uma hora a chegar à rua de Tertuliano Máximo Afonso, mas disto não convém que se fale hoje, tenho a certeza de que ela não compreenderia porque o fiz. Helena também se calará, também tem a certeza de que o marido não compreenderia porque o tinha feito ela.

Três dias depois, a meio da manhã, o telefone de Tertuliano Máximo Afonso tocou. Não era a mãe por causa das saudades, não era Maria da Paz por causa do amor, não era o professor de Matemática por causa da amizade, e também não era o diretor da escola a querer saber como ia o trabalho. Fala António Claro, foi o que disseram de lá, Bons dias, Talvez esteja a ligar demasiado cedo, Não se preocupe, já estou levantado e a trabalhar, Se vim interromper, telefonarei mais tarde, O que estava a fazer pode esperar uma hora, não há perigo de lhe perder o fio, Indo direito ao assunto, pensei muito seriamente durante estes dias e cheguei à conclusão de que nos deveríamos encontrar, É essa também a minha opinião, não teria sentido que duas pessoas na nossa situação não quisessem conhecer-se, A minha mulher tinha algumas dúvidas, mas acabou por reconhecer que as coisas não podiam ficar assim, Ainda bem, O problema é que aparecer juntos em público está fora de questão, nada ganharíamos em ser notícia, em sair na televisão e na imprensa, principalmente eu, seria prejudicial à minha carreira saber-se que tenho um sósia tão parecido, até na voz, Mais que um sósia, Ou um gémeo, Mais que um gémeo, Precisamente isso é o que quero confirmar, ainda que, confesso-lhe, me custe a crer que haja entre nós essa igualdade absoluta que diz, Está nas suas mãos tirar o caso a limpo, Teremos de encontrar-nos, portanto, Sim, mas onde, Vê alguma ideia, Uma hipótese seria que viesse a minha casa, mas há o inconveniente dos vizinhos, a senhora que mora no andar de cima, por exemplo, sabe que não saí, imagine como ficaria se me visse entrar onde já estou, Tenho um postiço, poderia disfarçar-me, Que postiço, Um bigode, Não seria suficiente, ou então ela perguntar-lhe-ia, isto é, perguntar-me-ia a mim, porque julgaria estar a falar comigo, se eu agora andava a fugir à polícia, Tem assim tanta confiança, É ela quem me limpa e arruma a casa, Compreendo, de facto não seria prudente, além disso ainda há o resto da vizinhança, Pois é, Então, creio que terá de ser fora daqui, num sítio deserto, no campo, onde ninguém nos veja e onde possamos conversar à vontade, Parece-me bem, Conheço um lugar que servirá, a uns trinta quilómetros depois de sair da cidade, Em que direção, Explicar-lhe assim não é possível, hoje mesmo lhe enviarei um croquis com todas as indicações, encontramo-nos daqui a quatro dias para dar tempo a que receba a carta, Daqui a quatro dias é domingo, Um dia tão bom como qualquer outro, E porque a trinta quilómetros, Sabe como são estas cidades, primeiro que se saia delas leva o seu tempo, quando se acabam as ruas, principiam as fábricas, e quando as fábricas se acabam, principiam as barracas, sem falar daquelas povoações que já estão metidas dentro da cidade e ainda não o sabem, Descreve-o bem, Obrigado, no sábado telefonar-lhe-ei a confirmar o encontro, Muito bem, Há ainda uma coisa que quero que saiba, De que se trata, Irei armado, Porquê, Não o conheço, não sei que outras intenções poderão ser as suas, Se tem medo de que o sequestre, por exemplo, ou de que o elimine para ficar sozinho no mundo com esta cara que ambos temos, digo-lhe já que não levarei comigo qualquer arma, nem sequer um simples canivete, Não suspeito de si a esse ponto, Mas vai armado, Precaução, nada mais, A minha única intenção é provar-lhe que tenho razão, e, quanto a isso que diz, de não me conhecer, permito-me objetar que estamos na mesma posição, é certo que a mim nunca me viu, mas eu, até agora, só o vi a si como aquilo que não é, a representar personagens, portanto estamos empatados, Não discutamos, devemos ir calmos ao nosso encontro, sem declarações de guerra antecipadas, A arma não a levo eu, Estará descarregada, De que lhe serve então levá-la, se vai descarregada, Faça de conta que estarei a representar mais um dos meus papéis, o de um personagem atraído a uma emboscada da qual sabe que sairá vivo porque lhe deram o guião a ler, enfim, cinema, Na História é exatamente ao contrário, foi só depois que se soube, Interessante observação, nunca tinha pensado nisso, Eu também não, acabei agora mesmo de percebê-lo, Então estamos de acordo, encontramo-nos no domingo, Espero a sua chamada, Não me esquecerei, foi um prazer falar consigo, Digo o mesmo, Bons dias, Bons dias, dê os meus cumprimentos a sua mulher. Tal como Tertuliano Máximo Afonso, António Claro estava sozinho em casa. Avisara Helena de que ia telefonar ao professor de História, mas que preferia que ela não estivesse presente, depois lhe contaria a conversa. A mulher não se opôs, disse que lhe parecia bem, que compreendia que quisesse estar à vontade num diálogo que certamente não iria ser fácil, mas o que ele nunca virá a saber é que Helena efetuou duas chamadas lá da empresa de turismo onde trabalha, a primeira para o seu próprio número, a segunda para o de Tertuliano Máximo Afonso, quis a sorte que tivesse sido quando o marido e ele já estavam comunicando um com o outro, assim ficou com a certeza de que o assunto tinha ido para diante, também neste caso não saberia dizer por que o tinha feito, cada vez se vai tornando mais evidente que, depois de tantas tentativas mais ou menos malogradas, alcançaríamos por fim a explicação completa dos nossos atos se nos propuséssemos dizer por que fazemos aquilo que dizemos não saber por que o fizemos. É de espírito confiado e conciliador presumir que, no caso de encontrar desimpedido o telefone de Tertuliano Máximo Afonso, a mulher de António Claro teria cortado a comunicação sem esperar resposta, certamente não iria anunciar-se Sou a Helena, a mulher de António Claro, não perguntaria Venho saber como está, tais palavras, na situação atual, seriam de alguma maneira impróprias, se não mesmo inconvenientes de todo, porquanto entre estas pessoas, ainda que já tivessem falado uma com a outra por duas vezes, não existe intimidade bastante para que seja natural interessar-se cada uma delas pelo estado de ânimo ou pela saúde da outra, não podendo aceitar-se como razão para desculpar um excesso de confiança que se mete pelos olhos dentro a circunstância de se tratar de expressões normais, correntes, daquelas que em princípio a nada obrigam ou comprometem, salvo se quiséssemos apurar o nosso órgão auditor à complexa gama de subtons que porventura as tivessem sustentado, conforme a exaustiva demonstração que noutro passo deste relato deixámos para ilustração dos leitores mais interessados no que se esconde do que naquilo que se mostra. Quanto a Tertuliano Máximo Afonso, foi patente o alívio com que se recostou na cadeira e respirou fundo quando a conversa com António Claro chegou ao fim. Se lhe perguntassem qual dos dois, em sua opinião, no ponto em que nos encontramos, estaria a conduzir o jogo, sentir-se-ia inclinado a responder, Eu, embora não duvidasse de que o outro pensaria ter suficientes motivos para dar a mesma resposta se a pergunta lhe tivesse sido feita. Não o preocupava que estivesse tão distante da cidade o lugar escolhido para o encontro, não o inquietava saber que António Claro se dispunha a ir armado, não obstante estar convencido de que, ao contrário do que lhe havia sido assegurado, a pistola, com toda a probabilidade seria uma pistola, estaria carregada. De um modo que ele próprio percebia ser totalmente falto de lógica, de racionalidade, de senso comum, acreditava que a barba postiça que iria levar o protegeria enquanto a tivesse colocada, fundamentando esta absurda convicção na ideia firme de que não a retiraria no primeiro instante do encontro, só lá mais para diante, quando a igualdade absoluta de mãos, olhos, sobrancelhas, fronte, orelhas, nariz, cabelo, tivesse sido reconhecida sem discrepância por ambos. Levará consigo um espelho de tamanho suficiente para que, retirada enfim a barba, as duas caras, ao lado uma da outra, possam comparar-se diretamente, em que os olhos possam passar da cara a que pertenciam à cara a que poderiam ter pertencido, um espelho que declare a sentença definitiva, Se o que está à vista é igual, também o resto o deverá ser, não creio que seja necessário porem-se em pelota para continuar com as comparações, isto aqui não é praia de nudistas nem concurso de pesos e medidas. Tranquilo, seguro de si mesmo, como se este lance de xadrez estivesse previsto desde o princípio, Tertuliano Máximo Afonso regressou ao trabalho, pensando que, tal como na sua arrojada proposta para o estudo da História, também as vidas das pessoas poderiam ser contadas de diante para trás, esperar que chegassem ao seu fim para depois, pouco a pouco, ir remontando a corrente até ao brotar da fonte, identificando de caminho os cursos afluentes e navegar por eles acima, compreender que cada um, até os mais acanhados e pobres de fluxo, era, por sua vez, e para si mesmo, um rio principal, e, desta maneira vagarosa, pausada, atenta a cada cintilação da água, a cada borbulhar subido do fundo, a cada aceleração de declive, a cada pantanosa suspensão, para alcançar o termo da narrativa e colocar no primeiro de todos os instantes o último ponto final, levar o mesmo tempo que as vidas assim contadas tivessem efetivamente durado. Não nos apressemos, é tanto o que temos para dizer quando calamos, murmurou Tertuliano Máximo Afonso, e continuou a trabalhar. A meio da tarde telefonou a Maria da Paz e perguntou-lhe se queria passar por ali quando saísse do banco, ela disse que sim, mas que não poderia demorar-se porque a mãe não se encontrava bem de saúde, e então ele disse-lhe que não viesse, que em primeiro lugar estava a obrigação familiar, e ela insistiu, Ao menos para te ver, e ele concordou, disse, Ao menos para nos vermos, como se ela fosse a mulher amada, e sabemos que não o é, ou talvez o seja e ele não saiba, ou talvez, parou nesta palavra por não saber como poderia terminar honestamente a frase, que mentira ou que fingida verdade iria dizer a si mesmo, é certo que a comoção lhe havia roçado de leve os olhos, ela queria vê-lo, sim, às vezes é bom haver alguém que nos quer ver e o diz, mas a lágrima denunciadora, já enxugada pelas costas da mão, se apareceu foi por ele estar sozinho e porque a solidão, de repente, lhe pesou mais do que nas piores horas. Veio Maria da Paz, trocaram dois beijos na face, depois sentaram-se a conversar, ele perguntou-lhe se era grave a doença da mãe, ela respondeu que felizmente não, são os problemas próprios da idade, vêm e vão, vão e vêm, até que ficam de vez. Ele perguntou-lhe quando principiaria as férias, ela disse que daí a duas semanas, mas que o mais provável seria não poderem sair de casa, dependia do estado da mãe. Ele quis saber como ia o trabalho lá pelo banco, e ela respondeu que na forma do costume, uns dias melhores que outros. Depois ela perguntou se ele não se aborrecia muito, agora que as aulas haviam terminado, e ele disse que por acaso não, que o diretor da escola lhe tinha encarregado de uma tarefa, redigir uma proposta ao ministério sobre os métodos de ensino da História. Ela disse, Que interessante, e depois ficaram calados, até que ela perguntou se ele não tinha nada para lhe dizer, e ele respondeu que ainda não era a altura, que tivesse um pouco mais de paciência. Ela disse que esperaria todo o tempo que fosse preciso, que a conversa que tinham tido no carro a seguir àquele jantar, quando ele confessou que havia mentido, fora como uma porta que se abrira por um instante para logo tornar a fechar-se, mas ao menos ela tinha ficado a saber que aquilo que os separava era apenas uma porta, não um muro. Ele não respondeu, limitou-se a acenar que sim com a cabeça, enquanto pensava que o pior de todos os muros é uma porta de que nunca se teve a chave, e ele não sabia onde a encontrar, nem sabia sequer se tal chave existia. Então, como ele não falava, ela disse, É tarde, vou-me embora, e ele disse, Não vás ainda, Tenho de ir, a minha mãe está à espera, Desculpa. Ela levantou-se, ele também, olharam um para o outro, beijaram-se na face como tinham feito à chegada, Então, adeus, disse ela, Então, adeus, disse ele, telefona-me quando estiveres em casa, Sim, olharam-se uma vez mais, depois ela agarrou-lhe na mão com que ele lhe ia tocar o ombro em despedida e, docemente, como se guiasse uma criança, levou-o para o quarto.

A carta de António Claro chegou na sexta-feira. Acompanhando o croquis vinha uma nota manuscrita, não assinada e sem vocativo, que dizia, Encontramo-nos às seis da tarde, espero que possa encontrar o sítio sem dificuldade. A letra não é exatamente igual à minha, mas a diferença é mínima, onde mais se nota é na maiúscula, murmurou Tertuliano Máximo Afonso. O croquis mostrava uma saída da cidade, assinalava duas povoações separadas por oito quilómetros, uma de cada lado da estrada, e, entre elas, um caminho para a direita que se metia pelo campo até outra povoação, de menor importância que as outras a avaliar pelo desenho. Dali, outro caminho, mais estreito, ia deter-se, a cerca de um quilómetro de distância, numa casa. O que a assinalava era a palavra casa, não um desenho rudimentar, o esboço simples que a mais inábil das mãos é capaz de traçar, um telhado com a sua chaminé, uma frontaria com porta ao meio e uma janela de cada lado. Por cima da palavra, uma seta vermelha eliminava qualquer possibilidade de engano, Não vá mais longe. Tertuliano Máximo Afonso abriu uma gaveta, tirou um mapa da cidade e das áreas limítrofes, procurou e identificou a saída conveniente, aqui está a primeira povoação, o caminho que corta para a direita antes de chegar à segunda, a povoação pequena lá adiante, só lhe falta o acesso final. Tertuliano Máximo Afonso olhou outra vez o croquis, Se é uma casa, pensou, não vale a pena ir carregado com o espelho, encontram-se em todas as casas. Tinha imaginado que o encontro se daria num descampado, longe das vistas de curiosos, talvez mesmo sob a proteção de uma árvore frondosa, e afinal iria ser debaixo de telha, algo assim como um encontro entre gente conhecida, de copo na mão e frutos secos à disposição. Perguntou-se se a mulher de António Claro também iria, se iria lá estar para conferir o tamanho e a configuração das cicatrizes do joelho esquerdo, para medir o espaço entre os dois sinais do antebraço direito e a distância que os separa, a um, do epicôndilo, ao outro, dos ossos do carpo, e depois dizer Não saiam da minha vista para que não os confunda. Pensou que não, que não teria sentido ir um homem digno deste nome a um encontro potencialmente conflituoso, para não dizer chãmente arriscado, baste recordar que António Claro teve a atenção cavalheiresca de prevenir Tertuliano Máximo Afonso de que se apresentaria armado, e levar atrás de si a mulher, como para se esconder debaixo das saias dela ao menor sinal de perigo. Irá sozinho, eu também não levo a Maria da Paz, estas palavras desconcertantes pronunciou-as Tertuliano Máximo Afonso sem ter em conta a abissal diferença que há entre uma esposa legítima, exornada de todos os inerentes direitos e deveres, e uma ligação sentimental de temporada, por mais firme que a afeição da mencionada Maria da Paz nos tenha sempre parecido, já que do outro lado é lícito, se não obrigatório, duvidar. Tertuliano Máximo Afonso guardou o mapa e o croquis na gaveta, mas não o bilhete manuscrito. Pô-lo diante de si, pegou na caneta e escreveu toda a frase num papel, com uma caligrafia que procurava imitar o melhor possível a outra, principalmente a maiúscula, onde a diferença mais se notava. Continuou a escrever, repetiu a frase até cobrir toda a folha de papel, na última nem o mais experiente grafólogo seria capaz de descobrir o mais insignificante indício de falsificação, o que Tertuliano Máximo Afonso conseguiu naquela rápida cópia da assinatura de Maria da Paz não tem sombra de comparação com a obra de arte que acaba de produzir. A partir de agora só terá de averiguar como é que António Claro traça as maiúsculas de A a D e de F a Z, e logo aprender a imitá-las. Isto não significa, porém, que Tertuliano Máximo Afonso esteja a alimentar no seu espírito projetos de futuro que envolvam a pessoa do ator Daniel Santa-Clara, trata-se unicamente de dar satisfação, neste caso particular, a um gosto pelo estudo que o levou, jovem ainda, ao exercício público da benemerente atividade de magíster. Tal como é sempre possível que venha a ser de utilidade saber como se pode manter de pé um ovo, também não se deverá excluir que uma correta imitação das maiúsculas de António Claro possa vir a servir para alguma coisa na vida de Tertuliano Máximo Afonso. Como ensinavam os antigos, nunca digas desta água não beberei, sobretudo, acrescentaremos nós, se não tiveres outra. Não tendo estas considerações sido formuladas por Tertuliano Máximo Afonso, não está em nosso poder esmiuçar a relação que ainda assim poderia existir entre elas e a decisão que ele acabou de tomar e a que alguma reflexão sua que não captámos certamente o conduziu. Esta decisão manifesta o carácter por assim dizer inevitável do óbvio, porquanto, dispondo Tertuliano Máximo Afonso do croquis que o guiará ao lugar onde se realizará o encontro, nada mais natural que ter-lhe ocorrido a ideia de ir inspecionar primeiramente o sítio, de estudar-lhe as entradas e as saídas, de tomar-lhe as medidas, se a expressão é autorizada, com a vantagem adicional nada desdenhável de que, fazendo-o, evitará o risco de se perder no domingo. A perspetiva de que a pequena viagem o distrairia durante umas horas da penosa obrigação de redigir a proposta ao ministério, não só lhe desassombrou os pensamentos como, de maneira em verdade surpreendente, lhe desanuviou a cara. Tertuliano Máximo Afonso não pertence ao número dessas pessoas extraordinárias que são capazes de sorrir até quando estão sozinhas, o próprio dele inclina-se mais para o lado da melancolia, do ensimesmamento, de uma exagerada consciência da transitoriedade da vida, de uma incurável perplexidade perante os autênticos labirintos cretenses que são as relações humanas. Não compreende satisfatoriamente as razões do misterioso funcionamento de uma colmeia nem o que fez com que o ramo de uma árvore tivesse brotado onde e como brotou, isto é, nem mais acima, nem mais abaixo, nem mais grosso, nem mais delgado, mas atribui essa sua dificuldade de entendimento ao facto de ignorar os códigos de comunicação genética e gestual em vigor entre as abelhas e, mais ainda, os fluxos informativos que mais ou menos às cegas circulam pelas malhas da rede de autoestradas vegetais que ligam as raízes afundadas no chão às folhas que revestem a árvore e na calma descansam ou ao vento se balouçam. O que de todo em todo não compreende, por muito que tenha posto a cabeça a trabalhar, é que, desenvolvendo-se em autêntica progressão geométrica, de melhoria em melhoria, as tecnologias de comunicação, a outra comunicação, a propriamente dita, a real, a de mim a ti, a de nós a vós, continue a ser esta confusão cruzada de becos sem saída, tão enganosa de ilusórias esplanadas, tão dissimulada quando expressa como quando trata de ocultar. A Tertuliano Máximo Afonso talvez não lhe importasse chegar a ser árvore, mas nunca o há de conseguir, a sua vida, como a de todos os humanos vividos e por viver, não experimentará jamais a suprema experiência do vegetal. Suprema, imaginamos nós, que até agora a ninguém foi dado ler a biografia ou as memórias de um carvalho, escritas pelo próprio. Preocupe-se pois Tertuliano Máximo Afonso com as coisas do mundo a que pertence, este de homens e de mulheres que vozeiam e alardeiam por todos os meios naturais e artificiais, e deixe os arbóreos em sossego, que a eles já lhes sobram as pragas fitopatológicas, a serra elétrica e os fogos florestais. Preocupe-se também com a condução do carro que o leva ao campo, que o transporta para fora de uma cidade que é modelo perfeito das modernas dificuldades de comunicação, na versão tráfego de veículos e peões, mormente em dias como o de hoje, sexta-feira à tarde, com toda a gente a sair para o fim de semana. Tertuliano Máximo Afonso sai, mas logo voltará. O pior do trânsito já ficou para trás, a estrada por onde terá de seguir não é muito frequentada, dentro de pouco tempo encontrar-se-á diante da casa em que António Claro, depois de amanhã, estará à sua espera. Leva colocada e bem ajustada a barba, não fosse que ao atravessar a última povoação alguém o chamasse pelo nome de Daniel Santa-Clara e o convidasse a tomar uma cerveja, se, como é de presumir, a casa que vem examinar é propriedade de António Claro ou foi por ele alugada, vivenda no campo, segunda residência, grande vida levam os atores secundários de cinema se já têm entrada em comodidades que ainda não há muitos anos eram privilégio de raros. Teme no entanto Tertuliano Máximo Afonso que o caminho estreito por onde chegará à casa e que agora se lhe apresentou diante não tenha mais que esse uso, quer dizer, se não continua para além dela ou se não há outras habitações perto, então a mulher que assomou à janela estará a perguntar-se, ou em voz alta à vizinha do lado, Para onde irá aquele carro, que eu saiba não há ninguém em casa do senhor António Claro, e a cara daquele homem não me agrada nada, quem usa barba é porque tem alguma coisa a esconder, ainda bem que Tertuliano Máximo Afonso não a ouviu, passaria a ter outra séria razão para se inquietar. No caminho de macadame quase não cabem dois carros, não se deverá transitar muito por aqui. Do lado esquerdo, o terreno pedregoso desce pouco a pouco para um vale onde um extenso e ininterrupto renque de árvores altas, que a esta distância se dirá ser formado por freixos e choupos, assinala provavelmente a margem de um rio. Mesmo à velocidade prudente a que vai Tertuliano Máximo Afonso, não seja que pela frente lhe apareça outro carro, um quilómetro vence-se em um nada, e este já está vencido, a casa deve ser aquela. O caminho continua, serpenteia na encosta de duas colinas encavaladas e desaparece do outro lado, o mais provável é que sirva outras habitações que daqui não se alcançam a ver, afinal a mulher desconfiada só parece preocupar-se com o que está perto da povoação onde vive, o que esteja para lá das suas fronteiras não lhe interessa. Do terrapleno que se alarga diante da casa desce em direção ao vale um outro caminho ainda mais estreito e com o piso em pior estado, Será outra maneira de chegar cá, pensou Tertuliano Máximo Afonso. Está consciente de que não deverá aproximar-se demasiado da vivenda, não vá algum passeante, ou pastor de cabras, que tem cara de havê-las aqui, soltar o alarme, Acudam que é ladrão, e em dois tempos aparecer aí a autoridade policial, ou na falta dela um destacamento de vizinhos armados de chuços e foices, à antiga. Tem de comportar-se como um viajante de passagem que parou um minuto para contemplar o panorama e que, já que ali está, deita um olhar apreciativo a uma casa cujos donos, agora ausentes, têm a sorte de desfrutar desta magnífica vista. A vivenda é simples, de andar único, uma típica habitação rural com todo o aspeto de haver beneficiado de um restauro criterioso, mas dando alguns sinais de abandono, como se os proprietários viessem por cá pouco e por pouco tempo de cada vez. O que se espera de uma casa no campo é que tenha plantas à porta e nos parapeitos das janelas, e esta mal as pode mostrar já, apenas uns talos meio secos, uma flor que se despede, só uma corajosa sardinheira ainda luta contra a ausência. A casa está separada do caminho por um muro baixo, e por trás dela, levantando as ramadas sobre o telhado, há dois castanheiros que, pela altura e pela longeva idade que não é difícil supor-lhes, devem ser muito anteriores à construção. Um sítio solitário, ideal para pessoas contemplativas, daquelas que amam a natureza pelo que ela é, sem fazer mais diferença entre o sol e a chuva, entre o calor e o frio, entre o vento e a calma, que a comodidade que nos dão uns e outros nos recusam. Tertuliano Máximo Afonso deu a volta pelas traseiras da casa, por um jardim que em tempos teria merecido esse nome e agora não passa de um espaço mal murado, invadido por cardos e uma maranha de plantas bravas que afogam uma macieira atrofiada e um pessegueiro com o tronco coberto de líquenes, umas quantas figueiras-do-inferno, ou estramónios, que é a palavra culta. Para António Claro, talvez também para a mulher, a casa rural deve ter sido um amor de pouca duração, uma daquelas paixonetas bucólicas que atacam por vezes os citadinos e que, como a palha solta, ardem com força mal se lhes chega um fósforo, e logo não são mais que cinzas negras. Tertuliano Máximo Afonso já pode regressar ao seu segundo andar com vista para o outro lado da rua e esperar a chamada telefónica que o fará voltar aqui no domingo. Meteu-se no carro, desandou por onde tinha vindo e, para mostrar à mulher da janela que não lhe pesava na consciência nenhum delito contra a propriedade alheia, atravessou com repousado vagar a povoação, conduzindo como se estivesse a abrir caminho por entre um rebanho de cabras acostumadas a usar as ruas com a mesma tranquilidade com que vão pastar ao campo, entre as giestas e os tomilhos. Tertuliano Máximo Afonso pensou se valeria a pena, só por satisfazer a curiosidade, procurar o atalho que, diante da casa, parecia descer em direção ao rio, mas reconsiderou a tempo a ideia, quanto menos pessoas o vissem nestes sítios, melhor. Também é certo que depois de domingo nunca mais aqui voltará, mas sempre seria preferível que ninguém viesse a lembrar-se do homem das barbas. À saída da povoação acelerou, em poucos minutos estava na estrada principal, e menos de uma hora depois entrava em casa. Tomou um banho que o retemperou da soalheira da viagem, mudou de roupa, e, acompanhado de um refresco de limão que tirara do frigorífico, sentou-se à secretária. Não vai continuar a trabalhar na proposta para o ministério, vai, como bom filho, telefonar à mãe. Perguntar-lhe-á como tem passado, ela dirá que bem, e tu como estás, na forma do costume, sem razões de queixa, já andava a estranhar o silêncio, desculpe, é que tenho tido muito que fazer, supõe-se que estas palavras, nos seres humanos, são o equivalente daqueles rápidos toques de reconhecimento que as formigas fazem umas às outras com as antenas quando se topam no carreiro, como se dissessem, És dos meus, já podemos começar a tratar de coisas sérias. E como estão os teus problemas, perguntou a mãe, Vão a caminho de resolver-se, não se preocupe, Que ideia, como se eu não tivesse mais nada que fazer na vida senão preocupar-me, Ainda bem que não toma o assunto demasiado a peito, É porque não vês a minha cara, Vamos, mãe, sossegue, Espero sossegar quando cá estiveres, Já não falta muito tempo, E a tua relação com Maria da Paz, em que pé está neste momento, Não é fácil explicar, Pelo menos, poderás experimentar, É verdade que gosto dela e preciso dela, Outros têm casado com menos razões, Sim, mas percebo que a necessidade é apenas coisa de um momento, nada mais que isso, se amanhã deixar de a sentir, que faço, E o gostar, O gostar é o natural em um homem que vivia só e teve a sorte de conhecer uma mulher simpática, de aspeto agradável, com boa figura e, como é costume dizer-se, de bons sentimentos, Portanto, pouco, Não digo que seja pouco, digo que não é bastante, Amaste a tua mulher, Não sei, não me lembro, já passaram seis anos, Seis anos não dão para esquecer assim tanto, Pensei que a amava, ela deve ter pensado o mesmo a meu respeito, afinal estávamos equivocados os dois, é o que mais se encontra por aí, E não queres que com Maria da Paz venha a acontecer um engano idêntico, Não, não quero, Por ti, ou por ela, Por ambos, Mais por ti do que por ela, em todo o caso, Não sou perfeito, será suficiente que a poupe a ela o que não quero que de mau me suceda a mim, o meu egoísmo, neste caso, não vai ao ponto de não ser capaz de a defender também a ela, Talvez Maria da Paz não se importasse de arriscar, Outro divórcio, o meu segundo, o primeiro para ela, não, minha mãe, nem pensar, Ao fim poderia sair bem, não sabemos tudo do que nos espera para além de cada ação nossa, Assim é, Por que o dizes dessa maneira, Que maneira, Como se estivéssemos às escuras e tivesses acendido e apagado uma luz de repente, Foi impressão sua, Repete, Repito, o quê, O que disseste, Para quê, Repete, peço-te, Faça-se a sua vontade, assim é, Diz só as duas palavras, Assim é, Não foi o mesmo, Como não foi o mesmo, Não foi o mesmo, Ora, minha mãe, deixe-se de fantasias, por favor, fantasiar em demasia não é o melhor caminho para a paz do espírito, as palavras que eu disse não significam mais que assentimento, concordância, Até aí alcançam as minhas luzes, no tempo em que era nova também consultei dicionários, Não se zangue, Quando vens, Já lhe disse, em breve, Precisamos de ter uma conversa, Teremos todas as conversas que quiser, Só quero uma, Qual, Não finjas que não percebes, quero saber o que se passa contigo, e por favor não me venhas para cá com histórias preparadas, jogo franco e cartas na mesa é o que espero de ti, Essas palavras não parecem suas, Eram muito do teu pai, lembra-te, Porei as cartas todas na mesa, E prometes-me que o jogo será franco, sem truques, Será franco, não haverá truques, Assim é que eu quero o meu filho, Vamos a ver o que terá para me dizer quando lhe puser diante a primeira carta deste baralho, Julgo que já vi tudo quanto havia para ver na vida, Fique-se com essa ilusão enquanto não falarmos, É assim tão sério, O futuro o dirá quando lá chegarmos, Não tardes, por favor, Talvez esteja aí a meio da semana que vem, Oxalá, Um beijo, minha mãe, Um beijo, meu filho. Tertuliano Máximo Afonso pousou o auscultador, depois deixou vagar o pensamento à vontade, como se continuasse a falar com a mãe, As palavras são o diabo, nós a crer que só deixamos sair da boca para fora aquelas que nos convêm, e de repente aparece uma que se mete pelo meio, não vimos de onde surgiu, não era para ali chamada, e, por causa dela, que não é raro termos depois dificuldade em recordar, o rumo da conserva muda bruscamente de quadrante, passamos a afirmar o que antes negávamos, ou vice-versa, isto que acabou de acontecer aqui foi o melhor dos exemplos, não era intenção minha falar tão cedo à minha mãe desta história de loucos, se é que realmente pensava fazê-lo alguma vez, e de um instante para outro, sem se perceber como, ela passou a ter a promessa formal de que lha contarei, neste minuto, provavelmente, está a marcar uma cruz no calendário, já na segunda-feira da semana que entra, não seja o caso de eu aparecer lá sem ser esperado, conheço-a, cada dia que ela assinalar é o dia em que eu teria obrigação de chegar, a culpa não será sua, se falto. Tertuliano Máximo Afonso não está contrariado, pelo contrário, goza uma indescritível sensação de alívio, como se de súbito lhe tivessem retirado um peso de cima dos ombros, pergunta-se que é que ganhou afinal em ter guardado silêncio durante todos estes dias e não acha uma só resposta justa, daqui a pouco talvez seja capaz de dar mil explicações, cada uma mais plausível que outra, agora só pensa que necessita desafogar-se o mais rapidamente possível, terá o encontro com António Claro no domingo, daqui a dois dias, só se não quiser é que não pega no carro logo na segunda-feira de manhã e vai mostrar à mãe todas as cartas que compõem este quebra-cabeças, verdadeiramente todas, porque uma coisa seria ter-lhe dito há tempos, Existe um homem tão parecido comigo que até a mãe nos confundiria, e outra, muito diferente, será ter de dizer-lhe, Estive com ele, e agora não sei quem sou. Neste mesmo instante, sumiu-se a breve consolação que caridosamente o tinha estado embalando e, em vez dela, como uma dor que de repente se fizesse lembrar, o medo reapareceu. Não sabemos tudo do que nos espera para além de cada ação nossa, havia dito a mãe, e esta verdade corriqueira, ao alcance de uma simples dona de casa de província, esta verdade trivial que faz parte da infinita lista das que não vale a pena perder tempo a enunciar porque já a ninguém tiram o sono, esta verdade de todos e igual para todos pode, em algumas situações, afligir e assustar tanto como a pior das ameaças. Cada segundo que passa é como uma porta que se abre para deixar entrar o que ainda não sucedeu, isso a que damos o nome de futuro, porém, desafiando a contradição com o que acabou de ser dito, talvez a ideia correta seja a de que o futuro é somente um imenso vazio, a de que o futuro não é mais que o tempo de que o eterno presente se alimenta. Se o futuro está vazio, pensou Tertuliano Máximo Afonso, então não existe nada a que possa chamar domingo, a sua eventual existência depende da minha existência, se eu neste momento morresse, uma parte do futuro ou dos futuros possíveis ficaria para sempre cancelada. A conclusão a que Tertuliano Máximo Afonso ia chegar, Para que o domingo exista na realidade é preciso que eu continue a existir, foi bruscamente cortada pelo toque do telefone. Era António Claro a perguntar, Recebeu o croquis, Recebi, Tem alguma dúvida, Nenhuma, Fiquei de lhe telefonar amanhã, mas pensei que a carta já devia ter chegado, e portanto venho confirmar o encontro, Muito bem, lá estarei às seis horas, Não se preocupe com o facto de ter de atravessar a povoação, eu usarei um atalho que me leva diretamente à casa, assim ninguém terá de estranhar a passagem de duas pessoas com a cara igual, E o automóvel, Qual, O meu, Não tem importância, se houver alguém que o confunda comigo pensará que mudei de carro, aliás, ultimamente, tenho ido poucas vezes à casa, Muito bem, Até depois de amanhã, Até domingo. Depois de desligar, Tertuliano Máximo Afonso pensou que lhe poderia ter dito que levaria uma barba postiça. Também não tem importância, tirá-la-á logo a seguir. O domingo deu um grande passo em frente.

Eram seis horas e cinco minutos quando Tertuliano Máximo Afonso arrumou o carro em frente da casa, do outro lado do caminho. O automóvel de António Claro já ali está, junto à entrada, encostado ao muro. Entre um e outro há a diferença de uma geração mecânica, nunca Daniel Santa-Clara teria trocado o seu carro por algo que a este de Tertuliano Máximo Afonso se assemelhasse. A cancela está aberta, a porta da casa também, mas as janelas estão fechadas. No interior percebe-se um vulto que quase não se distingue de fora, porém a voz que sai lá de dentro é nítida e precisa, como deve ser a de um artista de platô, Entre, faça de conta que está em sua casa. Tertuliano Máximo Afonso subiu os quatro degraus da escada de acesso e parou no limiar. Entre, entre, repetiu a voz, não faça cerimónia, ainda que, pelo que vejo, não me pareça ser você a pessoa de quem estava à espera, supunha que era eu o ator, mas enganei-me. Sem dizer palavra, com todos os cuidados, Tertuliano Máximo Afonso despegou a barba e entrou. Eis o que se chama ter o sentido teatral do dramático, fez-me lembrar aquelas personagens que aparecem de rompante a exclamar Aqui estou, como se isso tivesse alguma importância, disse António Claro, enquanto emergia da penumbra e aparecia à luz plena que entrava pela porta aberta. Ficaram parados a olhar-se. Lentamente, como se lhe fosse penoso arrancar-se desde o mais fundo do impossível, a estupefação desenhou-se no rosto de António Claro, não no de Tertuliano Máximo Afonso, que já sabia o que vinha encontrar. Sou a pessoa que lhe telefonou, disse, estou aqui para que se certifique, pelos seus próprios olhos, de que não pretendia divertir-me à sua custa quando lhe dizia que éramos iguais, Efetivamente, balbuciou António Claro numa voz que já não parecia a de Daniel Santa-Clara, imaginei, por causa da sua insistência, que houvesse entre nós uma semelhança grande, mas confesso-lhe que não estava preparado para o que tenho diante de mim, o meu próprio retrato, Agora que já tem a prova, poderei retirar-me, disse Tertuliano Máximo Afonso, Não, isso não, pedi-lhe que entre, agora peço-lhe que nos sentemos a conversar, a casa anda um pouco descuidada, mas estes sofás estão em bom estado e devo ter ainda por aí umas bebidas, gelo é que não há, Não quero dar-lhe trabalho, Ora essa, iria ser mais bem atendido se a minha mulher tivesse vindo, mas não é difícil imaginar como ela estaria a sentir-se neste momento, mais confusa e perturbada que eu, isso com certeza, Julgando por mim próprio, não tenho quaisquer dúvidas, o que tive de viver nestas semanas não o desejaria ao meu pior inimigo, Sente-se, por favor, que prefere para beber, uísque ou conhaque, Sou pouco bebedor, mas mesmo assim prefiro o conhaque, uma gota, nada mais. António Claro trouxe as garrafas e os copos, serviu o visitante, deitou para si três dedos de uísque sem água, depois sentou-se do outro lado da pequena mesa que os separava. Não caio em mim de assombro, disse, Eu já passei por essa fase, respondeu Tertuliano Máximo Afonso, agora só me pergunto que irá acontecer depois disto, Como foi que descobriu, Disse-lho quando lhe telefonei, vi-o num filme, Sim, já me lembro, aquele em que fiz de rececionista de hotel, Exatamente, Depois viu-me noutros filmes, Exatamente, E como foi que conseguiu chegar até mim, se o nome de Daniel Santa-Clara não vem na lista telefónica, Antes disso ainda tive de encontrar a maneira de o identificar entre os diversos atores secundários que aparecem nos genéricos sem referência à personagem que interpretavam, Tem razão, Levou tempo, mas alcancei o que queria, E por que foi que se deu a esse trabalho, Creio que qualquer outra pessoa no meu lugar teria feito o mesmo, Suponho que sim, o caso era demasiado extraordinário para que não se lhe desse importância, Telefonei às pessoas de apelido Santa-Clara que vinham na lista, Disseram-lhe que não me conheciam, evidentemente, Sim, no entanto uma delas lembrou-se de que era a segunda vez que alguém lhe telefonava a perguntar por Daniel Santa-Clara, Que outra pessoa, antes de você, tinha perguntado por mim, Sim, Seria alguma admiradora, Não, um homem, É estranho, Mais estranho ainda foi ter-me dito que o homem parecia querer disfarçar a voz, Não percebo, por que a disfarçaria ele, Não tenho nenhuma ideia, Pode ter sido impressão da pessoa com quem falou, Talvez, E como foi que finalmente deu comigo, Escrevi à empresa produtora, Surpreende-me que o tenham informado da minha direção, Também me deram o seu verdadeiro nome, Julguei que só o sabia da primeira conversa que teve com a minha mulher, Disse-mo a empresa, No que me diz respeito, pelo menos que seja do meu conhecimento, foi a primeira vez que o fizeram, Meti na carta um parágrafo a falar da importância dos atores secundários, suponho que isso os terá convencido, O mais natural teria sido precisamente o contrário, Ainda assim, consegui-o, E aqui estamos, Sim, aqui estamos. António Claro bebeu um trago de uísque, Tertuliano Máximo Afonso molhou os lábios no conhaque, depois olharam-se, e no mesmo instante desviaram a vista. Pela porta que continuava aberta entrava a luz declinante da tarde. Tertuliano Máximo Afonso afastou o seu copo para o lado e espalmou as duas mãos sobre o tampo da mesa, com os dedos esticados, em estrela, Comparemos, disse. António Claro tomou outro trago de uísque e colocou as suas em simetria com as dele, pressionando-as contra a mesa para não se perceber que tremiam. Tertuliano Máximo Afonso dava a impressão de estar a fazer o mesmo. As mãos eram em tudo iguais, cada veia, cada ruga, cada pelo, as unhas uma por uma, tudo se repetia como se tivesse saído de um molde. A única diferença era a aliança de ouro que

António Claro usava no dedo anelar esquerdo. Vejamos agora os sinais que temos no antebraço direito, disse Tertuliano Máximo Afonso. Levantou-se, despiu o casaco, que deixou cair no sofá, e arregaçou a manga da camisa até ao cotovelo. António Claro também se tinha levantado, mas foi primeiro fechar a porta e acender as luzes da sala. Ao colocar o casaco no espaldar de uma cadeira, não pôde evitar um ruído surdo. É a pistola, perguntou Tertuliano Máximo Afonso, É, Pensei que tivesse decidido não a trazer, Não está carregada, Não está carregada são só três palavras que dizem não está carregada, Quer que lha mostre, já que parece não acreditar em mim, Faça como quiser. António Claro meteu a mão numa algibeira interior do casaco e exibiu a arma, Aqui está. Em movimentos rápidos, eficazes, retirou o carregador vazio, fez recuar a culatra e mostrou a câmara, vazia também. Ficou convencido, perguntou, Fiquei, E não suspeita que eu tenha outra pistola no outro bolso, Já seriam pistolas demasiadas, Seriam as necessárias se eu tivesse planeado ver-me livre de si, E por que haveria o ator Daniel Santa-Clara de querer ver-se livre do professor de História Tertuliano Máximo Afonso, Você mesmo pôs o dedo na ferida quando se perguntou o que irá acontecer depois disto, Estava disposto a ir-me embora, foi você que me disse que ficasse, É certo, mas a sua retirada nada teria resolvido, aqui, ou em sua casa, ou a dar as suas aulas, ou a dormir com a sua mulher, Não sou casado, Você seria sempre a minha cópia, o meu duplicado, uma imagem permanente de mim mesmo num espelho em que eu não me estaria olhando, algo provavelmente insuportável, Dois tiros resolveriam a questão antes que ela se apresentasse, Assim é, Mas a pistola está descarregada, Exato, E não há outra no outro bolso, Precisamente, Portanto voltamos ao princípio, não sabemos o que irá suceder depois disto. António Claro já tinha puxado a manga da camisa para cima, à distância a que se encontravam um do outro não se percebiam bem os sinais na pele, mas, quando se aproximaram de uma luz, eles apareceram, nítidos, precisos, iguais. Isto parece um filme de ficção científica escrito, dirigido e interpretado por clones às ordens de um sábio louco, disse António Claro, Ainda temos a cicatriz do joelho para ver, lembrou Tertuliano Máximo Afonso, Não creio que mereça a pena, a prova está mais do que feita, mãos, braços, caras, vozes, tudo em nós é igual, só faltaria que nos despíssemos por completo. Tornou a servir-se de uísque, olhou o líquido como se esperasse que dali pudesse emergir alguma ideia, e de repente perguntou, E por que não, sim, e por que não, Seria caricato, você mesmo acabou de dizer que a prova já está feita, Caricato, porque, da cintura para cima ou da cintura para cima e para baixo, nós, os atores de cinema, e de teatro também, quase não fazemos mais que despir-nos, Não sou ator, Não se dispa, se não quiser, mas eu vou fazê-lo, não me custa nada, estou mais do que habituado, e, se a igualdade se repetir no corpo todo, você estará a ver-se a si mesmo quando me olhar a mim, disse António Claro. Despiu a camisa num só movimento, descalçou-se e tirou as calças, depois a roupa interior, finalmente as meias. Estava nu da cabeça aos pés e era, da cabeça aos pés, Tertuliano Máximo Afonso, professor de História. Então Tertuliano Máximo Afonso pensou que não podia ficar atrás, que tinha de aceitar o repto, levantou-se do sofá e começou também a despir-se, mais contido nos gestos por causa do pudor e da falta de hábito, mas, quando terminou, um pouco encolhida a figura devido ao acanhamento, tinha-se tornado em Daniel Santa-Clara, ator de cinema, com a única exceção visível dos pés, porque não chegara a descalçar as peúgas. Olharam-se em silêncio, conscientes da total inutilidade de qualquer palavra que proferissem, presas de um sentimento confuso de humilhação e perda que arredava o assombro que seria a manifestação natural, como se a chocante conformidade de um tivesse roubado alguma coisa à identidade própria do outro. O primeiro a acabar de vestir-se foi Tertuliano Máximo Afonso. Ficou de pé, com a atitude de quem pensa que é chegada a altura de se retirar, mas António Claro disse, Peço-lhe o favor de se sentar, há ainda um último ponto que gostaria de aclarar consigo, não o reterei por muito tempo mais, De que se trata, perguntou Tertuliano Máximo Afonso enquanto, com relutância, voltava a sentar-se, Refiro-me às datas em que nascemos, e também às horas, disse António Claro, enquanto tirava do bolso do casaco a carteira e, do interior desta, um documento de identificação, que estendeu a Tertuliano Máximo Afonso por cima da mesa. Este olhou-o rapidamente, devolveu-o e disse, Nasci nessa mesma data, ano, mês e dia, Não ficará ofendido se lhe pedir que me mostre a sua identificação, De modo algum. O cartão de Tertuliano Máximo Afonso passou às mãos de António Claro, onde se demorou dez segundos, e regressou ao seu proprietário, que perguntou, Dá-se por satisfeito, Ainda não, ainda falta conhecer as horas, a minha ideia é que as escrevamos num papel, cada um no seu, Porquê, Para que o segundo a falar, se essa fosse a maneira escolhida, não cedesse à tentação de subtrair quinze minutos da hora que tivesse sido declarada pelo primeiro, E por que não aumentar esses quinze minutos, Porque qualquer aumento iria contra os interesses do segundo que falasse, O papel não garante a seriedade do processo, ninguém poderia impedir-me de escrever, isto não passa de um exemplo, que nasci no primeiro minuto do dia, quando não foi assim na realidade, Teria mentido, Pois teria, mas qualquer de nós, desde que o queira, pode sempre faltar à verdade mesmo que nos limitemos, sem mais, a dizer em voz alta a hora a que nascemos, Tem razão, é uma questão de retidão e boa-fé. Tertuliano Máximo Afonso tremia por dentro, desde o princípio de tudo tinha a certeza de que este momento haveria de chegar, só não tinha imaginado que viesse a ser ele próprio quem o convidaria a manifestar-se, a romper o último selo, a revelar a única diferença, Sabia de antemão qual iria ser a resposta de António Claro, mas mesmo assim perguntou, E que importância terá dizermos um ao outro a hora a que viemos ao mundo, A importância que irá ter é que ficaremos a saber qual de nós dois, você ou eu, é o duplicado do outro, E que sucederá a um e a outro pelo facto de o sabermos, Disso não tenho a menor ideia, porém, a minha imaginação, os atores também são dotados de alguma, diz-me que, no mínimo, não deverá ser cómodo viver sabendo-se duplicado de outra pessoa, E está disposto, pela sua parte, a arriscar-se, Mais que disposto, Sem mentir, Espero que não seja necessário, respondeu António Claro com um sorriso estudado, uma composição plástica de lábios e dentes onde, em doses idênticas e indiscerníveis, se reuniam a franqueza e a maldade, a inocência e o descaro. Depois acrescentou, Naturalmente, se prefere, poderemos tirar à sorte aquele a quem caberá falar em primeiro lugar, Não é preciso, eu começo, você mesmo referiu que é uma questão de retidão e boa-fé, disse Tertuliano Máximo Afonso, Nasceu então a que horas, Às duas da tarde. António Claro pôs uma cara de pena e disse, Eu nasci meia hora antes, ou, para falar com absoluta exatidão cronométrica, pus a cabeça de fora às treze horas e vinte e nove minutos, lamento-o, meu caro, mas eu já cá estava quando você nasceu, o duplicado é você. Tertuliano Máximo Afonso engoliu de um trago o resto do conhaque, levantou-se e disse, Foi a curiosidade que me trouxe a este encontro, agora que já está satisfeita, retiro-me, Homem, não se vá embora tão depressa, conversemos um pouco mais, ainda não é tarde, e até, se não tem outro compromisso a chamá-lo, podíamos jantar juntos, aqui perto há um bom restaurante, com a sua barba não haveria perigo, Obrigado pelo convite, mas não aceito, teríamos com certeza pouca coisa para dizer um ao outro, a si não creio que lhe interesse a História, e eu estou curado de cinema para os anos mais próximos, Ficou contrariado pelo facto de não ter sido o primeiro a nascer, de que seja eu o original e você o duplicado, Contrariado não será a palavra justa, simplesmente preferia que não tivesse acontecido assim, mas não me pergunte por quê, seja como for não perdi tudo, ainda ganhei uma pequena compensação, Que compensação, A de que você não lucraria nada em andar pelo mundo a gabar-se de ser o original de nós dois se o duplicado que eu sou não estivesse à vista para as necessárias comprovações, Não tenciono espalhar aos quatro ventos esta história incrível, sou um artista de cinema, não um fenómeno de feira, E eu um professor de História, não um caso teratológico, Estamos de acordo, Não há, portanto, qualquer razão para que nos voltemos a encontrar, Também creio que não, Não me resta mais, por conseguinte, que desejar-lhe as maiores felicidades no desempenho de um papel de que não irá tirar qualquer vantagem, uma vez que não haverá público a aplaudi-lo, e prometer-lhe que este duplicado se manterá fora do alcance da curiosidade científica, mais do que legítima, e da cuscovilhice jornalística, que não o é menos, porquanto disso vive, suponho que já terá ouvido dizer que o costume faz lei, se assim não fosse, posso assegurar-lhe que o código de Hamurabi não teria sido escrito, Manter-nos-emos afastados, Numa cidade tão grande como esta em que vivemos não será nada difícil, além disso, as nossas vidas profissionais são tão diferentes que nunca eu teria sabido da sua existência se não fosse aquele malfadado filme, quanto à probabilidade de que um ator de cinema viesse a interessar-se por um professor de História, essa nem sequer deve ter expressão matemática, Nunca se sabe, a probabilidade de que existíssemos tais quais somos era zero, e no entanto aqui estamos, Tentarei imaginar que não vi o filme, esse e os seguintes, ou então recordar só que suportei um longo e agónico pesadelo, para ao fim perceber que não era caso para tanto, um homem igual a outro, que importância tem, se quer que lhe fale francamente, a única coisa que me preocupa realmente neste momento é se, tendo nós nascido no mesmo dia, também num mesmo dia iremos morrer, Não vejo a que propósito vem agora semelhante preocupação, A morte sempre vem a propósito, Você dá a impressão de sofrer de uma obsessão mórbida, quando me telefonou disse as mesmas palavras, e também sem vir a propósito, Nessa altura saíram-me sem pensar, foi uma dessas frases fora de lugar e de contexto que se metem na conversa sem que as tivéssemos chamado, Não foi o caso de agora, Incomoda-o, Não me incomoda nada, Talvez o passe a incomodar se lhe der conta de uma ideia que acabou de me ocorrer, Que ideia foi essa, A de que, se somos tão iguais quanto hoje nos foi dado verificar, a lógica identitária que parece unir-nos determinará que você terá de morrer antes de mim, precisamente trinta e um minutos antes de mim, durante trinta e um minutos o duplicado ocupará o espaço do original, será original ele próprio, Desejo-lhe que viva bem esses trinta e um minutos de identidade pessoal, absoluta e exclusiva, porque a partir de agora não vai ter outros, É simpático da sua parte, agradeceu Tertuliano Máximo Afonso. Colocou a barba com todo o esmero, comprimindo-a delicadamente com as pontas dos dedos, já não lhe tremiam as mãos, deu as boas-tardes e encaminhou-se para a porta. Ali parou de repente, voltou-se e disse, Ah, tinha-me esquecido o mais importante, todas as provas ficaram feitas, exceto uma, Qual, perguntou António Claro, A prova do ADN, a análise da codificação da nossa informação genética, ou, em palavras mais simples, ao alcance de qualquer inteligência, o tira-teimas, a prova dos noves, Isso nem pensar, Tem razão, teríamos de ir os dois ao laboratório de genética, de mãos dadas, para que nos aparassem uma unha ou nos extraíssem uma gota de sangue, e então, sim, saberíamos se esta igualdade não passa de uma casual coincidência de cores e formas exteriores, ou se somos a demonstração duplicada, em original e em duplicado, quero dizer, de que a impossibilidade era a última ilusão que nos restava, Considerar-nos-iam como casos teratológicos, Ou como fenómenos de feira, E isso seria insuportável para ambos, Nada mais exato, Ainda bem que estamos de acordo, Em algo teria de ser, Boas tardes, Boas tardes.

O sol já se tinha escondido por trás das montanhas que cerravam o horizonte do outro lado do rio, mas a luminosidade do céu sem nuvens quase não diminuíra, apenas a intensidade crua do azul fora temperada por um pálido tom rosado que lentamente se expandia. Tertuliano Máximo Afonso pôs o carro em marcha e girou o volante para entrar no caminho que atravessava a povoação. Olhando na direção da casa, viu António Claro entreportas, mas seguiu em frente. Não houve acenos de despedida, nem de um lado, nem do outro. Continuas a usar essa barba ridícula, disse o senso comum, Tiro-a antes que cheguemos à estrada, esta será a última vez que me apanhas com ela, a partir de agora andarei de cara descoberta, disfarce-se quem quiser, Como o sabes, Saber, o que se chama mesmo saber, não sei, é apenas uma ideia, uma suposição, um pressentimento, Tenho de confessar que não esperava tanto de ti, portaste-te muito bem, como um homem, Sou um homem, Não negarei que o sejas, mas o costume tem sido ver sobreporem-se as tuas fraquezas às tuas forças, Portanto, é homem todo aquele que não estiver sujeito a fraquezas, Também o é aquele que as conseguir dominar, Nesse caso, uma mulher que for capaz de vencer as suas femininas fraquezas é um homem, é como um homem, Em sentido figurado, sim, podemos dizê-lo, Pois então digo-te eu que o senso comum se expressa como machista no mais próprio dos sentidos, Não tenho a culpa, fizeram-me assim, Não é boa escusa para quem não faz mais nada na vida que dar conselhos e opiniões, Nem sempre erro, Fica-te bem essa súbita modéstia, Seria melhor do que sou, mais eficiente, mais útil, se me ajudásseis, Quem, Vocês todos, homens, mulheres, o senso comum não passa de uma forma de média aritmética que vai subindo ou baixando consoante a maré, Previsível, portanto, Efetivamente, sou a mais previsível de todas as coisas que há no mundo, Por isso estavas à minha espera no carro, Já era hora de voltar a aparecer, podia-se mesmo acusar-me de que já estava a tardar demasiado, Ouviste tudo, De uma ponta à outra, Crês que fiz mal em vir falar com ele, Depende do que por mal ou por bem se entenda, aliás, é indiferente, vista a situação a que tinhas chegado não havia outra alternativa, Esta era a única maneira, se queria pôr ponto final no assunto, Que ponto final, Ficou assente entre nós que não haverá mais encontros, Estás a querer dizer-me que toda a confusão que armaste vai acabar assim, que tu voltas ao teu trabalho e ele ao seu, tu à tua Maria da Paz, enquanto durar, e ele à sua Helena, ou lá como se chame, e a partir de agora nem te vi nem te conheço, é isso o que me estás a querer dizer, Não há nenhum motivo para que seja doutro modo, Há todos os motivos para que seja doutro modo, palavra de senso comum, Basta que não queiramos, Se desligas o motor, o carro continuará a andar, Estamos a descer, Também continuaria a andar, é certo que durante muito menos tempo, se nos encontrássemos numa superfície horizontal, chama-se a isso força de inércia, como tens obrigação de saber, embora não se trate de uma matéria que pertença à História, ou talvez sim, agora que o penso, creio que é precisamente na História que a força de inércia se nota mais, Não dês opiniões sobre o que não aprendeste, uma partida de xadrez pode ser interrompida em qualquer momento, Eu estava a falar da História, E eu estou a falar do xadrez, Muito bem, albarde-se o burro à vontade do dono, um dos jogadores pode continuar a jogar sozinho se lhe apetecer, e esse, mesmo sem necessidade de fazer batota, em qualquer caso ganhará, quer jogue com as peças brancas, quer jogue com as peças pretas, porque com todas joga, Eu levantei-me da mesa, saí da sala, já não estou, Ainda lá ficaram três jogadores, Suponho que queres dizer que ficou esse António Claro, E também a mulher dele, e também a Maria da Paz, Que tem que ver a Maria da Paz com isto, Fraca memória a tua, meu caro, pareces esquecido de que te serviste do nome dela para as tuas investigações, mais tarde ou mais cedo, seja por ti, seja por outra pessoa, a Maria da Paz virá a conhecer o enredo em que está envolvida sem o saber, e quanto à mulher do ator, supondo que ainda não tocou peça, amanhã poderá vir a ser a rainha triunfante, Para senso comum tens demasiada imaginação, Lembra-te do que te tinha dito há umas semanas, só um senso comum com imaginação de poeta poderia ter sido o inventor da roda, Não foi isso o que disseste, exatamente, Tanto faz, estou a dizê-lo neste momento, Serias melhor companhia se não quisesses ter sempre razão, Nunca presumi de ter sempre razão, se alguma vez errei fui o primeiro a dar a mão à palmatória, Talvez, mas mostrando cara de quem acabou de ser vítima de um clamoroso erro judiciário, E a ferradura, A ferradura, quê, Eu, senso comum, também inventei a ferradura, Com a imaginação de um poeta, Os cavalos estariam dispostos a jurar que sim, Adeus, adeus, já vamos nas asas da fantasia, Que pensas fazer agora, Duas chamadas telefónicas, uma para a minha mãe a dizer-lhe que a irei visitar depois de amanhã e a outra para a Maria da Paz a dizer-lhe que depois de amanhã vou visitar a minha mãe e que ficarei por lá uma semana, como vês, nada mais simples, nada mais inocente, nada mais familiar e doméstico. Neste momento um automóvel ultrapassou-os em grande velocidade, o condutor fez um aceno com a mão direita. Conheces aquele tipo, quem é, perguntou o senso comum, É o homem com quem estive a falar, o António Claro, o Daniel Santa-Clara, o original de que eu sou duplicado, julguei que o tivesses reconhecido, Não posso reconhecer uma pessoa a quem nunca tinha visto antes, Ver-me a mim, é a mesma coisa que vê-lo a ele, Mas não por trás de uma barba dessas, Com a conversa esqueci-me de a tirar, pronto, já está, que tal me encontras agora, O carro dele é mais potente que o teu, Muito mais, Desapareceu num instante, Vai a correr contar o nosso encontro à mulher, É possível, não é certo, És um incrédulo sistemático, Não, sou apenas isso a que chamais senso comum por não saber que melhor nome poderíeis dar-lhe, O inventor da roda e da ferradura, Nas horas poéticas, só nas horas poéticas, Prouvera que fossem mais, Quando chegarmos deixas-me à entrada da tua rua, se não te importas, Não queres subir, descansar um bocado, Não, prefiro ir pôr a imaginação a trabalhar, que bem precisa nos vai ser.

Quando Tertuliano Máximo Afonso acordou na manhã do dia seguinte soube por que havia dito ao senso comum, mal ele entrara no carro, que aquela era a última vez que o via com a barba postiça posta e que a partir daí iria passar a andar de cara descoberta, à vista de toda a gente. Disfarce-se quem quiser, foram, terminantes, as suas palavras. O que então podia não ter parecido a uma pessoa desprevenida mais que uma temperamental declaração de intenções motivada pela justificada impaciência de quem andou a ser submetido a uma sucessão de duras provas, era, afinal, sem que o suspeitássemos, a semente de uma ação prenhe de consequências futuras, como despachar um cartel de desafio ao inimigo sabendo antecipadamente que as coisas não se deixarão ficar por aí. Antes de continuarmos, porém, convirá à boa harmonia do relato que dediquemos algumas linhas à análise de qualquer despercebida contradição que haja entre a ação de que adiante daremos informação e as resoluções anunciadas por Tertuliano Máximo Afonso durante a breve viagem com o senso comum. Um rápido excurso às páginas finais do capítulo anterior mostrará de imediato a existência de uma contradição básica manifestada em variantes expressivas distintas, como foram aquelas de haver dito Tertuliano Máximo Afonso, perante o prudente ceticismo do senso comum, em primeiro lugar, que tinha posto ponto final no assunto dos dois homens iguais, em segundo lugar, que ficara assente que António Claro e ele nunca mais voltariam a encontrar-se, e, em terceiro lugar, com a retórica ingénua de um final de ato, que se havia levantado da mesa de jogo, que saíra da sala, que deixara de estar. Esta é a contradição. Como pode afirmar Tertuliano Máximo Afonso que deixou de estar, que saiu, que abandonou a mesa, se, mal engolido o pequeno-almoço, o vimos precipitar-se para a papelaria mais próxima a comprar uma caixa de cartão dentro da qual despachará a António Claro, via correio, nada mais nada menos que a mesma barba com que nos últimos tempos o vimos disfarçado. Imaginando que António Claro venha um dia destes a ter motivo para usar um disfarce, isso será coisa sua, nada terá que ver com um Tertuliano Máximo Afonso que saiu a bater com a porta e a dizer que não volta mais. Quando, daqui por dois ou três dias, António Claro abrir a caixa em sua casa e se encontrar diante de uma barba postiça que imediatamente reconhecerá, é inevitável que diga à mulher, Isto que aqui vês, parecendo uma barba, é um cartel de desafio, e a mulher perguntará, Mas como pode isso ser, se tu não tens inimigos. António Claro não perderá tempo a responder-lhe que é impossível não ter inimigos, que os inimigos não nascem da nossa vontade de os ter, mas do irresistível desejo que têm eles de nos terem a nós. No grémio dos atores, por exemplo, papéis de dez linhas despertam com desanimadora frequência a inveja dos papéis de cinco, por aí se começa sempre, pela inveja, e se depois os papéis de dez linhas passaram a vinte e os de cinco tiveram de contentar-se com sete, então fica adubado o terreno para que nele se desenvolva uma frondosa, próspera e duradoura inimizade. E esta barba, perguntará Helena, que papel é o seu no meio de tudo isto, Esta barba, tinha-me esquecido de to dizer no outro dia, é a que usava o Tertuliano Máximo Afonso quando foi encontrar-se comigo, é compreensível que a tenha levado e confesso que até lhe estou grato pela ideia, imagina que alguém o via atravessar a povoação e o confundia comigo, as complicações que daí poderiam ter nascido,

Que vais fazer com ela, Poderia devolvê-la com um bilhete seco a pôr esse intrometido no seu lugar, mas isso seria entrar num dize-tu-direi-eu de imprevisíveis consequências, sabe-se como começa, mas não se sabe como acabará, e eu tenho uma carreira a defender, agora que os meus papéis já são de cinquenta linhas, com a possibilidade de subir se tudo me continuar a correr bem, como promete o guião que aí está, Se eu me visse na tua situação, rasgava-a, atirava-a fora, ou queimava-a, morrendo o bicho, acabava-se a peçonha, Não parece que isto seja um caso de morte, além disso tenho a impressão de que a barba não te ficaria bem, Não brinques, foi uma maneira de falar, o que sei é que me transtorna o espírito, que chega mesmo a desassossegar-me o corpo saber que há nesta cidade um homem exatamente igual a ti, ainda que continue a resistir a crer-me que as parecenças cheguem a esse ponto, Repito-te que são totais, que são absolutas, as próprias impressões digitais dos nossos cartões de identidade são idênticas, tive ocasião de comparar, Dá-me uma tontura só de pensá-lo, Não te deixes obcecar, toma um tranquilizante, Já tomei, estou a tomá-lo desde que esse homem telefonou para aqui, Não tinha dado por isso, É que não reparas muito em mim, Não é verdade, como poderia eu saber que andas a tomar comprimidos, se o fazes às escondidas, Desculpa, estou um pouco nervosa, mas não tem importância, isto passa, Chegará um dia em que já nem nos lembraremos desta maldita história, Enquanto ele não chegar tens de resolver o que farás com esses pelos repugnantes, Vou pô-la juntamente com o bigode que usei naquele filme, Que interesse tens tu em guardar uma barba que foi usada na cara de outra pessoa, A questão está precisamente aí, de facto a pessoa é outra, mas a cara não, a cara é a mesma, Não é a mesma, É a mesma, Se queres que eu endoideça, continua a dizer que a tua cara é a cara dele, Por favor, acalma-te, Além disso, como vais tu meter no mesmo saco essa intenção de guardares a barba, como se se tratasse de uma relíquia, e chamar-lhe nem mais nem menos que cartel de desafio enviado por mão inimiga, que foi o que disseste quando abriste a caixa, Não disse que vinha de um inimigo, Mas pensaste-o, É possível que sim, que o tenha pensado, mas não estou certo de que seja a palavra justa, esse homem nunca me fez mal, Existe, Existe para mim da mesma maneira que eu existo para ele, Não foste tu que o procuraste, suponho, Se eu estivesse no seu caso, não teria tido procedimento diferente, Juro que o terias se te aconselhasses comigo, Bem vejo que a situação não é agradável, não o é para nenhum de nós, mas não consigo perceber por que te inflamas tanto, Eu não me inflamo, Pouco te falta para que comeces a deitar chamas pelos olhos. A Helena não lhe saltaram as chamas, mas, inesperadamente, as lágrimas. Virou costas ao marido e foi a correr encerrar-se no quarto, fechando a porta com mais força que a necessária. Uma pessoa dada a superstições e que tivesse sido testemunha da deplorável cena conjugal que acabámos de descrever, talvez não perdesse a ocasião de atribuir a causa do conflito a qualquer influência maligna do apêndice postiço que António Claro se obstinará em guardar ao lado do bigode com que praticamente se iniciou na sua carreira de ator. E o mais certo seria que essa pessoa abanasse a cabeça com ar de falsa compaixão, e soltasse o oráculo, Quem por suas próprias mãos meteu o inimigo em casa, não venha depois queixar-se, avisado estava e não fez caso.

A mais de quatrocentos quilómetros daqui, no seu antigo quarto de rapaz, Tertuliano Máximo Afonso prepara-se para dormir. Depois de ter saído da cidade, na terça-feira de manhã, veio todo o caminho a discutir com os seus botões se deveria contar à mãe algo do que estava acontecendo ou se, pelo contrário, seria mais prudente manter a boca firmemente selada. Aos cinquenta quilómetros decidiu que o melhor seria despejar o saco todo, aos cento e vinte indignou-se consigo mesmo por ter sido capaz de semelhante ideia, aos duzentos e dez imaginou que uma explicação ligeira e em tom anedótico talvez fosse suficiente para satisfazer a curiosidade da mãe, aos trezentos e catorze chamou-se estúpido e disse que era o mesmo que não a conhecer, aos quatrocentos e quarenta e sete, quando parou à porta da casa familiar, não sabia que fazer. E agora, enquanto veste o pijama, pensa que esta viagem foi um erro grave, de palmatória, que melhor haveria sido não sair da sua casa, ficar fechadinho na sua concha protetora, à espera. É certo que aqui está fora do alcance, mas, sem com isto querer ofender dona Carolina, que tanto no aspeto físico como nos considerandos morais não merecia semelhantes comparações, Tertuliano Máximo Afonso sente que veio cair na boca do lobo como um pardal desprecavido que tivesse voado em direção à esparrela sem ligar a consequências. A mãe não lhe faz perguntas, limita-se de vez em quando a olhá-lo com uma expressão expectante para logo desviar lentamente os olhos, o gesto disse, Não pretendo ser indiscreta, mas o recado ficou dado, Se julgas que te irás embora sem falar, tira daí o sentido. Deitado na cama, Tertuliano Máximo Afonso dá voltas ao assunto e não lhe encontra solução. A mãe não é feita da mesma massa que Maria da Paz, essa satisfaz-se, ou assim o faz crer, com qualquer explicação que se lhe dê, essa não se importará de esperar toda a vida, se for necessário, o momento das revelações. A mãe de Tertuliano Máximo Afonso, em cada atitude, em cada movimento, quando lhe coloca um prato diante, quando o ajuda a vestir o casaco, quando lhe entrega uma camisa lavada, está a dizer-lhe, Não te peço que me contes tudo, tens direito a guardar os teus segredos, mas com uma única e irrenunciável exceção, a daqueles de que estejam dependentes a tua vida, o teu futuro, a tua felicidade, esses quero sabê-los, é o meu direito, e tu não mo podes negar. Tertuliano Máximo Afonso apagou a luz da mesa de cabeceira, tinha trazido alguns livros mas o espírito, esta noite, não lhe pede leituras, e quanto às civilizações mesopotâmicas, que sem dúvida o levariam docemente até aos diáfanos umbrais do sono, essas por tão pesadas ficaram em casa, também sobre a mesa de cabeceira, com o marcador a assinalar o começo do ilustrativo capítulo em que se trata do rei Tukulti-Ninurta I, que floresceu, como das figuras históricas era costume dizer-se, entre os séculos doze e treze antes de Cristo. A porta do quarto, que apenas se encontrava encostada, abriu-se mansamente na penumbra. Tomarctus, o cão da casa, havia entrado. Vinha saber se este dono, que só de tempos a tempos aparece por aqui, ainda estava. É médio de tamanho, todo ele um borrão negro, não como outros que quando os olhamos de perto se nota logo que puxam para o cinzento. O estranho nome foi-lhe posto por Tertuliano Máximo Afonso, é o que sucede quando se tem um dono erudito, em lugar de ter batizado o animal com um apelativo que ele pudesse captar sem dificuldade pelas vias diretas da genética, como teriam sido os casos de Fiel, Piloto, Sultão ou Almirante, herdados e sucessivamente transmitidos de gerações em gerações, em vez disso foi-lhe pôr o nome de um canídeo que se diz ter vivido há quinze milhões de anos e que, segundo andam certificando os paleontólogos, é o fóssil Adão destes animais de quatro patas que correm, farejam e coçam as pulgas, e que, como é natural nos amigos, mordem de vez em quando. Tomarctus não veio aqui para ficar muito tempo, dormirá durante uns minutos enroscado aos pés da cama, depois levantar-se-á para ir dar uma volta pela casa, a ver se tudo está em ordem, e por fim, durante o resto da noite, será vigilante companheiro da sua ama de todas as horas, salvo se tiver de sair para ir ladrar ao pátio e de caminho beber água da tigela e alçar a perna no canteiro dos gerânios ou na moita de alecrim. Voltará ao quarto de Tertuliano Máximo Afonso ao primeiro desponte da madrugada, tomará conhecimento de que também este lado da terra não mudou de sítio, é isso o que os cães mais prezam na vida, que ninguém se vá embora. Quando Tertuliano Máximo Afonso acordar, a porta estará fechada, sinal de que a mãe já se levantou e de que Tomarctus saiu para ir com ela. Tertuliano Máximo Afonso olha o relógio, diz consigo mesmo, Ainda é cedo, pelo tempo que dure este vago e último sono as preocupações podem esperar.

Teria acordado em sobressalto se um duende malicioso lhe viesse soprar ao ouvido que algo da mais extrema importância se está a gerar a esta mesma hora em casa de António Claro, ou, para falar com precisão e justeza, no trabalhado interior do seu cérebro. A Helena têm-na ajudado muito os tranquilizantes, a prova é ver como está dormindo, com a respiração certa, o rosto plácido e ausente de uma criança, mas de quem não poderemos dizer o mesmo é do marido, este não tem aproveitado as noites, sempre a dar voltas ao assunto da barba postiça, a perguntar-se com que intenções lha teria mandado Tertuliano Máximo Afonso, a sonhar com o encontro na casa de campo, a despertar angustiado, algumas vezes banhado em suor. Hoje não foi assim. Inimiga a noite, tanto como as anteriores, mas salvadora a madrugada, como todas o deveriam ser. Abriu os olhos e aguardou, surpreendido por perceber-se a si mesmo à espreita de algo que devia estar a ponto de eclodir, e que de repente eclodiu mesmo, foi um lampejo, um relâmpago que encheu de luz todo o quarto, lembrar-se do que Tertuliano Máximo Afonso havia dito no princípio da conversa, Escrevi à produtora, foi essa a resposta que deu à pergunta que lhe tinha feito, E como foi que finalmente deu comigo. Sorriu de puro gozo como deverão ter sorrido todos os navegantes à vista da ilha desconhecida, mas o prazer exaltador do descobrimento não durou muito, estas ideias matinais têm em geral um defeito de fabrico, parece que acabámos de inventar o moto-contínuo e mal viramos costas para a máquina. Cartas a pedir retratos e autógrafos de artistas é o que menos falta faz nas empresas de cinema, as grandes estrelas, enquanto lhes dura o favor do público, recebem-nas aos milhares por semana, isto é, receber, aquilo a que chamamos propriamente receber, não as recebem, nem sequer iriam perder o seu tempo a pôr-lhes os olhos em cima, para isso lá estão os empregados da produtora que vão buscar à prateleira a fotografia desejada, a enfiam num sobrescrito, já com a dedicatória impressa, igual para todos, e adiante que se faz tarde, o senhor que se segue. É evidente que Daniel Santa-Clara não é nenhuma estrela, que se algum dia tivessem entrado na empresa três cartas juntas a pedir o favor de um retrato seu, seria caso para correr a pôr bandeiras à janela e declarar feriado nacional, e isto sem esquecer que tais cartas não se guardam, passam logo, sem exceção, ao esfarrapador de papel, reduzidas à miséria de um montão de indecifráveis tirinhas todas aquelas ansiedades, todas aquelas emoções. Supondo, porém, que os arquivistas da produtora tivessem instruções para registar, ordenar e classificar criteriosamente, de modo a não se perder nem um só de tantos testemunhos da admiração do público pelos seus artistas, é inevitável perguntar para que serviria a António Claro a carta escrita por Tertuliano Máximo Afonso, ou, mais precisamente, em que poderia essa carta contribuir para descobrir uma saída, se é que ela existe, ao complicado, ao insólito, ao nunca visto caso dos dois homens iguais. Há que dizer que essa desorbitada esperança, logo feita em cisco pela lógica dos factos, foi o que animou tão demonstrativamente o despertar de António Claro, e se dela ainda algo resta é apenas a possibilidade remota de que aquela parte da carta que Tertuliano Máximo Afonso disse ter escrito sobre a importância dos atores secundários tivesse sido achada suficientemente interessante para merecer a honra de um lugar no arquivo e mesmo, quem sabe, a atenção de algum especialista em mercadologia a quem os fatores humanos não fossem de todo alheios. No fundo, o que aqui viemos encontrar é já só a necessidade da minúscula satisfação que proporcionaria ao ego de Daniel Santa-Clara, pela pena de um professor de História, o reconhecimento da importância dos grumetes na navegação do porta-aviões, mesmo não tendo eles feito outra coisa durante o périplo que puxar o lustre aos amarelos. Que seja isto suficiente para que António Claro resolva ir à empresa esta manhã a indagar da existência de uma carta escrita por um tal Tertuliano Máximo Afonso, é francamente discutível, haja vista a incerteza de lá encontrar o que tão iludidamente imaginou, mas há ocasiões na vida em que uma urgente necessidade de arrancar-se ao marasmo da indecisão, de fazer algo, seja o que for, mesmo que inútil, mesmo que supérfluo, é o derradeiro sinal de capacidade volitiva que nos restou, como espreitar pela fechadura de uma porta por onde nos havia sido proibido entrar. António Claro já se levantou da cama, fê-lo com mil cuidados para não despertar a mulher, agora encontra-se meio estendido no sofá grande da sala e tem o guião do próximo filme aberto sobre os joelhos, será a sua justificação para ir à produtora, ele que nunca tinha precisado de as dar, nem nesta casa lhas pediram alguma vez, é o que sucede quando não se tem a consciência de todo tranquila, Há aqui uma dúvida que tenho de aclarar, dirá quando Helena aparecer, pelo menos falta uma réplica, tal como se lê a passagem não tem sentido. Afinal estará a dormir quando a mulher entrar na sala, mas o efeito não se perdeu por completo, ela julgou que ele se tinha levantado para estudar o papel, há algumas pessoas assim, gente a quem um apurado sentido da responsabilidade mantém permanentemente inquietas, como se em cada momento estivessem a faltar a um dever e de isso se acusassem. Acordou sobressaltado, explicou, balbuciando, que tinha passado mal a noite, e ela perguntou-lhe por que não voltava para a cama, e então ele explicou que havia encontrado um erro no guião que só na produtora poderia ser corrigido, e ela disse que isso não o obrigava a ir lá a correr, que fosse depois do almoço, e agora que dormisse. Ele insistiu, ela desistiu, só disse que a ela, sim, lhe apetecia meter-se outra vez entre os lençóis, Daqui a duas semanas começam as férias, verás o que eu vou dormir, de mais a mais com estes comprimidos, será o paraíso, Não vais passar as férias na cama, disse ele, A minha cama é o meu castelo, respondeu ela, por trás das suas muralhas estou a salvo, Precisas de ir a um médico, tu não eras assim, Compreende-se, nunca tinha andado com dois homens no pensamento até hoje, Suponho que não o dizes a sério, No sentido que lhe estás a dar, é evidente que não, além disso reconhece que seria bastante ridículo teres ciúmes de uma pessoa que eu nem sequer conheço e a quem, por minha vontade, nunca haverei de conhecer. Seria este o melhor momento para António Claro confessar que não é por causa de supostas deficiências do guião que vai à produtora, mas para ler, se for possível, uma carta escrita precisamente pelo segundo dos homens que ocupam o pensamento da mulher, ainda que seja lícito presumir, vista a maneira como o cérebro humano costuma funcionar, sempre pronto a resvalar para qualquer forma de delírio, que, ao menos nestes agitados dias, esse segundo homem terá passado à frente do primeiro. Reconheça-se, porém, que uma tal explicação, além de exigir demasiado esforço à confundida cabeça de António Claro, só viria enredar mais ainda a situação e, com alta probabilidade, não seria recebida por Helena com suficiente simpatia receptiva. António Claro limitou-se a responder que não tinha ciúmes, que seria estúpido tê-los, o que estava era preocupado com a saúde dela, Devíamos aproveitar as tuas férias e ir-nos para longe daqui, disse, Prefiro ficar em casa, e além disso tu vais ter esse filme, Tem tempo, não é para já, Mesmo assim, Podíamos ir para a casa de campo, peço a alguém da povoação que vá limpar-nos o jardim, Sufoco naquela solidão, Então vamos para outro sítio, Já te disse que prefiro ficar em casa, Será outra solidão, Mas nesta sinto-me bem, Se é isso o que realmente queres, Sim, é isso o que quero realmente. Não havia mais que dizer. O pequeno-almoço foi tomado em silêncio, e meia hora mais tarde Helena estava na rua, a caminho do emprego. António Claro não tinha a mesma pressa, mas também não tardou a sair. Entrou no carro a pensar que ia passar ao ataque. Só não sabia para quê.

Não é frequente aparecerem atores pelos escritórios da produtora, e esta deve ser a primeira vez que um deles vem fazer perguntas acerca da carta de um admirador, embora ela pareça distinguir-se das outras pelo desusado facto de não pedir nem fotografia nem autógrafo, apenas a direção, António Claro não sabe o que diz a carta, supõe que pede apenas a direção da casa onde vive. Provavelmente, António Claro não teria a tarefa fácil se não se desse a circunstância afortunada de conhecer um chefe de serviço que tinha sido seu colega nos tempos da escola e que o recebeu de braços abertos, com a frase da praxe, Então que te traz por cá, Sei que uma pessoa escreveu uma carta a pedir a minha direção, e gostaria de a ler, disse ele, Esses assuntos não os trato eu, mas vou pedir a alguém que te atenda. Chamou por intercomunicador, explicou de modo sumário o que se pretendia, e daí a momentos apareceu uma mulher nova que vinha a sorrir, já com as palavras preparadas, Bons dias, gostei muito de o ver no seu último filme, É muito amável, O que é que quer saber, Trata-se de uma carta escrita por uma pessoa que se chama Tertuliano Máximo Afonso, Se era a pedir fotografia, já não existe, a essas cartas não as guardamos, teríamos aí os arquivos a rebentar pelas costuras se as conservássemos, Tanto quanto julgo saber, pedia a minha direção e fazia um comentário sobre algo que me interessa, foi por isso que vim cá, Como disse que se chamava, Tertuliano Máximo Afonso, é professor de História, Conhece-o, Sim e não, quer dizer, falaram-me dele, Há quanto tempo foi escrita a carta, Talvez há mais de duas semanas e menos de três, mas a certeza não a tenho, Começarei por ver no registo de entradas, ainda que, na verdade, esse nome não me soa nada, É você que tem a cargo o registo, Não, é uma colega que está de férias, mas com um nome desses os comentários não teriam faltado, os Tertulianos devem ser poucos atualmente, Suponho que sim, Venha comigo, por favor, disse a mulher. António Claro despediu-se do amigo e seguiu-a, não era nada desagradável, tinha uma boa figura e usava um bom perfume. Atravessaram uma sala onde várias pessoas trabalhavam, duas delas abriram um pequeno sorriso quando o viram passar, o que demonstra, apesar de opiniões em contrário que, na sua maioria, se regem por cediços preconceitos de classe, que ainda há quem se fixe nos atores secundários. Entraram num gabinete rodeado de prateleiras, quase todas carregadas com livros de registo de grande formato. Um livro idêntico estava aberto em cima da única mesa que ali havia. Isto tem um ar de reconstituição histórica, disse António Claro, parece o arquivo duma Conservatória, Arquivo é, mas temporal, quando o livro que está aí na mesa chegar ao fim, irá para o lixo o mais antigo dos outros, não é o mesmo que numa Conservatória, onde tudo se guarda, vivos e mortos, Comparado com a sala de onde viemos, isto é outro mundo, Imagino que até nos escritórios mais modernos se devem encontrar sítios parecidos a este, como uma âncora ferrugenta presa ao passado e sem serventia. António Claro olhou-a com atenção e disse, Desde que aqui entrei já lhe ouvi uma quantidade de ideias interessantes, Acredita nisso, É o que penso, Talvez algo assim como um pardal que inesperadamente tivesse começado a cantar como um canário, Também essa ideia me agrada. A mulher não respondeu, virou umas quantas folhas, andou para trás três semanas e, com o dedo indicador da mão direita, começou a percorrer os nomes um a um. A terceira semana passou, a segunda também, estamos na primeira, acabámos de chegar ao dia de hoje, e o nome de Tertuliano Máximo Afonso não apareceu. Devem tê-lo informado mal, disse a mulher, esse nome não está aqui, o que significará que essa carta, se foi escrita, não entrou cá, ter-se-á perdido no caminho, Estou a dar-lhe demasiado trabalho, a abusar do seu tempo, mas, adiantou insinuante António Claro, talvez se recuássemos uma semana, Pois sim. A mulher fez passar novamente as folhas e suspirou. A quarta semana tinha sido abundantíssima em pedidos de fotografias, iria demorar um bom bocado a chegar a sábado, e a Deus graças, levantemos as mãos ao céu porque as solicitações que dizem respeito aos atores mais importantes sejam tratadas num setor dos serviços apetrechado com sistemas informáticos, nada que se assemelhe ao arcaísmo quase incunabular desta montanha de in-fólios reservados ao vulgo. A consciência de António Claro levara tempo a perceber que o trabalho de busca que a amável mulher estava a executar podia fazê-lo ele, e que seria mesmo sua obrigação ter-se oferecido para a substituir, tanto mais que os dados ali registados, pelo seu carácter elementar, nada mais que uma lista de nomes e moradas, o mesmo que qualquer pessoa encontra numa banal lista telefónica, não implicavam o menor grau de confidencialidade, nenhuma exigência de discrição que impusesse mantê-los ao abrigo da bisbilhotice de estranhos ao serviço. A mulher agradeceu a oferta com um sorriso, mas não aceitou, que não iria ficar ali de braços cruzados a vê-lo trabalhar, disse. Os minutos passavam, as folhas iam passando, já era quinta-feira e Tertuliano Máximo Afonso não aparecia. António Claro começou a sentir-se nervoso, a dar ao diabo a ideia que havia tido, a perguntar-se para que iria a maldita carta servir-lhe se acabasse por aparecer, e não encontrava uma resposta que estivesse à altura do desconforto da situação, até mesmo a diminuta satisfação de que o seu ego, como um gato guloso, tinha vindo à procura se estava a transformar rapidamente em vergonha. A mulher fechou o livro, Lamento muito, mas não está, E eu tenho de lhe rogar que me perdoe o trabalho que vim dar-lhe por causa de uma insignificância, Se tinha tanto empenho em ver a carta, não deveria ser uma insignificância, suavizou a mulher, generosa, Disseram-me que havia lá uma passagem que me poderia interessar, Que passagem, Não tenho bem a certeza, creio que era sobre a importância dos atores secundários para o êxito dos filmes, algo neste estilo. A mulher fez um movimento brusco, como se a memória a tivesse sacudido violentamente por dentro, e perguntou, Sobre os atores secundários, foi o que disse, Sim, respondeu António Claro, sem querer acreditar que pudesse ainda vir dali alguma réstia de esperança, Mas essa carta foi escrita por uma mulher, Por uma mulher, repetiu António Claro, sentindo que a cabeça lhe dava uma volta, Sim senhor, por uma mulher, E que aconteceu com ela, estou a referir-me à carta, evidentemente, A primeira pessoa que a leu achou que aquilo estava absolutamente fora das regras e foi a correr dar conhecimento do caso ao antigo chefe do departamento, que por sua vez fez subir o papel à administração, E depois, Nunca mais regressou aos serviços, ou o meteram na caixa-forte, ou foi triturado no esfarrapador da secretária do presidente do conselho de administração, Mas porquê, porquê, As perguntas são duas, e ambas pertinentes, provavelmente por causa da tal passagem, provavelmente porque a administração não viu com bons olhos a possibilidade de que começasse a circular por aí, dentro e fora da empresa, por todo o país, um abaixo-assinado a reclamar equidade e justiça para os atores secundários, seria uma revolução na indústria, e imagine o que poderia vir depois se a reivindicação fosse retomada pelas classes inferiores, pelos secundários da sociedade em geral, Falou de um antigo chefe do departamento, porque antigo, Porque, graças à sua genial intuição, foi logo promovido, Então, a carta desapareceu, sumiu-se, murmurou António Claro, desanimado, O original, sim, mas eu tinha guardado uma cópia para meu uso, um duplicado, Guardou uma cópia, repetiu António Claro, sentindo ao mesmo tempo que o estremecimento que acabava de lhe percorrer o corpo tinha sido causado não pela primeira, mas pela segunda das duas palavras, A ideia pareceu-me a tal ponto extraordinária que resolvi cometer uma pequena infração aos regulamentos internos do pessoal, E essa carta, tem-na consigo, Tenho-a em casa,

Ah, tem-na em casa, Se quiser um duplicado dela, não tenho nenhuma dúvida em lho dar, afinal o destinatário verdadeiro da carta é o ator Daniel Santa-Clara, aqui legalmente representado, Não sei como lhe agradeça, e, já agora, permita-me que lhe repita o que antes disse, foi um prazer conhecê-la e conversar consigo, Tenho dias, hoje veio encontrar-me de boa maré, ou talvez seja por me ter sentido na pele da personagem de um romance, Que romance, que personagem, Não tem importância, voltemos à vida real, deixemo-nos de fantasias e ficções, amanhã faço-lhe uma fotocópia da carta e mando-lha pelo correio para sua casa, Não quero que se incomode, eu passo por cá, Nem por sombras, imagine o que se pensaria nesta empresa se alguém me visse a entregar-lhe um papel, Perigaria a sua reputação, perguntou António Claro começando a desenhar um sorriso discretamente malicioso, Pior do que isso, cortou ela, perigaria o meu emprego, Desculpe, devo ter-lhe parecido inconveniente, mas não tive intenção de a magoar, Suponho que não, só confundiu o sentido das palavras, é uma coisa que está sempre a suceder, o que vale são os filtros que com o tempo e a continuação de ouvir se vão tecendo em nós, Que filtros são esses, São assim como uma espécie de coadores da voz, as palavras, ao passar, deixam sempre ficar borras, para saber o que de facto nos tinham querido comunicar há que analisar essas borras minuciosamente, Parece um processo complicado, Pelo contrário, as operações necessárias são instantâneas, como num computador, mas nunca se atropelam umas às outras, vai tudo pela sua ordem, direitinho ao fim, é uma questão de treino, Se não é antes um dom natural, como ter um ouvido absoluto, Neste caso não é preciso tanto, basta que se seja capaz de ouvir a palavra, a agudeza está noutro sítio, mas não pense que tudo são rosas, às vezes, e falo por mim, não sei o que acontece com as outras pessoas, chego a casa com os meus filtros como se estivessem entupidos, é uma pena que os duches que tomamos por fora não nos possam assear por dentro, Estou a chegar à conclusão de que não é como um canário que o pardal canta, mas como um rouxinol, Meu Deus, o que aí vai de borras, exclamou a mulher, Gostaria de voltar a vê-la, Calculo que sim, o meu filtro acaba de mo dizer, Estou a falar a sério, Mas não com seriedade, Nem sequer conheço o seu nome, Para que o quer, Não se irrite, é costume apresentarem-se as pessoas, Quando existe um motivo, E neste caso não o há, perguntou António Claro, Sinceramente, não o vejo, Imagine que venho a precisar outra vez da sua ajuda, É simples, pede ao meu chefe que chame aquela empregada que o ajudou desta vez, ainda que o mais provável seja vir atendê-lo a minha colega que está de férias, Ficarei então sem notícias suas, Cumprirei o prometido, receberá a carta da pessoa que quis saber a sua direção, Nada mais, Nada mais, respondeu a mulher. António Claro foi agradecer ao antigo colega, conversaram um pouco, e no fim perguntou, Como se chama a empregada que me atendeu, Maria, porquê, Realmente, pensando bem, por nada, não fiquei a saber mais do que já sabia, E que soubeste tu, Nada.

As contas eram fáceis de fazer. Se alguém nos afirma que escreveu uma carta e ela nos aparece depois com a assinatura de outra pessoa, por uma de duas hipóteses haverá que optar, ou esta segunda pessoa a escreveu a pedido da primeira, ou aquela primeira, por razões que a António Claro falta conhecer, falseou o nome da segunda. Daqui não há que sair. Como quer que seja, considerando que a morada inscrita no remetente da carta não é a da primeira pessoa, mas sim a da segunda, a quem a resposta da produtora tinha evidentemente de ser endereçada, considerando que todos os passos resultantes do conhecimento do seu conteúdo foram dados pela primeira e nem um só pela segunda, as conclusões a extrair deste caso são, mais do que lógicas, transparentes. Em primeiro lugar, é óbvio, patente e manifesto que as duas partes se puseram de acordo para levar a cabo a mistificação epistolar, em segundo lugar, por razões que António Claro igualmente ignora, que o objetivo da primeira pessoa era ficar na sombra até ao último momento, e o conseguiu. Foi a dar voltas a estas induções elementares que António Claro consumiu os três dias que a carta que lhe foi enviada pela enigmática Maria tardou em chegar. Vinha acompanhada de um cartão com as seguintes palavras, manuscritas, mas sem assinatura, Espero que lhe sirva para alguma coisa. Era esta precisamente a pergunta que António Claro dirigia agora a si mesmo, E depois disto, que faço eu. No entanto, há que dizer que, se à presente situação aplicássemos a teoria dos filtros ou coadores de palavras, aqui perceberíamos a presença de um depósito, de uma lia, de um sedimento, ou simplesmente de umas borras, como assim as prefere classificar a mesma Maria a quem António Claro se atreveu a chamar, só ele saberá com que intenções, primeiro, canário, e depois rouxinol, as quais borras, dizíamos, agora que já estamos instruídos no respetivo processo de análise, denunciam a existência de um propósito, talvez ainda impreciso, difuso, mas que apostamos a cabeça não se teria apresentado se a carta recebida estivesse assinada, não por uma mulher, mas por um homem. Quer-se dizer que se Tertuliano Máximo Afonso tivesse, por exemplo, um amigo de confiança, e tivesse combinado com ele a sinuosa estrangeirinha, Daniel Santa-Clara teria simplesmente rasgado a carta porque a consideraria um pormenor sem importância em relação ao fundo da questão, isto é, a igualdade absoluta que os aproxima e ao passo em que vamos muito provavelmente os separará. Mas, ai de nós, a carta vem assinada por uma mulher, Maria da Paz é o seu nome próprio, e António Claro, que no exercício da profissão nunca foi aprovado para desempenhar um papel de galã sedutor, nem sequer dos de nível subalterno, esforça-se o mais que pode por encontrar algumas compensações equilibradoras na vida prática, ainda que nem sempre com auspiciosos resultados, como ainda recentemente tivemos ocasião de verificar naquele episódio da empregada da produtora, convindo esclarecer, já agora, que, se não se fez antes referência a estas suas propensões amatórias, foi somente porque não vinham a propósito dos sucessos então narrados. Sendo, porém, as ações humanas, no geral, determinadas por uma concorrência de impulsos provenientes de todos os pontos cardeais e colaterais do sujeito de instintos que até agora não deixámos de ser, a par, evidentemente, de alguns fatores racionais que, não obstante todas as dificuldades, ainda vamos conseguindo introduzir na teia motivadora, e, uma vez que nas ditas ações tanto entra o mais puro como o mais sórdido e tanto conta a honestidade como a prevaricação, não estaríamos usando de justiça com António Claro se não aceitássemos, ainda que com carácter provisório, a explicação que sem dúvida nos prestaria acerca do percetível interesse que está a demonstrar pela signatária da carta, isto é, a natural curiosidade, muito humana também, de saber que tipo de relações existem entre um Tertuliano Máximo Afonso, seu autor intelectual, e, assim pensa ele, a sua autora material, essa tal Maria da Paz. Bastas ocasiões temos tido para reconhecer que perspicácia e alcance de vistas são qualidades que não faltam a António Claro, mas o certo é que nem o mais subtil dos investigadores que na ciência da criminologia deixaram rasto seria capaz de imaginar que, neste irregular assunto, e contra todas as evidências, sobretudo as documentais, o autor moral e o autor material do engano são uma e a mesma pessoa. Duas hipóteses óbvias pedem para ser consideradas, por esta ordem e subindo de menos a mais, a de que sejam simplesmente amigos e a de que sejam simplesmente amantes. António Claro inclina-se para esta última hipótese, em primeiro lugar por ser a mais conforme aos enredos sentimentais de que se limita a ser testemunha nos filmes em que costuma entrar, em segundo lugar, e por consequência, porque nela se encontra em território conhecido e com roteiros traçados. É a altura de perguntar se Helena tem conhecimento do que se está a passar aqui, se António Claro um destes dias teve a atenção de a informar da sua ida à produtora, da busca no registo e do diálogo com a inteligente e aromática empregada Maria, se lhe mostrou ou vai mostrar a carta assinada por Maria da Paz, se, enfim, como esposa, a fará participar do perigoso vaivém de pensamentos que lhe anda a cruzar a cabeça. A resposta é não, três vezes não. A carta chegou ontem de manhã, e a única preocupação que nesse momento teve António Claro foi procurar um sítio onde ninguém a pudesse descobrir. Já ali está, espalmada entre as páginas de uma História do Cinema que não tornou a despertar o interesse de Helena depois que, salteando muito, a leu nos primeiros meses do casamento. Por respeito à verdade, devemos dizer que António Claro, até agora, e apesar das inúmeras voltas dadas ao assunto, não conseguiu chegar a um traçado razoavelmente satisfatório de um plano de ação merecedor desse nome. No entanto, o privilégio de que gozamos, este de saber tudo quanto haverá de suceder até à última página deste relato, com exceção do que ainda vai ser preciso inventar no futuro, permite-nos adiantar que o ator Daniel Santa-Clara fará amanhã uma chamada telefónica para casa de Maria da Paz, nada mais que para saber se há alguém, não esquecer que estamos no verão, tempo de férias, mas não pronunciará uma palavra, da sua boca não sairá um único som, silêncio total, para que não suceda criar-se uma confusão, por parte de quem do outro lado estiver, entre a sua voz e a de Tertuliano Máximo Afonso, caso em que provavelmente não teria outro remédio, para disfarçar, que assumir a identidade dele, com imprevisíveis consequências no atual estado de coisas. Por mais inesperado que possa parecer, daqui a poucos minutos, antes que Helena regresse do emprego, e também para saber se está ausente, telefonará para casa do professor de História, mas as palavras não irão faltar desta vez, António Claro já leva o discurso preparado, quer haja quem o escute de lá, quer tenha de falar para o gravador. Eis o que dirá, eis o que está dizendo, Boas tardes, fala António Claro, imagino que não estaria à espera de uma chamada minha, realmente o contrário é que me surpreenderia, suponho que não se encontra em casa, se calhar a gozar férias na província, é natural, estamos no tempo delas, seja como for, ausente ou não, venho pedir-lhe um grande favor, o favor de me telefonar logo que regresse, sinceramente penso que ainda temos muitas coisas para dizer um ao outro, creio que nos deveríamos encontrar, não na minha casa de campo, que está francamente fora de mão, mas noutro sítio, num lugar discreto em que estejamos a salvo de olhares curiosos que em nada nos beneficiariam, espero que esteja de acordo, as melhores horas para me telefonar são entre as dez da manhã e as seis da tarde, em qualquer dia exceto sábado e domingo, mas, tome nota, só até ao fim da próxima semana. Não acrescentou, Porque a partir daí, a Helena, assim se chama a minha mulher, não sei se já lho teria dito, estará em casa, são as suas férias, em todo o caso, apesar de eu não andar ocupado com filmagens, não iremos para fora. Seria o mesmo que confessar que ela não está ao corrente do que se passa, e, faltando a confiança, que é nula na presente circunstância, uma pessoa sensata e equilibrada não se vai pôr a devassar as intimidades da sua vida conjugal, sobretudo em um caso de tanta monta como este. António Claro, cuja agudeza de engenho está provado nada ficar a dever à de Tertuliano Máximo Afonso, percebe que os papéis que ambos até agora haviam estado desempenhando foram trocados, que a contar de agora é ele quem terá de disfarçar-se, e que aquilo que havia começado por parecer uma gratuita e tardia provocação do professor de História, enviar-lhe, como uma bofetada, a barba postiça, tivera afinal uma intenção, nascera de uma presciência, anunciava um sentido. Ao lugar onde António Claro se encontrará com Tertuliano Máximo Afonso, seja ele qual for, é António Claro quem terá de ir disfarçado, e não Tertuliano Máximo Afonso. E assim como Tertuliano Máximo Afonso veio de barba postiça a esta rua para intentar ver António Claro e a mulher dele, assim de barba postiça irá também António Claro à rua onde reside Maria da Paz para descobrir que mulher é ela, assim a seguirá até ao banco e alguma vez mesmo à vista da casa de Tertuliano Máximo Afonso, assim irá ser a sua sombra pelo tempo necessário e até que a força compulsiva do que está escrito e do que se for escrevendo disponha de outra maneira. Depois do que ficou dito, compreende-se que António Claro tenha ido abrir a gaveta da cómoda onde se encontra a caixa com o bigode que em tempos que já lá vão adornou a cara de Daniel Santa-Clara, disfarce obviamente insuficiente para as atuais necessidades, a caixa de charutos vazia que desde há alguns dias guarda igualmente a barba postiça que António Claro vai usar. Também em tempos que já lá vão, houve na terra um rei considerado de grande sabedoria que, em um momento de inspiração filosófica fácil, afirmou, supõe-se que com a solenidade inerente ao trono, que debaixo do sol não havia nada de novo. A estas frases não convém tomá-las nunca demasiado a sério, não se dê o caso de as continuarmos a dizer quando tudo à nossa volta já mudou e o próprio sol já não é o que era. Em compensação, não variaram muito os movimentos e os gestos das pessoas, não só desde o terceiro rei de Israel como também desde aquele dia imemorial em que um rosto humano se apercebeu pela primeira vez de si mesmo na superfície lisa de um charco e pensou, Este sou eu. Agora, onde estamos, aqui, onde somos, decorridos que foram quatro ou cinco milhões de anos, os gestos primevos continuam a repetir-se monotonamente, alheios às mudanças do sol e do mundo por ele iluminado, e se de algo ainda necessitássemos para ter a certeza de que assim é, bastar-nos-ia observar como, diante da lisa superfície do espelho da sua casa de banho, António Claro ajusta a barba que havia sido de Tertuliano Máximo Afonso com os mesmos cuidados, a mesma concentração de espírito, e talvez um temor semelhante àqueles com que ainda não há muitas semanas Tertuliano Máximo Afonso, noutra casa de banho e diante de outro espelho, havia desenhado o bigode de António Claro na sua própria cara. Menos seguros porém de si mesmos que o seu bruto antepassado comum, não caíram na ingénua tentação de dizer, Este sou eu, é que desde então os medos mudaram muito e as dúvidas ainda mais, agora, aqui, em vez de uma afirmação confiante, o único que nos sai da boca é a pergunta, Este quem é, e a ela nem mais quatro ou cinco milhões de anos conseguirão provavelmente dar resposta. António Claro despegou a barba e foi guardá-la na caixa, Helena não tardará, cansada do trabalho, ainda mais silenciosa que de costume, parecerá que se move pela casa como se ela não fosse sua, como se os móveis lhe fossem estranhos, como se as esquinas e as arestas deles não a reconhecessem e, iguais a ciosos cães de guarda, ameaçadoramente rosnassem à sua passagem. Uma certa palavra do marido talvez pudesse mudar as coisas, mas já sabemos que nem António Claro nem Daniel Santa-Clara chegarão a pronunciá-la. Talvez não queiram, talvez não possam, todas as razões do destino são humanas, unicamente humanas, e quem, fundando-se em lições do passado, prefira dizer o contrário, seja em prosa, seja em verso, não sabe do que fala, com perdão do atrevido juízo.

No dia seguinte, depois de Helena ter saído, António Claro ligou para casa de Maria da Paz. Não se sentia especialmente nervoso ou excitado, o silêncio iria ser o seu escudo protetor. A voz que de lá respondeu era baça, com a fragilidade hesitante de quem está convalescente de uma incomodidade física, e, sendo embora, por todos os indícios, de uma mulher já de certa idade, não soa tão quebradiça como a de uma velha, ou uma anciã, para quem prefira os eufemismos. Não foram muitas as palavras que pronunciou, Está lá, está, quem fala, faça o favor de responder, está, está, que falta de respeito, nem em sua própria casa uma pessoa pode estar tranquila, e desligou, mas Daniel Santa-Clara, apesar de não orbitar no sistema solar dos atores de primeira grandeza, tem um excelente ouvido, para parentescos neste caso, por isso não lhe deu nenhum trabalho deduzir que a idosa senhora, se não é a mãe, é a avó, e se não é a avó, é a tia, com exclusão radical, por se encontrar francamente fora das realidades atuais, daquele gasto tópico literário da criada-velha-que-por-amor-aos-seus-amos-não-se-casou. Evidentemente, só por uma questão de método, falta ainda averiguar se há homens na casa, um pai, um avô, algum tio, algum irmão, mas com tal possibilidade não terá por que preocupar-se muito António Claro, uma vez que, em tudo e para tudo, para a saúde e para a doença, para a vida e para a morte, não é como Daniel Santa-Clara que irá aparecer a Maria da Paz, mas como Tertuliano Máximo Afonso, e esse, quer como amigo, quer como amante, se não lhe abriram a porta de par em par, deverá, pelo menos, desfrutar das vantagens de um estatuto relacional tacitamente reconhecido. Se a António Claro perguntássemos qual seria a sua preferência, de acordo com os fins que tem em vista, quanto à natureza da relação de Tertuliano Máximo Afonso e de Maria da Paz, se a de amantes, se a de amigos, não tenhamos dúvidas de que nos responderia que se essa relação fosse simplesmente de amizade não teria, para si, nem a metade do interesse que se fossem amantes. Como se pode ver, o plano de ação que António Claro tinha vindo a delinear não só avançou muito na localização dos objetivos como principia a ganhar a consistência de motivos que lhe faltava, embora tal consistência, salvo grave equívoco de interpretação da nossa parte, pareça ter sido conseguida graças a malévolas ideias de desforra pessoal que a situação, tal como se nos apresentava, não prometia nem de modo algum justificava. É verdade que Tertuliano Máximo Afonso desafiou frontalmente Daniel Santa-Clara quando, sem uma palavra, e isso foi talvez o pior, lhe despachou a barba postiça, mas com um pouco de senso comum as coisas poderiam ter ficado por aí, António Claro poderia ter encolhido os ombros e dizer para a mulher, O tipo é imbecil, se pensou que eu me deixaria levar pela provocação, estava muito enganado, atira-me esta porcaria para o caixote do lixo, e se cai na asneira de insistir com disparates destes, chama-se a polícia e acaba-se de uma vez a história, sejam quais forem as consequências. Infelizmente, o senso comum nem sempre aparece quando é necessário, não sendo poucas as vezes em que de uma sua ausência momentânea resultaram os maiores dramas e as catástrofes mais aterradoras. A prova de que o universo não foi tão bem pensado quanto conviria está no facto de ter o Criador mandado chamar sol à estrela que nos ilumina. Levasse o astro-rei o nome de Senso Comum e já veríamos como andaria hoje esclarecido o espírito humano, e isto tanto no que se refere ao diurno como ao noturno, porque, não há quem o ignore, a luz que dizemos da lua, luz da lua não é, mas sempre, e unicamente, luz do sol. É caso para pensar que se tantas foram as cosmogonias criadas desde o nascimento da fala e da palavra foi porque todas elas, uma por uma, falharam miseravelmente, regularidade essa que não augura nada de bom à que, com algumas variações, nos vem consensualmente regendo. Voltemos, porém, a António Claro. Está visto que ele quer, e o mais depressa possível, conhecer Maria da Paz, por más razões meteu-se-lhe a obsessiva vindicação na cabeça, e, como decerto já se terá percebido, não há nem no céu nem na terra forças que daí o consigam arredar. Não poderá, evidentemente, ir postar-se à porta do prédio onde ela vive e perguntar a cada mulher que venha entrando ou saindo, É você a Maria da Paz, também não poderá confiar-se às mãos dos fortuitos acasos da sorte, por exemplo, ir passear uma, duas, três vezes à rua em que ela mora, e à terceira vez dizer à primeira mulher que lhe aparecer pela frente, Você tem cara de ser Maria da Paz, não pode imaginar o enorme prazer que sinto por finalmente a conhecer, sou ator de cinema e chamo-me Daniel Santa-Clara, permita-me que a convide a tomar um café, é só atravessar a rua, estou convencido de que iremos ter muito para dizer um ao outro, a barba, ah sim, a barba, felicito-a por ser tão arguta e não se deixar enganar, mas rogo-lhe que não se assuste, esteja tranquila, quando nos encontrarmos num sítio discreto, um sítio em que eu a possa tirar sem perigo, verá como diante de si vai aparecer uma pessoa a quem conhece bem, creio até que intimamente, e a quem eu, sem a mínima inveja, felicitaria agora mesmo se aqui estivesse, o nosso Tertuliano Máximo Afonso. A pobre senhora ficaria terrivelmente confundida perante a prodigiosa transmutação, inexplicável a todos os títulos nesta altura da narrativa, é indispensável ter sempre presente a ideia condutora fundamental de que as coisas deverão aguardar o seu momento com paciência, não empurrar nem estender o braço por cima do ombro das que chegaram primeiro, não gritar, Aqui estou eu, ainda que não seja de desprezar totalmente a hipótese de que, se uma vez por outra, as deixássemos passar à frente, talvez certos males que se adivinham perdessem parte da virulência, ou se desvanecessem como fumo no ar, por um motivo tão banal como terem perdido a sua vez. Este derramar de considerações e análises, este espraiar complacente de reflexões e derivados em que ultimamente nos temos demorado, não deverão fazer perder de vista a prosaica realidade de que, no fundo, no fundo, o que António Claro quer saber é se Maria da Paz vai valer a pena, se vai realmente valer o trabalho que lhe está a dar. Fosse ela uma mulher desgraciosa, um pau-de-virar-tripas ou, pelo contrário, sofresse de uma excessiva abundância de volumes, o que, tanto num caso como no outro, apressemo-nos já a dizer, não constituiria obstáculo de maior se o amor tivesse posto o resto, e aí veríamos Daniel Santa-Clara a voltar rapidamente para trás, como tantas vezes terá acontecido em tempos passados, naqueles encontros que se tratavam por carta, as estratégias ridículas, as identificações ingénuas, eu levarei uma sombrinha azul na mão direita, eu levarei uma flor branca na botoeira, e finalmente nem sombrinha nem flor, talvez um deles esperando em vão no lugar combinado, ou então nem um nem outro, a flor atirada precipitadamente para a valeta, a sombrinha a esconder um rosto que afinal não quis ser visto. Que vá, porém, Daniel Santa-Clara tranquilo, Maria da Paz é uma mulher jovem, bonita, elegante, bem torneada no corpo e bem feita no carácter, atributo este, em todo o caso, não determinante na matéria em exame, uma vez que a balança em que antes se decidia a sorte da sombrinha e o destino da flor não é hoje especialmente sensível a ponderações dessa natureza. No entanto, António Claro tem ainda uma questão importante para resolver se não quiser passar horas e horas pespegado no passeio em frente da casa de Maria da Paz à espera de que ela apareça, com as fatais e perigosas consequências resultantes da natural desconfiança dos vizinhos, que não levariam muito tempo a telefonar à polícia avisando da presença suspeita de um homem de barbas que com certeza não veio aqui para segurar o prédio com as costas. Há que recorrer, por conseguinte, ao raciocínio e à lógica. O mais provável, evidentemente, é que Maria da Paz trabalhe, que tenha um emprego regular e horas certas de entrar e sair. Como Helena. António Claro não quer pensar em Helena, a si mesmo repete que uma coisa não tem nada que ver com a outra, que o que se passar com Maria da Paz não irá pôr em risco o seu casamento, até se lhe poderia chamar um mero capricho, desses a que se diz serem facilmente sujeitos os homens, se as palavras mais exatas, no caso presente, não fossem antes as de desforra, desforço, despique, desagravo, desafronta, represália, rancor, vindicta, se não mesmo a pior de todas, ódio. Meu Deus, que exagero, o que aí vai, dirão as pessoas felizes que nunca se viram diante de uma cópia de si mesmas, que nunca receberam a insolente desfeita de uma barba postiça dentro de uma caixa e sem, ao menos, um bilhete com uma palavra simpática ou bem-humorada que amenizasse o choque. O que neste momento acaba de passar pela cabeça de António Claro vai mostrar até que ponto, contra o mais elementar bom senso, uma mente dominada por sentimentos inferiores é capaz de obrigar a própria consciência a pactuar com eles, forçando-a, ardilosamente, a pôr as piores ações em harmonia com as melhores razões e a justificá-las umas pelas outras, numa espécie de jogo cruzado em que sempre o mesmo terá de ganhar ou de perder. O que António Claro acabou de pensar, por incrível que nos pareça, foi que levar a amante de Tertuliano Máximo Afonso para a cama à falsa fé, além de responder à bofetada com uma bofetada mais sonora, será, imagine-se o absurdo propósito, a mais drástica maneira de desagravar a dignidade ofendida de Helena, sua mulher. Ainda que lho rogássemos com todo o empenho, António Claro não nos saberia explicar que ofensas tão singulares teriam sido essas que só uma nova e não menos chocante ofensa poderia supostamente desagravar. Ele tem esta ideia fixa, não há nada a fazer por agora. Já não é pouco que consiga ainda tornar ao raciocínio interrompido, aquele em que se havia lembrado de Helena como similar a Maria da Paz nas suas obrigações de empregadas, aquilo do trabalho regular e das entradas e saídas a horas certas. Em lugar de andar rua acima, rua abaixo, na expectativa de um mais que improvável encontro ocasional, o que deverá fazer é ir para lá muito cedo, colocar-se num sítio onde não seja notado, esperar que Maria da Paz saia e depois segui-la até ao emprego. Nada mais fácil, dir-se-á, e, contudo, que enorme engano. A primeira dificuldade está em ignorar ele se Maria da Paz, ao sair de casa, virará à esquerda ou virará à direita, e portanto até que ponto a sua posição de vigilante, em relação quer à direção por ela escolhida, quer ao lugar onde ele próprio deixará o carro, virá a complicar ou a facilitar a tarefa do seguimento, sem esquecer ainda, e aqui se apresenta o segundo e não menor embaraço, a possibilidade de que ela tenha o seu próprio carro estacionado à porta, não lhe dando tempo a ele para correr ao seu e meter-se no trânsito sem a perder de vista. O mais provável será que falhe em tudo no primeiro dia, que volte no segundo para falhar uma e acertar noutra, e confiar que o patrono dos detetives, impressionado pela pertinácia deste, tome a seu cuidado fazer do dia terceiro uma perfeita e definitiva vitória na arte de seguir um rasto. António Claro terá ainda um problema para resolver, é certo que relativamente insignificante em comparação com as ingentes dificuldades já solucionadas, mas que requer um tato e uma naturalidade a toda a prova no seu tratamento. Exceto quando as obrigações do trabalho, filmagens matutinas ou em lugar afastado da cidade, lhe impõem que se arranque cedo ao conforto dos lençóis, Daniel Santa-Clara, como já se terá observado, é propenso a deixar-se ficar no choco da cama uma ou duas horas depois de Helena sair para o emprego. Terá portanto de inventar uma boa explicação para o facto insólito de se propor madrugar, não um dia, mas dois, e talvez mesmo três, quando, como sabemos, se encontra num período de pousio profissional, à espera do sinal de ação para O Julgamento do Ladrão Simpático, em que interpretará o papel de um advogado auxiliar. Dizer a Helena que tem uma reunião com os produtores não seria de todo uma má ideia se as averiguações sobre Maria da Paz ficassem concluídas em um só dia, mas a probabilidade de que tal sorte suceda é, vistas as circunstâncias, mais do que remota. Por outro lado, os dias precisos às suas indagações não terão de ser necessariamente sucessivos, nem isso seria conveniente, pensando bem, para o fim que tem em vista, porquanto o aparecimento de um homem de barbas três dias a fio na rua onde mora Maria da Paz, além de despertar suspeitas e alarme na vizinhança, como deixámos dito antes, poderia ocasionar o renascimento de pesadelos infantis historicamente fora de tempo, portanto traumáticos a dobrar, quando tão certos estávamos de que o advento da televisão havia limpado da imaginação das crianças modernas, e de uma vez para sempre, a ameaça terrível que o homem das barbas representou para gerações e gerações de infantes inocentes. Posto a pensar nesta via, António Claro chegou rapidamente à conclusão de que não tinha qualquer sentido estar a preocupar-se com hipotéticos segundos e terceiros dias ainda antes de saber o que o primeiro teria para lhe oferecer. Dirá portanto a Helena que amanhã vai participar numa reunião de trabalho na produtora, Terei de lá estar o mais tardar às oito, Tão cedo, estranhará ela, sem demasiada ênfase, Só podia ser nesta hora, o realizador sai para o aeroporto ao meio-dia, Muito bem, disse ela, e foi-se meter na cozinha, fechando a porta, para decidir o que faria para o jantar. Tinha tempo de sobra, mas queria estar sozinha. Dissera no outro dia que a sua cama era o seu castelo, também poderia ter dito que a cozinha era o seu baluarte. Ágil e silencioso como o ladrão simpático, António Claro foi abrir a gaveta do móvel onde estava guardada a caixa dos postiços, retirou a barba e, silencioso e ágil, escondeu-a debaixo de um dos coxins do sofá grande da sala, no lado onde quase nunca ninguém se senta. Para não se amachucar demasiado, pensou.

Poucos minutos tinham passado das oito horas da manhã seguinte quando arrumou o carro quase em frente da porta por onde esperava ver sair Maria da Paz, do outro lado da rua. Parecia que o patrono dos detetives tinha ficado ali toda a noite a guardar-lhe o lugar. A maioria dos estabelecimentos de comércio ainda estão fechados, um ou outro para férias do pessoal conforme os papéis afixados explicam, veem-se poucas pessoas, uma fila delas, mais curta que longa, espera o autocarro. António Claro não tardou a perceber que as suas laboriosas congeminações sobre como e onde deveria colocar-se para espiar Maria da Paz tinham sido não só uma perda de tempo como um gasto inútil de energia mental. Dentro do carro, a ler o jornal, é onde menos se arrisca a provocar as atenções, parecerá que está à espera de alguém, e esta é uma pura verdade, mas não se pode dizer em voz alta. Do prédio sob vigilância, a espaços, saíram umas quantas pessoas, homens quase todas, mas das mulheres nenhuma que correspondesse à imagem que António Claro, sem se aperceber, havia estado formando na sua mente com a ajuda de algumas figuras femininas dos filmes em que participou. Eram oito e meia em ponto quando a porta do prédio se abriu e uma mulher nova e bonita, agradável de ver dos pés à cabeça, saiu acompanhada por uma senhora de idade. São elas, pensou. Largou o jornal, ligou o motor e esperou, inquieto como um cavalo metido na baia, à espera do disparo de partida. Devagar, as duas mulheres seguiram pelo lado direito do passeio, a mais nova dando o braço à mais velha, não há aqui mais que saber, são mãe e filha, e provavelmente vivem sozinhas, A velha é a que respondeu ontem ao telefone, pela maneira como caminha deve ter estado doente, e a outra, a outra aposto eu a cabeça em como é a célebre Maria da Paz, que não está nada mal de físico, não senhor, o professor de História tem bom gosto. As duas já lá iam adiante, e António Claro não sabia que fazer. Podia segui-las e voltar para trás quando entrassem no carro, mas isso seria arriscar-se a perdê-las. Que faço, fico, não fico, aonde irão aquelas gajas, a culpa da grosseira expressão teve-a o nervosismo, não é costume de António Claro usar este género de linguagem, saiu-lhe sem querer. Disposto a tudo, saltou do carro e, alargando o passo, foi atrás das duas mulheres. Quando as teve à distância de uns trinta metros abrandou e procurou acertar por elas o andamento. Para evitar aproximar-se demasiado, tão devagar a mãe de Maria da Paz caminhava, teve de parar de vez em quando e fingir que olhava as montras das lojas. Surpreendeu-se a notar que a lentidão o começava a irritar, como se nela adivinhasse um obstáculo a ações futuras que, embora ainda não completamente definidas na sua cabeça, não poderiam, em qualquer caso, tolerar o mínimo estorvo. A barba postiça fazia-lhe comichão, o caminho parecia não acabar nunca mais, e a verdade é que não tinha andado assim tanto, ao todo uns trezentos metros, a próxima esquina foi o fim da jornada, Maria da Paz ajuda a mãe a subir a escada da igreja, despede-se dela com um beijo, e agora volta para trás pelo mesmo passeio, com o passo lesto que têm algumas mulheres, que andam como se dançassem. António Claro atravessou para o outro lado da rua, parou uma vez mais diante de uma montra em cujo vidro daí a pouco passaria a figura esbelta de Maria da Paz. Agora toda a atenção será pouca, uma indecisão poderá deitar tudo a perder, se ela entra num destes carros e ele não consegue chegar a tempo ao seu, adeus minhas encomendas, até ao segundo dia. O que António Claro não sabe é que Maria da Paz não tem automóvel, que vai tranquilamente esperar o autocarro que a levará até perto do banco onde trabalha, afinal, o compêndio do perfeito detetive, atualizado no que respeita a tecnologias de ponta, havia-se esquecido de que, dos cinco milhões de habitantes da cidade, alguns deveriam ter ficado para trás na aquisição de meios de locomoção próprios. A fila de espera tinha aumentado pouco, Maria da Paz entrou nela, e António Claro, para não ficar demasiado perto, deixou que lhe passassem à frente três pessoas, é certo que a barba postiça lhe tapa a cara, mas os olhos não, nem o nariz, nem as sobrancelhas, nem a testa, nem o cabelo, nem as orelhas. Alguém formado em doutrinas esotéricas aproveitaria para acrescentar a alma à lista do que uma barba não tapa, mas sobre esse ponto faremos silêncio, por nossa causa não se agravará um debate inaugurado mais ou menos no princípio dos tempos e que tão cedo não acabará. O autocarro chegou, Maria da Paz ainda conseguiu encontrar um lugar livre, António Claro irá de pé na coxia, lá para trás. Foi melhor assim, pensou, viajaremos juntos.

O que Tertuliano Máximo Afonso contou à mãe é que havia conhecido uma pessoa, um homem, cujas parecenças consigo chegavam a um tal ponto que quem os não conhecesse perfeitamente de certeza os confundiria, que se tinha encontrado com ele e que se havia arrependido de ter dado esse passo, porque ver-se repetido, com pequenas diferenças, em um ou dois autênticos irmãos gémeos ainda vá que não vá, uma vez que é tudo a mesma família, ao passo que estar na frente de um estranho nunca visto antes e por um instante sentir-se a duvidar de quem era um e de quem era o outro, Estou convencido de que a mãe, pelo menos à primeira vista, não seria capaz de adivinhar qual dos dois era o seu filho, e se acertasse seria um puro acaso, Nem que me trouxessem aqui dez iguais a ti, vestidos da mesma maneira, e tu metido no meio deles, para o meu filho é que apontaria logo, o instinto materno não se engana, Não existe nada no mundo a que se possa chamar com propriedade instinto materno, se nos tivessem separado quando eu nasci e vinte anos mais tarde viéssemos a encontrar-nos, tem a certeza de que seria capaz de me reconhecer, Reconhecer, não digo tanto, porque não é o mesmo a carinha enrugada de uma criança acabada de nascer e o rosto de um homem de vinte anos, mas aposto o que quiseres que algo dentro de mim me faria olhar-te duas vezes, E à terceira, se calhar, desviaria os olhos a outro lado, É possível que sim, mas a partir desse momento talvez com uma dor no coração, E eu, olharia eu para si duas vezes, perguntou Tertuliano Máximo Afonso, O mais certo é que não, disse a mãe, mas isso é porque os filhos são todos uns ingratos. Riram-se ambos, e ela perguntou, E essa era a causa de andares tão preocupado, Sim, o choque foi muito forte, não posso acreditar que tivesse sucedido alguma vez outro caso semelhante, suponho que a própria genética o contrariaria, nas primeiras noites cheguei a ter pesadelos, era como uma obsessão, E agora, em que pé estão as coisas, Felizmente, o senso comum veio dar uma ajuda, fez-nos perceber que se tínhamos vivido até àquela altura ignorando cada um que o outro existia, com muito maior razão nos devíamos manter afastados depois de nos termos conhecido, repare que nem poderíamos estar juntos, não poderíamos ser amigos, Mais provavelmente inimigos, Houve uma altura em que cheguei a pensar que isso pudesse vir a suceder, mas os dias foram passando, os rios voltaram ao leito, o que ainda resta de tudo aquilo é como a recordação de um sonho mau que o tempo irá extinguindo pouco a pouco na memória, Esperemos que neste caso assim seja. Tomarctus estava deitado aos pés de dona Carolina, com o pescoço estendido e a cabeça descansando sobre as patas cruzadas, como se dormisse. Tertuliano Máximo Afonso olhou-o durante uns instantes e disse, Pergunto-me que faria este animal se se encontrasse diante do tal homem e de mim, em qual de nós dois veria ele o amo, Conhecer-te-ia pelo cheiro, Isso é supor que não cheiramos ao mesmo, e essa certeza eu não a tenho, Alguma diferença deverá haver, É possível, As pessoas poderão ser muito parecidas de cara, mas não de corpo, imagino que vocês não se foram pôr nus diante de um espelho, a comparar tudo, até às unhas dos pés, Evidentemente que não, minha mãe, respondeu rápido Tertuliano Máximo Afonso, e em rigor não era mentira, que diante de um espelho, realmente diante de um espelho, nunca havia estado com António Claro. O cão abriu os olhos, tornou a fechá-los, abriu-os outra vez, devia ter pensado que eram horas de se levantar e ir ver ao pátio se os gerânios e o alecrim teriam crescido muito desde a última vez. Espreguiçou-se, estirou primeiro as patas dianteiras e depois as de trás, esticando a espinha o mais que podia, e caminhou para a porta. Aonde vais, Tomarctus, perguntou aquele dono que só de tempos a tempos aparece. O cão parou no limiar, virou a cabeça à espera de uma ordem que se percebesse, e, como ela não veio, saiu. E a Maria da Paz, disseste-lhe o que estava a suceder, perguntou dona Carolina, Não, não a iria sobrecarregar com preocupações que a mim já me custavam tanto a aguentar, Compreendo isso, mas também compreenderia se lho tivesses dito, Considerei que era melhor não lhe falar do caso, E agora que já passou tudo, não lho dirás, Não vale a pena, um dia em que ela me viu mais inquieto prometi-lhe que sim, que lhe diria o que se passava comigo, que naquele momento não podia, mas que um dia lhe contaria tudo, E pelos vistos esse dia não vai chegar, É preferível deixar as coisas como estão, Há situações em que o pior que se pode fazer é deixar as coisas como estão, só serve para lhes dar mais força, Também poderá servir para que se cansem e nos deixem tranquilos, Se gostasses da Maria da Paz, contar-lhe-ias, Eu gosto dela, Gostarás, mas não o bastante, se dormes na mesma cama com uma mulher que te ama e não te abres com ela, pergunto-te que estás a fazer ali, Defende-a como se a conhecesse, Nunca a vi, mas conheço-a, Só o que soube por mim, e não pode ter sido muito, As duas cartas em que me falaste dela, alguns comentários ao telefone, não precisei de mais, Para saber que ela era a mulher que me convinha, Também o poderia ter dito por essas palavras se igualmente pudesse dizer de ti que eras o homem que lhe convinha a ela, E não crê que o fosse, ou que o seja, Talvez não, A solução melhor, portanto, é a mais simples, acabar com a relação que temos mantido, És tu quem o diz, não eu, Há que ser lógicos, minha mãe, se ela me convém, mas eu a ela não, que sentido tem desejar tanto que nos casemos, Para que ela ainda lá estivesse quando tu despertasses, Não ando a dormir, não sou sonâmbulo, tenho a minha vida, o meu trabalho, Há uma parte de ti que dorme desde que nasceste, e o meu medo é que um dia destes sejas obrigado a acordar violentamente, O que a mãe tem é vocação para Cassandra, Que é isso, A pergunta não deve ser que é isso, mas quem é essa, Então ensina-me, sempre ouvi dizer que ensinar quem não sabe é uma obra de misericórdia, A tal Cassandra era filha do rei de Troia, um que se chamava Príamo, e quando os gregos foram pôr o cavalo de madeira às portas da cidade, ela começou a gritar que a cidade seria destruída se o cavalo fosse trazido para dentro, vem tudo explicado em pormenor na Ilíada do Homero, a Ilíada é um poema, Já ouvi falar, e que aconteceu depois, Os troianos acharam que ela estava louca e não fizeram caso dos vaticínios, E depois, Depois a cidade foi assaltada, saqueada, reduzida a cinzas, Portanto essa Cassandra que tu dizes tinha razão, A História ensinou-me que Cassandra tem sempre razão, E tu declaraste que eu tenho vocação para Cassandra, Disse-o e repito, com todo o amor de um filho que tem uma mãe bruxa, Logo, tu és um daqueles troianos que não acreditaram, e por isso Troia foi queimada, Neste caso não há nenhuma Troia para queimar, Quantas Troias com outros nomes e noutros lugares foram queimadas depois dessa, Inúmeras, Não queiras tu então ser mais uma, Não tenho nenhum cavalo de madeira à porta de casa, E se o tiveres, escuta a voz desta Cassandra velha, não o deixes entrar, Estarei atento aos relinchos, Unicamente te peço que não voltes a encontrar-te com esse homem, promete-mo, Prometo. O cão Tomarctus achou que estava na altura de regressar, tinha andado a farejar o alecrim e os gerânios do pátio, mas não era dali que vinha agora. A sua última passagem fora pelo quarto de Tertuliano Máximo Afonso, viu em cima da cama a mala aberta, e já levava em cima bastantes anos de cão para saber o que aquilo significava, por isso desta vez não se foi deitar aos pés da dona que nunca dali sai, mas sim de estoutro que está a ponto de se ir embora.

Depois de todas as dúvidas que havia tido sobre a forma mais cautelosa de informar a mãe do espinhoso caso do gémeo absoluto, ou, para usar estas fortes e populares palavras, do sósia cuspido e escarrado, Tertuliano Máximo Afonso ia agora razoavelmente convencido de que conseguira rodear a dificuldade sem deixar atrás de si demasiadas preocupações. Não tinha podido evitar que a questão de Maria da Paz viesse uma vez mais à superfície, mas surpreendia-se a recordar algo que havia sucedido durante a conversa, na altura em que dissera que o melhor era acabar de uma vez com a relação, e foi ter experimentado nesse mesmo instante, mal tinha acabado de pronunciar a sentença aparentemente irremissível, uma espécie de lassidão interior, um anseio meio consciente de abdicação, como se uma voz dentro da sua cabeça trabalhasse para lhe fazer ver que talvez a sua obstinação não fosse outra coisa que o último reduto detrás do qual ainda tentava abafar a sua vontade de içar a bandeira branca das rendições incondicionais. Se assim é, cogitou, tenho a obrigação estrita de refletir a sério no assunto, analisar temores e indecisões que o mais provável é que sejam herança do outro casamento, e sobretudo resolver de uma vez, para meu próprio governo, que vem a ser isso de gostar de uma pessoa ao ponto de querer viver com ela, porque a verdade manda-me reconhecer que nem em tal pensei quando me casei, e a mesma verdade, já agora, manda que confesse que, no fundo, o que me assusta é a possibilidade de falhar outra vez. Estes louváveis propósitos entretiveram a viagem de Tertuliano Máximo Afonso, alternando com imagens fugazes de António Claro que o pensamento, curiosamente, se negava a representar na semelhança total que lhe correspondia, como se, contra a própria evidência dos factos, se recusasse a admitir-lhe a existência. Recordava também fragmentos das conversas que havia tido com ele, sobretudo a da casa no campo, mas com uma impressão singular de distância e alheamento, como se nada daquilo tivesse realmente que ver consigo, como se se tratasse de uma história em tempos lida num livro e da qual não restassem mais que algumas páginas soltas. Prometeu à mãe que nunca mais se encontrará com António Claro e assim será, ninguém o poderá acusar amanhã de haver dado um só passo nesse sentido. A vida vai mudar. Telefonará a Maria da Paz assim que chegar a casa, Devia ter ligado lá de cima, pensou, foi uma falta de atenção que não tem desculpa, nem que fosse, ao menos, para saber do estado de saúde da mãe, era o mínimo, tanto mais que pode bem acontecer que ela venha a ser minha sogra. Sorriu Tertuliano Máximo Afonso a uma perspetiva que vinte e quatro horas antes lhe teria feito crispar os nervos, está visto que as férias lhe fizeram bem ao corpo e ao espírito, sobretudo aclararam-lhe as ideias, é outro homem. Chegou ao fim da tarde, arrumou o carro em frente da porta, e ágil, flexível, bem-disposto, como se não tivesse acabado de fazer, sem parar uma só vez, mais de quatrocentos quilómetros, subiu a escada com a ligeireza de um adolescente, nem dava pelo peso de uma mala que, como é natural, carregava mais à volta que à ida, e pouco lhe faltou para entrar em casa em passo de dança. De acordo com as convenções tradicionais do género literário a que foi dado o nome de romance e que assim terá de continuar a ser chamado enquanto não se inventar uma designação mais conforme às suas atuais configurações, esta alegre descrição, organizada numa sequência simples de dados narrativos em que, de modo deliberado, não se permitiu a introdução de um único elemento de teor negativo, estaria ali, arteiramente, a preparar uma operação de contraste que, dependendo dos objetivos do ficcionista, tanto poderia ser dramática como brutal ou aterradora, por exemplo, uma pessoa assassinada no chão e ensopada no seu próprio sangue, uma reunião consistorial de almas do outro mundo, um enxame de abelhões furiosos de cio que confundissem um professor de História com a abelha-mestra, ou, pior ainda, tudo isto reunido em um só pesadelo, uma vez que, como se tem demonstrado à saciedade, não existem limites para a imaginação dos romancistas ocidentais, pelo menos desde o antes citado Homero, que, pensando bem, foi o primeiro de todos eles. A casa de Tertuliano Máximo Afonso abriu-lhe os braços como uma outra mãe, com a voz do ar murmurou, Vem, meu filho, aqui me encontras à tua espera, eu sou o teu castelo e o teu baluarte, contra mim não vale nenhum poder, porque sou tua mesmo quando estás ausente, e mesmo destruída serei sempre o lugar que foi teu. Tertuliano Máximo Afonso pousou a mala no chão e ligou as luzes do teto. A sala estava arrumada, sobre os tampos dos móveis não havia um grão de pó, é uma grande e solene verdade que os homens, mesmo vivendo sozinhos, nunca conseguem separar-se inteiramente das mulheres, e agora não estávamos a pensar em Maria da Paz, que por suas pessoais e duvidosas razões apesar de tudo o confirmaria, mas à vizinha do andar de cima, que ontem passou aqui toda a manhã a limpar, com tanto cuidado e atenção como se a casa fosse sua, ou mais ainda, provavelmente, que se o fosse. O gravador de chamadas tem a luz acesa, Tertuliano Máximo Afonso senta-se para escutar. A primeira que lhe saltou lá de dentro foi a do diretor da escola a desejar-lhe umas boas férias e a querer saber se a redação da proposta para o ministério ia avançando, Sem prejuízo, escusado seria dizer, do seu legítimo direito ao descanso depois de um ano letivo tão trabalhoso, a segunda fez ouvir a voz pachorrenta e paternal do colega de Matemática, nada de importante, apenas para perguntar como andava ele a sentir-se do marasmo e sugerir que um largo passeio pelo país, sem nenhuma pressa e em boa companhia, talvez fosse a melhor terapêutica para os seus padecimentos, a terceira chamada era a que António Claro deixou no outro dia, a que começava assim, Boas tardes, fala António Claro, calculo que não estaria à espera de uma chamada minha, bastou que a voz dele tivesse ressoado naquela até aí tranquila sala para se tornar evidente que as convenções tradicionais do romance atrás citadas não são, afinal de contas, um mero e desgastado recurso de narradores ocasionalmente minguados de imaginação, mas sim uma resultante literária do majestoso equilíbrio cósmico, uma vez que o universo, sendo embora, desde as suas origens, um sistema falto de qualquer tipo de inteligência organizativa, dispôs em todo o caso de tempo mais que suficiente para ir aprendendo com a infinita multiplicação das suas próprias experiências, de modo a culminar, como o vem demonstrando o incessante espetáculo da vida, em uma infalível maquinaria de compensações que só necessitará, também ela, de um pouco mais de tempo para mostrar que qualquer pequeno atraso no funcionamento das suas engrenagens não tem a mínima importância para o essencial, tanto faz que haja que esperar um minuto ou uma hora, como um ano ou um século. Recordemos a excelente disposição com que o nosso Tertuliano Máximo Afonso entrou em casa, recordemos, uma vez mais, que, de acordo com as convenções tradicionais do romance, reforçadas pela efetiva existência da maquinaria de compensação universal a que acabámos de fazer fundamentada referência, deveria ter dado de caras com algo que no mesmo instante lhe destruísse a alegria e o afundasse nas vascas do desespero, da aflição, do medo, de tudo o que sabemos que é possível encontrar ao virar uma esquina ou ao meter a chave a uma porta. Os monstruosos terrores que então descrevemos não passaram de exemplos simples, poderiam ter sido aqueles, poderiam ter sido piores, e afinal nem uns nem outros, a casa abriu maternalmente os braços ao seu proprietário, disse-lhe umas quantas palavras bonitas, das que todas as casas sabem dizer, mas que na maior parte das vezes os seus moradores não aprenderam a ouvir, enfim, para não ter de usar mais palavras, parecia que nada poderia estragar o regresso feliz de Tertuliano Máximo Afonso ao lar. Puro engano, pura confusão, ilusão pura. As rodagens da maquinaria cósmica tinham-se transportado para os intestinos eletrónicos do gravador de chamadas, à espera de que um dedo viesse premir o botão que abriria a porta da jaula ao último e mais temível dos monstros, não já o cadáver ensanguentado no chão, não já o inconsistente consistório de fantasmas, não já a nuvem zumbidora e libidinosa dos zangões, mas a voz estudada e insinuadora de António Claro, estes seus instantes rogos, que, por favor, nos tornemos a ver, que, por favor, temos muitas coisas para falar um com o outro, quando nós, os que deste lado estamos, somos boas testemunhas de que ainda ontem, por estas precisas horas, Tertuliano Máximo Afonso estava a prometer à mãe que nunca mais voltaria a ter trato com aquele homem, fosse para se encontrar com ele em pessoa, fosse sequer para lhe telefonar a dizer que o terminado, terminado estava, e que o deixasse em paz e sossego, por favor. Aplaudamos energicamente a decisão, porém, e para isso bastará que nos coloquemos no lugar dele, compadeçamo-nos por um momento do estado de nervos em que a chamada deixou o pobre Tertuliano Máximo Afonso, a testa outra vez banhada em suor, as mãos outra vez trémulas, a sensação até agora não conhecida de que o teto lhe vai cair em cima da cabeça de um momento para o outro. A luz do gravador permanece acesa, sinal de que ainda há lá dentro uma ou mais chamadas. Sob a violenta impressão do choque que a mensagem de António Claro lhe tinha causado, Tertuliano Máximo Afonso havia feito deter-se o mecanismo de leitura e agora treme de ouvir o resto, não vá aparecer-lhe aquela mesma voz, quem sabe se a marcar, desprezando a sua concordância, o dia, a hora e o local do novo encontro. Levantou-se da cadeira e do abatimento em que havia caído, dirigiu-se ao quarto para trocar de roupa, mas ali mudou de ideias, do que mais está a precisar é de um duche de água fria que o sacuda e revigore, que arraste pelo escoadouro abaixo as nuvens negras que lhe toldam a cabeça e lhe têm embotado o raciocínio ao ponto de nem sequer lhe haver ocorrido antes que o mais provável é que a chamada, ou ao menos uma delas, se outras há, seja de Maria da Paz. Acaba de lhe ocorrer agora mesmo, e foi como se uma bênção retardada tivesse finalmente descido do chuveiro, como se um outro banho lustral, não o das três mulheres nuas na varanda, mas o deste homem só e fechado na precária segurança da sua casa, compassivamente, no mesmo escorrer da água e da espuma, o libertasse das sujidades do corpo e dos temores da alma. Pensou em Maria da Paz com uma espécie de nostálgica serenidade, como teria pensado no porto donde partiu um barco que andasse navegando ao redor do mundo. Lavado e enxuto, refrescado e vestido com roupa limpa, voltou à sala para ouvir o resto das mensagens. Começou por suprimir as do diretor da escola e do professor de Matemática, que não valia a pena conservar, de testa franzida escutou novamente a de António Claro, que fez desaparecer com um golpe seco na tecla respetiva, e dispôs-se a prestar atenção ao que viria a seguir. A quarta chamada foi de alguém que não quis falar, a ligação durou a eternidade de trinta segundos, mas do outro lado não saiu nem um sussurro, nenhuma música se percebeu ao fundo, nem sequer uma levíssima respiração se deixou captar por inadvertência, muito menos de propósito resfolegada, como é de uso no cinema quando se quer fazer subir até à angústia a tensão dramática. Não me digam que é outra vez aquele tipo, pensava Tertuliano Máximo Afonso, furioso, enquanto esperava que desligassem. Não era ele, não poderia ser, quem antes havia deixado um discurso tão completo não iria com certeza fazer outra chamada para ficar calado. A quinta e última ligação foi de Maria da Paz, Sou eu, disse ela, como se no mundo não existisse nenhuma outra pessoa que pudesse dizer, Sou eu, sabendo de antemão que seria reconhecida, Imagino que estarás a chegar por estes dias, espero que tenhas descansado bastante, ainda pensei que me telefonarias de casa da tua mãe, mas já devia saber que contigo não se pode contar para estas coisas, enfim, não importa, ficam-te aí as palavras de recebimento de uma amiga, fala-me quando te apetecer, quando tiveres vontade, mas não como quem se sentiu obrigado a fazê-lo, isso seria mau para ti e para mim, às vezes ponho-me a imaginar o maravilhoso que seria se me telefonasses apenas porque sim, simplesmente como alguém a quem lhe deu a sede e vai beber um copo de água, mas isso já sei que seria pedir-te demasiado, nunca finjas comigo uma sede que não sintas, desculpa, o que eu te vinha dizer não era isto, só desejar-te que regresses a casa com saúde, ah, a propósito de saúde, a minha mãe está muito melhor, já sai para ir à missa e a fazer as suas compras, em poucos dias estará tão bem como antes, um beijo, outro, ainda outro. Tertuliano Máximo Afonso fez correr a cassete para trás e repetiu a audição, primeiro com o sorriso convencido de quem escuta louvores e lisonjas de cujo merecimento não parece ter dúvidas, a pouco e pouco a expressão foi-se-lhe tornando séria, logo reflexiva, logo inquieta, tinha-lhe vindo à lembrança o que a mãe dissera, Oxalá ela ainda lá esteja quando tu acordares, e estas palavras ressoavam agora na sua mente como o último aviso de uma Cassandra já cansada de não ser ouvida. Olhou o relógio, Maria da Paz deveria ter voltado do banco. Deu-lhe ainda um quarto de hora, depois ligou. Quem fala, perguntou ela, Sou eu, respondeu ele, Até que enfim, Cheguei ainda não há uma hora, foi só tomar um banho e fazer tempo para ter a certeza de te apanhar em casa, Ouviste o recado que te deixei, Ouvi, Tenho a impressão de que disse coisas que deveria haver calado, Como por exemplo, Já não sou capaz de as recordar exatamente, mas foi como se estivesse a pedir-te pela milésima vez que repares em mim, juro sempre que não voltará a suceder e volto sempre a cair na mesma humilhação, Não digas essa palavra, não é justa para ti, e também não o é para mim, apesar de tudo, Chama-lhe então o que queiras, o que claramente vejo é que esta situação não poderá continuar, ou então acabarei por perder o pouco respeito por mim mesma que ainda conservo, Continuará, O quê, estás a querer dizer-me que os nossos desencontros vão continuar como até aqui, que não terá fim este meu miserável falar para uma parede que nem ao menos me devolve os ecos, Digo-te que te amo, Já te ouvi outras vezes essas palavras, sobretudo na cama, antes, durante, mas nunca depois, E contudo é verdade, amo-te. Por favor, por favor, não me atormentes mais, Ouve-me, Estou a ouvir-te, nunca quis tanto alguma coisa como ouvir-te, A nossa vida vai mudar, Não acredito, Acredita, tens de acreditar, E tu tem cuidado com o que estás a dizer-me, não me dês hoje esperanças que depois não possas ou não queiras cumprir, Nem tu nem eu sabemos o que nos trará o futuro, por isso é para este dia em que estamos que rogo me concedas a tua confiança, E para que vens pedir-me hoje uma coisa que sempre tiveste, Para viver contigo, para que vivamos juntos, Devo estar a sonhar, é impossível que seja verdade o que acabei de ouvir, Não tenho dúvidas em dizê-lo outra vez, se quiseres, Com a condição de que seja pelas mesmas palavras, Para viver contigo, para que vivamos juntos, Repito que não é possível, as pessoas não mudam assim, de uma hora para a outra, que foi que se passou nessa cabeça ou nesse coração para que estejas a pedir-me que vá viver contigo, quando até agora toda a tua preocupação tinha sido fazer-me perceber que semelhante ideia não entrava nos teus planos e que o melhor era não alimentar ilusões, As pessoas podem mudar de uma hora para a outra continuando a ser as mesmas, É então certo que queres que vivamos juntos, Sim, Que amas Maria da Paz o suficiente para querer viver com ela, Sim, Diz-me outra vez, Sim, sim, sim, Basta, não me afogues, que quase estalo, Cuidado, quero-te completa, Importas-te que diga à minha mãe, levava a vida à espera desta alegria, Claro que não me importo, embora ela não morra propriamente de amores por mim, A pobre lá tinha as suas razões, tu andavas a empatar, não te decidias, ela queria ver a filha feliz, e eu de felicidade não dava grandes mostras, as mães são todas iguais,

Queres saber o que a minha me disse ontem, num momento em que falávamos de ti, Que foi, Oxalá ela ainda lá esteja quando tu acordares, Suponho que essas eram as palavras que andavas a precisar de ouvir, Assim é, Acordaste e eu ainda aqui estava, não sei por quanto tempo mais, mas estava, Diz à tua mãe que a partir de agora pode dormir descansada, Quem não vai dormir sou eu, Quando nos vemos, Amanhã, mal saia do banco, tomo um táxi e vou para aí, Vem a correr, Para os teus braços. Tertuliano Máximo Afonso pousou o telefone, cerrou os olhos e ouviu Maria da Paz a rir e a gritar, Mãezinha, mãezinha, depois viu as duas abraçadas, e em vez de gritos, murmúrios, em vez de risos, lágrimas, às vezes perguntamo-nos por que tardou tanto a felicidade a chegar, por que não veio mais cedo, mas se nos aparece de improviso, como neste caso, quando já não a esperávamos, então o mais provável é que não saibamos que fazer, e não é tanto a questão de escolher entre o rir e o chorar, é a secreta angústia de pensar que talvez não consigamos estar à altura. Como se estivesse a voltar a hábitos esquecidos, Tertuliano Máximo Afonso foi à cozinha ver se encontrava algo para comer. As eternas latas, pensou. Pegado ao frigorífico havia um papel que dizia em grandes letras, vermelhas para que melhor se vissem, Tem sopa no frigorífico, era da vizinha de cima, bendita seja, desta vez as latas esperarão. Moído da viagem, cansado pelas emoções, Tertuliano Máximo Afonso foi para a cama ainda não eram onze horas. Tentou ler uma página das civilizações mesopotâmicas, por duas vezes se lhe foi o livro das mãos, por fim apagou a luz e dispôs-se a dormir. Deslizava devagarinho para o sono quando Maria da Paz lhe veio sussurrar ao ouvido, Que maravilhoso seria se me telefonasses apenas porque sim. Provavelmente diria o resto da frase, mas ele já se tinha levantado, já tinha vestido o roupão por cima do pijama, já marcava o número. Maria da Paz perguntou, És tu, e ele respondeu, Sou eu, deu-me a sede, venho pedir um copo de água.

Ao contrário do que em geral se pensa, tomar uma decisão é uma das decisões mais fáceis deste mundo, como cabalmente se demonstra pelo facto de não fazermos mais nada que multiplicá-las ao longo de todo o santíssimo dia, porém, e aí esbarramos com o busílis da questão, elas sempre nos vêm a posteriori com os seus problemazinhos particulares, ou, para que fiquemos a entender-nos, com os seus rabos por esfolar, sendo o primeiro deles o nosso grau de capacidade para mantê-las e o segundo o nosso grau de vontade para realizá-las. Não é que uma e outra andem a faltar a Tertuliano Máximo Afonso em suas relações sentimentais com Maria da Paz, fomos testemunhas de que elas experimentaram nas últimas horas uma importante alteração qualitativa, como se tornou uso dizer. Decidiu que irá viver com ela e aí se tem mantido firme, e se a resolução ainda não foi concretizada, ou levada à prática, como também usualmente se diz, é porque passar da palavra ao ato tem igualmente os seus quês, os seus rabos por esfolar, é indispensável, por exemplo, que o espírito se arme de forças bastantes para empurrar o indolente corpo ao cumprimento do dever, sem falar dos prosaicos assuntos de logística que não podem resolver-se assim do pé para a mão, como saber-se quem irá viver para casa de quem, se Maria da Paz para a pequena casa do amado, se Tertuliano Máximo Afonso para casa mais ampla da amada. Recostados neste sofá ou deitados naquela cama, as últimas considerações dos prometidos, apesar da natural resistência de cada um a abandonar a concha doméstica a que estava habituado, terminaram por inclinar-se para a segunda alternativa, uma vez que se em casa de Maria da Paz haverá espaço mais que suficiente para os livros de Tertuliano Máximo Afonso, em casa de Tertuliano Máximo Afonso não o haveria para a mãe de Maria da Paz. Por este lado não poderiam correr melhor as coisas. O mau é que se Tertuliano Máximo Afonso, depois de tanto ter hesitado entre vantagens e inconvenientes, acabou por contar à mãe, é certo que desbastando as arestas mais vivas e as rebarbas mais cortantes, o extraordinário caso dos homens duplicados, aqui não se vislumbra quando se decidirá ele a cumprir a promessa que fez a Maria da Paz naquela ocasião em que, depois de ter reconhecido que era mentira tudo quanto lhe havia dito sobre os motivos da famosa carta escrita à produtora cinematográfica, pospôs para outra ocasião o que à meia confissão havia ficado a faltar para ser completa, sincera e concludente. Ele não o disse, ela não lho perguntou, as poucas palavras que abririam esta derradeira porta, Recordas, meu amor, quando te menti, Recordas, meu amor, quando me mentiste, não puderam ser pronunciadas, e quer este homem, quer esta mulher, assim lhes fosse ainda dado tempo para rematar o doloroso assunto, o mais provável seria que justificassem os seus silêncios alegando não terem querido manchar a felicidade destas horas com uma história de malvadez e de perversão genética. Não tardaremos a conhecer as nefastas consequências de deixar enterrada onde caiu uma bomba da segunda guerra mundial, por crermos que, tendo passado já a sua hora, nunca virá a rebentar. Cassandra bem avisou, os gregos vão incendiar Troia.

Há dois dias que Tertuliano Máximo Afonso, determinado a acabar de uma vez o trabalho que lhe foi pedido pelo diretor da escola para o ministério da educação, quase não levanta a cabeça da secretária. Embora a data em que se mudará para casa de Maria da Paz ainda não tenha sido decidida, quer ver-

-se livre do compromisso o mais cedo possível para não vir a ter complicações na sua nova instalação, já lhe bastará a arrumação dos papéis, a quantidade de livros que terá de pôr por ordem. Para evitar distraí-lo, Maria da Paz não tem telefonado, e ele prefere assim, de alguma maneira é como se estivesse a despedir-se da sua vida anterior, da solidão, do sossego, do recolhimento da casa que o ruído da máquina de escrever surpreendentemente não consegue perturbar. Foi almoçar ao restaurante e regressou logo, com mais dois ou três dias conseguirá chegar ao cabo da sua tarefa, depois só lhe faltará corrigir e passar a limpo, escrever tudo de novo, o que é certo é que, antes mais cedo que mais tarde, terá de se decidir a comprar um computador e uma impressora como quase todos os seus colegas já fizeram, é uma vergonha que continue a cavar com uma enxada quando os arados e charruas de última geração já se tornaram de uso corrente. Maria da Paz iniciá-lo-á nos mistérios da informática, ela estudou, sabe do assunto, no banco onde trabalha veem-se computadores em cima de todas as mesas, não é como nas antigas conservatórias. A campainha da porta tocou. Quem será a estas horas, perguntou-se impaciente com a interrupção, não é dia da vizinha de cima, o carteiro deixa a correspondência na caixa, ainda há poucos dias cá estiveram os empregados da água, gás e eletricidade a fazer a leitura dos respetivos contadores, se calhar é um desses jovens que andam a fazer publicidade de enciclopédias em que se explicam os costumes do tamboril. A campainha tocou outra vez. Tertuliano Máximo Afonso foi abrir, na sua frente estava um homem com barba, e esse homem disse, Sou eu, ainda que possa não o parecer, Que quer de mim, perguntou Tertuliano Máximo Afonso em voz baixa e tensa, Simplesmente falar consigo, respondeu António Claro, pedi-lhe que me telefonasse quando regressasse das férias, e não o fez, O que tínhamos para dizer um ao outro já foi dito, Talvez, mas falta o que eu tenho para lhe dizer a si, Não percebo, É natural, porém não esperará que lho venha dizer aqui no patamar, à entrada da sua casa, com perigo de que a vizinhança nos ouça, Seja o que for, não me interessa, Pelo contrário, tenho a certeza de que lhe interessará muitíssimo, trata-se da sua amiga, creio que é Maria da Paz o nome dela, Que aconteceu, Por enquanto, nada, e é justamente disso que temos de falar, Se nada aconteceu, nada há de que falar, Eu disse por enquanto. Tertuliano Máximo Afonso abriu mais a porta e afastou-se para o lado, Passe, disse. António Claro entrou, e, como o outro não parecia disposto a mover-se dali, perguntou, Não tem uma cadeira para me oferecer, creio que sentados conversaríamos melhor. Tertuliano Máximo Afonso conteve mal um gesto de irritação, e, sem dizer palavra, entrou na sala que lhe servia de escritório. António Claro seguiu-o, olhou em redor como se estivesse a escolher o melhor sítio e decidiu-se pela cadeira de assento estofado, depois disse, ao mesmo tempo que ia despegando cuidadosamente a barba da cara, Calculo que estava sentado neste lugar quando me viu pela primeira vez. Tertuliano Máximo Afonso não respondeu. Deixara-se ficar de pé, a postura crispada do seu corpo era um protesto vivo, Diz o que tens a dizer e desaparece da minha vista, mas António Claro não tinha pressa, Se não se senta, disse, obriga-me a que me levante, e realmente não me apetece. Passeou serenamente os olhos em redor, detendo-se nos livros, nas gravuras penduradas nas paredes, na máquina de escrever, nos papéis espalhados na secretária, no telefone, depois disse, Vejo que estava a trabalhar, que escolhi uma má hora para vir falar consigo, mas, dada a urgência daquilo que me trouxe, não tinha outra solução, E que foi que o trouxe a minha casa sem ser chamado, Disse-lho à entrada, trata-se da sua amiga, Que tem você que ver com Maria da Paz, Mais do que poderia imaginar, mas antes que lhe explique como, por que e até que ponto, dê-me licença que lhe mostre isto. Tirou do bolso interior do casaco um papel dobrado em quatro, que desdobrou e estendeu nas pontas dos dedos como se estivesse preparado para o deixar cair, Aconselho-o a que pegue nesta carta e a leia, disse, se não quer obrigar-me a ser mal-educado e a atirá-la para o chão, aliás, para si não é novidade, deve estar lembrado de que me falou dela quando nos encontrámos na minha casa de campo, a única diferença foi ter-me dito nessa altura que havia sido escrita por si, quando a assinatura é da sua amiga. Tertuliano Máximo Afonso lançou um rápido olhar ao papel e devolveu-o, Como foi isto parar às suas mãos, perguntou, sentando-se, Deu algum trabalho a encontrar, mas valeu a pena, respondeu António Claro, e acrescentou, Em todos os sentidos, Porquê, Devo começar por reconhecer que foi um sentimento inferior o que me fez ir aos arquivos da produtora, um grãozinho de vaidade, de narcisismo, creio que é assim que se lhes chama, enfim, quis ver o que você poderia ter escrito sobre os atores secundários numa carta de que era eu o sujeito, Foi um pretexto, uma desculpa para saber o seu verdadeiro nome, nada mais, E conseguiu-o, Melhor teria sido que não me respondessem, Tarde de mais, meu caro, tarde de mais, você destapou a caixa de Pandora, agora aguente-se, não tem outro remédio, Não há nada que aguentar, o assunto está morto e enterrado, Isso é o que lhe parece, Porquê, Esquece-se da assinatura da sua amiga, Tem uma explicação, Qual, Considerei que era mais conveniente que eu permanecesse fora das vistas, É a minha vez de lhe perguntar porquê, Queria ficar na sombra até ao último momento, aparecer de surpresa, Sim senhor, e de tal maneira que a Helena não é a mesma pessoa desde esse dia, o abalo que lhe causou foi tremendo, saber que existe nesta cidade um homem igual ao marido deu-lhe cabo dos nervos, agora, à força de tranquilizantes, vai passando um pouco melhor, mas só um pouco, Lamento, não esperava que pudesse acontecer tal contrariedade, Não lhe teria sido difícil, bastava que se tivesse posto no meu lugar, Ignorava que fosse casado, Mesmo assim, imagine, só como um exemplo, que eu ia daqui dizer à sua amiga Maria da Paz que você, Tertuliano Máximo Afonso, e eu, António Claro, somos iguais, iguaizinhos em tudo, até no tamanho do pénis, pense no choque que sofreria a pobre senhora, Proíbo-lhe que o faça, Sossegue, não só não lho disse, como não lho direi. Tertuliano Máximo Afonso levantou-se de golpe, Que significa isso, não disse, não direi, que significam essas palavras, Aí está uma pergunta oca, retórica, daquelas que são feitas para ganhar tempo ou porque não se sabe como reagir, Deixe-se de merdas, responda-me, Guarde o seu apetite de violência para mais tarde, contudo, para seu governo, aviso-o de que tenho suficientes conhecimentos de karaté para o derrubar em cinco segundos, é certo que nos últimos tempos tenho descuidado o treino, mas para uma pessoa como você ainda chego e sobejo, o facto de sermos iguais no tamanho do pénis não quer dizer que o sejamos também na força, Saia daqui agora mesmo, ou chamo a polícia, Chame também as televisões, os fotógrafos, a imprensa, em poucos minutos seremos um acontecimento mundial, Recordo-lhe que se este caso fosse conhecido a sua carreira ficaria prejudicada, defendeu-se Tertuliano Máximo Afonso, Suponho que sim, ainda que a carreira de um ator secundário a ninguém importe, exceto ao próprio, É um motivo bastante para que acabemos com isto, você vai-se embora, esquece o que se passou, e eu tratarei de fazer o mesmo, De acordo, mas essa operação, podemos chamar-lhe Operação Olvido, só começará daqui a vinte e quatro horas, Porquê, A razão chama-se Maria da Paz, aquela mesma Maria da Paz por causa de quem você se encrespou tanto há bocado e a quem agora parece querer meter debaixo do tapete para que não se fale mais dela, A Maria da Paz está fora do assunto, Sim, tão fora do assunto que sou capaz de apostar a cabeça em como ela desconhece a minha existência, Como sabe, Não tenho a certeza, é uma suposição, mas você não o nega, Achei preferível assim, não quis que pudesse suceder-lhe o mesmo que à sua mulher, Excelente coração, o seu, e está nas suas mãos que tal não venha a acontecer, Não compreendo, Acabemos com os rodeios, você fez-me uma pergunta e desde então tem estado a dar voltas para não ouvir a resposta que tenho para dar-lhe, Vá-se embora, Não tenciono ficar cá, Vá-se embora já, imediatamente, Muito bem, irei apresentar-me em carne e osso à sua amiga e contar-lhe-ei o que lhe ocultou por falta de coragem ou qualquer outra razão que só você conhece, Se tivesse aqui uma arma, matava-o, É possível, mas isto não é cinema, meu caro, na vida as coisas são muito mais simples, mesmo quando há assassinos e assassinados, Despeje o saco de uma vez, falou com ela, responda-me de uma vez, Falei, sim, pelo telefone, E que lhe disse, Convidei-a para ir hoje comigo ver uma casa de campo que está para alugar, A sua casa de campo, Exatamente, a minha casa de campo, mas fique descansado, quem falou pelo telefone com a sua amiga Maria da Paz não foi António Claro, mas sim Tertuliano Máximo Afonso, Você está doido, que diabólica tramóia é esta, que pretende, Quer que lhe diga, Exijo-o, Pretendo passar esta noite com ela, nada mais. Tertuliano Máximo Afonso levantou-se de rompante e avançou para António Claro de punhos cerrados, mas tropeçou na pequena mesa que os separava e teria ido ao chão se o outro não o tivesse segurado no último instante. Esbracejou, debateu-se, mas António Claro, agilmente, dominou-o com uma prisão rápida de braço que o deixou imobilizado, Meta isto na cabeça antes que se aleije, disse, você não é homem para mim. Empurrou-o para o sofá e voltou a sentar-se. Tertuliano Máximo Afonso olhou-o com ressentimento, ao mesmo tempo que esfregava o braço dorido. Não quis magoá-lo, disse António Claro, mas era a única maneira de evitar que repetíssemos aqui a mais que vista e sempre caricata cena de pancadaria de dois machos a disputar a fêmea, Maria da Paz e eu vamos casar-nos, disse Tertuliano Máximo Afonso, como se se tratasse de um argumento de autoridade irrespondível, Não me surpreende, quando falei com ela fiquei com a ideia de que a vossa relação era realmente a sério, e o certo é que tive de recorrer à minha experiência de ator para acertar com o tom da conversa, no entanto posso assegurar-lhe que em nenhum momento duvidou de que estava a falar consigo, e mais, agora posso compreender melhor a alegria com que recebeu o convite para ir ver a casa, já estava a ver-se a viver nela, A mãe tem estado doente, não acredito que a vá deixar sozinha, De facto, falou-me nisso, mas não demorou a convencer-se, uma noite passa depressa. Tertuliano Máximo Afonso remexeu-se no sofá, exasperado consigo mesmo por parecer que havia admitido com as suas últimas palavras a possibilidade de consumação das intenções de António Claro. Porque fazer isto, perguntou, apercebendo-se, mais uma vez demasiado tarde, de que tinha acabado de dar outro passo no caminho da resignação, Não é fácil explicar, mas vou tentar, respondeu António Claro, talvez seja como desforço da perturbação que o seu aparecimento veio introduzir na minha relação conjugal e de que você não pode ter ideia, talvez seja por capricho dom-joanesco de obsessivo derrubador de fêmeas, talvez seja, e isso é de certeza o mais provável, por puro e simples rancor, Rancor, Sim, rancor, você disse ainda não há muitos minutos que se tivesse uma arma me mataria, era a sua maneira de declarar que um de nós está a mais neste mundo, e eu estou inteiramente de acordo consigo, um de nós está a mais neste mundo e é pena que não se possa dizer isto com maiúsculas, a questão já estaria resolvida se a pistola que levei comigo quando nos encontrámos estivesse carregada e eu tivesse a coragem de dispará-la, mas já se sabe, somos gente de bem, temos medo da prisão, e portanto, como não sou capaz de o matar a si, mato-o doutra maneira, fodo-lhe a mulher, o pior é que ela nunca o irá saber, vai julgar todo o tempo que estará a fazer amor consigo, tudo quanto me disser de terno e apaixonado será a Tertuliano Máximo Afonso que o dirá e não a António Claro, ao menos sirva-lhe isto de consolação. Tertuliano Máximo Afonso não respondeu, baixara os olhos rapidamente como para impedir que neles se pudesse ler o pensamento que acabara de cruzar-lhe de lado a lado o cérebro. De um momento para outro sentira-se como se estivesse a disputar uma partida de xadrez, à espera do movimento seguinte de António Claro. Pareceu que tinha deixado descair os ombros, vencido, quando o outro disse, depois de ter olhado o relógio, É tempo de ir andando, ainda tenho de passar por casa de Maria da Paz a recolhê-la, mas logo se aprumou com renascida energia quando o ouviu acrescentar, Evidentemente, não posso ir tal qual estou, preciso de roupas suas e do seu carro, se vou levar a sua cara, também terei de levar o resto, Não percebo, disse Tertuliano Máximo Afonso pondo no rosto um ar de perplexidade, e logo, Ah, sim, é óbvio, não se pode arriscar a que ela lhe estranhe o fato que leva vestido e lhe pergunte aonde foi buscar o dinheiro para comprar um carro daqueles, Exatamente, E portanto quer que eu lhe empreste roupas e o carro, Foi isso o que eu disse, E que faria se eu me recusasse, Algo muito simples, pegaria naquele telefone e contaria tudo a Maria da Paz, e se você tivesse a infeliz ideia de querer impedir-me, esteja certo de que o poria a dormir em menos tempo do que leva a dizê-lo, tenha cuidado, até aqui pudemos evitar violências, mas se elas forem necessárias não hesitarei, Muito bem, disse Tertuliano Máximo Afonso, e de que tipo de roupas vai necessitar, traje completo com gravata, ou assim como o estou a ver, à verão, Roupas leves, deste género. Tertuliano Máximo Afonso saiu, foi ao quarto, abriu o guarda-fato, abriu gavetas, em menos de cinco minutos estava de volta com tudo o que era necessário, uma camisa, umas calças, jérsei, peúgas, sapatos. Vista-se na casa de banho, disse. Quando António Claro regressou, viu em cima da mesa de centro um relógio de pulso, uma carteira e documentos de identificação, Os papéis do carro encontram-se no compartimento das luvas, disse Tertuliano Máximo Afonso, e aqui estão também as chaves, e ainda as desta casa para a hipótese de eu não estar cá quando você vier trocar de roupa, suponho que virá trocar de roupa, Virei a meio da manhã, prometi à minha mulher que não chegaria depois do meio-dia, respondeu António Claro, Calculo que lhe terá dado uma boa razão para o facto de passar a noite fora, Coisas do trabalho, já não é a primeira vez, e António Claro, confuso, ia perguntando a si mesmo por que carga de água estaria a dar todas estas explicações se a autoridade e o perfeito domínio da situação tinham estado da sua parte desde que aqui entrara. Disse Tertuliano Máximo Afonso, Não deve levar os seus documentos, nem o relógio, nem as chaves da sua casa e do carro, nenhum objeto pessoal, nada que o possa identificar, as mulheres, além de serem curiosas por natureza, pelo menos é o que sempre se tem dito, reparam muito nos pormenores, E as suas chaves, com certeza virá a precisar delas, Pode levá-las, não se preocupe, a vizinha do andar de cima tem duplicados, ou cópias, se preferir esta palavra, é ela quem se encarrega da limpeza da casa, Ah, muito bem. António Claro não conseguia libertar-se da sensação de desassossego que passara a ocupar o lugar da firme frieza com que antes havia conduzido o sinuoso diálogo pelo rumo que lhe interessava. Tinha-o conseguido, mas agora parecia-lhe que se desviara num ponto qualquer da discussão ou que fora empurrado para fora do caminho por um subtil toque lateral de que não chegara a aperceber-se. O momento em que tem de recolher Maria da Paz aproxima-se, mas, além dessa urgência, por assim dizer com hora marcada, há outra, interior, ainda mais instante, que aperta com ele, Vai-te embora, sai daqui, lembra-te de que até mesmo das maiores vitórias é conveniente saber retirar-se a tempo. À pressa, colocou sobre a mesa do centro, lado a lado, os documentos de identificação, as chaves da casa, as do carro, o relógio de pulso, a aliança de casamento, um lenço com as suas iniciais, um pente de bolso, disse desnecessariamente que os papéis do automóvel estão no porta-luvas, e logo perguntou, Conhece o meu carro, deixei-o muito perto da porta de entrada, e Tertuliano Máximo Afonso respondeu que sim, Vi-o diante da sua casa de campo quando cheguei, E o seu, onde está, Vai encontrá-lo mesmo à esquina da rua, vire à esquerda quando sair do prédio, é um duas portas azul, disse Tertuliano Máximo Afonso, e, para que não houvesse confusões, completou a informação com a marca do carro e o número de matrícula. A barba postiça estava sobre o braço da cadeira em que António Claro havia estado sentado. Não vai levá-la, perguntou Tertuliano Máximo Afonso, Foi você quem a comprou, fique com ela, a cara com que vou sair agora é a mesma com que hei de entrar amanhã quando vier mudar de roupa, respondeu António Claro, recuperando um pouco da autoridade anterior, e acrescentou, sarcástico, Até lá, serei eu o professor de História Tertuliano Máximo Afonso. Olharam-se durante alguns segundos, agora, sim, eram certas, certas para sempre, as palavras com que o outro Tertuliano Máximo Afonso havia recebido à chegada António Claro, O que tínhamos para dizer um ao outro já foi dito. Tertuliano Máximo Afonso abriu sem ruído a porta da escada, afastou-se para deixar sair o visitante, e, devagar, com os mesmos cuidados, tornou a fechá-la. O mais natural será pensar que procedeu assim para não despertar a curiosidade maliciosa da vizinhança, mas Cassandra, se aqui estivesse, não deixaria de nos recordar que precisamente desta maneira se baixa também a tampa de um caixão. Tertuliano Máximo Afonso voltou para a sala, sentou-se no sofá e, fechando os olhos, deixou-se reclinar para trás. Durante uma hora não se moveu, mas, ao contrário do que se poderia julgar, não dormiu, esteve simplesmente a dar tempo para que o seu velho carro saísse da cidade. Pensou em Maria da Paz sem mágoa, apenas como alguém que aos poucos se desvanecesse na distância, pensou em António Claro como um inimigo que havia vencido a primeira batalha, mas que irá perder a segunda se neste mundo ainda resta um pouco de justiça. A luz da tarde decaía, o seu carro já devia ter abandonado a estrada principal, o mais provável foi que o tivessem levado pelo desvio que poupa a travessia da povoação, neste momento detém-se diante da casa de campo, António Claro tirou uma chave do bolso, a esta não podia tê-la deixado em casa de Tertuliano Máximo Afonso, dirá a Maria da Paz que lhe foi cedida pelo proprietário da vivenda, mas, evidentemente, ele não sabe que vamos passar aqui a noite, É meu colega da escola, pessoa de toda a confiança, mas não ao ponto de que eu lhe dê conta dos meus assuntos particulares, agora esperas aqui um pouco, vou ver se está tudo em ordem lá dentro. Maria da Paz ia perguntar a si mesma que coisas poderiam não encontrar-se em ordem numa casa de campo que está para alugar, mas um beijo de Tertuliano Máximo Afonso, daqueles profundos, daqueles avassaladores, distraiu-a, e depois, durante os minutos que ele esteve ausente, foi atraída pela beleza da paisagem, o vale, a linha escura de choupos e freixos que acompanha o leito do rio, os montes ao fundo, o sol que quase já roça a lomba mais alta. Tertuliano Máximo Afonso, este que acabou de se levantar do sofá, adivinha o que António Claro anda a fazer lá dentro, passa friamente revista a tudo quanto o possa denunciar, alguns cartazes de filmes, mas desses não virá o perigo, deixá-los-á onde estão, um professor pode muito bem ser um cinéfilo, o pior era aquele retrato seu, ao lado de Helena, que está em cima de uma mesa da sala de entrada. Apareceu enfim à porta, chamou-a, Já podes vir, havia aqui umas cortinas velhas caídas no chão que davam um péssimo aspeto à casa. Ela saiu do carro, feliz subiu correndo os degraus de acesso, a porta cerrou-se ruidosamente, à primeira vista poderá ter parecido uma recriminável falta de cuidado, mas há que levar em conta que a vivenda se encontra isolada, não tem vizinhos nem perto nem longe, além disso, é nosso dever ser compreensivos, as duas pessoas que acabaram de entrar têm assuntos muito mais interessantes a resolver que preocuparem-se com o barulho que uma porta faz ao fechar-se.

Tertuliano Máximo Afonso levantou do chão, onde tinha caído, a fotocópia da carta que António Claro trouxera, abriu depois a gaveta da secretária em que havia guardado a resposta da produtora, e, com os dois papéis na mão, mais a fotografia que havia tirado com a barba postiça, dirigiu-se à cozinha. Pô-los dentro do lava-louça, chegou-lhes um fósforo aceso e ficou a olhar o rápido trabalho do fogo, a labareda que ia mastigando e engolindo os papéis e logo os vomitava feitos em cinza, as rápidas cintilações que teimavam em mordê-los quando a chama, aqui e além, parecia ter-se extinguido. Deu um jeito ao que ainda restava para que acabassem de queimar-se, depois deixou correr a água da torneira até que a última partícula de cinza desapareceu pelo cano abaixo. A seguir foi ao quarto, retirou as cassetes de vídeo do armário onde as havia escondido e regressou à sala. A roupa de António Claro, por ele trazida da casa de banho, encontrava-se arrumada em cima da cadeira de assento estofado. Tertuliano Máximo Afonso despiu-se todo. Franziu o nariz de repugnância ao pôr a roupa interior que havia sido usada pelo outro, mas não havia remédio, a tanto o obrigava a necessidade, que é um dos nomes que toma o destino quando lhe convém disfarçar-se. Agora que se via convertido à situação de outro de Tertuliano Máximo Afonso, mais não lhe restava quc tornar-se no António Claro que o mesmo António Claro abandonara. Por sua vez, quando amanhã voltar para recuperar a roupa, António Claro só como Tertuliano Máximo Afonso poderá sair à rua, terá de ser Tertuliano Máximo Afonso por todo o tempo que roupas suas, próprias, estas que aqui deixou ou outras, tardarem a devolver-lhe a identidade de António Claro. Quer se queira, quer não, o hábito é o melhor que há para fazer o monge. Tertuliano Máximo Afonso aproximou-se da mesa em que António Claro tinha deixado os objetos pessoais e, metodicamente, concluiu o seu trabalho de transformação. Principiou pelo relógio de pulso, enfiou a aliança no dedo anelar esquerdo, meteu num bolso das calças o pente e o lenço com as iniciais AC, no bolso do outro lado as chaves da casa e do carro, no de trás os documentos de identificação que, em caso de dúvida, como indiscutível António Claro o haverão de acreditar. Está pronto para sair, só lhe falta o retoque final, a barba postiça que António Claro trazia quando aqui entrou, dir-se-ia que adivinhara que iria ser necessária, mas não, a barba só tinha ficado à espera de uma coincidência, se às vezes tardam anos a chegar, outras vezes vêm a correr, todas em fila, umas atrás das outras. Tertuliano Máximo Afonso foi à casa de banho para rematar o disfarce, de tanto tirar e pôr, de tanto passar de cara a cara, a barba já pega mal, já ameaça tornar-se suspeita ao primeiro olhar de lince de um agente de autoridade ou à sistemática desconfiança de um cidadão timorato. Melhor ou pior, acabou finalmente por agarrar-se à pele, agora só terá de aguentar-se o tempo necessário para que Tertuliano Máximo Afonso encontre um contentor de lixo num local não demasiado concorrido. Aí culminará a barba postiça a sua breve mas agitada história, aí acabarão, entre restos fétidos e trevas, as cassetes de vídeo. Tertuliano Máximo Afonso voltou à sala, passou os olhos em redor a ver se esquecia algo que lhe viesse a fazer falta, depois entrou no quarto, sobre a mesa de cabeceira está o livro das antigas civilizações mesopotâmicas, não existe nenhum motivo para o ter consigo, mas apesar disso irá levá-lo, na verdade não há quem perceba o espírito humano, que falta faria a Tertuliano Máximo Afonso a companhia dos semitas amorreus e dos assírios, se em menos de vinte e quatro horas vai estar outra vez nesta sua casa. Alea jacta est, murmurou para os seus adentros, não há mais que discutir, o que tiver de acontecer, acontecerá, não poderá escapar a si mesmo. O rubicão é esta porta que se fecha, esta escada que se desce, estes passos que levam àquele automóvel, esta chave que o abre, este motor que suavemente o faz deslizar pela rua fora, a sorte está lançada, agora os deuses que decidam. Este mês é Agosto, o dia é sexta-feira, há pouco trânsito de carros e pessoas, tão longe estava a rua aonde se dirige e de repente fez-se perto. É noite há mais de meia hora. Tertuliano Máximo Afonso arrumou o carro em frente do prédio. Antes de sair olhou para as janelas e em nenhuma delas viu luz. Hesitou, perguntou-se, E agora, que faço, ao que respondeu o raciocínio, Vamos a ver, não percebo essa indecisão, se és, como quiseste parecer, António Claro, o que tens a fazer é subir tranquilamente a tua casa, e se as luzes estão apagadas, por algum motivo há de ser, repara que não são as únicas em todo o prédio, e, como não és gato para poderes ver na escuridão, o que tens que fazer é acendê-las, isto supondo que, por qualquer causa que desconhecemos, não há ninguém à tua espera, ou melhor, a causa sabemo-la todos, lembra-te de que disseste à tua mulher que, por questões de trabalho, terias de ficar esta noite fora de casa, agora aguenta-te. Tertuliano Máximo Afonso atravessou a rua com o livro dos mesopotâmicos debaixo do braço, abriu a porta do prédio, entrou no elevador e viu que tinha companhia, Boas noites, estava à tua espera, disse o senso comum, Era inevitável que aparecesses, Que ideia é essa de aqui vires, Não armes em ingénuo, sabe-lo tão bem como eu, Vingar-te, desforrar-te, dormir com a mulher do inimigo, já que a tua está na cama com ele, Exato, E depois, Depois, nada, à Maria da Paz nunca lhe passará pela cabeça que dormiu com o homem trocado, E estes daqui, Estes vão ter de viver a pior parte da tragicomédia, Porquê, Se és o senso comum devias sabê-lo, Perco qualidades nos ascensores, Quando o António Claro entrar amanhã em casa vai ter a maior das dificuldades para explicar à mulher como foi que conseguiu dormir com ela e ao mesmo tempo estar a trabalhar fora da cidade, Não imaginei que fosses capaz de tanto, é um plano absolutamente diabólico, Humano, meu caro, simplesmente humano, o diabo não faz planos, aliás, se os homens fossem bons, ele nem existiria, E amanhã, Arranjarei um pretexto para sair cedo, Esse livro, Não sei, talvez o deixe ficar aqui como recordação. O elevador parou no quinto andar, Tertuliano Máximo Afonso perguntou, Vens comigo, Sou o senso comum, aí dentro não há lugar para mim, Então, até à vista, Duvido.

Tertuliano Máximo Afonso encostou o ouvido à porta. Do interior não vinha qualquer ruído. Teria de proceder com naturalidade, como se fosse o dono da casa, mas parecia que as pancadas do coração, de tão violentas, lhe sacudiam o corpo todo. Não ia ter coragem para avançar. De repente o elevador começou a descer, Quem será, pensou assustado, e sem mais hesitação meteu a chave à porta e entrou. A casa estava às escuras, mas uma luminosidade vaga, esbatida, que devia provir das janelas, começou, lentamente, a desenhar contornos, a avolumar vultos. Tertuliano Máximo Afonso apalpou a parede ao lado da porta até encontrar um interruptor. Nada se moveu na casa, Não há ninguém, pensou, posso ver tudo, sim, é preciso que conheça urgentemente a casa que por uma noite será sua, talvez apenas sua, talvez sozinho nela, imaginemos, por exemplo, que Helena tem família na cidade e, aproveitando a ausência do marido, foi visitá-la, imaginemos que só volta amanhã, então o tal plano que o senso comum tinha classificado de diabólico irá por água abaixo como a mais banal das artimanhas mentais, como um castelo de cartas que o bafo de uma criança tomba. Que a vida tem ironias, diz-se, quando o certo é ser ela a mais obtusa de todas as coisas conhecidas, um dia deve ter havido alguém que lhe disse, Segue em frente, sempre em frente, não saias do caminho, e desde aí, inepta, incapaz de aprender com as lições que faz gala de nos dar, não tem feito mais que cumprir às cegas a ordem que lhe deram, atropelando quanto vai encontrando por diante, sem parar para avaliar os estragos, para pedir-nos desculpa, ao menos uma vez. Tertuliano Máximo Afonso percorrera a casa de ponta a ponta, acendera e apagara luzes, abrira e fechara portas, armários, gavetas, viu roupas de homem, roupas de mulher íntimas e perturbadoras, a pistola, mas não tocou em nada, só queria saber onde se tinha vindo meter, que relação há entre os espaços da casa e o que dos seus habitantes se mostra, da mesma maneira que procedem os mapas, dizem-te por onde deverás ir, mas não te garantem que chegues. Quando deu por concluída a inspeção, quando já poderia circular de olhos fechados por toda a casa, foi sentar-se no sofá que devia ser o de António Claro e começou a esperar. Que venha Helena, é tudo quanto pede, que Helena entre por aquela porta e me veja, que alguém possa testemunhar que ousei vir aqui, no fundo é só isso o que quer, um testemunho. Passava das onze horas quando chegou. Assustada por ver luzes acesas, perguntou ainda da porta da escada, És tu, Sim, sou eu, disse Tertuliano Máximo Afonso com a garganta seca. No instante seguinte ela entrava na sala, Que foi que se passou, só te esperava amanhã, trocaram um beijo rápido entre pergunta e resposta, O trabalho foi adiado, e imediatamente Tertuliano Máximo Afonso se teve de sentar porque as pernas lhe tremiam, seria por nervosismo, seria por efeito do beijo. Mal ouviu o que a mulher lhe disse, Fui ver os meus pais, Como estão eles, conseguiu perguntar, Bem, foi a resposta, e logo, Jantaste, Sim, não te preocupes, Estou cansada, vou-me deitar, que livro é este, Comprei-o por causa de um filme histórico em que entrarei, É usado, tem notas, Vi-o num alfarrabista. Helena saiu, daí a poucos minutos havia outra vez silêncio. Era tarde quando Tertuliano Máximo Afonso entrou no quarto. Helena dormia, sobre a almofada estava o pijama que devia pôr-se. Duas horas depois o homem continuava desperto. Tinha o sexo inerte. Depois a mulher abriu os olhos, Não dormes, perguntou, Não, Porquê, Não sei. Então ela virou-se para ele e abraçou-o.

O primeiro a acordar foi Tertuliano Máximo Afonso. Estava nu. A colcha e o lençol tinham escorregado para o chão no seu lado, deixando a descoberto um seio de Helena. Ela parecia dormir profundamente. A claridade da manhã, mal quebrada pela espessura dos cortinados, enchia todo o quarto de uma penumbra cintilante. Lá fora já devia fazer calor. Tertuliano Máximo Afonso sentiu a tensão do sexo, a sua dureza novamente insatisfeita. Foi então que se lembrou de Maria da Paz. Imaginou outro quarto, outra cama, o corpo deitado dela, que conhecia palmo a palmo, o corpo deitado de António Claro, igual ao seu, e de repente pensou que havia chegado ao fim do caminho, que tinha na sua frente, a cortá-lo, um muro com um letreiro que dizia, Abismo, Não Passar, e depois viu que não podia voltar para trás, que a estrada por onde tinha vindo desaparecera, que dela só havia ficado o espaço reduzido em que os seus pés ainda assentavam. Sonhava, e não o sabia. Uma angústia que já era terror fê-lo despertar violentamente no exato momento em que o muro se rompia, e os braços dele, coisas muito piores que nascerem braços a um muro se têm visto, o arrastavam para o precipício. Helena estava a apertar-lhe a mão, tratava de sossegá-lo, Calma, foi um pesadelo, já passou, agora estás aqui. Ele arfava, aos arrancos, como se a queda lhe tivesse esvaziado de golpe os pulmões. Tranquilo, tranquilo, repetia Helena. Apoiava-se sobre um cotovelo, com os seios expostos, a colcha delgada a desenhar-lhe a quebra da cintura, o contorno da anca, e as palavras que dizia desciam sobre o corpo do homem aflito como uma chuva fina, dessas que nos tocam a pele como uma carícia, como um beijo de água. Aos poucos, igual a uma nuvem de vapor que refluísse ao lugar de origem, o espavorido espírito de Tertuliano Máximo Afonso foi regressando à sua mente exausta, e quando Helena perguntou, Que mau sonho foi esse, conta-me, este homem confuso, enredador de labirintos e perdido neles, e agora, aqui, deitado ao lado de uma mulher que, exceto no conhecer dos sexos, em tudo lhe é desconhecida, falou de um caminho que deixara de ter princípio, como se os próprios passos que foram dados tivessem vindo a devorar-lhe as substâncias, quaisquer que sejam, que dão ou emprestam duração ao tempo e dimensões ao espaço, e o muro, que, ao cortar um, igualmente cortava o outro, e o lugar onde os pés assentam, essas duas pequenas ilhas, esse minúsculo arquipélago humano, um aqui, outro além, e o letreiro em que estava escrito Abismo, Não Passar, remember, quem te avisa, teu inimigo é, como poderia ter dito o Hamlet ao seu tio e padrasto Cláudio. Ela escutara-o surpreendida, de algum modo perplexa, não a tinha o marido acostumada a escutar-lhe reflexões assim, menos ainda no tom em que as havia exprimido agora, como se cada palavra já viesse acompanhada do seu duplo, uma espécie de retumbar de caverna habitada, em que não é possível saber quem está respirando, quem acaba de murmurar, quem suspirou. Gostou de pensar que também os seus pés eram duas pequenas ilhas dessas, e que muito perto delas outras duas repousavam, e que as quatro juntas podiam compor, compunham, tinham composto um arquipélago perfeito, se a perfeição já é deste mundo e o lençol da cama o oceano onde quis ser ancorada. Estás mais sossegado, perguntou, Melhor que isto não creio que haja, disse ele, É estranho, esta noite vieste para mim como nunca tinha antes acontecido, senti que entravas com uma doçura que depois pensei que viera amassada em desejo e em lágrimas, e era também uma alegria, um gemido de dor, um pedido de perdão, Tudo isso foi assim, se o sentiste, Infelizmente, há coisas que sucedem e não se voltam a repetir, Outras há que sucedem e tornam a suceder, Acreditas que sim, alguém disse que quem deu rosas uma vez, não pode voltar a dar menos que rosas, É questão de experimentar, Agora, Sim, já que estamos despidos, É uma boa razão, Suficiente, embora não seja com certeza a melhor de todas. As quatro ilhas juntaram-se, o arquipélago refez-se, o mar bateu revolto nos alcantilados, se lá em cima houve gritos soltaram-nos as sereias que cavalgavam as ondas, se houve gemidos nenhum foi de dor, se alguém pediu perdão, que tenha sido perdoado, agora e para sempre jamais. Descansaram brevemente nos braços um do outro, depois, com um último beijo, ela deslizou para fora da cama, Não te levantes, dorme um pouco mais, eu vou tratar do pequeno-almoço.

Tertuliano Máximo Afonso não dormiu. Tinha de sair rapidamente desta casa, não podia arriscar-se a que António Claro voltasse para casa mais cedo do que havia dito, antes do meio-dia foram as suas formais palavras, imaginemos que as coisas lá pela casa de campo não correram como ele esperava e que já vem por aí desenfreado, irritado consigo mesmo, com pressa de esconder a frustração na paz do lar, enquanto irá contando à esposa como lhe tinha ido o trabalho, inventando, para fazer passar o seu mau humor, contrariedades que não existiram, discussões que não aconteceram, acordos que não se realizaram. A dificuldade de Tertuliano Máximo Afonso está em não poder ir-se daqui sem mais nem menos, tem de dar a Helena uma justificação que não se preste a desconfianças, lembremos que até este momento ela não teve qualquer motivo para pensar que o homem com quem dormiu e gozou esta noite não é o seu marido, e, assim sendo, com que desplante se lhe vai dizer agora, ainda por cima tendo ocultado a informação até ao último instante, que há assuntos de urgência a tratar fora de casa numa manhã como esta, de sábado estival, quando o lógico, tendo em conta que a harmonia do casal atingiu a sublimidade que presenciámos, seria que continuassem na cama para prosseguir a conversação interrompida, a par do que mais e melhor pudesse suceder. Não tarda que Helena apareça aí com o pequeno-almoço, há tanto tempo já que o não tomavam assim, juntos, na intimidade de um leito ainda rescendente das particulares fragrâncias do amor, que seria imperdoável deitar a perder uma ocasião que todas as probabilidades, pelo menos as já por nós conhecidas, estão expressamente conspirando para que seja a última. Tertuliano Máximo Afonso pensa, pensa e torna a pensar, e, pensando, pensando, a este extremo pôde chegar na sua pessoa o que designamos por energia paradoxal da alma humana, cada vez se vai tornando mais desmaiada, menos imperiosa a necessidade de sair, e, ao mesmo tempo, sobrepassando imprudentemente todos os previsíveis riscos, cada vez vai tomando mais consistência no seu espírito uma louca vontade de ser testemunha presencial do seu definitivo triunfo sobre António Claro. Em carne e osso, e sujeitando-se a todas as consequências. Ele que venha e o encontre aqui, ele que se enfureça, que esbraveje, que use de violência, nada poderá diminuir, faça o que fizer, a extensão da sua derrota. Ele sabe que a última arma a maneja Tertuliano Máximo Afonso, bastará que esse mil vezes maldito professor de História lhe pergunte donde vem a estas horas e que Helena, finalmente, conheça o lado sórdido da prodigiosa aventura dos dois homens iguais nos sinais do braço, nas cicatrizes do joelho e nas dimensões do pénis, e, a partir de hoje, iguais também em emparelhamentos. Talvez tenha de vir uma ambulância para recolher o corpo maltratado de Tertuliano Máximo Afonso, mas a ferida do seu agressor, essa, não fechará mais. Poderiam ter ficado por aqui as mesquinhas ideias de vingança produzidas pelo cérebro do homem deitado que espera o pequeno-almoço, mas isso seria não contar com a atrás mencionada energia paradoxal da alma humana, ou, se preferirmos dar-lhe outro nome, a possibilidade da emergência de sentimentos de uma desusada nobreza, de um cavalheirismo tanto mais digno de aplausos quanto é certo não abonarem em seu favor alguns antecedentes pessoais em tudo passíveis de censura. Por incrível que nos pareça, o homem que por cobardia moral, por medo a conhecer-se a verdade, deixou ir Maria da Paz para os braços de António Claro, é o mesmo que, não só está preparado para levar a maior tareia da sua vida, como passou a pensar que é seu estrito dever não deixar Helena sozinha na delicada situação de ter um marido ao lado e ver entrar outro pela porta dentro. A alma humana é uma caixa donde sempre pode saltar um palhaço a fazer caretas e a deitar-nos a língua de fora, mas há ocasiões em que esse mesmo palhaço se limita a olhar-nos por cima da borda da caixa, e se vê que, por acidente, estamos procedendo segundo o que é justo e honesto, acena aprovadoramente com a cabeça e desaparece a pensar que ainda não somos um caso perdido. Graças à decisão que acaba de tomar, Tertuliano Máximo Afonso limpou do seu cadastro umas quantas suas faltas leves, mas ainda terá de penar muito antes que a tinta que regista as outras comece a desvanecer-se do papel pardo da memória. Costuma-se dizer, Dêmos tempo ao tempo, mas aquilo que sempre nos esquecemos de perguntar é se haverá tempo para dar. Helena entrou com o pequeno-almoço quando Tertuliano Máximo Afonso se levantava, Afinal, não queres tomá-lo na cama, perguntou, e ele respondeu que não, que preferia sentar-se comodamente numa cadeira em vez de ter que estar de olho numa bandeja que escorrega, numa chávena que desliza, nas lambuzantes escorrências de manteiga, nas migalhas que se insinuam pelas dobras dos lençóis e sempre se vão cravar nos pontos mais sensíveis da pele. Foi um discurso que fez quanto pôde por parecer gracioso e bem-humorado, mas o seu único objetivo era disfarçar uma nova e premente preocupação de Tertuliano Máximo Afonso, isto é, se António Claro vem aí, ao menos que não nos surpreenda no tálamo conjugal mordiscando pecadoramente scones e torradas, se António Claro vem aí, aos menos que encontre já a sua cama feita e o seu quarto arejado, se António Claro vem aí, ao menos que possa ver-nos lavados, penteados e vestidos como Deus manda, porque isto de aparências é o mesmo que se passa com o vício, já que andamos mano a mano com ele, e não se vislumbra maneira de o evitar nem verdadeira vantagem em que tal aconteça, ao menos que preste de vez em quando homenagem à virtude, ainda que simplesmente o faça nas formas, aliás, é bastante duvidoso que valesse a pena pedir-lhe mais do que isso.

A manhã vai adiantada, passa das dez e meia. Helena foi fazer umas compras, disse Até já com um beijo, resto morno e ainda consolador do fogaréu de paixão que nas últimas horas ilicitamente havia juntado e abrasado este homem e esta mulher. Agora, sentado no sofá, com o livro das antigas civilizações mesopotâmicas aberto sobre os joelhos, Tertuliano Máximo Afonso espera que António Claro chegue, e, sendo pessoa a quem facilmente se lhe costumam soltar as travas da imaginação, figurou-se que o dito Claro e a mulher poderiam ter-se encontrado na rua e subido juntos para esclarecer o enredo de uma vez, Helena protestando, Você não é o meu marido, o meu marido está em casa, é aquele que está ali sentado, você é o professor de História que nos tem andado a fazer a vida negra, e António Claro jurando, O teu marido sou eu, ele é que é o professor de História, repara no livro que estava a ler, aquele tipo é o maior impostor que há no mundo, e ela, cortante e irónica, Sim, sim, mas primeiro faça-me o favor de explicar por que é que a aliança de casamento está no dedo dele e não no seu. Helena acaba de entrar sozinha com as compras e são já onze horas dadas. Daqui a pouco perguntará, Tens alguma preocupação, e ele responderá que não, Onde é que foste buscar essa ideia, e ela dirá que, sendo assim, Não percebo por que estás a olhar constantemente para o relógio, e ele responderá que não sabe porquê, é um jeito, talvez esteja um pouco nervoso, Imagina que me entregavam o papel do rei Hamurabi, a minha carreira de ator daria uma volta de cento e oitenta graus. As onze e meia chegaram, falta um quarto para as doze, e António Claro não vem. O coração de Tertuliano Máximo Afonso parece um cavalo furioso descarregando coices em todas as direções, o pânico aperta-lhe a garganta e grita-lhe que ainda está a tempo, Aproveita que ela está lá para dentro e foge, ainda tens quase dez minutos, mas cuidado, não uses o elevador, desce pelas escadas e olha bem para um lado e para o outro antes de pores o pé na rua. É meio-dia, o relógio da sala contou lentamente as pancadas como se ainda quisesse dar a António Claro uma última oportunidade para aparecer, para cumprir, nem que fosse no último segundo, o que havia prometido, porém, não servirá de nada que Tertuliano Máximo Afonso queira enganar-se a si mesmo, Se não veio até agora, não virá mais. Qualquer pessoa se pode atrasar, uma avaria no carro, uma roda furada, são coisas que acontecem todos os dias, ninguém está livre delas. A partir de agora, cada minuto vai ser uma agonia, depois virá a vez do desconcerto, da perplexidade, e, inevitavelmente, um pensamento, Admitamos que se atrasou, sim senhor atrasou-se, e os telefones para que servem, por que não telefona ele a dizer que se lhe partiu o diferencial, ou a caixa de velocidades, ou a correia da ventoinha, tudo o que pode suceder a um carro velho e cansado como este. Uma hora mais passou, de António Claro nem a sombra, e quando Helena veio anunciar que o almoço estava na mesa, Tertuliano Máximo Afonso disse que não sentia apetite, que comesse ela sozinha, e que, além disso, precisava absolutamente de sair. Ela quis saber porquê e ele podia ter-lhe retorquido que não eram casados, que portanto não tinha obrigação de lhe dar satisfações acerca do que fazia ou não fazia, mas o momento de pôr as cartas na mesa e começar jogo limpo ainda não havia chegado, de modo que se limitou a responder que mais adiante lhe contaria tudo, promessa que Tertuliano Máximo Afonso sempre tem na ponta da língua e que cumpre, quando cumpre, tarde e mal, a mãe dele que o diga, que o diga Maria da Paz, de quem também não há notícias. Helena perguntou-lhe se não achava conveniente mudar de roupa, e ele disse que sim, que realmente o que levava posto não era o indicado para o que tinha de tratar, o mais próprio seria um fato normal, casaco e calças, nem sou turista nem vou veranear ao campo. Quinze minutos depois saía, Helena acompanhou-o até à entrada do elevador, havia nos olhos dela o brilho anunciador do choro, ainda Tertuliano Máximo Afonso não teve tempo de chegar à rua e já ela estará desfeita em lágrimas, repetindo a pergunta até agora sem resposta, Que se passa, que se passa.

Tertuliano Máximo Afonso entrou no automóvel, a primeira ideia é afastar-se daqui, ir estacionar num sítio tranquilo para refletir a sério sobre a situação, pôr em ordem a confusão que há vinte e quatro horas se atropela dentro da sua cabeça, e, finalmente, decidir o que fará. Pôs o carro em andamento, e foi só virar a esquina e compreender que não precisava para nada de pensar, que o que tinha de fazer era simplesmente telefonar a Maria da Paz, é incrível como não me ocorreu antes, teria sido por estar fechado naquela casa e dali não poder fazer a chamada. Poucas centenas de metros adiante encontrou uma cabina telefónica. Parou o carro, entrou de um salto e rapidamente marcou o número. Dentro da cabina fazia um calor sufocante. A voz de mulher que perguntou de lá, Quem fala, não era sua conhecida, Desejava falar com a Maria da Paz, disse, Sim, mas, quem fala, Sou um colega dela, do banco onde trabalha, A menina Maria da Paz morreu esta manhã, um desastre de automóvel, vinha com o noivo e morreram os dois, foi uma desgraça, uma grande desgraça. Em um instante, da cabeça aos pés, o corpo de Tertuliano Máximo Afonso ficou alagado de suor. Balbuciou algumas palavras que a mulher não conseguiu perceber, Que disse, que foi que disse, algumas palavras que já não recorda nem recordará, que se lhe esqueceram para sempre, e, sem se dar conta do que fazia, como um autómato a que de repente foi cortada a energia, deixou cair o auscultador. Imóvel dentro da fornalha da cabina, ouvia uma palavra, uma só, a retumbar-lhe nos ouvidos, Morreu, mas logo outra palavra lhe veio tomar o lugar, e essa gritava, Mataste-a. Não a matou por condução temerária António Claro, supondo que tivesse sido essa a causa do acidente, matou-a ele, Tertuliano Máximo Afonso, matou-a a sua fraqueza moral, matou-a uma vontade que o tornou cego para tudo quanto não fosse a desforra, foi dito que um deles, ou o ator, ou o professor de História, estava a mais neste mundo, mas tu não, tu não estavas a mais, de ti não existe um duplicado que venha substituir-te ao lado da tua mãe, tu sim, eras única, como qualquer pessoa comum é única, verdadeiramente única. Diz-se que só odeia o outro quem a si mesmo se odiar, mas o pior de todos os ódios deve ser aquele que leva a não suportar a igualdade do outro, e provavelmente será ainda pior se essa igualdade vier a ser alguma vez absoluta. Tertuliano Máximo Afonso saiu da cabina cambaleando em passos de bêbedo, meteu-se no carro com violência, como se se atirasse a si mesmo para dentro, e ali ficou, olhando em frente sem ver, até que não pôde aguentar mais e as lágrimas e os soluços lhe sacudiram o peito. Neste momento ama Maria da Paz como nunca a tinha amado antes nem nunca a chegaria a amar no futuro. A dor que sente é da perda dela que nasce, mas a consciência da sua culpa é o que está esvurmando uma ferida que irá segregar pus e merda para sempre. Algumas pessoas olharam-no com aquela curiosidade gratuita e impotente que não faz nem bem nem mal ao mundo, mas uma delas aproximou-se a perguntar se lhe podia ser útil em alguma coisa, e ele disse que não muito obrigado, e por ter agradecido chorou ainda mais, foi como se lhe tivessem vindo pôr uma mão no ombro e lhe dissessem, Tenha paciência, com o tempo o seu desgosto há de passar, é verdade, com o tempo tudo passa, mas há casos em que o tempo se demora a dar tempo para que a dor se canse, e casos houve e haverá, felizmente mais raros, em que nem a dor se cansou nem o tempo passou. Esteve assim até não ter mais lágrimas para chorar, até que o tempo decidiu pôr-se outra vez em movimento e perguntar, E agora, aonde pensas tu ir, e eis que Tertuliano Máximo Afonso, de acordo com todas as probabilidades convertido em António Claro para o resto da vida, compreendeu que não tinha onde acolher-se. Em primeiro lugar, a casa a que antes chamava sua pertencia a Tertuliano Máximo Afonso, e Tertuliano Máximo Afonso está morto, em segundo lugar, não pode ir daqui à casa que era de António Claro e dizer a Helena que o seu marido morreu porque, para ela, António Claro é ele próprio, e, finalmente, quanto à casa de Maria da Paz, aonde aliás nunca foi convidado, só se fosse para apresentar uns inúteis pêsames à pobre mãe órfã da sua filha. O natural seria que neste exato momento Tertuliano Máximo Afonso pensasse em uma outra mãe que, se já foi informada da triste novidade, igualmente estará chorando as lágrimas inconsoláveis da orfandade materna, mas a firme consciência de que, entre ele e ele mesmo, é e sempre há de ser Tertuliano Máximo Afonso, e que, por consequência, está vivo como tal, devia ter-lhe bloqueado temporariamente o que de certeza teria sido, em outras circunstâncias, o seu primeiro impulso. Por enquanto ainda terá de encontrar resposta à pergunta que havia ficado atrás, E agora, aonde pensas tu ir, dificuldade, vendo bem, das mais fáceis de resolver numa cidade que nem necessitaria ser a metrópole imensa que esta é, com hotéis e pensões para todos os gostos e preços. Aí é que terá de ir, e não apenas por algumas horas para se defender do calor e chorar à vontade. Uma coisa foi ter dormido a noite passada com Helena, quando fazê-lo não passava de um simples lance de jogo, se tu vais dormir com a minha mulher, eu vou dormir com a tua, isto é, olho por olho, dente por dente, como manda a lei de talião, nunca com mais propriedade aplicada como neste caso, porque, significando a nossa atual palavra idêntico o mesmo que o étimo latino talis, donde o nome lhe veio, se idênticos foram os delitos cometidos, idênticos foram também os que os cometeram. Um coisa, permita-se-nos que voltemos ao começo da frase, foi haver passado a noite com Helena quando ninguém podia adivinhar que a morte se estava a preparar para entrar no jogo e dar xeque-mate, outra coisa seria, sabendo-se que António Claro está morto, e mesmo que amanhã os jornais digam que o defunto se chamava Tertuliano Máximo Afonso, ir dormir segunda noite com ela, carregando assim sobre um engano outro engano pior. Nós, seres humanos, embora continuemos a ser, uns mais, outros menos, tão animais como antes, temos alguns sentimentos bons, às vezes até um resto ou um princípio de respeito por nós próprios, e este Tertuliano Máximo Afonso, que em tantas ocasiões se comportou de modo a justificar as nossas mais acerbas censuras, não ousará dar o passo que, aos nossos olhos, de uma vez para sempre o condenaria. Irá portanto à procura de um hotel, e amanhã se verá. Pôs o carro em marcha e conduziu-o em direção ao centro, onde terá mais possibilidades de escolha, no fim de contas bastar-lhe-á um hotelzinho de duas estrelas, é só por uma noite, E quem me diz a mim que vai ser só por uma noite, pensou, aonde irei eu dormir amanhã, e depois, e depois, e depois, pela primeira vez o futuro apareceu-lhe como um lugar em que certamente continuarão a ser precisos os professores de História, mas não este, em que o próprio ator Daniel Santa-Clara não terá outro remédio que renunciar à sua auspiciosa carreira, em que será preciso descobrir um qualquer ponto de equilíbrio que exista entre ter sido e continuar a ser, sem dúvida é reconfortante que a nossa consciência nos diga, Sei quem és, mas ela própria poderá começar a duvidar de nós e do que diz se perceber, ao redor, que as pessoas andam a passar umas às outras a incómoda pergunta, E este, quem é. O primeiro que teve oportunidade de manifestar esta curiosidade pública foi o empregado da receção do hotel quando a Tertuliano Máximo Afonso pediu um documento que o identificasse, e há que dar graças ao céu por não lhe ter perguntado primeiro como se chamava, porque bem poderia ter sucedido que Tertuliano Máximo Afonso tivesse deixado sair, pela força do hábito, o nome que durante trinta e oito anos havia sido o seu e agora é pertença de um corpo destroçado que numa câmara frigorífica qualquer aguarda a autópsia a que os mortos de acidente por via de regra não escapam. O cartão de identidade que apresentou tem pois o nome de António Claro, a cara da fotografia aposta nele é a mesma que o rececionista tem na sua frente e que detidamente se poria a examinar se houvesse razão para dar-se a esse trabalho. Não a há, Tertuliano Máximo Afonso já assinou a sua ficha de hóspede, nestes casos serve um simples rabisco desde que mostre alguma semelhança com a assinatura formal, já tem a chave do quarto na mão, já disse que não traz bagagem, e para reforçar uma verosimilhança que ninguém lhe havia pedido, explicou que perdeu o avião, que deixou as malas no aeroporto, e por isso é que não fica mais que uma noite. Tertuliano Máximo Afonso mudou de nome, mas continua a ser a mesma pessoa que acompanhámos à loja dos vídeos, que sempre fala mais do que é preciso, que não sabe ser natural, o que lhe valeu foi que o empregado da receção tem outros assuntos em que pensar, o telefone que toca, uns quantos estrangeiros que acabam de chegar ajoujados de malas e sacos de viagem. Tertuliano Máximo Afonso subiu ao quarto, pôs-se à vontade, foi à casa de banho para aliviar a bexiga, salvo ter perdido o avião, como disse ao rececionista, parecia que não tinha outras preocupações, mas isso foi enquanto não se estendeu na cama com a intenção de descansar um pouco, imediatamente a imaginação lhe pôs diante um automóvel reduzido a um montão de sucata e dentro dele, miseramente sangrando, dois corpos destroçados. Voltaram as lágrimas, voltaram os soluços, e sabe-se lá por quanto tempo continuaria assim se de súbito a escandalizada recordação da mãe não tivesse irrompido no seu desnorteado cérebro. Sentou-se de um pulo, deitou mão ao telefone ao mesmo tempo que se ia cobrindo mentalmente de insultos, sou uma besta, um estúpido, um idiota total, um imbecil, não passo de um cretino, como foi possível não ter pensado que a polícia me iria bater à porta, que interrogaria os vizinhos para averiguar se tenho parentes, que a vizinha de cima lhe daria a morada e o número do telefone da minha mãe, como foi possível esquecer-me de uma coisa que se metia pelos olhos dentro, como foi possível. Ninguém atendia de lá. O telefone tocava, tocava, mas ninguém apareceu a perguntar, Quem fala, para que finalmente Tertuliano Máximo Afonso pudesse responder, Sou eu, estou vivo, a polícia enganou-se, depois explico. A mãe não se encontrava em casa, e este facto, insólito noutra situação, só podia significar que vinha a caminho, que tinha alugado um táxi e vinha a caminho, talvez até já tivesse chegado, e, sendo assim, foi pedir a chave à vizinha de cima e agora está chorando o seu desgosto, pobre mãe, que bem me tinha avisado. Tertuliano Máximo Afonso marcou o número do seu telefone, e uma vez mais não lhe responderam. Esforçou-se por pensar serenamente, por aclarar a turvação do espírito, ainda que a polícia tivesse sido exemplarmente diligente precisou de tempo para realizar e concluir as investigações, há que recordar que esta cidade é um imenso formigueiro de cinco milhões de habitantes irrequietos, que são muitos os acidentes e os acidentados muitos mais, que é necessário identificá-los, ir depois à procura das famílias, tarefa nem sempre fácil porque há pessoas tão descuidadas que vão para a estrada sem ao menos um papel no bolso que previna, Se me suceder algum desastre, chamem fulano ou fulana de tal. Felizmente Tertuliano Máximo Afonso não é dessas pessoas, pelos vistos também Maria da Paz não o era, na agenda de cada um deles, na folhinha reservada aos dados pessoais, estava tudo quanto era necessário a uma identificação perfeita, pelo menos para as primeiras necessidades, que quase sempre acabam por ser as últimas. Ninguém que não fosse um fora da lei andaria a passear-se por aí com documentos falsos ou subtraídos a outra pessoa, donde é legítimo concluir, reportando-nos ao caso presente, que aquilo que pareceu à polícia o era de facto, tanto mais que, não havendo quaisquer motivos para duvidar da identidade de uma das vítimas, não se vê por que diabo de razão teria de havê-los em relação à outra. Tertuliano Máximo Afonso ligou novamente, e novamente não teve resposta. Já não pensa em Maria da Paz, agora o que quer saber é onde está Carolina Máximo, os táxis de hoje são máquinas potentíssimas, não as chocolateiras de antigamente, e, numa situação dramática como esta, nem seria preciso aliciar o condutor com a promessa de uma gratificação para que ele pisasse o acelerador, em menos de quatro horas deveria aqui estar, e, sendo este dia sábado e tempo de férias, com o trânsito nas ruas reduzido ao mínimo, ela já tinha mais do que obrigação de estar em casa para tranquilizar o desassossego deste filho. Tornou a ligar e, desta vez, sem que o esperasse, o gravador entrou em funcionamento, Fala Tertuliano Máximo Afonso, deixe o seu recado por favor, o choque foi fortíssimo, de tão perturbado que tem estado não se deu conta de que o mecanismo de gravação não havia entrado em ação antes, e agora foi como se de repente tivesse ouvido uma voz que não era sua, a voz de um morto desconhecido que amanhã vai ser necessário substituir pela de um vivo qualquer para que não impressione as pessoas sensíveis, operação de tirar e pôr que todos os dias é realizada milhares e milhares de vezes em todos os lugares do mundo, ainda que em tal não nos agrade pensar. Tertuliano Máximo Afonso precisou de alguns segundos para serenar e recuperar a sua própria voz, depois, trémulo, disse, Minha mãe, não é verdade o que lhe disseram, estou vivo e são, depois lhe explicarei o que se passou, repito, estou vivo e são, vou dar-lhe o nome do hotel em que me encontro hospedado, o número do quarto e o número do telefone, ligue assim que chegar aí, não chore mais, não chore mais, talvez Tertuliano Máximo tivesse dito terceira vez estas palavras, se ele próprio não tivesse rebentado em lágrimas, pela mãe, por Maria da Paz, cuja recordação aí estava outra vez, também por piedade de si mesmo. Exausto, deixou-se cair na cama, sentia-se fraco, débil como uma criança doente, lembrou-se de que não havia almoçado e a ideia, em vez de lhe despertar o apetite, provocou-lhe uma náusea tão violenta que teve de levantar-se e correr como pôde à casa de banho onde os sucessivos arrancos não lhe fizeram subir do estômago mais do que uma espuma amarga. Voltou ao quarto, sentou-se na cama com a cabeça entre as mãos deixando vogar o pensamento como um barquinho de cortiça que desce a corrente e de vez em quando, ao chocar com uma pedra, por um instante muda de rumo. Foi graças a este divagar meio consciente que se lembrou de algo importante que deveria ter comunicado à mãe. Ligou para casa pensando que a máquina lhe iria fazer outra vez a desfeita de não funcionar, e soltou um suspiro de alívio quando o gravador, após uns segundos de hesitação, deu sinal de vida. Usou poucas palavras para deixar o recado, disse apenas, Tome nota de que é António Claro o nome, não se esqueça, e depois, como se tivesse acabado de descobrir um elemento de peso para a definitiva elucidação das comutativas e instáveis identidades em liça, aditou a seguinte informação, O cão chama-se Tomarctus. Quando a mãe chegar já não precisará de lhe recitar os nomes do pai e dos avós, dos tios maternos e paternos, já não terá de falar do braço partido quando caiu da figueira, nem da sua primeira namorada, nem do raio que deitou abaixo a chaminé da casa quando ele tinha dez anos.

Para que Carolina Afonso venha a ter a certeza absoluta de que diante de si se encontra o filho das suas entranhas não fará falta o maravilhoso instinto maternal nem as científicas provas confirmadoras do ADN, o nome de um simples cão bastará.

Passou quase uma hora antes que o telefone tocasse. Sobressaltado, Tertuliano Máximo Afonso levantou-o rapidamente, esperando ouvir a voz da mãe, mas o que lhe saiu foi o empregado da receção, que dizia, Está aqui a senhora Carolina Claro, que lhe quer falar, É a minha mãe, balbuciou, eu desço, eu desço já. Saiu a correr, ao mesmo tempo que se ia repreendendo, Tenho de dominar-me, não devo exagerar nas mostras de carinho, quanto menos dermos nas vistas, melhor. A lentidão do elevador ajudou-o a moderar o caudal de emoções, e foi já um Tertuliano Máximo Afonso bastante aceitável aquele que apareceu no átrio do hotel e abraçou a idosa senhora, a qual, fosse por acerto do instinto ou por efeito de meditada ponderação no táxi que a trouxe aqui, retribuiu com comedimento as demonstrações de afeto filial, sem as vulgares exuberâncias passionais que se exprimem em frases do tipo Ai o meu rico filho, embora, no caso do presente drama, devesse ser Ai o meu pobre filho a mais adequada à situação. Os abraços, os choros convulsos tiveram de esperar até chegarem ao quarto, até que a porta se fechou e o filho ressuscitado pôde dizer Minha mãe, e ela não teve outras palavras senão as que conseguiam sair-lhe do coração agradecido, És tu, és tu. Esta mulher, porém, não é das que são fáceis de contentar, daquelas a quem um afago faz logo olvidar um agravo, que neste caso nem contra ela havia sido, mas contra a razão, o respeito, e também o senso comum, para que não se diga que já nos esquecemos de quem fez tudo quanto pôde para que a história dos homens duplicados não terminasse em tragédia. Carolina Máximo não empregará este termo, dirá apenas, Há duas pessoas mortas, agora conta-me desde o princípio como foi possível que isto acontecesse, e não me ocultes nada, por favor, o tempo das meias verdades chegou ao fim, e o das meias mentiras também. Tertuliano Máximo Afonso puxou uma cadeira para a mãe se sentar, sentou-se ele próprio na borda da cama, e começou o seu relato. Desde o princípio, como lhe fora exigido. Ela não o interrompeu, somente por duas vezes se alterou a sua expressão, a primeira na altura em que António Claro dizia que ia levar Maria da Paz à casa de campo para fazer amor com ela, a segunda quando o filho explicou como e por que havia ido a casa de Helena e o que depois lá se passou. Moveu os lábios a dizer, Loucos, mas a palavra não se ouviu. A tarde havia descido, a penumbra já encobria as feições de um e do outro. Quando Tertuliano Máximo Afonso se calou, a mãe fez a pergunta inevitável, E agora, Agora, minha mãe, o Tertuliano Máximo Afonso que fui está morto, e o outro, se quiser continuar a fazer parte da vida, não terá outro remédio que ser António Claro, E por que não contar a verdade, por que não dizer o que se passou, por que não pôr todas as coisas nos seus lugares, Acabou de ouvir o que sucedeu, Sim, e depois, Pergunto-lhe, minha mãe, se realmente acha que estas quatro pessoas, as mortas e as vivas, deveriam ser atiradas à praça pública para regalo e desfrute da feroz curiosidade do mundo, e que ganharíamos com isso, os mortos não ressuscitariam e os vivos começariam a morrer nesse dia, Que fazer, então, A mãe acompanhará o enterro do falso Tertuliano Máximo Afonso e chorá-lo-á como se ele fosse o seu filho, a Helena irá também, mas ninguém poderá saber por que está ela ali, E tu, Já lhe disse, sou António Claro, quando acendermos a luz a cara que lhe aparecerá será a dele, não a minha, És o meu filho, Sim, sou o seu filho, mas não o poderei ser, por exemplo, na cidade onde nasci, estou morto para as pessoas de lá, e quando a mãe e eu nos quisermos ver terá de ser num lugar em que ninguém tenha tido conhecimento da existência de um professor de História chamado Tertuliano Máximo Afonso, E Helena, Amanhã irei pedir-lhe que me perdoe e restituir-lhe este relógio e esta aliança de casamento, E para chegar a isso tiveram de morrer duas pessoas, Que eu matei, e uma delas vítima inocente, sem nenhuma culpa. Tertuliano Máximo Afonso levantou-se e foi acender a luz. A mãe estava a chorar. Durante alguns minutos permaneceram calados, evitando olhar-se um ao outro. Depois a mãe murmurou enquanto passava o lenço húmido pelas pálpebras, A velha Cassandra tinha razão, não devias ter deixado entrar o cavalo de madeira, Agora já não há remédio, Sim, agora já não há remédio, e no futuro também não o haverá, todos estaremos mortos. Ao cabo de um curto silêncio Tertuliano Máximo Afonso perguntou, A polícia falou-lhe das circunstâncias do acidente, Disseram-me que o carro saiu da faixa e foi chocar contra um camião TIR que seguia em sentido contrário, também me disseram que a morte deles deve ter sido instantânea, É estranho, Estranho, quê, Tinha a ideia de que ele seria um bom condutor, Algo terá sucedido, Podia ter derrapado, podia haver óleo na estrada, Disso não me falaram, só que o carro saiu da faixa e foi chocar com o camião. Tertuliano Máximo Afonso tornou a sentar-se na borda da cama, olhou o relógio e disse, Vou pedir à receção que lhe reservem um quarto, jantamos e fica no hotel esta noite, Prefiro ir para casa, depois de comermos chamas um táxi, Eu levo--a, ninguém me verá, E como me vais levar tu, se já não tens carro, Estou com o que era dele. A mãe abanou a cabeça tristemente e disse, O carro dele, a mulher dele, só falta que passes a ter também a sua vida, Terei de descobrir outra melhor para mim, e agora, por favor, vamos comer qualquer coisa, tréguas à desgraça. Estendeu as mãos para a ajudar a levantar-se, depois abraçou-a e disse, Lembre-se de apagar as chamadas que deixei no gravador, todos os cuidados são poucos com os gatos que se esquecem de meter o rabo para dentro. Quando acabaram de jantar, a mãe tornou a pedir, Chama-me um táxi, Eu levo-a a casa, Não podes arriscar-te a que te vejam, além disso arrepia-me só de pensar em sentar-me nesse carro, Acompanho-a no táxi e volto, Já tenho idade para andar sozinha, não insistas. À despedida Tertuliano Máximo Afonso disse, Faça por descansar, minha mãe, que bem precisa, O mais certo é que não consigamos dormir os dois, nem eu nem tu, respondeu ela.

Teve razão. Pelo menos Tertuliano Máximo Afonso não pôde fechar os olhos durante horas e horas, via o carro a sair da faixa e a precipitar-se contra o focinho enorme do camião, porquê, perguntava-se, por que se desviou dessa maneira, talvez lhe tivesse rebentado um pneu, não, não pode ser, se assim fosse a polícia não deixaria de o referir, é certo que o carro já levava às costas um bom par de anos de contínuo serviço, mas ainda não há três meses tinha passado por uma revisão a sério e não se lhe encontrou nenhuma mazela, quer mecânica, quer elétrica. Adormeceu já pela madrugada, mas o sono durou pouco, mal passava das sete quando bruscamente acordou com a ideia de que havia algo urgente à sua espera, seria a visita a Helena, mas para isso ainda era demasiado cedo, que será então, de repente fez-se luz na sua cabeça, o jornal, tinha de ver o que trazia o jornal, um acidente destes, praticamente às portas da cidade, é notícia. Levantou-se de um salto, vestiu-se à pressa, e saiu a correr. O rececionista noturno, não o que o atendera na véspera, olhou-o com desconfiança, e Tertuliano Máximo Afonso teve de dizer, Vou comprar o jornal, não fosse o outro pensar que o agitado hóspede se queria ir embora sem pagar. Não teve de ir longe, havia um quiosque na primeira esquina. Comprou três jornais, algum deles deveria falar do desastre, e voltou rapidamente ao hotel. Subiu ao quarto e começou a folheá-los ansiosamente à procura da secção dos acidentes de trânsito. Só no terceiro jornal encontrou a notícia. Havia uma fotografia que mostrava o estado de ruína em que o carro tinha ficado. Com todo o corpo a tremer, Tertuliano Máximo Afonso leu, saltando por cima dos pormenores, direito ao essencial, Ontem, pelas 9.30 da manhã, registou-se quase à entrada da cidade um violento choque entre um automóvel de turismo e um camião TIR. Os dois ocupantes do automóvel, Fulano e Fulana, imediatamente identificados pela documentação de que eram portadores, já estavam mortos quando os socorros chegaram. O condutor do camião apenas sofreu ligeiros ferimentos nas mãos e na cara. Interrogado pela polícia, que não lhe atribuiu qualquer responsabilidade pelo acidente, declarou que quando o automóvel ainda vinha a certa distância, antes de se ter desviado, lhe tinha parecido ver os dois ocupantes forcejando um com o outro, embora não pudesse dar uma certeza absoluta por causa dos reflexos dos para-brisas. Informações posteriormente colhidas pela nossa redação revelaram que os dois infortunados viajantes eram noivos. Tertuliano Máximo Afonso leu outra vez a notícia, pensou que àquela hora ainda ele se encontrava na cama com Helena, e depois, como era inevitável, relacionou a hora matutina a que António Claro regressava com a declaração do motorista do camião. Que se teria passado entre eles, perguntou-se, que teria sucedido na casa de campo para que ainda continuassem a discutir no automóvel, e mais que a discutir, a forcejar, como havia dito, com aptidão expressiva pouco comum, a única testemunha presencial do acidente. Tertuliano Máximo Afonso olhou o relógio. Faltavam poucos minutos para as oito horas, Helena já deveria estar levantada, Ou porventura não, o mais provável foi ter tomado um comprimido para dormir, ou para escapar, que é verbo mais certo, pobre Helena, tão inocente de tudo como estava Maria da Paz, mal ela imagina o que a espera. Eram nove horas quando Tertuliano Máximo Afonso saiu do hotel. Tinha pedido na receção o necessário para barbear-se, tomou o pequeno-almoço e agora vai dizer a Helena a palavra que ainda falta para que a incrível história dos homens duplicados se acabe de uma vez e a normalidade da vida retome o seu curso, deixando as vítimas atrás de si, conforme é uso e costume. Se Tertuliano Máximo Afonso tivesse perfeita consciência do que vai fazer, do golpe que vai desferir, talvez fugisse dali sem dar explicações nem justificações, talvez deixasse as coisas na situação a que chegaram, a apodrecer, mas a sua mente encontra-se como embotada, sob a ação de uma espécie de anestesia que lhe ensurdeceu a dor e agora o está a empurrar mais além da vontade. Estacionou o carro em frente do prédio, atravessou a rua, entrou no elevador. Leva o jornal dobrado debaixo do braço, mensageiro da desgraça, voz e palavra do destino, ele é a pior das Cassandras, aquela que tem por único ofício dizer, Aconteceu. Não quis abrir a porta com a chave que tem no bolso, em verdade não há mais espaço para desforços, desforras e vinganças. Tocou a campainha como aquele vendedor de livros que gabava as sublimes virtudes culturais da enciclopédia em que minuciosamente se descrevem os hábitos do tamboril, mas o que ele agora deseja, com todas as forças da sua alma, é que a pessoa que vier atendê-lo lhe diga, mesmo mentindo, Não preciso, já tenho. A porta abriu-se e Helena apareceu na meia penumbra do corredor. Encarava-o com assombro, como se tivesse perdido toda a esperança de voltar a vê-lo, mostrava-lhe o pobre rosto desfeito, os olhos pisados, era evidente que tinha falhado o comprimido que tomara para escapar de si própria. Onde estiveste, balbuciou, que se passou, não vivo desde ontem, não vivo desde que saíste daqui. Deu dois passos para os braços dele, que não se abriram, que só por piedade a não repeliram, e depois entraram juntos, ela ainda agarrada a ele, ele desajeitado, tosco, como um boneco de engonços que não acerta com os movimentos. Não falou ainda, não pronunciará uma palavra antes que ela esteja sentada no sofá, e o que lhe vai dizer parecerá apenas a inócua declaração de quem desceu à rua para comprar o jornal e agora, sem qualquer intenção oculta, se limita a comunicar, Trouxe-lhe as notícias, e estenderá a página aberta, e apontará o lugar da tragédia, Aqui está, e ela não reparará que ele não a tratou por tu, lerá com atenção o que está escrito, desviará os olhos da fotografia do carro esmagado, e murmurará, pesarosa, quando terminar, Que horror, porém, se desta maneira falou foi só porque é uma mulher de coração sensível, na verdade aquela desgraça não lhe toca a ela diretamente, notou-se até, em contradição com a significação solidária das palavras pronunciadas, um certo tom que se assemelhava a alívio, obviamente involuntário, mas que as palavras ditas a seguir já expressaram de modo inteligível, Foi uma infelicidade, não me dá nenhuma alegria, pelo contrário, mas ao menos serviu para acabar com a confusão. Tertuliano Máximo Afonso não se tinha sentado, estava de pé diante dela, como devem permanecer os mensageiros em exercício, porque outras notícias há para dar, e estas vão ser as piores. Para Helena, o jornal já é uma coisa do passado, o presente concreto, o presente palpável, é este seu marido regressado, António Claro se chama, ele vai dizer-lhe o que fez na tarde de ontem e esta noite, que assuntos importantes foram esses para a ter deixado sem uma palavra durante tantas horas. Tertuliano Máximo Afonso percebe que não pode esperar nem mais um minuto, ou então será obrigado a calar-se para sempre. Disse, O homem que morreu não era Tertuliano Máximo Afonso. Ela fitou-o inquieta e deixou sair da boca três palavras que de pouco serviam, Quê, que disseste, e ele repetiu, sem a olhar, Não era Tertuliano Máximo Afonso o homem que morreu. A inquietação de Helena transformou-se de súbito em um medo absoluto, Quem era, então, O seu marido. Não havia outra maneira de lho dizer, não havia no mundo um só discurso preparatório que valesse, era inútil e cruel pretender aplicar a ligadura antes da ferida. Em desespero, alucinada, Helena ainda tentou defender-se da catástrofe que lhe desabava em cima, Mas os documentos de que o jornal fala eram desse Tertuliano de má morte. Tertuliano Máximo Afonso tirou a carteira do bolso do casaco, abriu-a, extraiu lá de dentro o cartão de identidade de António Claro e estendeu-lho. Ela pegou-lhe, olhou a fotografia que havia nele, olhou o homem que tinha na frente, e compreendeu tudo. A evidência dos factos reconstituiu-se-lhe na mente como um jorro brutal de luz, a monstruosidade da situação asfixiava-a, durante um rápido momento pareceu que ia perder os sentidos. Tertuliano Máximo Afonso adiantou-se, agarrou-lhe as mãos com força, e ela, abrindo uns olhos que eram como uma lágrima imensa, retirou-as bruscamente, mas depois, sem força, abandonou-as, o choro convulso tinha-lhe evitado o desmaio, agora os soluços abalavam-lhe o peito sem compaixão, Também chorei assim, pensou ele, é assim que choramos perante o que não tem remédio. E agora, perguntou ela lá do fundo da cisterna onde se afogava, Desapareço para sempre da sua vida, respondeu ele, não me tornará a ver nunca mais, gostaria de lhe pedir perdão, mas não me atrevo, seria ofendê-la outra vez, Não foste o único culpado, Sim, mas a minha responsabilidade é maior, sou réu de cobardia e por causa dela duas pessoas estão mortas, Maria da Paz era realmente tua noiva, Sim, Amava-la, Gostava dela, íamos casar, E deixaste que ela fosse com ele, Já lhe disse, por cobardia minha, por fraqueza, E vieste aqui para te vingares, Sim. Tertuliano Máximo Afonso endireitou-se, deu um passo atrás. Repetindo os movimentos que António Claro havia feito quarenta e oito horas antes, desafivelou o relógio de pulso, que pôs sobre a mesa, e depois colocou-lhe ao lado a aliança de casamento. Disse, Mando-lhe pelo correio este fato que tenho vestido. Helena pegou no anel, olhou-o como se fosse esta a primeira vez. Distraidamente, parecendo que queria desfazer o invisível sinal deixado, Tertuliano Máximo Afonso esfregou entre o indicador e o polegar da mão direita o dedo da esquerda de onde retirara a aliança. Nenhum deles pensou, nenhum deles virá alguma vez a pensar que a falta deste anel no dedo de António Claro poderia ter sido a causa direta das duas mortes, e contudo assim foi. Ontem de manhã, na casa de campo, António Claro dormia ainda quando Maria da Paz acordou. Ele estava deitado sobre o lado direito, com a mão esquerda descansando na almofada onde ela pousava a cabeça, mesmo à altura dos olhos. Os pensamentos de Maria da Paz eram confusos, oscilavam entre o mole bem-estar do corpo e um desassossego do espírito para o qual não encontrava explicação. A luz cada vez mais intensa que vinha penetrando pelas frinchas das rústicas portadas das janelas iluminava a pouco e pouco o quarto. Maria da Paz suspirou e virou a cabeça para o lado de Tertuliano Máximo Afonso. A mão esquerda dele quase lhe encobria o rosto. O dedo anelar mostrava a marca circular e esbranquiçada que as alianças longamente usadas deixam na pele. Maria da Paz estremeceu, julgou que estava a ver mal, que estava a sonhar o pior dos pesadelos, este homem igual a Tertuliano Máximo Afonso não é Tertuliano Máximo Afonso, Tertuliano Máximo Afonso não usa anéis desde que se divorciou, a marca do seu dedo há muito tempo que se desvaneceu. O homem dormia placidamente. Maria da Paz deslizou com mil cautelas para fora da cama, recolheu as suas roupas dispersas e saiu do quarto. Vestiu-se na sala de entrada, ainda demasiado aturdida para pensar com lucidez, impotente para encontrar uma resposta à pergunta que lhe dava voltas na cabeça, Estarei louca. Que o homem que a tinha trazido aqui e com quem passara a noite não era Tertuliano Máximo Afonso, disso tinha completa certeza, mas, se não era ele, quem seria então, e como é possível que neste mundo existam duas pessoas exatamente iguais, ao ponto de em tudo se confundirem, no corpo, nos gestos, na voz. Pouco a pouco, como quem vai procurando e descobrindo as peças certas para o puzzle, começou a relacionar acontecimentos e ações, recordou palavras equívocas que havia escutado a Tertuliano Máximo Afonso, as suas evasivas, a carta recebida da produtora de cinema, a promessa que ele fizera de que um dia lhe contaria tudo. Não podia ir mais longe, continuaria a não saber quem era este homem, salvo se ele próprio o dissesse. A voz de Tertuliano Máximo Afonso ouviu-se lá de dentro, Maria da Paz. Ela não respondeu, e a voz insistiu, insinuante, cariciosa, Ainda é cedo, vem para a cama. Ela levantou-se da cadeira onde se havia deixado cair e dirigiu-se ao quarto. Não passou da entrada. Ele disse, Que ideia foi essa de te vestires, vá, tira a roupa e salta para aqui, a festa ainda não acabou, Quem é você, perguntou Maria da Paz, e antes que ele respondesse, De que anel é a marca que tem no dedo. António Claro olhou a mão e disse, Ah, isto, Sim, isso, você não é o Tertuliano, Não sou, de facto não sou o Tertuliano, Quem é, então, Por agora, contenta-te com saber quem não sou, mas quando estiveres com o teu amigo podes perguntar-lhe, Perguntarei, preciso de saber por quem fui enganada, Por mim, em primeiro lugar, mas ele ajudou, ou melhor, o pobre homem não teve outro remédio, o teu noivo não é propriamente um herói. António Claro saiu da cama completamente despido e veio para Maria da Paz a sorrir, Que importância tem que eu seja um ou seja outro, deixa-te de perguntas e vem para a cama. Desesperada, Maria da Paz deu um grito, Canalha, e fugiu para a sala. António Claro apareceu daí a pouco, já vestido e pronto para sair. Disse com indiferença, Não tenho paciência para mulheres histéricas, vou-te pôr à porta de casa, e adeus. Trinta minutos depois, a grande velocidade, o automóvel chocava com o camião. Não havia óleo na estrada. A única testemunha presencial declarou à polícia que, embora não pudesse ter a certeza absoluta por causa dos reflexos dos para-brisas, lhe tinha parecido ver que os dois ocupantes do carro forcejavam um com o outro.

Tertuliano Máximo Afonso dissera finalmente, Oxalá chegue um dia em que possa perdoar-me, e Helena respondeu, Perdoar não é mais que uma palavra, As palavras são tudo quanto temos, Aonde vais agora, Por aí, a recolher os cacos e a disfarçar as cicatrizes, Como António Claro, Sim, o outro está morto. Helena ficou calada, tinha a mão direita pousada em cima do jornal, a sua aliança de casamento brilhava-lhe na mão esquerda, a mesma que ainda segurava na ponta dos dedos o anel que fora do marido. Então disse, Resta-te uma pessoa que pode continuar a chamar-te Tertuliano Máximo Afonso, Sim, a minha mãe, Está na cidade, Sim, Há outra, Quem, Eu, Não terá ocasião, não nos voltaremos a ver, Depende de ti, Não compreendo, Estou a dizer-te que fiques comigo, que tomes o lugar do meu marido, que sejas em tudo e para tudo António Claro, que lhe continues a vida, já que lha tiraste, Que eu fique aqui, que vivamos juntos, Sim, Mas nós não nos amamos, Talvez não, Pode vir a odiar-me, Talvez sim, Ou odiá-la eu a si, Aceito o risco, seria mais um caso único no mundo, uma viúva que se divorciou, Mas o seu marido devia ter família, pais, irmãos, como posso eu fazer as vezes dele, Ajudar-te-ei, Ele era ator, eu sou professor de História, Esses são alguns dos cacos que terás de recompor, mas cada coisa tem seu tempo, Talvez venhamos a amar-nos, Talvez sim, Não creio que possa odiá-la, Nem eu a ti. Helena levantou-se e aproximou-se de Tertuliano Máximo Afonso. Pareceu que o ia beijar, mas não, que ideia, um pouco de respeito, por favor, ainda não nos esquecemos de que há um tempo para cada coisa. Tomou-lhe a mão esquerda e, devagar, muito devagar, para dar tempo a que o tempo chegasse, enfiou-lhe a aliança no dedo. Tertuliano Máximo Afonso puxou-a levemente para si e ficaram assim, quase abraçados, quase juntos, à beira do tempo.

O enterro de António Claro foi daí a três dias. Helena e a mãe de Tertuliano Máximo Afonso tinham ido representar os seus papéis, uma a prantear um filho que não era seu, outra a fingir que o morto lhe era desconhecido. Ele havia ficado em casa, a ler o livro sobre as antigas civilizações mesopotâmicas, capítulo dos arameus. O telefone tocou. Sem pensar que poderia ser algum dos seus novos pais ou irmãos, Tertuliano Máximo Afonso levantou o auscultador e disse, Estou. Do outro lado uma voz igual à sua exclamou, Até que enfim. Tertuliano Máximo Afonso estremeceu, nesta mesma cadeira deveria ter estado sentado António Claro na noite em que lhe telefonou. Agora a conversação vai repetir-se, o tempo arrependeu-se e voltou para trás. É o senhor Daniel Santa-Clara, perguntou a voz, Sim, sou eu, Andava há semanas à sua procura, mas finalmente encontrei-o, Que deseja, Gostaria de me encontrar pessoalmente consigo, Para quê, Deve ter reparado que as nossas vozes são iguais, Parece-me notar uma certa semelhança, Semelhança, não, igualdade, Como queira, Não é só nas vozes que somos parecidos, Não entendo, Qualquer pessoa que nos visse juntos seria capaz de jurar que somos gémeos, Gémeos, Mais que gémeos, iguais, Iguais, como, Iguais, simplesmente iguais, Acabemos com esta conversa, tenho que fazer, Quer dizer que não acredita em mim, Não acredito em impossíveis, Tem dois sinais no antebraço direito, um ao lado do outro, Tenho, Eu também, Isso não prova nada, Tem uma cicatriz debaixo da rótula esquerda, Sim, Eu também. Tertuliano Máximo Afonso respirou fundo, depois perguntou, Onde está, Numa cabina telefónica não muito longe da sua casa, E onde posso encontrá-lo, Terá de ser num sítio isolado, sem testemunhas, Evidentemente, não somos quaisquer fenómenos de feira. A voz do outro lado sugeriu um parque na periferia da cidade e Tertuliano Máximo Afonso disse que estava de acordo, Mas os carros não podem entrar, observou, Melhor assim, disse a voz, É essa também a minha opinião, Há uma parte de bosque depois do terceiro lago, espero-o aí, Talvez eu chegue primeiro, Quando, Agora mesmo, dentro de uma hora, Muito bem, Muito bem, repetiu Tertuliano Máximo Afonso pousando o telefone. Puxou uma folha de papel e escreveu sem assinar, Voltarei. Depois foi ao quarto, abriu a gaveta onde estava a pistola. Introduziu o carregador na coronha e transferiu um cartucho para a câmara. Mudou de roupa, camisa lavada, gravata, calças, casaco, os sapatos melhores. Entalou a pistola no cinto e saiu.

1ª EDIÇÃO [2002] 11 reimpressões
2ª EDIÇÃO [2017] 7 reimpressões

ESTA OBRA FOI COMPOSTA EM TIMES E IMPRESSA EM OFSETE PELA GRÁFICA BARTIRA SOBRE PAPEL PÓLEN DA SUZANO S.A. PARA A EDITORA SCHWARCZ EM JANEIRO DE 2025

FSC
www.fsc.org
MISTO
Papel | Apoiando o manejo florestal responsável
FSC® C105484

A marca FSC® é a garantia de que a madeira utilizada na fabricação do papel deste livro provém de florestas que foram gerenciadas de maneira ambientalmente correta, socialmente justa e economicamente viável, além de outras fontes de origem controlada.